たとえ天が墜《お》ちようとも

アレン・エスケンス

高級住宅街の路地 見された。刑事マックスは、目撃者の証言から被害者の夫である刑事弁護士プルイットに殺人の疑いをかける。プルイットは、長年ともに働いた仲間である引退した弁護士ボーディに潔白を証明してくれと依頼した。ボーディは弁護を引き受けたが、それは命の恩人である親友のマックスと敵対することを意味していた。たとえ友情を失おうとも、正義を為すべく対決する、検察側の証人マックスと弁護人ボーディ。予想外の展開となる陪審裁判を制するのはどちらか？　『償《つぐな》いの雪が降る』の著者が描く、激動の法廷ミステリ！

登場人物

マックス・ルパート……………………ミネアポリス市警刑事
ボーディ・サンデン……………………ハムライン大学ロースクール教授。弁護士
ベンジャミン（ベン）・リー・プルイット……刑事専門弁護士
ジェネヴィエヴ・プルイット……………アドラー湿地保護財団理事。ベンの妻
ジェニ・ルパート………………………マックスの妻。故人
アレクサンダー・ルパート……………マックスの弟
ニキ・ヴァン……………………………ミネアポリス市警刑事。マックスの相棒
ダグ（バグ）・トーマス…………………ミネアポリス市警鑑識員
マーガレット（マギー）・ハイタワー……検屍官
エマ・プルイット………………………ベンとジェネヴィエヴの娘
アンナ・アドラー＝キング……………ジェネヴィエヴの妹
エヴェレット・ケイガン…………………アドラー湿地保護財団弁護士
テリー・コランダー……………………エマの友人の母親
マリーナ・グウィン……………………プルイット家の真向かいの住人

ダイアナ・サンデン……………………………………ボーディの妻
ミゲル・クイント……………………………………ボーディが弁護した少年
ライラ・ナッシュ……………………………………ハムライン大学の学生
ランサム……………………………………………判事
フランク・ドーヴィ…………………………………検察官補
ウォーカー……………………………………………ミネアポリス市警署長
ブリッグス……………………………………………ミネアポリス市警警部補
トニー・ヴォス………………………………………ミネアポリス市警刑事

たとえ天が墜《お》ちようとも

アレン・エスケンス
務台夏子訳

創元推理文庫

THE HEAVENS MAY FALL

by

Allen Eskens

目次

たとえ天が墜《お》ちようとも

ミケイラとジョンに
自身の至福の追求を忘れるな

第一部　死

第一章

法廷はしんと静まり返っていた。ブーンという低い耳鳴りが、判事の声をかき消す。マックス・ルパートは水のコップに手を伸ばした。証言台の手すりの上の白い紙コップ。それは空っぽで軽くなっていた。水を飲み干した記憶はない。つぎにどうすればよいのかわからず、空のコップを口もとに運びかけたまま、彼は手を止めた。ひと口、飲むふりをする？　それとも、手すりにコップをもどそうか？

それに、この静寂。人で一杯の法廷が、どうしてこうなりうるのだろう？　あまりに静かなので、耳の奥を血がドクドク流れるのが聞こえるほどだ。怒りが鼓膜を打ち、指先をぴくつかせている。彼は表情を顔に出すまいと努めた。反対尋問の残響が鳴り響き、各陪審員の記憶に定着するとき、連中は彼を観察しているだろう。俺を見ろ、サンデン。心のなかでマックスは叫んだ。その言葉は、鋼《はがね》を打ち据《す》える丸頭ハンマーさながら鋭くガンガン鳴り響いた。俺の目を見ろ、この野郎。サンデンが顔を上げるよう念じたが、あの弁護士はかたわらに置いた法律用箋《ようせん》に視線を据えたままだった。

マックスはゆっくりと小さく息を吸い、緊張をゆるめようとした。縄を切って自由になろうと暴れている激情を陪審員らに見せてはならない。途中まで持ちあげた自分の手の空のコップが目に映った。しばらくはそのことを忘れていた。さらに数インチ、コップを持ちあげて傾けると、それが完全に空っぽで、乾いた舌の上に落ちるしずくの一滴もないことがわかった。それでも彼はひと口飲むふりをし、それからコップをそっと手すりの上にもどした。

「おさがりください、ルパート刑事」ランサム判事が言った。その声はやや鋭くなっていた。同じことを二度言わされた者の口調だ。

マックスは立ちあがり、自分のファイルを回収して、証人席を出た。陪審席を通り過ぎていきながら、彼は十四人の陪審員にちらりと目をくれた。ただひとり、補充要員のやつだけが彼を見返した。弁護人席を通り過ぎるとき、マックスは被告人側の弁護士、彼の友人のボーディ・サンデンを見おろした。いや、友人ではない。いまはもうちがう。

サンデンは目の前の黄色い剝《は》ぎ取り式ノートから目を離さない。何か書くふりをしているが、マックスにはわかった。この男のペンはただノートの余白にぐるぐると無意味な輪を描いているだけだ。マックスはボーディに目を上げさせたかった。一線が引かれたこと、その線がかつてふたりのあいだにあった絆《きずな》を永遠に断ち切るのだということを、ボーディに知らせたかった。しかしボーディ・サンデンはまったく目を上げなかった。

手に持った捜査ファイルに親指の爪を食い込ませ、マックスは法廷を出た。誰もいない会議室を彼は見つけた。弁護士が依頼人に偽りの希望を与える独房ほどのスペース、絶望がファーストフード店の厨房の油脂と同じくらい分厚く壁にこびりついている部屋。彼は両手を開き、テーブルの上に乗せた。冷たい金属がてのひらの汗を冷やしていく。沸騰《ふっとう》状態からぐつぐつ煮えるレベルへと心拍数を落ち着かせつつ、彼は指をぴくつかせるかすかな震えを見守った。怒り？　もちろんそうだ。とまどい？　それも多少はある。だがその震えにはもっと別の何かがあった。彼のバランス感覚を変えるもの、疑いによく似た感じのするものが。

もう何カ月も、マックスはプルイットの事件を片時も離さず持ち歩いている。それはいつも鏡のなかから彼を見つめ返し、そのにおいは彼の呼吸する空気に染みつき、夜、眠るとき、ごわごわのその縁《ふち》は彼の肩にぴったりと掛かっていた。彼はこの捜査に命を授けた。彼の世界に存在できるよう、それに息を吹き込んだのだ。証人席に着いたとき、その存在はすぐそばに感じられた。しかし証言台を去ったとき、彼はひとりだった。

サンデンはみごとに彼を粉砕した。その弁論により、マックスは最初からベン・プルイットに照準を合わせ、それ以外の関係者をすべて除外したかに見えた。だが本当にそうなのだろうか？

マックスは捜査ファイルを開き、報告書をつぎつぎ繰《く》って、始まりをさがしはじめた。遺体が発見されたあの日を。だがここで、彼はファイルを閉じた。あの朝に立ち返るのに記録など必要ない。あの朝のことならすべて鮮明に覚えている。あれはぼろぼろの朝――毎年、妻の命日によみがえる数多《あまた》の思い出に引き裂かれた朝だった。

第二章

七月最後のあの金曜日、マックス・ルパートは夜が明けるずっと前に目を覚ました。彼は目を開けて、目覚めと眠りが頭のなかで分離するまでひととき待った。かたわらの壁には、十字形の影がぼんやりと浮かんでいた。ガラス窓から流れ込む街路灯の黄色い光が投じた影。家の外ではエアコンがカチカチヒューヒュー音を立てている。まるでこの日がふつうの一日であるかのように。だがそれはふつうの一日ではなかった。

マックスはベッドの妻の側に手をやって、乱れていないシーツに触れ、マットレスのかすかなふくらみを感じた。四年間の彼女の不在ゆえに、その部分は少しも変形していない。やわらかなコットンを指でなでると、胸の痛みが大きくなり、その後、ひと呼吸ごとに退《ひ》いていくのがわかった。

妻はいつも彼より先に目覚めた。夜更かしの彼とは対照的な朝型。いろいろな面で、彼女は彼の生活にバランスを与えていた。ジェニの他に、マックスの自制の壁を突破し、彼が内に秘めている子供っぽい楽しい面を引き出せる者はいなかった。マックスがいちばん激しく笑うのは、妻とふたりきりでいるときだった。ジェニは気の向くままに遠慮なく辛辣《しんらつ》なジョークを飛ばした。また、彼女は美しいものが大好きだった。陶製の人形、銀の燭台《しょくだい》、陶製のティーカップ。それらはいまも棚を満たし、炉棚を埋め尽くしている。彼は妻の花、家の前に彼女が植えたキクの世話のしかたを学んだ。その花々が初めて咲いた年のことを彼は覚えている。「ボールズ・ボールズ」でビル・マーレイがやっていたように、それらのキクの頭をゴルフクラブで打ちたいと思ったことも。もちろん実行はしなかったが。そして現在、彼は毎年、ジェニが長年してきたように、その花々の世話をしている。

しかしジェニとマックスには、バランスを取り合うのではなく完璧に溶け合う部分もあった。彼と同様にジェニも釣りが大好きだったし、ふたりとも白黒映画とバターがたっぷり付いたポップコーンが大好きだった。また、彼らは一緒に黙ってすわっているだけで楽しかった。本を読んでいても、ただポーチのブランコを揺らしていても、彼女がそこにいさえすれば、それでよかった。

そういった静かな時間は、ときとして、ふたりの初めてのデートのことを思い出させた。あのホームカミング・ダンス自体のことやその前の食事のことは、もう覚えていない。しかし、彼女がどれほどまばゆく見えたか、彼は覚えている。露《つゆ》が薔薇《ばら》をきらめかせるように、シンプルなドレスが彼女の自然な美しさを引き立てていたことも。だが、あの夜のことで何よりもよく覚えているのは、ダンスのあとの出来事だ。

彼らは友人宅のパーティーに行った。話し込むカップルもいれば、もっと先に行くカップルもいたが、まだつきあうか別れるかの狭間を手さぐりで進んでいる者たちもいた。ジェニとともにカウチにすわり、その夜初めてふたりが遭遇した気づまりな沈黙に囚われていたことを、彼は覚えている。彼の腕はジェニの肩にかかり、手の先は宙にだらりと下がっていた。彼はジェニにキスしたかった。頭は必死にその方法論に取り組んでいた。キスのきっかけをどう作るか。どんなかたちでそこに入っていくか――口を開けて？　それとも閉じたまま？　彼女がキスを返してきたらどうするのか？　彼は考えに考えた。でも、ああ、もしも彼女がキスを返さなかったら？　彼はかつてないほど緊張していた。

そのとき彼女が姿勢を変えた。ほんの少し体を傾け、彼の肩に頭をもたせかけたのだ。彼の胸に手を当て、彼女はため息をついた――退屈した女子高校生のため息ではなく、満ち足りた若い女性のため息だ。マックスの頭のなかの葛藤が消えた。角度だの口だの反応だののことは、もう考えなかった。彼の望みは、彼女を抱くことだけだった。彼はだらりと下がっていた手を彼女の骨盤のあたりにやり、ドレスのやわらかなコットンをそっと指で押さえた。その瞬間、彼女を思う彼の気持ちは、過去に感じた誰に対する思いよりも深かった。彼女の頭のてっぺんに、彼は優しくキスした。それだけで充分だった。

何年ものあいだに、ふたりは何度、あのときとそっくり同じ格好で――ポーチのブランコをゆっくりと揺らしながら、または、カウチでテレビを見ながら――すわったことだろう？　彼は何度、彼女の頭のてっぺんにキスし、愛していると言っただろうか？　そして自分自身に、彼は秘かに約束した。一生、彼女を護っていこう。彼女の身にはどんな災いも振りかからせまい。

初めて彼女なしで目覚めた朝、彼はなかなかベッドを出ることができなかった。そしてようやくベッドを出ると、彼女のクロゼットに這っていき、彼女のセーターやブラウス、彼女が着たもの、彼女が死んだ日に洗濯されるはずだった衣類で自分自身をくるみこんだ。彼は服地に顔を押しつけ、彼女の香りを吸い込み、涙の最後の一滴が落ちるまでそうしていた。ジェニ以外のすべての人間の前でまとうタフなうわべを再度まとえるようになるまで。あの最初の数カ月、彼は何度かクロゼットのところに行き、この儀式を繰り返した。そしてやがて、ジェニの衣類のにおいは、時のもたらす埃《ほこり》と腐敗に屈した。

月が年へと変わり、彼は悲しみとともに生きる道を見つけた。しかし罪の意識とともに生きるすべを学ぶことはできなかった。壁の写真、彼を笑顔で見おろす妻の絵姿は、彼女の死が未解決であることを思い出させた。彼の事件ではない。彼の事件ではありえないのだ。彼は被害者の夫であり、夫は捜査に関与できない。規則が彼を締め出している。だからその轢《ひ》き逃げ犯は逃げおおせた。

マックスは立ちあがってバスルームに行き、水で顔を洗った。経験から、もうこれ以上眠れないことはわかっていた。代わりに彼はランニングをすることにした。太陽が地平線に達する前に、五マイル走ろう。自分の呼吸のリズムと、足がコンクリートをたたく音だけを聴きながら、五マイル。

＊

ミネソタ州の七月の朝は、そういうランニングにうってつけだ。

ランニングのあと、マックスはシャワーを浴び、コーヒーを淹れ、外に出て、ポーチのブランコでビスコッティを食べた。そこから彼は、ローガン・パーク地区の屋根の連なりの向こうに日が昇るのを見守り、地球のその緩慢《かんまん》な変化の静謐《せいひつ》と美とを静かに味わった。かつてジェニは、一日のうち自分がいちばん好きなのは日の出の時だと彼に語った。そしてそれはいま、彼のいちばん好きな時間になっている。

電話が鳴りだしたのは、ビスコッティを食べ終え、ぬるくなったコーヒーの残りを流し込んでいるときだった。通信指令部からとわかったので、彼はこう応答した。「マックスです」

「起こしてすみません。通信指令部のカーメン・ジェイムズです」

「もう起きてたよ、カーメン。どうした？」

「ケンウッドで死体が出ました。殺人事件の可能性があります」

「ケンウッド？」

「そうです。死者は白人女性。現場の警官が死亡を確認」カーメンは、指令係が無線通信に用いることになっているあらたまった口調と語法を用いていた。殺人にも自転車の盗難と同じ重みしか与えない、あの冷静な、〝怒らせたら怖いよ〟的音色を。彼女はマックスに住所を伝えた。西二十一番ストリートの路地だ。これまでケンウッドで殺人が起きたことなどあっただろうか？　マックスは思い出そうとした。ふつう路地裏で死体が見つかるのは、ミネアポリス北部であって――ケンウッドではない。

「規制線は敷いたのか？」

「いまやっているところです」

「わたしのパートナーのニキ・ヴァンに連絡して、現場で合流しようと伝えてくれ。それから、検屍官と鑑識に連絡して、彼らも現場に向かわせるんだ」

「了解」

マックスは電話を切ると、覆面の警察車両に乗り込み、死んだ女の遺体の待つケンウッド地区へと向かった。運転しながら、自分はモンスターだ、この魂は地獄に落ちて当然なのだ、と思わずにはいられなかった。天罰はまちがいなく彼を待っている。なぜなら、心の底で、彼はこの呼び出しに感謝しているから。車を走らせ、ミネアポリスの薄暗い通りを行くその数分間、考えるべき死──妻の死以外の死があることが、彼にはありがたかった。つぎつぎと押し寄せ、あの記憶を静めてくれる考えを、彼は歓迎した。

第三章

ケンウッド地区──焼き物のコレクションのなかの高級磁器──は、もともとミネアポリス南端の蚊《か》で一杯の湿地帯だった。先見の明のある都市計画のプロがその可能性に目をつけ、開発を行うようミネアポリス市を説得したのは、十九世紀末のことだ。市は湿地のかなりの部分を浚渫《しゅんせつ》してアイルズ湖を作った。浚《さら》った泥は低地に棄てて土地を高くし、公園やテニスコートや縁石のある通りの土台にした。この先どうなるかに気づくと、金持ち連中はケンウッドにどっと押し寄せ、立派な住居を築いた。

マックスはケンウッドをくねくねと進んでいった。道は、大きな家々とさらに大きな家々が混在するなかを通り抜けていく。全部の住居が大邸宅というわけではないが、その一群にあばら家は一軒もない。また、ケンウッドには、メインストリートも繁華街も広場もモールもない。オイル交換の店や中華料理屋が軒を並べる、俗っぽい商店街の喧噪《けんそう》は皆無だ。そう、ケンウッドは平穏なよい暮らしを誇りとする地区、放っておいてもらうのが好きな地区なのだ。

マックスが到着するころには、西二十一番ストリートはすでにパトロール警官によって封鎖され、路地の入口には立入禁止のテープが渡されていた。それは、上流階級の地元民が日常生活の見苦しい部分、たとえば、ゴミ缶とその周囲に散らかるゴミといったものを隠している場所だった。マックスは一ブロック離れたところに車を駐め、布製のオーバーシューズを履き、ラテックスの手袋をはめた。それから、できるだけ多くの情報を取り込みながら、ゆっくりと路地に向かった。

西二十一番ストリートには、ケンウッド全域に数箇所しかない店舗のエリア、書店一軒と画廊一軒から成る、半ブロックの短い商業地区がある。マックスはその書店に一度、行ったことがあった。あれはジェニがオジブワ語（アメリカおよびカナダの先住民族の言語）で書かれた本をさがしていたときのことだ。本は彼女の相談者のひとり、おそらくは子供への贈り物だった。ジェニはソーシャル・ワーカーであることを単なる仕事ではなく天職と考えていた。彼はその店を覚えている。それに、あの春の宵《よい》のライラックの香りや、店を出たとき自分の手のなかにあった彼女のほっそりした手の感触も。それらの記憶は毎年、彼女の命日に、彼の頭を通過していく潮流なのだ。

問題の路地は書店のすぐ東から入れる道で、裏手の駐車区域への進入路にもなっていた。進んでいく途中、彼はパートナーのニキ・ヴァンの姿を認めた。彼女は駐車場で鑑識員のバグ・トーマスと話をしていた。近づいていく彼に気づくと、ニキは挨拶代わりにうなずき、それから、視線を下にやって足もとの布の塊《かたまり》を示した。いつもとちがい、彼女はジョークを飛ばさなかった。これは、マックスがその日、無数の思い出という余分な重荷を背負っていることを彼女が知っている確かな証拠だ。

路地の向こう側には、近隣住民が樹木や灌木《かんぼく》や蔓《つる》植物の壁を育てていた。書店のお客やその他の人々に裏庭をのぞきこまれるのを防ぐプライバシーのバリケードだ。マックスはあたりを見回し、ここはケンウッドでいちばん隔絶された場所なのではないかと思った。

バグ・トーマスが、足跡などの痕跡を調べるために、ゴミ容器のそばに膝《ひざ》をついた。容器の蓋《ふた》は開いており、そのなかはゴミ袋や空き箱で満杯で、死体を隠す余地はない。マックスは両手を膝に当てて、例の塊を観察した。ピンクの縁飾りの付いたブランケット。表側には一面、馬と星が描かれている。幼い女の子のベッドで見るような模様だ。それが遺体を包んでいたことは明らかだった。

「これ以上に清潔な路地は過去に見たことがないな」マックスは言った。

「ここはケンウッドだものね」ニキが言った。「犯罪の現場でさえ、よその街より上等なわけ」

「遺体の発見者は？」

「早朝にジョギングしてた人」ニキはそう言って、立入禁止のテープのすぐ向こうに立つ、七〇年代風のターバンをした男を指さした。

ブランケットの角をめくると、女の頭部が現れた。その髪の色、パプリカみたいな赤は、ジェニの髪と同じ色だった。ほんの一瞬、彼には赤い髪のもつれの向こうからのぞくジェニの顔が見えた。ブランケットの角から手を離し、彼は立ちあがった。するとたんに、断崖の縁に接近したかのような不穏な感覚が胸一杯に広がった。

毛布はめくれたままになっており、マックスには女がジェニでないことがわかった。彼はニキに目をやった。自分の反応に彼女は気づいただろうか？　仮に気づいたとしても、彼女はそれを顔に出してはいない。検屍官を待つため、マックスは毛布をもとにもどした。「なあ、バグ、たまたまこのへんでバッグや身分証を見つけたなんてことはないよな」

まだ二十代のバグは、てっぺんが平らなヘアスタイルといい、分厚い黒縁眼鏡といい、昔の警察ドラマ「ドラグネット」の再放送から抜け出してきたように見える。本当の名はダグなのだが、誰もが彼をバグと呼ぶ。マックスは、そのニックネームはバグが昆虫学の重要な論文を発表したことに由来するのだと聞いたことがある。だがマックスが有力視しているのは、誰か署のくそ野郎が、この若者の持つ数々の奇癖《きへき》──考えるとき親指と他の指をトントン打ち合わせることや、不慣れな外国語を話すように世間話に苦戦すること──に注目が集まるように、彼をバグと呼びはじめたのではないかという説のほうだ（バグには、虫、マニア、オタク、奇人等の意味がある）。

質問を処理する時間が必要なのか、バグは駐車場の調査を中断し、動きを止めた。それから立ちあがって、マックスにきちんと注意を向けてから、こう答えた。「まだ何も見つかっていません」

マックスは、〝楽にしな〟とか〝つづけてくれ〟とか言ってやりたかった。仕事にもどっていいのだとバグに知らせたかったが、そうはせず、ただうなずいて、足もとの塊を見おろした。

「これは小さな女の子のブランケットみたいに見えるね。大人の女が自分のベッドで使うようなものじゃない」

「わたしもそう思った」ニキが言った。

背後から疲れた足を引きずる音が聞こえてきた。振り返ったふたりは、路地を歩いてくるドクター・マーガレット・ハイタワーを目にした。ヘネピン郡検屍局の大御所。六十代半ばのマーガレットは、八十歳の老女の足取りで歩く。その過酷な人生は、肩にのしかかり、顔にも表れていた。ここ六年、彼女は禁酒のしるしのネックレス――〝一日一歩〟と彫られた銀のタグを着けている。シングルモルト・ウィスキーがかすかににおう息のまま、事件現場に現れることはもうなかった。

「やあ、マギー」マックスは言った。「昼のシフトの人が出てくるにはちょっと早いんじゃありませんか？」

「わたしという人間を知ってるでしょう、マックス。朝は夜明けとともに起きる。それに検屍局は目下、人手不足なの。だからわたしが待機してるのよ。で、何が起きたの？」

ニキはブランケットをめくって、色白の女の遺体を披露した。魅力的な、アスリート風の女性。その顔は、まるで蜘蛛《くも》の巣のなかを通り抜けてきたかのように、もつれあう豊かな赤い髪に包まれている。半ば開いた目は毛髪のネットごしにじっと上を見あげており、目の乾燥した部分には濃い黄色の皺《しわ》ができつつあった。首の右側面の傷のまわりには、べっとりと血が付いていた。ニキが遺体の残りの部分からブランケットを取り除くと、女が裸であることがわかった。

「白人、女性」ニキは言った。「おそらく四十代半ば。頸部右側面に目立った傷がひとつ」

マギーは女の頭のほうに行って、膝をつこうとし、途中でふたたび立ちあがった。「ああもう、この膝ときたら。マックス、手を貸してくれない？」マックスがマギーの腕を支えると、彼女はまず膝をつき、それから地面に腰を下ろした。「これでも昔はダンスをやってたのよ……バレエを。前に話したかしら、マックス？」

前にも聞かされてはいたが、マックスは言った。「聞いてないと思います」

「実はそうなの。大学時代はね。延々とピルエットができた。ものすごく体がやわらかかったし。なのにいまじゃ、この大きなお尻を持ちあげるクレーンが待機してないかぎり、膝をつくこともできない。絶対に年を取ってはだめよ、マックス」

「がんばってみますよ、マギー」

マギーは傷をよく見るために女の髪をそっとどけた。「そう、これが死因の有力候補だわ」彼女は傷のまわりの皮膚に慎重に手を触れた。「凶器はおそらく刃物ね。もし頸動脈か頸静脈を切断するつもりなら、これは完璧な位置よ。どちらでも彼女を殺すことはできる。犯人はやりかたを心得ていたか、運がよかったかね」

マギーは女の腕の一方を持ちあげた。それは容易には動かなかった。「死後硬直が始まっている。この人の体を少し傾けてくれない？」

マックスは遺体の一方の肩を、ニキは腰の片側を起こした。女の背中の皮膚は濃い赤に変色していた。

「死後皮斑《ひはん》」マギーは言った。「手を貸してわたしを立たせてもらえないかしら？」

マックスとニキは左右からそれぞれマギーの片腕をつかんで、彼女を立ちあがらせた。

「仮の所見だけれど、犯行現場はここじゃないでしょう」マギーは言った。「血の量が少なすぎる。あの頸部の傷だと……内頸静脈なら、そこまで出血しないかもしれないけれど……うん、やっぱりわたしは、被害者はどこか別の場所で殺され、そこで大量出血し、その後、ここに運ばれたものと見る。そもそも運搬しないなら、ブランケットで包む必要もないわけだし」

マギーは遺体の上で指を振りながらつづけた。「死後硬直と死後皮斑はともにこの駐車場で始まっている。被害者は死後一、二時間以内にこの格好で寝かされたのよ。わたしの見たところ、死亡したのは大雑把《おおざっぱ》に言って昨夜遅くか今朝早く。おそらく真夜中の前後一時間以内でしょう。解剖台に載せたらすぐに、肝臓の温度の計測ができるから。解剖前にかなり正確な死亡推定時刻が出せるはずよ」

マックスはうなずき、それから言った。「いま一分だけ被害者を調べさせてもらえませんか？」

「もちろん。お好きなだけどうぞ」マックスとニキが遺体に自由に近づけるよう、マギーはうしろにさがった。

ふたりは左右から女のそばに膝をついた。マックスはニキにうなずいて、始めてくれと伝えた。ニキは女の足からかかった。「ペディキュア」つぎに彼女は、女の脚を手袋をした手の指の一本ですうっとなで、その指を鼻に近づけてにおいを嗅いだ。「ローション……バニラの香り」つづいて女の両手を持ちあげて、プロの技で色づけされた長い爪を観察する。「高価なネイルケア。清潔。爪のなかに目立った汚れなし。防御創の明白な痕跡なし」彼女はその手をさらによく見た。「薬指のこの溝状の痕《あと》は、被害者が通常、指輪をはめていたことを示唆《しさ》している。たぶん結婚指輪。でも現在ここに指輪はない。物取りの可能性あり。ただこの遺体遺棄の全体像から見て、動機は盗みではないように思える」

ニキの仕事ぶりを見るのが、マックスは大好きだった。彼女の観察と推理は迅速かつ的確であり、まるで三年ではなく三十年、殺人課で働いてきたベテランのようなのだ。一方、ニキの側としては、風紀課と彼女の背後に漂う女性蔑視《べっし》のジョークから逃れられてこんなうれしいことはないのだった。風紀課の彼女の上司、ホイットンという猪首《いくび》の男は、かつてマックスに、ニキはその外見のおかげで完璧なアジア系売春婦になれる――セールスマンが旅先でやりたがるゲイシャガールに化けられるのだと言った。それは、ホイットンがニキを風紀課でキープしようと奮闘し、マックスが彼女を殺人課に引き抜こうと奮闘していた当時のことだった。

マックスは、三年前、マーフィ本部長がミネアポリス北部の殺人の供給過多に対処すべくニキを臨時で殺人課に配属したときに、初めて彼女と出会った。ある集合住宅の四階で、女が自宅の寝室で殺害されているのが見つかり、ふたりは現場に呼び出された。その建物にはセキュリティ・システムがあったが、監視カメラは死亡時刻の前後にアパートメントに出入りした者がいないことを示していた。

マックスには、侵入者が目撃されずにどうやって出入りしたのか、解明できなかった。ニキが窓のブラインドの埃の付きかたに目を留めたのは、そのときだ。それは、ブラインドの位置が通常と異なることを示唆していた。この発見は、隣の建物に住む男の逮捕へとつながった。男は、侵入を目的に自ら設計した入れ子式のポールを伝って、自室の窓から被害女性の部屋の窓まで這ってきたのだ。気の毒に、その若い女がバーの閉店後に帰宅したとき、そいつは室内に隠れていたのだった。

これが綱引きの始まりだった。

ホイットンは、本部長にニキは囮《おとり》捜査に必要なのだと訴えた。それが効かないと見ると、あの男は、自らの課をひとつの家族として描いてみせ、彼女を手放すまいとする彼らの結束の強さを主張した。ホイットンが敗北したのは、マックスが彼にニキのモン族名を言ってみよ、と求めたときだ。あの男にはそれができなかった。ホイットンは刑事としてのニキにさほど関心がなく、その本名がンツヒィであることも知らなかった。西欧人がその名を発音しようとしては舌をもつれさせるので、彼女はそれをニキに変えたのだ。マックスは彼女の本当の名を言ってみせ、それによって彼女の殺人課への異動は決まった。

ニキは死んだ女の頭のほうに移動すると、かがみこんで毛髪のひと房のにおいを嗅いだ。

「シャンプーしたてみたいなにおいがする。シャワーを浴びたばかりみたいな」彼女はもつれあう髪の房をさらにいくつかめくりあげた。するとそこに、女の魅力的な顔が現れた。ノーメイク。口紅もつけていない。ニキは声に出して考えていた。「シャワーを浴び……たぶん髪にタオルを巻いて……バニラの香りのボディモイスチャーをつけ……その後、髪を梳《と》かす前に首を刺されたのね」

マックスは賛同してうなずき、ニキはもとどおり女の髪を下ろした。とそのとき、何かのきらめきが彼の目をとらえた。「ほら、これを見て」マックスは女の耳たぶを引きあげた。大きなダイヤモンドのピアス——少なくとも二カラットはある石だ。「物取りじゃないというきみの考えは正しかったね」彼は顔を近づけて、ピアスをよく見た。それから、その片割れが見えるよう、女のもう一方の耳から髪をどけた。「女は耳飾りを着けたままシャワーを浴びるものか?」

「ときには……うん、そうよ」

「きみのシャワー説はいけると思う」マックスはバグを振り返った。彼はピアスの写真を撮っているところだった。「貴金属用の袋とピンセットをくれないか?」

バグは道具箱からその二点を取り出して、マックスに手渡した。マックスは女の耳から慎重にピアスを抜き取り、紙袋に入れた。

「奥さんへの贈り物ですか?」バグがぎこちなくクックと笑って言った。

マックスは目を閉じた。彼が妻を亡くしたことも、きょうがその命日であることも、バグはまったく知らなかったにちがいない。この若者はただジョークを飛ばそうとしただけだ。また、バグにとって軽口をたたくのがどれほどむずかしいことか、マックスは知っている。だから、この不器用な技術者の失言を咎《とが》める気など、彼にはなかった。とはいえ、その言葉はやはり胸に突き刺さった。

ふたたび目を開けると、視界の隅のほうでニキがバグに小声で話しかけているのが見えた。何を言っているのかはわからなかったが、彼はバグがしょげかえり、歩み去るのを目にした。あの若者が気の毒になり、マックスはみなの注意を捜査に引きもどそうとした。

「目下、被害女性はシャワーを出たあと首を刺されて死んだというのが、最有力の仮説だな。犯人はゴミ容器に放り込む気で遺体をここに運んだが、結局、駐車場に荷を下ろしていったわけだ。となると、彼女は誰なのか、また、どこで殺されたのか、だ」

「それと、他に被害者はいないのか」ニキが付け加えた。「もし指のあの溝状の痕跡が結婚指輪の痕なら、彼女には家族がいたかもしれない」

「犯行現場を見つけないとな」

「わたしが聞き込みをする」ニキは言った。「たぶん、この近隣の誰かが昨夜、何か見てるよ。あるいは、彼女が近所の人だということを誰かが知っているかも」彼女はポケットから携帯電話を取り出して、女の顔のクローズアップを撮った。「最高の写真とは言えないけど、これでなんとかなるでしょう」

マックスは遺体をヘネピン郡検屍局へ搬送《はんそう》させるため、救急隊を手振りで呼び寄せた。「バグを借りるよ」彼は言った。「ひとつ、身元確認の方法を思いついたんだ」マックスはダイヤのピアスの入った証拠袋をポケットにするりと入れ、上から軽くたたいた。

第四章

マックスが弾道研究所の駐車場に着いたのは午前八時、本来の勤務時間が始まる時刻だった。殺人課の刑事とはこういうもの、死体は勤務時間の始まりを待って現れてはくれない。予測不可能であることがこの仕事の特徴であり、マックスの選んだ職業のそうした一面はずっとジェニの悩みの種だった。一度など、ふたりが高級レストランで記念日を祝っていると、まさに食事が出てくるというとき、マックスに呼び出しがかかったことがある。

行ってきますのキスをしながら、彼はジェニの表情を読み取ろうとした。彼女がそのような優雅で高級なディナーをキャンセルすることにきまり悪さを覚え、記念日の残りを自宅でひとりで過ごさねばならないことにがっかりしているのが、彼にはわかった。また、あるときは、ふたりはジェニの家族、総勢十二名を招いて、クリスマスの食事会を催していた。ジェニが重さ十キロの七面鳥をオーブンに入れたあたりで、マックスは家を出た。九時間後帰宅したとき、マックスは彼女の怒りを覚悟していた。しかし仮に怒りを抱いていたとしても、彼女はそれを顔には出さなかった。

一度だけ、マックスの仕事に対する不満をジェニが口にしたのは、子供を作ろうかという話が出たときだった。父親が学芸会の芝居やサッカーの試合の最中に飛び出していかねばならない理由を子供が理解するかどうか、彼女は疑問を呈《てい》した。父親の温かな賞賛を浴びようと観客席に目を向け、そこに空席を見つけたら、子供はどんな気持ちになるだろうか？　しかしそういった話し合いはどれもいつしか、ふたりの初めてのデートの話、高校時代、マックスが殺人課の刑事になりたいという自分の夢をジェニに打ち明けたときの話へとたどり着いた。彼女は最初からその夢を受け入れていた。それに、どんな妻でもあれ以上協力的にはなれなかったろう。「理解してる」彼が出かけてしまうことについて、彼女はいつもそう言っていた。「でも、それがうれしいわけじゃないから」

結局、そんな話し合いは無意味だった。子供はできなかったのだ。

マックスとバグは弾道研究所の入口をくぐり、バグが施設の深部に入るために身分証を読み取り機に通した。弾道研究所は犯罪科学研究所の主要部から切り離され、弾丸と銃身、または、凶器と傷の照合を専門に行っている。マックスには弾丸も凶器もないが、ダイヤモンドが一個あり、研究所には顕微鏡がある。

バグは顕微鏡のひとつに向かうと、その被写体が映し出されるコンピューター・スクリーンの電源を入れた。マックスはバグにダイヤの入った袋を渡した。

「ダイヤのガードルを調べてくれ。本物のダイヤならたぶん刻印があるから」

マックスが研究所への同行を求めたとき、バグはひとことも発しなかった。それに、マックスが顕微鏡を起動するようたのんだときも、彼は無言だった。そしていま、顕微鏡のレンズの下にダイヤモンドをセットしながら、その指はぴくぴく引き攣《つ》っている。どうやら彼はいつも以上に神経質になっているようだ。

「大丈夫か、バグ？」

バグはダイヤをいじるのをやめた。なかなか出てこない言葉を絞り出そうとしているのだろう、その下顎の筋肉が収縮する。そしてようやく彼は言った。「奥さんが亡くなったことを忘れていました。別に僕は……」彼は言葉を切って、息を吸い込んだ。

マックスはバグの肩に手をやり、極度の不安によって緊張したその筋肉を軽くたたいた。

「いいんだ、バグ。もう昔のことだしな。自分を責めちゃいけないよ」

バグはほっとした様子で、仕事に注意をもどした。メカニカルステージにダイヤをセットすると、その側面、ダイヤの冠部《クラウン》と下部《パヴィリオン》の境目の細い平らな部分にレンズの焦点を当てる。彼はレンズの下で石を回転させ、マックスはモニターを見守った。やがてそこにレーザーの刻印が現れた。まず見えたのは、長い凝《こ》った翼を持つ一羽の鳥の図柄だった。鳥の横にはヘルシニアと名前が刻まれ、その横にシリアルナンバーが入っていた。

「ビンゴ！」マックスはささやいた。「〈ヘルシニア・ダイヤモンド〉の話を聞いたことないか？」

「いえ」バグは言った。彼は椅子を転がして、コンピューターの載った別のテーブルに移動し、その名前を打ち込んだ。「カナダのトロントを拠点とするダイヤモンドの会社ですね」バグはさらに情報を読んだ。「ツンドラから採れるダイヤモンドを専門に扱っている。紛争ダイヤモンドとは無関係」

「その会社に電話すべきじゃないか?」

バグは研究所の電話を使ってウェブサイトに載っていた連絡先の番号にかけると、マックスに電話を手渡した。

「〈ヘルシニア・ダイヤモンド〉社です。ご用件をどうぞ」

「ミネソタ州ミネアポリス市警のマックス・ルパート刑事です。記録関係の担当部署につないでいただけませんか」

間。

「あるいは、上司のかたに。どちらでも結構ですよ」脅《おど》しめいた台詞になってしまったが、そんな意図はなかった。

「少々お待ちください」

カチャ。カレン・カーペンターの歌う「遥かなる影」の数秒。そしてふたたびカチャという音。「お客様サービス係のリチャード・ホラーマンです。どういったご用件でしょう」

「ホラーマンさん、わたしはミネソタ州ミネアポリス市警の殺人課刑事、マックス・ルパートという者です。現在、こちらである死亡事件を捜査しているんですが、御社のお力をお借りできないかと思いまして」

沈黙。

「ホラーマンさん？」

「はい……私がどのようにお役に立てるのか、ちょっと――」

「被害者は女性で、〈ヘルシニア・ダイヤモンド〉のピアスを着けていたんです。ダイヤモンドのシリアルナンバーはわかっています。われわれにはその女性の身元を特定する必要があります。そのダイヤを誰が購入したのか、教えていただければ――」

「ああ、刑事さん……すみません……お名前はなんとおっしゃいました？」

「ルパート。マックス・ルパート刑事です」

「そうそう、ルパート刑事。こちらではお力にはなれないと思います。弊社は小売店ではありませんので。一般のお客様に直接販売はしないのです」

「でも小売店には売りますよね？　問題のピアスを御社がどの店に売ったかわかれば、その先はわれわれのほうで調べますから」

「ぜひご協力したいのですが、その情報を開示できるかどうか、ちょっとわかりかねます。こういうご要望は、めったにありませんので」

「何も商売上の秘密を明かせと言ってるわけじゃないんですよ、ミスター・ホラーマン。わたしはただ手がかりがほしいだけです。これは急を要することなんです」

「まず法務部に訊いてみなくては。そのあとでこちらからご連絡しますよ。法に抵触するようなことがあってはならないので」

受話器を握る自分の手に力が入るのがわかった。マックスは目を閉じ、息を吐き、手の力をゆるめた。「ホラーマンさん、女性がひとり死に、その人が誰なのかまったくわからないんですよ。もしかすると、他にもどこかに被害者がいるかもしれない。なんとか持ちこたえ、助けが来るのを待っている夫や子供がいるかもしれないんです。こうして話しているあいだにも、犯人が犯行現場で証拠を隠滅している可能性もあります。もし法務部と話す必要があるなら、そうしてください。でも、後生ですから、大急ぎでやってくださいよ。このピアスは被害者の身元を知るための一番の手がかりなんです。われわれはこれに基づいて動かねばならない。御社はその鍵なんですよ」

「ああ……すみません。私は別に……すぐこちらからお電話しますよ。この番号でいいでしょうか？」

相手は発信者番号通知を見ているのだろう。「いや、携帯にかけてください」マックスは自分の携帯の番号を教え、礼を述べ、電話を切った。それからダイヤのシリアルナンバーを紙に書き留め、ピアスの分析はバグに任せて、市警本部のある市庁舎へと向かった。

市警本部で、マックスは自分のコンピューターの画面上に行政命令書のフォームを出して、できる範囲で記入しはじめた。できる範囲となるとごく限られてはいたが、ホラーマンから電話が来るときに備え（仮にそのときが来るとして、だが）準備万端整えておきたかった。彼はへネピン郡検察局にも電話をかけ、これまで一度も一緒に仕事をしたことのない成人犯罪訴追部の女性検察官と話をして、ホラーマンから連絡があり次第、書類をメールするので署名してほしいとたのんでおいた。電話を切ったあとは、その小部屋、ニキ・ヴァンと共同で使っているふたり用のスペースで、デスクを指で連打しながら待った。ホラーマンに再度電話しようかとも思ったが、代わりにニキに電話をした。

「何かわかったか?」彼は訊ねた。

「手がかりになりそうなことは何も。近隣の全部の家のドアをたたいたけど、何か見たり聞いたりした人はひとりもいなかった。監視カメラはひとつもないし。近隣住民の誰も写真の顔を知らなかった。ただ、書店の店長が店を開けに来てね、被害者に見覚えがあるって言うの。いつだったか店で本を見て歩いていたような気がするって。だけど、顔を見ても名前は出てこなかった。もしあの書店に行っていたなら、被害者はおそらくケンウッドに何かしらの縁がある。そっちは何かつかめた?」

「いまのところは何も。カナダのダイヤモンド商からの連絡を待ってるところだ。例のピアスには刻印があり、シリアルナンバーも入っていた。そのシリアルナンバーを追えば、名前が浮かんでくるかもしれない。だがどういうわけか、そのカナダのやつは非協力的――」

手のなかでブーッと電話が鳴った。画面を見ると、トロントの番号が表示されていた。

「もう切るよ、ニキ。きっとあの男からだ」マックスは通話を切り替えた。すると聞き覚えのない声――女の声が挨拶した。

「ヴィクトリア・ローウェルと申します。当社〈ヘルシニア・ダイヤモンド〉のお客様サービス担当の副社長です。このたび承認を受け、私が当社のダイヤモンド・ピアスを小売りした店舗をさがすお手伝いをすることになりました。シリアルナンバーを教えていただければ、どちらの小売店がそのピアスを買い取ったか、お調べいたします。ただ、購入者をお調べすることはこちらではできかねますが」

「大丈夫です」マックスはそう言って、シリアルナンバーを読みあげ、彼女のキーボードがカチャカチャいう音に耳を傾けた。

「そのピアスは、ミネアポリスの〈ガリベイ・ジュエリー〉によって弊社から買い取られています」

マックスはその店の名を聞いたことがなかった。コンピューターで検索してみると、〈ガリベイ・ジュエリー〉とは、高級志向の消費者を顧客とするアップタウンの小さな店だった。営業時間というものはなく、商品を見るにはアポイントを取らねばならない。アポイントを取るための電話番号はウェブサイトに載っていたが、Eメール・アドレスやファックス番号はなかった。

「ミズ・ローウェル、〈ガリベイ〉のファックス番号をご存知ありませんか？」

少し間があった。それから「ええ、ファックス番号はわかります」彼女は番号を読みあげ、マックスはそれを店のその他の関連情報とともに行政命令書に打ち込んだ。トロントとの電話を終えると、彼は署名をもらうため、記入ずみの命令書を郡検察局に送り、〈ガリベイ・ジュエリー〉の番号に電話をかけた。感じのよい女性の声が応答した。

「ミネアポリス市警のマックス・ルパートという者ですが。そちらのオーナーか店長と話をさせていただけませんか?」

「私はミリアム・ガリベイと申します。この店のオーナーです」

「ミズ・ガリベイ、実は今朝、遺体で見つかったある女性の身元を調べていまして」

ミズ・ガリベイは小さくハッと息をのんだ。

「あなたのご協力が必要なんです」

「いいですとも。でも何をすれば……」

「故人は〈ヘルシニア・ダイヤモンド〉のピアスを着けていました。その会社に連絡したところ、ピアスは御社が商品として買い取っていたことがわかったんです。われわれにはそのピアスを誰が購入したのか知る必要があるわけですよ」

「まあ……でもそれは……残念ですが、お力にはなれないと思います。お客様はみなさん、当店を信頼し、個人情報は保護されるものと思っていらっしゃるわけですから。つまりですね、お電話だけでは、どういうかたなのかわかりませんし、いきなりお客様に関する情報を提供するというわけには参りませんわ。ご理解いただけますでしょう?」

マックスは受信ボックスを見た。そこには、スキャンしてEメールで送られてきた署名入りの命令書が入っていた。彼はそれをプリンターに送った。「ミズ・ガリベイ、いまから行政命令書をファックスします。それは、そのピアスの所有者の氏名をわたしに教えるよう、あなたに要請するものです。あなたのお立場はよくわかりますが、これは重要なことなんです」

マックスは携帯電話を耳に当てたままプリンターのところに行き、ガリベイと話しながら令状を送信した。

「でも刑事さん、あなたが本当にご自身の名乗っているとおりのかたなのかどうか、私には知りようがありませんわ。その行政命令書というのがなんなのかも存じませんし。私は当社の評判を護らねばならないのです」

「では、ミズ・ガリベイ、ミネアポリス市警本部に電話をかけて、ルパート刑事につないでほしいと言ってください。そうすればわたしにつながりますから。それでわたしが名乗っているとおりの人物だとわかりますよ。どうしてもと言うなら、自分で車を運転してそちらに行き、命令書を手渡しすることもできますが、これは急を要することなんです。そちらから電話をしてみてもらえませんか？　それでわたしが名乗っているとおりの人物だとわかりますから」

「わかりました。そうします」電話は切れた。

マックスは席にもどって、電話が鳴るのを待った。三十秒。一分。一分三十秒。二分。二分五秒後にようやく電話が鳴った。

「マックス・ルパートです」

「ルパート刑事、ミリアム・ガリベイです。ご要望の情報ですが。そのピアスを購入したかたのお名前は、ベンジャミン・プルイットです」

マックスは危うく電話を落としかけた。「ベン・プルイット？　弁護士の？」

「そのかたが弁護士かどうかは知りませんが、マウント・カーブ・アベニューのご住所はわかりますよ。もしそれがお役に立つなら」

マックスはその住所を書き留め、ミズ・ガリベイに礼を述べ、通話を終えた。唾を吐きたい衝動を抑え、その唇がぎゅっと引き結ばれた。

彼はベン・プルイットの名前をコンピューターに打ち込んだ。インターネットは何千件もの情報を提供してきた。画像検索を行うと、彼がベン・プルイットとして知る男の写真がいくつも現れた。ページの半ばまで行ったところで、マックスはベンが目を瞠《みは》るような赤毛の美女と並んで立っている写真を見つけた。あの路地の女だ。彼はそのリンクをクリックし、写真のカップルを政治資金パーティーでのベンとジェネヴィエヴとして紹介するキャプションを見た。ドアの外へと飛び出しながら、マックスはニキに連絡して、被害者の氏名と住所を教え、その住所で会おうと言った。

第五章

ケンウッドへとふたたび車を走らせながら、マックスはベン・プルイットに最後に会ったときのことを思い出していた。あれは二年前、ミネソタ州弁護士行動規範委員会のオフィスの小さな会議室でのことだった。プルイットの懲戒聴聞会《ちようかい》は一時間と少しで終わったが、そこに至る道のりには一年近くが費やされた。

発端はハロルド・カールソンという男の裁判だった。屋根工事の請負業者であるその男は、業務用の手斧で交際相手の頭蓋骨を打ち砕いたのだ。いかにも恐ろしげなその道具は、ヘッド部の片側がハンマーに、片側が小さな斧になっている。女の過《あやま》ちは別の男にキスしたことだ。そして、カールソンの雇い人であるその男も、やはり屋根工事用のハンマーを持っていた。カールソンは証言台に立ち、交際相手には指一本触れていないと誓った。被害女性の四肢になぜ路面で擦《す》れた傷があるのか、なぜ走行中の車から放り出されたような痕跡があるのか——それについては、さっぱりわからないと彼は述べた。

通りかかった車のドライバーが路上の塊となっていた被害女性の遺体を発見し、その朝、まだ日が昇る前に、マックスは点々とつづく疑惑の痕跡を追って、ハロルド・カールソンの家にたどり着いたのだった。

カールソンは全身の毛穴から強い酒のにおいを発散させて、カウチで眠っていた。また、カールソンのトラックの座席には、交際相手の毛髪と血液の付着した屋根用ハンマーが隠しもせずに放置されていた。ハンマーを発見したとき、マックスはひとりだった。なおかつ、鑑識員のひとりがその前にそれに気づかずにトラックを通り過ぎていた。裁判の行方がハンマー発見に関するマックスの証言にかかっていることは、検察側、弁護側の双方が知っていた。

反対尋問で、カールソンの弁護士ベン・プルイットは、ハンマーは実は遺体が発見されたハイウェイにあったのではないかとマックスを厳しく追及した。プルイットは、見つけたハンマーをカールソンのトラックに仕込んだとして、マックスを非難した。プルイットの尋問は、マックスにハンマーを仕込む機会があったことを示していた。マックスは遺体の発見現場に行っている。人に見られずに自分の車にハンマーを隠すチャンスは何度かあった。また、トラックでハンマーを発見したと自身が主張しているそのとき、彼はひとりだった。しかもそれは、鑑識のプロ、現場を観察し、凶器を見つける訓練を受けた女性が、大きな銀色のハンマーに気づかないまま通り過ぎた場所なのだ。マックスはただ正直であることで追及を撃退した。事実は事実だ。それ以上の説明をする必要はない。

ところがそのとき、プルイットが判事に許可を求めて証言台に近づくことを認められた。彼は一枚の文書を手にしており、証言台に近づいてきながら、陪審員全員に聞こえるよう朗々と明瞭にしゃべった。

「これは弁護側の証拠物件42です。この文書に見覚えはありますか？」

マックスは少し時間を取って文書に目を通してから答えた。「この文書を以前に見たことはありません」

「あなたは二年前のある事件で証拠の捏造《ねつぞう》を行ったことにより懲戒を受けたことを覚えていないのですか？」

マックスは郡検察官補に目をやり、なぜこの男は即座に異議を申し立てないのかと思った。

プルイットはつづけた。「証拠の捏造、たとえば証拠を仕込むといったことは、警察の捜査員としてゆゆしき行為です」

マックスはプルイットをにらみつけた。いまこの場でその偽造文書を相手の喉に突っ込んでやりたくてたまらなかった。「プルイット弁護士、わたしはこの文書を見たことがありません。

なぜならこの文書はこれまで存在しなかったからです。わたしはこういうものを受け取ったことは――」

ここでようやく検察官が立ちあがって叫んだ。「異議があります、裁判官殿。根拠の欠如。信頼性の欠如。この文書は検察側に開示されていませ――」

「こちらへ！　さあ！」判事が命じた。両サイドの法律家が裁判官席に歩み寄った。判事はボタンを押した。それは、裁判官席での協議が陪審に聞こえないよう法廷内をホワイトノイズで満たすためのものだ。そのノイズにもかかわらず、やりとりが過熱してくると、マックスには会話の一部が切れ切れに聞こえた。

「これは反対尋問だぞ。証拠開示の必要はない」

「この文書は偽造されたものにちがいない。ルパート刑事は見たことがないと言っているんだ」

「ルパート刑事はひどい嘘つきだ」

この最後のひとことに、判事が声をあげ、指を一本、プルイットに向けた。言葉は聞き取れなかったが、判事の紅潮した顔は多くを物語っていた。双方の法律家をそれぞれの席に送り返したあと、判事は陪審に証拠物件42とプルイット弁護士の発言は無視するよう指示した。つまり判事は、マックスが証拠を捏造したことで懲戒を受けたというプルイットの主張を記憶しないよう陪審に求めたわけだ。そしてそう求めることで、彼は陪審員ひとりひとりの脳内にプルイットの言葉を定着させてしまった。

マックスの証言のあと、法廷は一時休廷となり、そのあいだにマックスは裁判所に働きかけるよう検事を説得した。結果、裁判所は証拠物件42のコピーを検察側に提供せよ、とプルイットに命じた。プルイットは、文書は証拠として認められなかったのだから、自分にはこの職務活動の成果を開示する義務がないとして、これに異議を唱えた。判事はその主張に耐える気分ではなく、検察側は文書のコピーを手に入れた。

証拠物件42は結局、入念に偽造された文書であることが判明した。それは、マックス・ルパート刑事が以前、ヘロインの過剰摂取でルームメイトを亡くしたある女性のバッグに注射器を仕込んだことを裏付ける懲戒処分通知書だった。しかしそんな事件は存在しない。通知書は単なる苦しまぎれの想像の産物にすぎなかった。問題は、誰の産物なのか、だが。

本人の懲戒聴聞会で、プルイットは自身の調査員がルパート刑事の前歴調査の成果としてあの文書を持ち込んだのだと証言した。さらにプルイットは発言をつづけ、自身の依頼人である屋根の工事業者が調査員に金を払って文書を偽造させたにちがいないと述べた。

調査員はこれを否定したが、当時、この調査員自身も営業資格委員会に呼び出されていた。最終的に、弁護士行動規範委員会は正式に懲戒を行い、プルイットを六十日間の資格停止処分にした。プルイットは文書が偽物であることを知っていた、または、知るべきであった、というのがその結論だった。委員会は、法廷で提示する前に文書の信頼性を確認するという当然の注意義務を怠ったとしてプルイットを非難した。要するに、彼の行為は法廷に対するペテンだったわけだ。

プルイットに対する懲戒処分は公的なものであり、〈ミネアポリス・スター・トリビューン〉

紙と〈セントポール・パイオニア・プレス・ディスパッチ〉紙のビジネス欄に載った。記事を読んで、マックスは笑みを浮かべた。これであの弁護士のキャリアは終わるものと彼は思った。ところが、なぜかそれらの記事には逆の効果があったようだ。

そして今回、ケンウッドの駐車場で、プルイットの妻が着衣なしの遺体で発見され、マックスの頭のなかではひとつの仮説が形を成そうとしていた。

第六章

プルイットの家は、ある人々から見れば大邸宅かもしれないが、本物の大邸宅に住む人々からすればおそらくその範疇《はんちゅう》ではないだろう。だがその家は、ひとかたまりの岩から切り出されたかのように、大きくて四角くてがっしりしていた。擁壁《ようへき》によって通りより一段高くなった角の敷地に、まるで台座の上できらめくトロフィーのようにそれは立っていた。プルイットがマックスに大物弁護士という印象を与えたことはない。あの男がそういう家を買えるとは意外だった。

ニキはその家のドアの前に立っていた。かたわらにはひとり、制服警官がいる。擁壁に刻まれた階段の下の歩道にも、さらにふたり、制服警官が立っていた。そしてもうひとり、マックスのすぐうしろに制服警官が現れた。マックスは警官たちについてくるよう合図して、ニキのところまで階段をのぼっていった。

「呼び鈴も鳴らしたし、ノックもした。応答なし」

マックスは制服警官の小集団に向き直った。「オーケー、目下われわれが行っているのは住人が無事かどうかの確認だ。今朝、われわれは遺体を発見した。そして、なんらかの暴力行為があったものと見ている。被害者はジェネヴィエヴ・プルイットと特定されており、ここは彼女の家だ。われわれに令状はない。だから、なかに入るのは、他の被害者、たとえば、助けを必要としている家族がいないかどうか、確認するためとなる。引き出しや戸棚を調べてはならない。ただ人をさがすだけだ。目につくところに何かあったら、ニキかわたしを呼べ。いいな?」

制服警官全員がうなずいた。

「そこのふたり」マックスは制服警官のふたりを指さした。「裏手に回って、ガレージや屋外の建物を調べろ」それから彼は、残りのふたりの警官に順番に話しかけた。「きみはヴァン刑事と一緒に行け。きみはわたしと来るんだ」

全員が銃を抜いた。マックスがドアの取っ手を動かしてみると、ドアはカチリと開いた。鍵がかかっていない。

「ベンジャミン・プルイット!」マックスは大声で言った。「ミネアポリス市警本部のマックス・ルパート刑事です! なかに入りますよ! プルイットさん、いらっしゃいますか?」マックスは相棒の制服警官を従えて、ホワイエに入り、左に曲がった。ニキは右に行った。

「プルイットさん！　警察です！」ニキが叫んだ。「いらっしゃるなら、返事をしてください。力になりますから！」

マックスの採ったコースの先には、書斎があった。マホガニーの壁と高さ二十フィートの天井の部屋——絵画がいくつか掛かった角のオフィス。絵はどれも、印象派の作品とわかる、ぼやけたようなやつだ。彼のジェニはそういった絵が大好きだったが、彼自身はよく理解できない。

壁の別の一面には、家族の写真が並んでいた。なかの一枚では、プルイットがジェネヴィエヴと並んで立っている。その横には、〈ミネアポリス・スター・トリビューン〉紙から切り抜かれた写真があった。ジェネヴィエヴの隣に立つベン・プルイット。キャプションは、夫妻とともに、写真のなかの第三の人物、娘のエマを紹介していた。マックスは最初、その少女に気づいてさえいなかった。八歳か九歳くらいの女の子が、内気そうに唇を噛み締め、母親の黒いイブニングドレスのうしろから顔をのぞかせている。

「夫婦には娘がいるぞ」マックスは大声でニキに言った。「名前はエマだ」

マックスは書斎を通り抜けて、脱衣所と裏のポーチのほうへ進んだ。整然と一列に並んだ三足の長靴、フックに掛けられた未使用のレインコート、そして、隅に置かれた木製のポプリの壺からはヒマラヤスギとクローブの香りが立ちのぼっている。異状なし。

マックスは自分がいることを大きな声で知らせつづけた。家の反対側ではニキも同じことをしていた。脱衣所の先には、缶詰や乾物類で一杯の食糧庫があった。なかのものは、まずは種類別、つぎに内容別、さらにサイズ別に分類されていた。食糧庫を通り抜け、キッチンに入ると、同時にニキがダイニングからキッチンに入ってきた。

「何かあったか？」

ニキは、何も、と首を振り、未確認の最後のひとつのドアを開けた。それは湿っぽそうな地下室への入口だった。ニキが下に向かって呼びかけた。「プルイットさん？　エマ？　警察です。下りていきますよ」

マックスは相棒の制服警官に手振りで合図し、玄関のほうに引き返した。ふたりは二階につづく階段を一段抜かしでのぼっていった。たどり着いた最初の寝室は物置きになっており、箱やクリスマスの飾り物や古い運動器具で一杯だった。警官はクロゼットを調べに行き、マックスを振り返って、何もないと首を振った。

廊下の反対側で、マックスはエマの部屋を見つけた。壁は幼い女の子らしい色に塗られ、天蓋付きのベッドがある。ベッドのシーツ、馬と星のその柄は、書店の裏で母親がくるまれていたブランケットと一致した。誰がプルイット夫人を殺したにせよ、その人物は彼女を家から運び出すのにエマのブランケットを使ったのだ。

マックスは室内を見回した。エマはサッカー選手で、トロフィーを四つ獲得しており、それらはドレッサーの一隅を占めていた。また、彼女はベッドの上の壁に、自分と母親と父親の写真を留めていた。真っ青な海を背景に暖かなビーチで撮った写真。別の何枚かは、ジャングルで馬に乗っている彼女と父親をとらえたものだ。ドレッサーの、サッカーのトロフィーの隣には、大判のエマの写真、学校で撮ったポートレートが立ててあった。

少なくともいま、この女の子のベッドは殺人事件に結びついている。そのうえ児童がひとり行方不明になっている可能性もある。これはアンバー・アラート（児童誘拐または行方不明事件の緊急事態宣言）を発令する相当の根拠（刑事手続き上、逮捕や捜索を行う根拠となる事実や情報）となるはずだ。マックスはフレームの背面をはずして、写真を抜き取った。

廊下の突き当たりには、主寝室があった。犯行現場はそこだった。キングサイズのベッドの左側で、血が切れ切れのアーチを描いて壁にかかり、ベッドサイド・テーブルの置き物に飛び散ったすえ、アーミッシュ製作の高級ベッドのまんなかで途絶えている。ベッドのシーツやカバーはすべてはぎとられていた。むき出しのマットレスのまんなかには、大きなタオルが半ばたたまれ、半ば丸められた状態で載っている。マックスはポケットからラテックスの手袋を取り出してピシリとはめた。タオルの角を持ちあげると、その下に七面鳥の皿くらいの血の染みが現れた。

マックスは、動かずにその場で待て、と制服警官に合図して、バスルームとウォークイン・クロゼットをチェックした。どこにも触れないよう足もとに注意して歩き、人がいないのを確認するために必要不可欠なこと以外は何もしなかった。それから彼は携帯を取り出して、ニキに電話した。

「地下に何かあったか？」

「おかしなものは何も」

「二階の主寝室に来てくれ。犯行現場を見つけた」

マックスはかたわらの制服警官に、下に行って、屋外の建物を捜索している警官二名の様子を見てくるよう指示した。「ふたりに、まず人間の捜索をすませ、そのあと敷地の周囲に規制線を敷くように言え。あとは、捜索令状が取れるまでじっとしているんだ」

ニキが入ってくると、マックスは絨毯《じゅうたん》の一箇所、主寝室と主バスルームをつなぐエリアに付着した第一の血痕を指さした。「始まりはここだよ。きみのシャワー説は成立すると思う。この血はひとつのコースをたどっているようだ。被害者はここで刺され、その後、ベッドに放り出されて、そこで大量出血したんだろう。被害者を包んでいたブランケットは、廊下の向こうの娘の寝室のものだった」

「それで、旦那と娘はどこにいるの？」

「俺なりの仮説はある。だが俺はベン・プルイットの大ファンとは言えないからな。あわてて結論に飛びつきたくはない。令状が必要だね」

相当の根拠を示すためにいろいろ頭に入れているのだろう、ニキは室内を見回し、それからうなずいた。「すぐ手配する」

マックスは彼女にエマの写真を手渡した。「それと、アンバー・アラートを出してくれ。プルイットは子供を連れて、逃げているものとみなそう」

「妻を殺して、子供を連れ去ったってこと？」

「現時点ではその仮説がもっとも有力だよ」

「でもなぜシーツやカバーを持っていったの？　なぜ遺体を書店裏の駐車場に運んだのよ？」
「さあね。とにかくいま頭に浮かぶ最高の推理は、プルイットが妻を殺し、エマを連れて逃げているというやつ、または、プルイットは妻を殺してはおらず、もう一体、死体が出る確率がぐんと高まったというやつだ」

第七章

マックスは家の正面に一名、裏手に一名、制服警官を配置し、その後、バグに電話して、犯行現場が見つかったことを伝えた。バグとそのパートナー、デニスは、書店の裏のゴミ容器の徹底捜索をちょうど終えたところだった。案の定、興味を引くようなものは何も出なかったという。彼らはまもなくプルイット宅に着くはずだった。

マックスは、市警の車、覆面のダッジ・チャージャーに引き返し、上着のポケットからデジタル・レコーダーを取り出した。つぎに、携帯でネット検索し、ベン・プルイットの事務所の電話番号を調べた。それはすぐに見つかった。彼はレコーダーの電源を入れ、その番号に電話をかけた。

女が応答した。「プルイット法律事務所です」
「ベン・プルイットと話したいんですが」

「申し訳ありませんが、プルイット弁護士はただいま電話に出られません。ご伝言をうかがいましょうか?」

マックスは驚かなかった。むしろプルイットが事務所にいたら、驚いただろう。「裁判に出ているんですか? それともすぐにおもどりでしょうか?」

「申し訳ありませんが、プルイット弁護士のスケジュールについてはお話しできません。ご伝言をうかがいましょうか? それとも、ボイスメールにおつなぎしますか?」

「プルイット弁護士の携帯電話の番号を教えていただけませんか? どうしても彼と連絡を取らなくてはならないんです」

「申し訳ありませんが、プルイット弁護士の携帯電話の番号はお教えできません。ボイスメールにおつなぎしますので――」

「お嬢さん、わたしはマックス・ルパート刑事。ミネアポリス市警本部の者です。プルイット弁護士に電話したのは、ある事件のことで話をするためです。わたしは現在、生死にかかわる問題を扱っており、プルイット弁護士はそのことに関係があるんです。ただちに彼と連絡を取る必要があります。これはボイスメールですませられるような事柄ではありません。あなたには彼と連絡を取る手段があるんですか、ないんですか?」

「そうですね……プルイット弁護士からあなたに連絡させることはできますが」

これはマックスの予想に反していた。「すると、彼がいまどこにいるかご存知なんですね?」

「ええ。でも、わたしの一存でそれをお教えするわけにはいきません。あなたがどなたなのか確かなところはわからないわけですから。そちらの電話番号を教えていただけますか。プルイット弁護士にあなたにお電話するよう伝えますので。こちらではそれ以上のことはできかねます」

マックスは番号を教え、電話を切って、来るとは思えない電話を待った。五分後、携帯が鳴った。マックスは再度レコーダーの電源を入れ、電話に出た。

「ルパート刑事？」

「プルイット弁護士？」

「そうですよ」

「あなたにお話があります。直接会って話したいんですが」

「いいですとも。わたしの部屋に来てください。ミシガン・アベニューのマリオット・ホテル、四一四号室です」

「ミシガン・アベニュー？」

「そう、シカゴのね。だからあなたは、ここまで飛行機で飛んできておしゃべりするか、電話でどういうことなのか話すかだな」

「娘さんはあなたと一緒ですか？」

「なんだって？」プルイットの口調から嫌味たらしさが消えた。「うちの娘か？　〝一緒か〟とはどういう意味だ？　いや、娘はわたしと一緒じゃない。どういうことなんだ？　エマの居所がわからないのか？」

「落ち着いてください、プルイット弁護士」

「脅かさんでくれ、刑事さん。いったいどういう――」

「プルイット弁護士、目下われわれは娘さんをさがしています。どこか心当たりは――」

「妻はどこなんだ？　ジェネヴィエヴと話させてくれ。妻なら知っている。知っているはずだよ」

マックスはプルイットの声に芝居臭さがないか聞き取ろうとした。彼は本当に動転し、混乱しているようだった。「プルイット弁護士、奥さんはここにはいません。われわれには娘さんのいそうな場所を知る必要があります。どこか心当たりはありませんか？」

「いや。エマがどこにいるか、わたしは知らない……わたしには……どういうことなんだ」

「プルイット弁護士」マックスはほんの少し間を取り、話す前に頭のなかで文章を組み立てた。「プルイット弁護士、今朝、人が倒れているのが発見されたんです。遺体が。どうもそれがあなたの奥さんのようなんです」

「わたしの……しかし……そんな……息ができない。ちょっと待ってくれないか。息を……しないと」

「エマのいそうな場所に心当たりはありませんか？　少しでも？」

「なんてことだ。ルパート刑事、あの子を見つけてくれ。なんとしてもエマを見つけてくれ」

「どこをさがせばいいんです？　まず取りかかる場所がわからないと」

「何があったんだろう？　あの子はいついなくなったんだ？　うちに……うちに帰らなければ」

「プルイット弁護士、われわれは娘さんを見つけるためにできるかぎりのことをしています。娘さんは携帯電話を持っていますか？」

「いや。この十月の誕生日に買ってやるつもりだったんだが。いったい何が起きたんだ？　どうしてジェネヴィエヴが……つまりその……それは確かなことなのかな？」

「最終的な身元確認はあなたにお願いしなければなりませんが、まずまちがいないでしょう。いまはこれ以上その話はできません」

「すぐそっちに向かうよ。つぎの便で行く。何かわかったら、すぐに電話をくれ。どんな些細《ささい》なことでも。いいね？」

「もちろんです。でもまずは、お宅を調べさせてもらえたら、メモか何かエマの居所がわかるものが見つかるかもしれません」

「ぜひたのむ。どこでも遠慮なく捜索してくれ。娘を見つけるのに必要なことはなんでもやってくれ」

マックスは電話を切り、レコーダーをポケットにしまい、ニキに電話をした。「令状のほうはどうなっている？」

「いま裁判所に持っていく準備をしてるところ」

「相当の根拠にこれを付け加えてくれ。『被害者の夫とは電話で話せたが、被害者の娘はいまだ所在不明。被害者の夫は、娘の居所を知らないと述べている』」

「彼を信じるの、マックス？」

マックスはあの男の声から聞き取れた恐怖の色を思い返した。あれは本心であるか、プルイットがよほど芝居がうまいかだ。「判断は保留するよ。彼は怯えているようだった。家の捜索に同意したくらいだ」

「同意が得られたの？　じゃあ令状は要らないわけ？」

「令状はとにかく取ろう。あの男がどういうやつか、きみは知らないんだ。あとで同意を引っ込められ、痛い目に遭わされちゃたまらない。それと、彼の仕事用のコンピューターの差押令状を取ってくれ。彼はおそらく弁護士・依頼者間の秘匿《ひとく》特権を主張するだろうが、何も消去できないようにそれを押さえておこう。何を見ることができるかは、あとで郡検察官に判断させればいい」

「プルイットが有力だと思う？」

「本人はいまシカゴだと言っているし、行方不明の娘のことでパニクッているようだったが、それも全部嘘っぱちなのかもしれない。芝居じゃない可能性もあるが、あの男は蛇だからな。今回は特に慎重に行こう。罠にかかるのはごめんだよ」

第八章

プルイット宅の玄関の開かれたドアは、中世の破城槌《はじようつい》にも屈しないほど分厚く、木材オイルのにおいがした。マックスはそのドアのすぐ外に立ち、バグとデニスが足跡をさがして邸内の優雅な階段の絨毯を調べるさまを見守った。ちょうどニキが捜索令状を持って到着したころ、バグがうなずいて、もう家に入ってよいとふたりに伝えた。マックスとニキは布製のオーバーシューズを靴の上からはき、手袋をはめて、二階の主寝室へと向かった。

室内に、争いがあったと感じさせるものはなかった。ナイトテーブルには複数の本が立てられ、その隣に水のグラスと充電中の携帯電話が置いてある。ドレッサーの上の置き物、宝石箱、写真も整然と並んでいる。血の付いたタオルの載った、シーツのないベッドだけが、ここで何かがあったことを示していた。マックスは、バグが何枚かパチパチと、キングサイズのベッドの中央に放置されたタオルの写真を撮るのを待ち、それからタオルを拾いあげて調べた。長い赤い毛髪が三本、タオルの血に貼りついていた。それらは色も長さも、その朝、彼の見たジェネヴィエヴ・プルイットの顔を包んでいた髪と一致した。

マックスはデジタル・レコーダーを取り出して、報告書用に覚えを吹き込みはじめた。「赤い毛髪が三本、主寝室のベッドの上で見つかったタオルの乾いた血に貼りついていた。これらの毛髪は見たところ、被害者ジェニ・プルイットの毛髪に一致している」

「ジェネヴィエヴだよね」ニキが言った。彼女は四つん這いになって、ベッドの下をのぞいていた。

「え?」

「あなたはいま被害者のことを〝ジェニ〟と言った。彼女の名前はジェネヴィエヴでしょ」

「俺がジェニと言ったのか?」

「まちがいなく」ニキはベッドの下に肩まで入れて手を伸ばした。その目は手の先にある何かに注がれていた。「ねえ、バグ、こっちに来て、この写真を撮って」

バグは腹ばいになり、ニキが見つけたものの写真をパチパチと四枚撮った。それからニキが第二のタオルを引っ張り出した。その白い生地の半分に、斜めに長く伸びた血の染みが点々と付いている。ニキは体に巻きつけるようにタオルを横向きにした。すると血の染みの位置は、ジェネヴィエヴ・プルイットの首から噴き出した血がかかったであろう箇所と一致した。

マックスはニキの手のタオルを指さした。「彼女はそれを体をふくのに使い、こっちを髪に使ったわけだな」

ニキは手にしたタオルのにおいを嗅いで、うなずいた。「ボディウォッシュよ」彼らはタオルを証拠用の紙袋に入れた。

「ちょっといいですか」バグは撮影の作業を中断して、炉棚の中央に載ったシリアルの箱ほどの大きさの木製の飾りケースを見つめていた。ニキとマックスもそこに加わった。前面がガラスになったそのマホガニーのケースは、なかが青いフェルトで、儀式用の短剣を一本はめこむように成形されている。その形状から、マックスには短剣の刃が長く、両サイドに角度があることがわかった。いまそこにない短剣は、どうやら両刃の剣らしい。握りの部分もまた長く、末端にクルミほどの大きさの柄頭《つかがしら》が付いており、それがこの剣に実用の武器というより装飾品なのだという印象を与える。鍔《つば》(握りを持つ手が刃へとすべるのを食い止める金属の部分)は、刃に向かってカーブし、ほぼ完全なCの形を描いていた。ケースの底部に付いた金色のプレートにはこう記されていた――「保護される地をさらに切り取るために」

「寸法を添えてその写真を撮って、わたしの携帯に送ってくれ。マギーにこれを見せたい。それと指紋も調べてくれ。消えたナイフが凶器だとすれば、誰かがこのケースを手に持ってナイフを取り出したはずだ」

マックスはベッドに引き返して、血痕を逆にたどった。それはベッドの片側から、マックスの寝室よりも大きなバスルームへとつづいていた。なかには、ホットタブと、二連ボウルの洗面台と、ちょっとしたパーティーが開けそうな広さのタイル張りのシャワー室が備わっている。シャワー室の床は乾いていたが、床の上で丸まった洗面用タオルはまだ湿っていた。ニキがバスルームの入口から見守る前で、マックスは自分の考えを言葉にしていった。

「プルイット夫人はシャワーを浴びた……洗面タオルはまだ湿っている。つまり、昨夜のいつであるかに関しては、マギーの仮説どおりということだ。被害者はタオルを体に巻きつけ、別のタオルで髪を包んだ。彼女は……」彼は洗面台に歩み寄った。その片側にはバニラの香りのボディローションが、その隣にはドライヤーとナイトクリームが置いてあった。「ボディローションを脚に塗り、たぶんナイトクリームを少し顔につけた。しかし髪は乾かさなかった」

「途中で邪魔が入ったから」ニキが言った。「きっと物音を耳にしたのよ」

マックスはうなずいた。「彼女は確認のため寝室へと向かう」マックスは血痕のスタート地点、バスルームとウォークイン・クロゼットを寝室から隔《へだ》てるエリアの少し先まで歩いていった。彼は寝室のドアに向かって立った。「そして角を回って、犯人を目にする。犯人は彼女の首を刺す。血を壁に飛び散らせ、彼女はベッドのほうに進んでいく。体に巻いたタオルには血が付いている。そのタオルは床に落ち、彼女はベッドに倒れ込んだ。そんなところか?」

ニキは約七フィートにわたる血痕を見て、首を振った。「たぶん彼女は刺された勢いでベッドのほうへよろめいたのよ。あるいは、犯人に突き飛ばされたのか。防御創はなかった。つまり格闘はなかったってこと」

「彼女は不意を突かれたか、襲ったやつを知っていたかだな。いずれにせよ、襲撃は瞬時に終わった。床にはほとんど血が落ちていない。彼女はすぐさまベッドのほうに突き飛ばされたんだろう。着地したとき、頸部はマットレスの中央にあり、彼女はそこで大量出血する。体に巻いたタオルは落ちるか、剝がされるかし、ベッドの下に蹴り込まれた。犯人は彼女をここで失血死させ、それから、エマのブランケットで遺体をくるんであの路地に運んだ」マックスは腕組みし、右手を顎に当てて考え込んだ。「でもなぜ遺体をあそこに持っていったんだ?」

「それにこのベッドのシーツやカバーはどこなの?」ニキが疑問を呈した。彼女はウォークイン・クロゼットへと入っていった。「この階のどこにもない。洗濯室にもないし。ジェネヴィエヴ・プルイットはもう寝るところだったように見える。だから論理的に考えると、ベッドはすでにメイキングされていたことになる」

「それにエマはどこなんだ?」マックスは言った。「争った形跡はない。犯人はエマのブランケットを持ち去ったが、それ以外あの部屋に異状はない。もし彼女が連れ去られたなら、なぜ抵抗の痕跡がないんだ？」

「自ら出ていったとか？」

「ブランケットに死んだ母親をくるんで運ぶやつと一緒に？」

ずっと絨毯の血痕を見おろしていたニキが、突然ハッと顔を上げた。「エマのベッドはメイキングされていた」ニキはマックスを迂回して進み、エマの部屋に入っていった。「ほら。シーツの端がまだたくしこまれたままよ。エマは昨夜ここで寝ていないのよ」

「そして、もしここにいなかったなら、プルイット夫人は娘がどこにいるか知っていたんだろうな」マックスはナイトテーブルに歩み寄って、携帯電話を手に取った。

まだ短剣のケースのそばにいたバグが声をあげた。「電源を入れたら、メタデータがだめになっちゃいますよ」

「行方不明の子供がいるんだ」マックスは言った。「鑑識課の連中も今回だけは許してくれるんじゃないかな」電源を入れると、その携帯がパスワードで保護されていないことがわかった。画面にはテキスト・メッセージのアイコンが出ていた。彼はそこに触れて、最新のメッセージ、ベン・プルイットからのものを読んだ。

午後五時三十分。ベン・プルイットからのメッセージ――会議終了。エマに愛してると伝えて、代わりにおやすみのキスをしてくれ。

午後五時三十五分。ジェネヴィエヴ・プルイットからの返信――OK。

「この感じだと、エマは夜じゅうここにいる予定だったように見えるね」マックスは言った。

「誰かの計画が変わったってことか?」

もっと前のメッセージを調べようとしたとき、階段の下から制服警官が声をかけてきた。

「ルパート刑事、家の前に女の子が来ているんですが。名前はエマ・プルイット。ここは自分の家だと言っています」

第九章

マックスは大急ぎで階段を下りていき、玄関でちょっと足を止めて、ラテックスの手袋と布製のオーバーシューズを脱いだ。外の階段の下では、女の子がひとり歩道の端に立ち、女性警官と話をしていた。子供を警戒させたくはない。マックスは二度深呼吸してから、ぶらぶらとそちらへ歩いていった。

エマは写真そのままだった。髪は赤みがかったブロンド、前髪を下ろしており、手足はか細く、立ち姿はひょろ長くてぎこちなかった。彼女は立入禁止のテープと女性警官を交互に見比べていたが、階段を下りてくるマックスに気づくと、その注意は彼へと移り、そこに留まった。

「やあ、きみがエマなの?」

女の子はうなずいたが、何も言わなかった。

「僕はマックスだ。警察官だよ」彼は上着の前を開いて、ベルトに留めた金バッジを見せた。

「元気？」

エマは肩をすくめて、マックスの背後の立入禁止のテープにふたたび目をやった。「僕たちはきみのお父さんとここで待ち合わせしてるんだ。お父さんはきみのことを心配していたよ」

「パパはシカゴだけど」エマが言った。

「うん、知ってる。電話で話したからね。きみがどこにいるのか、お父さんにはわからなかった。それで僕たちを呼んだんだ。きみはいま、どこから来たの？」

エマはそのブロックの先を指さして言った。「ケイティのうち」

「ケイティはあっちのほうに住んでるんだね？」

エマはうなずいた。

「ケイティは大人なの？　それともきみのお友達なのかな？」

「お友達」エマの目がマックスから女性警官へ、さらに家とそこでの全活動へと移った。「ママはどこ？」

「ケイティのお母さんがうちにいるかどうか知ってる？　その人と話がしたいんだけど。家がどこか教えてくれない？」

エマはまず女性警官に目を向け、つぎに地面に視線を落とした。「あたし、知らない人とはお話ししちゃいけないの」

女性警官がエマと目の高さが合うように片膝をついた。「そのとおりよ、お利口さん。用心するのはとっても大事なことだわ。でもわたしたちは警察官だからね。あなたみたいな女の子を護るのがお仕事なの」

マックスは以前にもその女性警官を見たことがあったが、名前は思い出せなかった。そこで彼は名札を盗み見た。サンドラ・パーセル。「エマ、パーセル巡査も一緒のほうが安心かな？」

エマはうなずいた。

「オーケー。じゃあケイティのうちに連れていって」

エマはそのブロックを先ほど指さした方向へと向かった。歩きながら、マックスはベン・プルイットにメッセージを送信した——エマは無事。近所の人の家にいた。

二ブロック先で、エマは一軒の家の門に歩み寄った。それは、人形の家の大人版のような、二階建ての住宅だった。板張りの壁は青で、白く縁取られ、てっぺんはシダーシェイクの板葺《いたぶ》き屋根。小さな塔まで備わっている。エマがその玄関まで彼らを案内し、マックスが呼び鈴を鳴らした。戸口に出てきた女は、動きの途中で凍りついた。その顔に恐怖の色が広がった。

「まあ。何かあったんですか？」女はマックスとパーセル巡査を交互に見比べた。

「大丈夫ですよ、奥さん。しばらくエマがこちらにいても、かまいませんか？」

「もちろん」女はドアをさらに大きく開けて、エマをなかに通した。「ケイティは二階のお部屋だよ。上に行ってね」エマは階段を駆けあがっていったが、てっぺん近くで足を止め、最後にもう一度マックスを振り返った。無表情のその顔も彼女が状況を理解していることは隠せなかった。何かあったことをエマは知っている。その目を見ればそれはわかった。彼の嘘をあの子は見抜いているのだ。マックスは丸二秒、彼女の視線を受け止めてから目をそらした。そしてエマは階段の上へと消えた。

「わたしはエマを送っていくべきだったんでしょうね」女が言った。「でもあの子はもう十歳ですし。その年なら大丈夫だと思って。わたしが十歳のころは、ベビーシッターでもなんでもしていましたもの。だからきっと何も問題はないと――」

「奥さん、どこかでお話しできませんか……内密にです」

「ああ……いいですとも。お入りください」

マックスはパーセルにうなずいた。パーセルはうなずいてこれに応え、プルイット宅にもどるべくその場をあとにした。ケイティの母親は先に立って家のなかを通り抜け、裏庭に出た。彼女はマックスを、家と同じ青と白に塗られた、花々であふれかえるあずまやに連れていった。そのあずまやで、ふたりは向き合ってすわった。

「わたしはマックス・ルパート刑事といいます」彼は手を差し出し、女はその手を握った。

「テリー・コランダーです」彼女は言った。「わたしは問題を起こしてしまったんでしょうか?」

「大丈夫ですよ、コランダーさん。これからあなたに、当面秘密にしておくべきことをお話ししたいんですが。ご了解いただけますか?」

「もちろん。わたしは以前、看護師だったんです。守秘義務についてはよく理解しています」

「それはよかった」マックスは小声で話すために椅子から身を乗り出した。「エマは昨夜こちらに泊まったんでしょうか?」

「ええ」

「何時に来ました？」

テリーはちょっと考えた。「五時過ぎです。ジェネヴィエヴから電話がかかってきて、ひと晩、エマを預かってもらえないかと訊かれたんです。どこかに出かけなくてはいけないという話でした。わたしは、ええ、もちろん、と言いました。ケイティとエマは大の仲よしですから」

「プルイット夫人は、昨夜、何をすると言っていましたか？」

テリーは口もとに手をやった。「ジェネヴィエヴに何かあったんですか？」

「仕事の打ち合わせだったのか、それとも、個人的な用事だったんでしょうか？」

「ああ、いえ。つまりその……彼女はなんとも言わなかったと思います。ただ……ただこう言ったんです。『ひと晩、エマを見てもらえない？　わたしは……』」テリーは眉を寄せて考えた。「『ちょっとやらなきゃならないことがあるの』それが彼女の言葉です。それでわたしはなんとなく、何か財団関係の仕事だろうと思ったんですが」

「財団？」

「ええ。ジェネヴィエヴは湿地の復元に携わる財団の理事なんです。いつも夜、打ち合わせに出ているんですよ。しばらく前に、新聞にも載りました。彼女の財団が大きな裁判で勝訴したので」新たな考えが意識の前面に飛び出してきたかのように、テリーは不意に話すのをやめた。その目がマックスの目を見据えた。「何があったんです？　なぜあなたはここにいらしたんですか？」

「最後にプルイット夫人を見たのはいつですか？」

「ルパート刑事、ジェネヴィエヴに何があったんです？」

質問に答えないかぎり、話が進まないことを悟り、マックスは頭を垂れた。それから、ふたたび顔を上げ、彼女の目を見て言った。「今朝、遺体が見つかったんです。われわれはその遺体をプルイット夫人のものと見ています」

テリーはハッと息をのみ、家のほうに目を向けた。二階の窓のほうに。ふたりの女の子がその向こうに立ち、あずまやを見つめている。

「落ち着いてください、コランダーさん」マックスはそう言って、彼女の注意を引きもどした。「まだ身元の確認はできていません。われわれはいま、プルイット氏がシカゴからもどるのを待っているところです。いろいろかたづくまで、こちらでエマを預かっていただけるとありがたいんですが」

「いいですとも」ミズ・コランダーの目に涙が湧きあがってきた。

「それと、ぜひ何事もないように振る舞ってください。被害者がプルイット夫人だと確認できたら、どのようにエマに伝えるかは父親に判断させますので」

「もちろん」テリーは左右の目の下を一本の爪でなぞって、形を成しつつある涙を目の隅ですくいとり、プリーツ入りのショートパンツで指先をぬぐった。

「プルイット夫人についてはどんなことをご存知ですか？」

テリーは息をひとつ吸って、気持ちを鎮《しず》めてから答えた。「すばらしい人ですよ。もともと裕福な家の出なんです。ご一族は会社をいくつも所有していてね。確か、製紙業で財を成したんじゃないかしら。北部にたくさんの土地と製紙工場をいくつかお持ちです。でもジェネヴィエヴは会社をやるタイプじゃありません。あの、誤解しないでくださいね、彼女はパワフルな女性です。ミネアポリス・クラブの理事でもあり、ガスリー&ヘネピン・シアター・トラストの高額寄付者でもあり。地元の重要な慈善事業のほぼすべてに深くかかわっているんです。でも彼女が何より大事にしているのは、アドラー湿地保護財団です」

「アドラー?」

「それが彼女の旧姓なんです。ジェネヴィエヴはその財団の仕事に多くの時間を捧げています」

「では、プルイット氏のほうは? 彼についてはどんなことをご存知ですか?」

「わたしたちは、プルイット夫妻と特に親しくはないんです。別に嫌いというわけじゃありませんけど。みんな毎日、忙しく暮らしていますものね。この近辺でよくお見かけしますが、いかたたちのようですよ。今月の初めには、ご夫婦で七月四日のお祝いに来てくださいました。うちでは毎年ささやかな会を催すんです。大したものじゃありませんけど。飲み物とステーキをお出しするだけで」

「ふたりはどんな様子でした?」

テリーは顔をしかめた。何か思うところがあるが、人に言っていいものかどうか迷っている表情だ。

「あなたの話してくださることは、どんなことでも、捜査の役に立つ可能性があるんです」マックスは言った。

「そうですね、たぶんなんでもないんでしょうけど、うちで過ごしているあいだ、ベンはジェネヴィエヴに対して細やかな心遣いを見せていました」

「それはめずらしいことなんですか?」

「めずらしいかどうかはちょっと……おふたりのことは、それほどよく知ってるわけじゃありませんし。ただベンの様子は……なんと言うか……たぶん〝妙に感じがいい〟という表現が適切かもしれません。もともと感じよく振る舞える人ではあるんですよ。でもあの日の彼は、ジーン・ケリーみたいに軽やかに歩き回っていました。飲み物を注ぎ足そうかとか、ナプキンを取ろうかとか、そんなことを、しきりとジェネヴィエヴに訊いていたんです」

「それで、ジェネヴィエヴのほうは?」

「彼女は普段どおりでした。あのカップルでは、彼女が冷静なほうなんです。パーティーの途中、ベンは子供の誰かが折ってきたらしい夾竹桃《きょうちくとう》の花を見つけました。彼はそれを持ってきて、ジェネヴィエヴの髪に挿してあげたんです。わたしは『優しいのね』って言いました。そしたらジェネヴィエヴが『人前だからよ』と言ったんです。どう受け取るべきなのかわかりませんでしたよ。ジェネヴィエヴはきまじめなところもありますし。それが冗談なのかどうか、わたしにはわかりませんでした」

マックスの携帯のチャイムが鳴った。見ると、マギー・ハイタワーからのメッセージが入っていた。そろそろ検屍解剖。立ち会いたい?

ないかしら」

「失礼」マックスは言った。「返信をしないといけないんです」彼はマギーにメッセージを送り返した。どうぞ始めてください。すぐ行きます。「失礼しました。あなたはプルイット夫妻の夫婦関係になんらかの問題があったと思いますか？」

「わたしの知るかぎりでは、何も。でもさっきお話ししたとおり、わたしたちは特に親しくもなかったので。子供たちがあんなに仲よしでなかったら、親同士は別に会うこともないんじゃないかしら」

「しかしいろいろと耳に入ってはきますよね」

テリーは肩をすくめた。「わたしは噂話はしないんです。ご近所にはちょっと穿鑿《せんさく》好きなかたたちもいますけど、わたし自身はそういうおしゃべりを聞くのは好きじゃありません。そのことはみんなも知っていますから、わたしはたいてい完全に蚊帳《かや》の外なんです」

「そういう穿鑿好きな近所の人たちをつかまえなければならないとしたら、どなたを訪ねればいいでしょうね」

テリーはマックスに非難のまなざしを向けた。彼女は、事件の解決に穿鑿好きな近所の人々がどれほど重要かを知らないのだ。マックスは彼女の視線をしっかり受け止め、一方の眉を上げた。

「まずマリーナ・グウィンを訪ねるといいかもしれません。道をはさんでプルイットさんのお宅の真向かいに住んでいる人。彼女は近所の事件のほとんどに首を突っ込もうとしますから」

「ご協力に感謝します、コランダーさん」マックスは立ちあがった。

テリーはマックスと一緒に玄関先まで出てきて、そこで最後にもう少しふたりだけで話すために立ち止まった。「エマはどうなるんでしょうか?」

「まもなく父親がこちらに着きます。われわれには、今度のことをエマに話す際に力になれる専門家を彼に紹介することができます。あの子にとっては楽なことではないでしょうから」

「とってもおとなしい、優しい子なんですよ。きっとひどくつらい思いをするわね」テリーは肩越しに家を振り返った。どの窓にも人影はない。「少なくともあの子にはお父さんがいるわけですよね」テリーは言った。

マックスはなんとも答えなかった。

第十章

マックス・ルパートは、初めて立ち会った検屍解剖のことを覚えている。胆汁の刺激臭にまぎれた、あのホルムアルデヒドと腐肉のかすかなにおいを。解剖医が死んだ男の体から臓器を取り出し、検査し、計量し、その後、瓶に入れるのを彼は見守った。検屍官は、長年の経験の賜物《たまもの》で手際よく作業していた。そのさまはマックスに、子供時代のある日のことを思い出させた。彼はその日、一家の車、ダッジ・ダートのキャブレターを父が交換するのを見ていた。無駄な動きはゼロ。すべての部品がガレージの床に整然と置かれていく。感情に訴えるものは何ひとつない。それは単なるやらねばならない仕事なのだ。

初の検屍解剖からの長い年月のあいだに、マックスは父のガレージでのあの日に学べば、解剖の立ち会いに対処しやすくなることに気づいた。対象は死体であり、人ではない。それらには、取り出すべき部位、損傷を受けた部位、ときには殺人犯の発見に通じる手がかりを秘めた部位がある。その体にかつて宿っていた人格、個性の輝きといったものは、最後の息が静かに吐かれたとき放出され、とうの昔に旅立っている。

しかしジェニが死んだとき、彼と被害者たちを隔てる華奢《きやしや》な壁は粉々に砕け散った。彼はもちろん、妻の検屍を見ていない。それでもその部屋に入るとき、以前そこに彼女がいたことは常に念頭にある。彼女はステンレスの台に横たえられていた。彼女の肋骨――ベッドで怠惰に過ごす朝、マックスがよくくすぐったあの部分は、切り裂かれていたのだ。そして解剖医らがその胸から心臓を――単なるひとつかみの死んだ筋肉として――取り出した。長年のあいだに、彼は何度その心臓に耳を寄せ、鼓動を聴いたことか。彼女は、ただやるべき仕事をやっている解剖医によって切り裂かれた。彼女を切開したのは、彼女がどれほど特別な存在か、どれほど愛されていたか、まるで知らない連中だった。それは、彼女の死が世界にもたらす――マックスにもたらす喪失の大きさをまるで知らない連中だったのだ。

彼とジェニはヨーロッパに行く予定だった。また、彼らは子供も持つつもりだった。必要とあれば、養子をもらうか、場合によっては里親になるかして。ふたりは一緒に年老いていくつもりでいた。彼らがめざしていたものは何もかも、まだ未来にあった。彼女が死んだ日、マックスはそれらの夢の重みが恐ろしい重圧となりうることを知った。すべてがあまりにも唐突に終わったため、まるで向かってくる列車に車で突っ込んだかのような気がした。彼女の死の直後の日々、マックスは呼吸するのを忘れることがあった。また、心臓が鼓動をやめるにちがいないと思うときも。

その衝撃で、彼は死体を単なる死体として見られなくなったばかりか、死者たちにつきまとわれるようになった。耳もとを通り過ぎるそよ風には、彼らのささやきが交じっていた。濁《にご》った水溜まりや汚れた窓から、彼らはマックスに手招きした。夜、なんとか眠ろうとしているとき、彼らはマックスを裁いた。夢のなかで、あの黒い縫い目、灰色の瞳とともに、彼らは何度、マックスを訪れたことか。生きていたときどれほどハンサムであろうと、美人であろうと、彼らは解剖台にいたときの姿でマックスを訪れる。

ジェニの死亡事故の写真を一切見なかったことをマックスは神に感謝した。彼は夫であり、担当刑事ではなかった。彼女の轢き逃げ事件の捜査にかかわることは全面的に禁じられていた。それでも噂はいろいろ聞こえてきた。また彼は、報告書のいくつかを盗み読みした。担当刑事は友人であり、見て見ぬふりをしてくれた。

しかしそんなマックスも写真だけは見なかった。どうしてもその気にはなれなかった。彼は、妻の葬儀でなぜ柩《ひつぎ》が閉じられていたのか理解できる程度に報告書を読んでいた。なぜ彼女の身元の確認に歯の記録が使われたのか、彼にはわかっていた。彼女の死はむごたらしく、スタントマンが映画で見せるような、車にきれいに跳ね飛ばされるという類《たぐい》のものではなかった。ジエニにぶつかった車は、彼女の命を奪う前に、その体を引きずっていた。そのあと車は猛スピードで走り去り、彼女の死に対する報いは誰も受けていない。

いま、部屋の中央のステンレスの台にはジェネヴィエヴ・プルイットの遺体が載っている。左右の肩から骨盤へと走るY字形の切れ込みは、すでに縫合されていた。もうひとつの切れ込み、まだ綴《と》じ合わされていないものは、ナイフの傷があった頸部側面で口を開いている。女の顔には赤い髪がひとすじかかっており、マックスはそれを掻《か》きのけたいという衝動を抑えつけねばならなかった。

「死因は頸部の傷だった」マギーがコンピューターの前の席から言った。「頸動脈と頸静脈の両方が切断されているの」

集中を妨《さまた》げる数多の思いを払いのけ、マックスは彼女のほうを向いた。「身元の見当がつきましたよ」彼は言った。「ジェネヴィエヴ・プルイット。ベン・プルイットという刑事専門弁護士の妻です」

「ベン・プルイット？　その名前、聞き覚えがあるわね。確か前に一度、わたしに反対尋問をしていると思う」彼女はコンピューターのモニターから視線をはずし、その名前に全神経を集中した。「そうよ、それが本当にその男だとすれば、いまの年齢は四十代後半、黒髪で、ちょっとハンサムな――黙っていればすてきな人でしょう？」

「その男です」

「彼を容疑者に入れてるの？」

「あいつならやりかねないと思いますね。やつは以前、ある裁判で、わたしの顔に泥を塗ろうとしたんです。あの男を刑務所送りにすることになるとしても、わたしとしてはなんの痛痒《つうよう》も感じませんよ。死亡時刻はわかりましたか?」

「かなり範囲を絞ってあげられる。死亡時刻は真夜中前後。体温でわかるのはそこまで。屋外に移されたのがいつなのかはっきりしませんからね」

「頸部の傷は何によるものです?」

「刃物」マギーはふたたびコンピューターに向かうと、臓器の写る無数の写真、摘出されているところ、計量されているところをクリックで通過していき、一連の頸部の写真で手を止めた。「わたしは傷を洗浄した。このクローズアップを見ればわかるけど、傷の幅は約一インチ半ね。それにほら、ここ」彼女は鉛筆の先で傷口の両端を指し示した。「このナイフは両刃よ。平らな背の部分はない」

「短剣みたいなものかな?」

「まあ、そう言ってもいいでしょうね。そして犯人は、刃を根本まで挿入している」マギーは、傷口の左右にある一対の点を示した。大きさは鉛筆に付いている消しゴムほど。傷の端からそれぞれ等距離の位置にある。「この短剣には、刃に向かってアーチ状にカーブした鍔が付いているの。鍔の先端が彼女の頸部に打撲痕を残したのよ」

マックスはポケットから携帯を取り出して、バグが送ってきた、寝室で見つかった短剣の飾りケースの写真を画面に出した。「刃の長さはどれくらいですかね?」

「確かなところはわからない。でも首の反対側まで届くだけの長さはあるわね」マギーはクリックで、遺体の頸部左側面の写真へと飛んだ。そこには幅半インチの小さな傷があった。

マックスは彼女に飾りケースの写真を見せた。

マギーはバグの寸法を自分のものと見比べた。「この傷は、あなたの写真のこの刃よりも数ミリ幅が広いけれど、こういう両刃のナイフの場合は、引き抜くときに傷が広がる。刃の長さは整合するし、鍔の先端の位置は完璧に一致している。仮にこれが今回の凶器でないとしても、それによく似たものではあるわね」

「すばらしい」マックスは言った。「他にも何かあります?」

「変わった打撲痕がいくつか」マギーはふたたびコンピューターの写真を見ていき、ジェネヴィエヴ・プルイットの背中を写した一連の写真にたどり着いた。「ほら、これ」彼女は鉛筆の先をぐるりと回して被害者の肩の一箇所を示した。「死後皮斑で見づらいけれど、彼女の右肩にはまちがいなく痣《あざ》がある。それにここ、左腕の背面にも。そして、後頭部と頸部には指の形の痣があるわ。もう少しで手形が見えるくらいよ」

マックスは写真を見て、痣のパターンに合うように自分の両手を動かしてみた。それから、片膝を床について、もう一度、写真を見あげた。「仮に犯人が被害者を押さえつけたとしたら……被害者がベッドにうつぶせに倒れていて、犯人がこんなふうに、彼女の右肩に片膝を乗せ、片手を後頭部に、もう一方の手を左腕に置いて、彼女を押さえつけていたとしたら……この痣のパターンはそれで説明がつきますか?」

マギーはふたたび写真を見ていき、マックスのシミュレーションをそれらと比較した。「かなりよく合っていると思う。被害者は押さえつけられていたと思うの？」

「犯行現場が見つかったんですよ。被害者はある部屋のベッドから数フィートのところで刺されていました。でもそのあと、ベッドに倒れ込んだか、押し倒されたかして、そこで大量出血しているんです」

「そして犯人は彼女を失血死するまで押さえつけていた。そう考えると、彼女がくるまれていた寝具に血痕がなかったことも説明がつくわね」

「皮膚から指紋が採れる見込みは？」

「やってみるけど、見込みは薄いわ」

「性的暴行の痕跡は？」

「はっきりしたものはない。仮に被害者が最近、誰かと性交渉を持ったとしても、それはコンドームを使用して行われており、痕跡が残るほど荒っぽいものではない」

「胃の内容物はどうでした？」

「被害者は夕食にサラダを食べている。たぶん遅い夕食よ。あとはワインね」

「胃にワインがあったんですか？」

「すすって確かめはしなかったけど、サンプルを毒物検査に回しておいた」

「防御創はありました？」

「さっき見せた肩と腕と頸部のもの以外、打撲痕はなし。爪のなかに残った皮膚細胞もなし。

死は瞬時に訪れたの。頸動脈と内頸静脈の両方を切断されたのだから、彼女はものの数秒で意識を失ったでしょう」

マックスは解剖台に歩み寄って、ジェネヴィエヴ・プルイットの遺体を見つめ、その冷たい白い肌と、胸部と腹部を綴じ合わせた黒いジグザグとの対照を心に刻んだ。彼は死者の顔を見た。眠りと覚醒《かくせい》の境にあるあのひととき、それが自分を訪れることはわかっていた。彼はこの顔に現れてほしかった。夜の静かなあのひととき、彼女と話がしたかった。もしベン・プルイットが妻を殺したなら、必ずあの男にその罪の報いを受けさせるつもりだった。それでぴったり帳尻が合うわけではないが、マックスはそこに一定の均衡《きんこう》を感じることができた。ジェニを殺した犯人に裁きを与えることは、彼にはできないかもしれない。しかしあの男は贈り物を濫《らん》費《ぴ》した。自身の妻を殺したのだ。自分を愛し、信じる女を。マックスが人を殺してでも取りもどしたいものを、プルイットは放り捨てたのである。

マックス自身の妻が得られない正義をもしジェネヴィエヴ・プルイットにもたらすことができるなら、あの女性は彼がいくばくかの安らぎを見出す助けとなってくれるだろう。この考えが幻想に近いこと、狂気すれすれかもしれないことは、わかっている。しかし心の奥底で、彼はそれが本当であるよう願っていた。

第十一章

ニキが電話を寄越したのは、マギーとの話がもう終わろうというときだった。「ベン・プルイットが到着した」彼女は言った。「本人の家に」

「彼はどんな様子だ？」マックスは訊ねた。

「ひどく参ってるようだけど、取り乱してはいない。家の外で待たせてある」

「彼の車もそこにあるのか？」

「家の私道に駐めさせたから、令状の捜索範囲に入ってる」

「すばらしい。トランクのなかを確認したいんだ。それに、彼のスーツケースも。だから車内からは何も持ち出させないでくれ」

「すでに制服警官をひとりやって、車を見張らせてる」

「最近これを言ったっけ？――きみはものすごくいい刑事だよ」

「いくら聞いても聞き足りないな」

「いい考えがある。きみのためにオウムを買って、その台詞を教え込んであげるよ。オウムは六十年くらい生きるっていうから」

「オウムはチキンみたいな味がするっていうしね。ところで、プルイット氏はどうする？」

「署の車でこっちに送り込んでくれ。話をする気があるかどうか見てみるよ。聴取にかかる時間にもよるが、俺もそのあとそっちにもどって、きみと一緒に近所の聞き込みをするつもりだ」

マックスは電話を切り、マギーに別れを告げ、ベン・プルイットの聴取の準備をするために市庁舎に引き返した。

プルイットは二十分後に到着し、内勤の警官の案内で取調室に通された。テーブルをはさんでマックスの向かい側にすわるとき、その物腰は自信なげだった。マックスが手を差し出すと、プルイットはためらいがちにその手を握った。ルール１――相手の緊張を解いてやること。マックスは胸の内でつぶやいた。

「このたびは大変ご愁傷様でした」彼はそう切り出した。

「ジェネヴィエヴだというのは確かなのか？　身元の特定はまだできていないんだろう？」

やるね、とマックスは思った。確かに妻だと知っていることを明かしてはならない。ジェネヴィエヴを殺した犯人であれば、彼女が死んだという事実も、具体的にどのように殺されたかも知っている。潔白な男ならあれこれ質問をするだろう。「あとでご遺体を確認していただかねばなりませんが、もしご希望なら、いま写真をお見せすることもできます」

「うん……やはり……見てみないと」

マックスはファイルを少しだけ開け、検屍解剖時の白黒写真を一枚取り出した。彼はそれをくるりと回して、テーブルの向こうへ押し出した。さあ、反応をよく見てろよ。

「そんな馬鹿な！」プルイットは震えだした。左右の手が妻の青白い死に顔の写真を両側からぎゅっとつかむ。「信じられない、これはジェネヴィエヴだ。でもどうして……」彼は写真を下に置いた。マックスの予想に反し、表を上に向けたまま。罪の意識のある人間は、殺した相手の顔が見えないように写真を裏返したくなるものだ。殺人者は、裁き手となって見つめ返す被害者を見たがらない。

「何があったんだ？　誰がこんなことをした？」

「われわれはその質問にお答えできるよう全力を尽くしています」これは答えであって答えでない。

「わたしに訊きたいことがあれば、なんでも訊いてくれ」

「ありがとう。容疑者のなかからあなたを除外することができれば、ずいぶん助かることでしょう。指紋とＤＮＡを採取させていただけますか？」

プルイットはぴんと背筋を伸ばした。「わたしを除外する？　当然ながらわたしの指紋とＤＮＡはあの家のいたるところで見つかるはずだ。それでどうやってわたしを除外できるんだ？」

「手順はご存知でしょう。これはごくふつうの手続きです。どれがあなたのものかわかれば、どれがあなたのものでないか知ることができます」

マックスはプルイットの目の奥に怒りの色がよぎるのを認めた。

「わたしは被害者の夫だ。自分が容疑者リストのトップにいることはわかっている。それもごくふつうのことだからな。そうなんだろう？」プルイットの目がマックスの目をじっと見つめ、反応を待っている。マックスが見せる気のない反応を。「話はちがうが、きみが質問に答えていないことにわたしが気づかなかったと思わんでくれよ。妻はどんなふうに死んだんだ？」

「残念ですが、現在進行中の捜査についてはお話しできないんです」

「馬鹿を言うな」プルイットはマックスに目を据えたまま、抑えた口調で言った。「確かに公式には部外秘だろう。だが、それがプラスになると見れば、警察は始終、情報を漏らしているじゃないか。わたしは捜査に協力したいんだよ。妻を殺したのはわたしじゃない」プルイットはテーブルにぐっと身を乗り出して、もう一度、穏やかに言った。「妻を殺したのはわたしじゃない。きみがわたしを好きじゃないことはわかっている。確かに過去には確執もあった。それはきみの口に厭《いや》なあと味を残しただろう。だがね、わたしは刑事専門の弁護士なんだ。それが仕事なんだよ。裁判の過程でひとりやふたり警官を怒らせなかったら、きちんと務めを果たしていることにならんだろう。きみは根に持っているかもしれないが、わたしから見れば、あれはもうすんだことだ。わたしは犯人さがしに協力したい。そのためにも、妻を殺したのはわたしじゃないことを、わかってもらわないとな」

「プルイットさん、わたしはあなたが奥さんを殺したとは言っていません。あなたが容疑者だとは言っていないんです。わたしはただ、犯人を見つけるために、できるだけ多くの情報を得たいだけです」

「だったら何があったのか、わたしに話してくれ。彼女はどんなふうに死んだんだ？」

科研の技術者がドアをノックし、ポータブルの指紋スキャナーを手に入ってきた。「よろしいですか？」マックスは訊ねた。

「もちろん」プルイットは言った。「だがこんなのは時間の無駄だよ」

マックスはドアの上のカメラに目をやり、コンピューターのモニターでこの取り調べを見ている上司にうなずいてみせた。技術者を送り込んだのも、その上司なのだ。プルイットはまず技術者を、つぎにドアの上のカメラを見ると、技術者に手を差し出してから会話にもどった。

「わたしはシカゴにいた」プルイットは言った。「NACDLのコンベンションに出席していたんだよ」

「NACDL?」

「全米刑事専門弁護士協会《ナショナル・アソシエーション・オブ・クリミナル・ディフェンス・ロイヤーズ》。会議のテーマはホワイトカラー犯罪だ。わたしはきのう、デルタ航空で向こうへ飛んだ。航空会社で裏が取れるはずだ。シカゴに着いたのは午前十一時ごろ。最初のパネル・ディスカッションは午後の二時に始まった」

「空港まではどうやって行きました?」

「パーク&ライド（最寄りの駅やバス停まで自家用車で行き、そこから目的地まで公共交通機関を利用する方式。または、その際に車を駐める駐車場）」プルイットは尻ポケットから財布を出して、駐車場のレシートを呈示した。

「お預かりしてもかまいませんか?」マックスは訊ねた。

損得勘定をしているのか、プルイットは目を細めた。それからこう答えた。「いいとも、それが妻を殺した犯人をつかまえるのに役立つなら」

「宿泊したのはなんというホテルですか?」

「ダウンタウンのマリオット」

「コンベンションの会場も同じ場所だったんでしょうか?」

「そうだよ」

「誰かあなたを見た人はいますか?」

「もちろん。そういう機会によく会う友人が何人かいるからね」

「何人か名前を挙げてもらえます?」

「うーん……そうだな――」

プルイットが話しているあいだ、その指紋を採取していた技術者が、今度は軸《じく》の長い綿棒を振ってみせ、DNAサンプルを採らせてほしいと合図した。邪魔が入って混乱したのか、プルイットは少しためらい、それから口を開けた。技術者が作業を終えると、マックスは法律用箋とペンをすっと押し出し、プルイットはそこに名前をふたつ記した。そのあいだ、マックスはプルイットの両手を見ていた――痣はない。切り傷もない。顔のほうもだ。もっとも彼自身、期待はしていなかった。プルイット夫人に襲撃者と争った痕跡はないのだから。

「昨夜は何をしていました?」マックスはつづけた。

「あの会議ではわたしは古株なんだ。ホスピタリティー・スイートのひとつで交流会があったんだが、それは若い連中向けだからね。そういう人脈作りの活動はもう必要ないし。一杯飲もうと誘ってくれた友人が何人かいて、わたしも最初は行くつもりだったんだよ。だが結局、疲れてしまって、ルームサービスをたのんだんだ。クラブ・サンドウィッチとフライドポテト。夜はずっと部屋にいた」

「部屋に入ったのは何時ですか？」

「五時ごろだね。わたしは、うちの様子を確かめるために、部屋からジェネヴィエヴに電話をしている。彼女は出なかった。そこでわたしはメッセージを送った。自分の代わりにエマにおやすみのキスをするようたのんだんだ。正確な時間は、携帯の履歴を見ればわかるよ。いや、それよりも、基地局のデータを調べてくれ。それでわたしの言葉に嘘がないことがわかるはずだ」

「奥さんがあなたの電話に出ないのは、よくあることなんでしょうか？」

「携帯を使う他の人たちと同じ程度に、出たり出なかったりだろうね」

「で、そのあとはずっと部屋にいたわけですね？」

「そうだよ。朝、起きるまでは。今朝、わたしは会議に向かった。ところが、スケジュール帳を忘れてしまってね。引き返して、取ってきて、最初の講演者が登壇したときには、その大きな部屋にいた。わたしの記憶では、午前九時だ」

「つまり、昨日の夕方五時から今朝の九時までのあいだ、あなたを見た人はいないわけですね？」

明らかにいらだって、プルイットは頭を垂れ、ため息をついた。少し間を置くと、顔を上げ、マックスの目を見て、ゆっくりと明瞭な声で言った。「聴いてくれ、ルパート刑事、もし依頼人が電話をかけてきて、妻が殺害された、殺人課の刑事が話を聞きたがっている、と言ったら、わたしは行くなと言う。依頼人がどれだけ潔白だろうが関係ない。わたしは刑事とは話をするなど言う。なぜなら刑事というのは、完全に潔白な人間に有罪に見えるようなことをしゃべらせるのがうまいからだ。それに、もしわたしが誰か、ちゃんと仕事のできる刑事専門弁護士に電話すれば、その弁護士は——われわれの過去を考えれば、特に——きみとは話すなとわたしに言うだろう。わかっているさ。きみはわたしをよく思っていない。それでもわたしはここに来た。わたしはきみと話したいんだ。なぜなら妻が殺され、わたしは犯人ではないからだよ」

しゃべっているうちに、プルイットの顔は紅潮した。ひとこと述べるごとに、その声は高くなっていった。「わたしはきみに、妻を殺したそのくそ野郎を——ジェネヴィエヴをエマから奪ったやつをつかまえてほしいんだ。そのために協力したいんだよ。しかしもしこれが、わたしに罪を負わせよう——仕返ししようという馬鹿な企てなら——協力はそこまでだ。訊きたいことはなんでも訊いてくれ。ただし質問は生産的であるよう心掛けることだ。なぜなら、きみがわたしの協力に興味を持っていないように思えたら——遺恨ゆえにただわたしをはめようとしているだけだという気がしたら——そのときは話は終わりだからな」

「プルイットさん、いまのところ、わたしは誰に罪を負わせようともしていません。ただ情報を収集しているだけです。何が重要で何が重要でないかは、まだわからないんです」こいつをしゃべらせつづけろ。

「ホテルの部屋に引き取ったあと、わたしを見た者がいるかどうかが、犯人を見つける手がかりになるわけはない。もちろん、そこにいたのはわたしひとりだ。わたしは本を読み、早く寝た。訪ねてきた友人はいない。バーで出会った孤独な女性との一夜の火遊びもなかった。エスコートもたのんでいない。わたしとわたしの本だけだ。しかしシカゴからこっちに来て、朝までに引き返す方法などあるわけがないだろう」

「プルイットさん、何もそういきりたつことはありません。さっきご自分でもおっしゃいましたよね。これはごくふつうの手続きです。われわれはあなたを除外しなければならないんですよ」

「もう必要なことはわかったろう。さっさと仕事にかかって、妻を殺した人物を見つけてくれ。それはそうと、事件のとき、エマはどこにいたんだ？　あの子は無事なのか？」

「娘さんは昨夜、近所のお宅に泊まっていたんです。コランダーさんのところに。娘さんは何も知りません。いまも、テリー・コランダーの家にいます」

「ジェネヴィエヴはどこで殺されたんだ？　家で？　うちじゅう警官や鑑識員だらけなのは、だからなのか？　ああ、エマがもしその場にいたら、どうなっていただろう？」

「奥さんに敵はいませんでしたか？　危害を加えそうな人物に心当たりはないでしょうか？」

「いや……そうだな……」プルイットは両手でこめかみをさすった。「敵もいたことはいたがね。殺人などという手段に訴えるとは思えないな」

「それは誰です？」

「ジェネヴィエヴは、湿地環境の復元のために闘う財団を運営していた。彼らは、湿地に打撃を与えかねない開発を阻止するために、自然保護団体や連邦政府の取り組みをコーディネートしてきた。訴訟もいくつか起こしているよ。彼らは絶えず人を怒らせているんだ。ジェネヴィエヴも始終、脅迫を受けているが、わたしたちは深刻に受け止めたことはなかった」

「最近はどうです？」

「いや。すぐに思い浮かぶ例はないな」

「あなたの仕事関係で、あなたに不満を抱いている人は？」

「依頼人の誰かということか？　いや。きみはきっと驚くだろうな。依頼人たちは自分のしでかしたことの報いを実に素直に受け入れるんだよ。彼らは罰を軽減するためにわたしがしてやることはなんでもありがたがるんだ」

「仕事はうまくいっているようですね。すごい豪邸をお持ちじゃありませんか」

プルイットはなんとも答えなかった。

「おふたりには経済面での問題もなかったんですよね？」

今度もプルイットはマックスを見つめるばかりだった。

「夫婦間の問題はどうです？」

プルイットは頭を垂れ、ため息をついた。「これは生産的な質問とは言えないね、刑事さん。生産的な質問、妻を殺した犯人をつかまえるのに役立つような質問を、と言ったろう。ジェネヴィエヴを殺したのはわたしじゃない。わたしは妻を愛していた。だから罪を着せようとするのはやめてくれ。わたしはジェネヴィエヴの死とはなんの関係もない。わたしを追及するのが何より楽しいのはわかるが、そろそろ犯人さがしに本当に役立つような質問を始めたほうがいいぞ。その気がないなら、わたしは帰らせてもらう」

「わたしはただ全体像をつかもうとしているだけですよ、プルイットさん。どこのご夫婦でもときには衝突するものでしょう？　それであなたに悪い夫のレッテルが貼られるわけではありません」

「話は終わりだ」プルイットは立ちあがった。「わたしにはまだ立ち去る自由がある。そうだろう？」

「そのとおりです」

「では帰らせてもらうよ。それと言っておくが、今後、きみには弁護士を通して対応するつもりだ」プルイットは出ていこうとして、ドアのところで足を止め、マックスを振り返った。「いいか、ふつうならわたしはここに留まり、話をしていただろう。あらゆる手を尽くして、きみに協力していただろうよ。だが、きみがわたしをここに呼んだ理由は明らかだ。きみはわたしに罪を着せたがっている。他の可能性なんぞくそ食らえってわけだ。まあいいさ。その道を進みたいなら、勝手にしろ。そのうち弁護士から連絡が行くだろう」

ベン・プルイットは取調室から出ていった。彼が去ったあと、マックスはカメラを見あげ、録音機を止めるよう合図し、その後、テーブルに拳をたたきつけた。

第二部　ディフェンス

第十二章

　ボーディ・サンデン教授は、自宅の玄関ポーチのロッキング・チェアにすわって、夕方の陽光のぬくもりに浸りつつ、前庭の巨大な二本のオークの木でおしゃべりする小鳥たちの声を聴いていた。彼の横には、書類の山とメモ、そして、彼が一年かけて集めてきた判例の文献がある。さまざまな裁判所で決定された法律の変更。それは、彼がこの六年行っている授業、刑事訴訟の講義の摘要に加えるべき先鋭的な裁定なのだ。

　彼はひと息入れて、サミット・アベニューを眺め渡した。他にも誰か、こういう天気のよい午後にポーチにすわっていられるような職種の人はいるのだろうか？　見渡すかぎりひとりもいない。ポーチの手すりに片足を乗せ、彼はほほえんだ。夏休み。それは、法学の教授であることの最高の役得だ。もちろん、夏の学期も教えることはできる――過去にはそうしたこともあるが、今年はちがった。右膝《みぎひざ》の半月板を治療すべき時が来ていたのだ。それでも夏の学期にはちゃんと復帰できただろうという気はするが、彼は妻ダイアナの厳命を受けていた。そしてボスはダイアナなのだ。彼女はお金のことは心配ないと請け合った。しかし最近、彼女がよく、クリスマスはうちにいたい、恒例のカリブ海への冬の旅行はなしでいい、とほのめかすことに彼は気づいていた。

彼女はいつもそうやって彼を気遣ってくれる。そして彼はそれゆえに彼女を愛おしく思っている。

ボーディがミネアポリスで事務員やアソシエートの小部隊をかかえ、法律事務所を営んでいたころ——彼が刑事弁護の会議で基調演説をし、ときに忍び笑いが漏れてしまうほど高額な小切手を家に持ち帰っていたころでさえ、家庭内で采配を振るのは常にダイアナだった。知事邸やセントポール寺院の所在地でもある長い舗装路、サミット・アベニューの家を買えるよう、家計をやりくりしたのもダイアナだ。彼らの住まいはそこそこのサイズのヴィクトリア朝様式の家で、ふたりにとっては大きすぎるくらいだが、見物に来る連中が期待するものよりは小さい。なにしろこの街は、かつてジェームズ・J・ヒルがグレート・ノーザン鉄道を経営し、スコット・フィッツジェラルドが『楽園のこちら側』を書いた場所なのだ。

弁護士業をやめる必要が生じたとき、ボーディの気持ちを楽にしてくれたのも、ダイアナだった。彼が法律事務所を去り、ハムライン大学ロースクール二階の小さな学部オフィスに移っても、困らないだけの蓄えはある——そうボーディを納得させたのは、彼女だった。二年間、依頼人の死という重荷に苦しむ彼を見守ったすえ、ついに彼女は彼を説得し弁護士をやめさせたのだった。その二年間、彼女は彼が十キロ近く痩せるのを見ていた。彼は食べることも眠ることもできなかった。弁護士の仕事はボーディにとって悪性腫瘍《しゆよう》以上に破壊的なものとなり、ダイアナは毎日、きょうこそ彼の出勤が車の大破で終わるのではないかと危ぶんだ。それが事故ではないとわかるのは、きっとわたしだけだろう——ロースクールの空きに応募するよう彼に懇願したとき、彼女はそう言っていた。

ダイアナは彼の命を救ったのだ。彼はこのことでもまた彼女を愛おしく思っている。

ボーディはセントポールの町が好きだった。双子の町《ツイン・シティーズ》の年上の片割れ、セントポールは、苦難の過去による深手を負い、その背は丸くなっている。この町は思慮深く、きまじめで、承認を必要としない。西にあるその兄弟よりやや活発さに欠けるかもしれないが、この地上にこれほど堅実な町はない。

ボーディはかつてミネアポリスの男だった。彼は身のほど知らずの自信を持って、その町の各局をめぐり歩いていた。かつては、ボーディの下す判断がすべて、どれほど無謀なものであろうと、彼にとって、また、依頼人にとってよい結果をもたらすように思えた時代もあった。彼はよくあるアクション映画のヒーローの気分だった。ヒーローは弾丸の飛び交う倉庫を駆け抜けても決して被弾しない。彼は不死身だった――そうでなくなる日までは。いまの彼にはわかっている。いまの彼はセントポールの男だ。

ボーディは講義の摘要から庭で追いかけっこする二匹のリスへと心をさまよわせた。黒い車が現れ、家の前に停まったのは、二匹が木を駆けのぼっていったときだった。ボーディは顔を上げ、庭の小道をやって来るベン・プルイットを目にした。

ボーディは笑みを浮かべて手を振った。「おお、なんと。ベンジャミン・リー・プルイット大先生じゃないか」

ベンは笑顔を見せずに手を振り返した。いま車を降りたばかりだというのに、その足取りは長旅の終わりの人のようだった。ベンの目の奥の悲しみに気づき、ボーディは立ちあがって彼を迎えた。突然シリアスなものと化した訪問にふさわしいシリアスな出迎えだ。

ベンはボーディを抱擁した。「ジェネヴィエヴが死んだよ」彼はつかえつかえそう言うと、ボーディから体を離した。その目にはいまにもこぼれ落ちそうに涙が溜まっていた。

「なんだって？」

「死んだんだ。今朝、遺体が見つかった。殺されたんだよ」

ボーディはもう一脚のロッキング・チェア、ダイアナの椅子を手振りで示し、ふたりはすわった。「確かなのかい？」

「いま死体保管所《モルグ》に行ってきたところだ。この目で彼女を確認した」

「何があったんだ？」

「わからない。こっちはシカゴにいたからね。きのうの朝、会議に出るために向こうに飛んだんだ。きょう、あんたの友達のマックス・ルパートから電話があって、ジェネヴィエヴが死に、エマは行方不明だと言われたんだよ」

「エマが行方不明？」

「もう見つかったがね。あの子は近所の家に泊まっていた。無事だったよ。まだ会ってはいないが、このあと迎えに行くつもりだ。ママが死んだことはまだ知らないそうだよ。しかし……なんて話したものだろうね。あの子にとってはお母さんがすべてだったのに」

「本当にお気の毒に……ジェネヴィエヴが……とても信じられないよ。経緯《けいい》については何か聞いてるのか?」

「いや、あんまり。検屍官からどうにか聞き出したところによると、ジェネヴィエヴは刺されたらしい。遺体に対面したとき、彼女の頸部右側面には縫合の痕《あと》があった。検屍解剖の写真ならわたしもいろいろ見てきたから、それが通常の処置じゃないことはわかった。それで検屍官を問いただしたところ、相手も根負けして、そこがナイフの刺さった箇所なんだと教えてくれたよ……」ベンの目が曇り、涙が頬を伝いはじめた。彼はボタンダウンの白いシャツの袖で涙をぬぐった。

「彼女はどこで殺されたんだ?」

「わからない。警察は何も教えてくれないんだ。たぶんうちで殺されたんだろう。警官が大勢来ているからね。こっちはうちに入れてもらえないんだよ」

「もし泊まるところが必要なら――」

「いや。ここに来たのはそのためじゃない。ここに来たのは、弁護士が必要だと思ったからだよ」

ボーディは口を開いた。もし弁護士が必要ならどこかよそを当たってほしい――そう友に言いたかった。だがその言葉は喉で固まってしまった。

「ルパートはわたしに罪を着せる気じゃないかと思うんだ」長い話に向けて腰を据《す》えるといった様子で、ベンは椅子のなかで姿勢を変えた。「マックス・ルパートとわたしのあいだで起きた問題のことは、あんたも聞いているだろう?」

今度はボーディが腰を据える番だった。椅子にもたれ、脚を組み、彼はプルイットとルパートの確執についてできるかぎり思い出そうとした。「その件は〈ミネソタ・ロイヤー〉紙で読んだな。それに、弁護士行動規範委員会の意見書も読んだよ」失望が顔に出ないよう努めたが、うまくいかなかったようだ。ベンは視線を落とした。「きみは資格停止になったんだったね……三十日だったかな?」

「六十日だ。だがわたしはあの文書が偽物だとは知らなかった。誓ってもいい、ボーディ。調査員が文書を持ってきて、マックス・ルパートの懲戒《ちょうかい》に関するファイルにあったものだと言ったんだ。わたしに知るすべはなかった。それは本物らしく見えたんだよ。疑う理由はまったくなかった」

「わたしは別に、きみが何か知っていたとは——」

「待った、ボーディ。話を聴いてくれ。わたしは法廷で意図的に不正を行ったりはしない。それだけは絶対にしないよ。弁護士業をやめるとき、あんたは自分の依頼人をわたしに託してくれた。彼らをいい弁護士に託したことは確かだ——あんたはそう言ってくれたじゃないか。あれは本気だったんだろう?」

「もちろんだよ」

「長年一緒に働いたが、その間、わたしが一度でも、法廷に故意に偽造文書を持ち込むような人間に見えたことがあるか?」

「いや」

「あんたの依頼人、判事、検察官。そのなかの誰ひとりとして、倫理にもとる行動を理由にわたしを非難したことはない。例外はあのいまいましい文書の一件だけだ。それは、わたしがその文書を偽物とは知らなかったためなんだ」

「きみを信じるよ、ベン。それにきみの言うとおり、わたしがきみに仕事を引き継いでもらったのは、きみを信頼していたからだ。きみの人間性は一瞬たりとも疑ったことはない。きみが正式に懲戒処分を受けたと知ったときも、本当は電話をしたかったんだ。そうすべきだったが――」

「無理もない。あんたを責める気はないよ。あの意見書はとにかく一方的だったからね。自分のことでなかったら、わたしだって信じただろう」

「いいや、ベン。わたしは電話をすべきだった。わたしのサポートはきみの役に立ったかもしれないし……あれはひどい過《あやま》ちだったよ」

「ボーディ、あんたのサポートが必要なのはいまだよ。ルパートはわたしを許しちゃいない。彼はジェネヴィエヴの事件の捜査主任だ。彼女の死の責任をわたしに負わせようとするに決まっている」

「もう彼と会ったのかい?」

「うん、きょう会った」

ボーディは顎を掻いた。「それは賢明とは言えないんじゃないかな?」

ベンは首を振って、通りに目を向けた。「わかってるさ。同じ立場の依頼人がいたら、わたし自身、ルパートには近づくなと言ったろう。確かに馬鹿げてるよ、ボーディ。だが、かまうもんか。こっちは妻の死を知ったばかりだったんだ。弁護士らしい考えかたはしていなかった。とにかくジェネヴィエヴを殺したくそ野郎が見つかるように協力したい一心でね。できることなら、役に立ちたかったんだよ」

「それで、役に立てたのかい？」

「たぶんだめだったろうな」

「ルパートは何を知りたかったんだ？」

「彼はまず、昨夜、わたしがどこにいたかを訊ねた。わたしは、シカゴのダウンタウンのマリオット・ホテルだと答えた。それから、妻との最後のやりとりは、きのうの五時すぎだということも話した。すると彼が、わたしたちの夫婦関係について質問しはじめたので、やめるように言ったんだ」

「動機さがしだな。夫婦間の不和か」

「もし彼が妻を殺した犯人につながりそうな質問をしていたなら、わたしはいまもあそこにいただろう。だが彼はわたしのことばかり訊きつづけた。だから引きあげてきたんだよ」

「で、きみは彼に目をつけられていると思うわけだね？」

「ボーディ、ジェネヴィエヴを殺したのは、わたしじゃない。どうすればわたしがやったことになるのか、さっぱりわからんよ。こっちはシカゴにいたんだからな。妻を殺す理由などわたしにはないし。マックス・ルパートがどう出るのかはわからない。でも、自分には誰か味方が必要だと思うんだ。わたし自身はぼろぼろだから。これを乗り切るにはあんたの手を借りないと」

「わたしはもう弁護士の仕事はしていないんだよ。模擬裁判と実習の授業のとき以外、この六年は法廷に足を踏み入れてもいないんだ」

「でもまだ資格は持っているんだろう?」

「それはそうだが――」

「ボーディ、あんたはわたしの知るかぎり最高の弁護士だ――もちろん自分自身は別にして、だがね」ベンは無理をしてかすかな笑みを浮かべてみせた。「それに、もっと重要なことだが、わたしはあんたを信頼している」

「でもわたしはもう弁護士じゃないんだよ。その仕事はしていないんだ……なぜかは知っているだろう?」

「ボーディ、あんたはジェネヴィエヴを知っていた。それに、わたしを知っている。あんたとダイアナはうちに来たこともあるよな。それどころか、エマが生まれたとき、あんたたちはその病院にいてくれたじゃないか。これは、飲酒運転をなんとかしてくれというようなたのみとはちがう。マックス・ルパートに狙われて、わたしは恐ろしくてならないんだ。彼は他の証拠はすべて無視して、わたしに罪を着せるために掘り出せるものは何もかも掘り出す気だろう。彼はわたしを憎んでいる。わたしが懲戒を受けるよう裏で糸を引いたのもあの男なんだ。わたしにはあんたが必要だよ。たとえルパートにその気がなくても、わたしが真実を見つけ出せるよう手を貸してくれる人がね」

「マックスがわたしの友達だということは知っているね？」

「知っているとも。だが同時に、法廷であんた以上にできる人間をわたしは知らない。嘘の塊《かたまり》のなかから真実をさぐり出すことにかけて、あんたの右に出る者はいないよ。あんたがそれをやるのを、わたしは見てきた。ひょっとすると、わたしは起訴すらされないかもしれない。警察は真犯人を見つけるかも。そうなりゃ、ルパートなんぞくそ食らえだ。だがもし真犯人が見つからなければ、あの男はわたしを追うにちがいない。ちょうどお手ごろ、当然のターゲットだ。わたしは被害者の夫だからな。どんな具合に事が進むか、知ってるだろう？」

「つぎの秋は大学で教えないといけないんだよ。両方はとてもできない」

「休暇を取るわけにいかないかな？　依頼料はここにある」ベンはシャツのポケットに手を入れると、小切手を取り出してボーディに渡した。

ボーディはその額を見た。二十万ドル。「いやあ、ベン、この金額はいくらなんでも大きすぎるな」

「もし裁判になれば、その額じゃ足りんだろう。それはお互いわかっていることだ。もしわたしが起訴されなかったら、好きなだけ返金してくれ。ただ、少なくともロースクールの教授としてその学期に稼げる程度の金額は、取っておいてもらわないとな。もしも起訴されたら、わたしは裁判で争う。この点は譲れない。だからあんたに準備に必要な時間を確保しておいてほしいんだ。司法取引はなし。有罪になるか、無罪放免かだ。わたしはジェネヴィエヴを殺していない。どんな条件であれ――検察側がどれほど刑を軽くしてこようと――罪を認める気はないよ。連中の面子を立てる有罪答弁はしない。その点はぜひ理解しておいてくれよ、ボーディ。わたしはジェネヴィエヴの死への関与をにおわすようなことは一切口にしない。それくらいなら無実の罪を着せられた男として刑務所に行くつもりだ。エマには母親を殺したのは父親じゃないことを知る必要があるからね」

「ダイアナに相談もせず、いまここで決めるわけにはいかないよ」

「もちろんそうだろう。こっちもそれは望んでいないよ。彼女と話をしたうえで、連絡をくれ」

ベンは立ちあがって手を差し出した。ボーディはその手を取って、ベンを引き寄せ、抱擁した。ふたりが体を離したとき、ベンの目はまたしても涙で一杯になっていた。彼は踵《きびす》を返して階段に向かったが、何歩か歩くとまた足を止めた。

「これからエマを迎えに行かなきゃならない」ボーディを振り返って、彼は言った。「小さな女の子にその子の世界が崩壊したことを伝えるにはどう言えばいいんだろうね？」

何か言ってやりたかったが、ボーディの頭にはひとことも浮かばなかった。彼はただ肩をすくめて首を振り、歩み去る友を見送った。

第十三章

プルイット宅に二度目に車を寄せたとき、マックス・ルパートにはその家が前よりも小さく見えた。市警所有の印である、周囲にめぐらされた派手な黄色のテープのせいなのか。または、お馴染みの署の車や鑑識の車両、靴屋の小人よろしく膝をついて働く鑑識員たちのよどみない機械的な仕事ぶりのせいなのか。あるいは、ベン・プルイットを見る目が変わったせい——彼が権力を誇るこの家の主ではなく、追いかけ、追いつめるべき獲物となったからなのかもしれない。何が理由にせよ、今回マックスは、奇妙な心安さとともに家に近づいていった。

開いたドアの前で、彼は止まった。なかではニキが階段にすわり、くっつけた左右の膝をテーブル代わりに、押収品の目録の用紙を記入していた。髪が顔にかかり、その目は隠れている。

「何か出たか？」マックスは訊ねた。

「凶器はなし。寝具もなし。わたしたちは、被害者のものらしきノートパソコンと携帯電話を見つけた。また、書斎から彼のコンピューターも押収した。事情聴取はどうだった？」

「非常にうまくいった……彼にとってね。あいつは自分の潔白を明言し、アリバイを示し、陪審に聞かせたいことを残らずしゃべった。こっちが具体的なことを訊きはじめると、自分に対し復讐心を抱いているとして俺を非難し、話を打ち切った。自分サイドの話だけをテープに吹き込み、他には何ひとつ残さなかったわけだよ」

「アリバイは固いの？」

「いや。きのうの五時半ごろから今朝九時までの居場所については証明できなかった。シカゴからここまでは車でどれくらいかな……六、七時間？」

「たぶんコンピューターでルートを調べてるね。事務所のコンピューターも押収しないといけないな。それをやったら、きっとあいつ、怒り狂うよ。相当の根拠はあると思う？」

「どうだろうね。妻を殺すためにこっちにもどるなら、車が必要だろう。本人は、パーク＆ライドに車を駐めていったと言っている。監視カメラはない。だが彼にはレシートがある。記録を調べることはできるね。それに、彼のクレジットカードの利用履歴を調べて、こっちへもどる便を予約していないかどうか、または、シカゴで車を借りていないかどうか、調べることもできる。だがたぶん、それはやってないだろうな。あの男は馬鹿じゃないから」

「人を雇ってやらせたのかもよ――自分がシカゴにいるとき、妻が殺されるようにお膳立てしたとかね」

「それもありうる。刑事専門弁護士なら、そういう犯罪分子に近づく伝手《つて》もあるわけだしな。もし雇われたやつがやったとすると、この近辺の誰かが何か見ているかもしれない」

マックスは踵を返し、玄関先に出て、通りの左右を眺めた。近所の人々、通行人、野次馬が、三々五々集まって、なぜ警察車両の一軍がプルイット宅を包囲しているのか話し合い、憶測をめぐらせている。記者たちもあたりをうろつきまわっていた。まちがいない。連中はお馴染みの質問をして歩き、夜の放送で引用できるフレーズを入手しようとしているのだ。マックスは通りの向こうの真向かいの家に目をやり、コーヒーのマグカップを手にポーチにすわっているひとりの女に気づいた。マリーナ・グウィン。穿鑿好きの隣人だ。少なくともテリー・コランダーはそう評していた。彼はニキにうなずいて、ついてくるよう合図し、ふたりは一緒に道を渡っていった。

ふたりの刑事がポーチの階段をのぼっていくと、ミズ・マリーナ・グウィンは立ちあがった。彼女はマックスに、ある女優を思い出させた。名前まではわからない。みんな知ってはいるものの、誰なのかは言えない、シチュエーション・コメディーやコマーシャルでよく見る顔のひとつ。彼女は黒っぽい髪とお転婆娘の顔をそなえていた。目を奪うのでなく、時を経るうちに徐々に注意を引き寄せるタイプの顔――四十いくつとしては魅力的だ。

「マリーナ・グウィンさん?」マックスは言った。

「ええ。そうですけど」

「わたしはマックス・ルパート刑事、こちらはパートナーのヴァン刑事です。少しお話をうかがってもいいでしょうか?」

「いいですとも。ジェネヴィエヴ・プルイットが殺されたというのは、本当なの?」

「なかでお話しできませんか? 部外者の目や耳を避けたいので」

マリーナはマックスの背後に目をやった。ポーチの彼らをパチパチと撮っているカメラマンを見ると、彼女はふたりをなかに通した。ミズ・グウィンの家は、広さこそプルイット一家の家とは比べものにならないが、その慎ましい外殻のなかに建築学的な宝のコレクションを秘めていた。凝《こ》った彫刻の天井蛇腹《じゃばら》をそなえた鏡張りの壁、ステンドグラスの入った桜材のフレンチドア。その向こうには、映画「タイタニック」の大階段を思わせる、サイズだけあれより小さな階段の最初の何段かが見える。室内には、青い猫足のソファとそろいの肘《ひじ》掛《か》け椅子二脚とが向き合う形に置かれていた。マリーナはそのソファに腰を下ろし、マックスとニキは肘掛け椅子にすわった。

「今朝、どこかの記者にジェネヴィエヴをどの程度知っていたのか訊かれたわ」マリーナは言った。「だから彼に、なぜ過去形を使ったのか訊いたの。そしたらその記者は、ジェネヴィエヴ・プルイットは死んだんだって言っていた。彼の情報源によると、殺されたんだって。それは本当なの？」

マックスはノートとペンを取り出して、身を乗り出した。「グウィンさん、いくつか質問をさせていただきたいんです。ですが当面、この会話はここだけの話にしていただけると助かります。わたしたちは現在、ある事件の捜査を行っています。そして、その詳細を世間に伏せておくことは、捜査の助けになるんです。ここで話した内容は口外しないようお願いできますか？」

「もちろんよ、刑事さん。わたしはニュースに出たいなんてぜんぜん思っていませんもの。記者にもうちの地所から出ていけって言ってやったのよ。もしまた来たら、もう一度、同じことを言ってやるつもり」

「助かりますよ」マックスは言った。「あなたの質問にお答えすると――そうなんです、ジェネヴィエヴ・プルイットは亡くなりました。しかし死因はまだ公式には特定されていません」

これは嘘だ。そう、確かに。だが事実を伏せるのも、適切な捜査活動に必要なことなのだ。

「あなたはプルイット一家の真向かいに住んでいらっしゃるわけですよね。あの一家のことは、どの程度ご存知なんでしょう？」

「そうねえ……ベンよりはジェネヴィエヴのほうをよく知ってる。わたしは二〇〇八年にここに越してきたの。この家は夫の両親のものでね、ふたりが亡くなったとき、わたしたち夫婦が入居したのよ」

「ご主人はいらっしゃいます？　お話ししたいんですが」

「夫は四年前に亡くなったわ。いまはわたしひとり」

「お気の毒です」マックスは言った。

マリーナはうなずいた。「あの夫婦とは知り合って八年ほどね。特に親しくはないけど。近所の集まりや何かで顔を合わせる程度。ジェネヴィエヴもわたしもフィットネスにはまってるから、ランニングのときすれちがうこともあるわね」マリーナは青いサングラスをかけていた。そしてここで、よく鍛《きた》えられたふくらはぎを見せびらかすように、彼女は脚を組んだ。「ジェネヴィエヴはすばらしい人だった。ベンとエマはいまごろ、どれほど打ちのめされていることか。ふたりは無事なんでしょう？　怪我はないのよね？」

「彼らは大丈夫です」マックスは言った。「ベンについてはどの程度ご存知なんです？」

「さっきも言ったとおり、ジェネヴィエヴほどには知らない。あのご一家は、かなり静かな人たちなの。わたし自身もかなり静かだと思うけど。ベンが弁護士だってことはわたしも知ってる。それにいつも、いいお父さんという印象を受けているわ。エマとお散歩に行くところや、庭で遊んでいるところをよく見かけるのよ。エマと過ごす時間は、ジェネヴィエヴより彼のほうが長いんじゃないかしら。でもさっき言ったとおり、わたしは外から見えることしか知らないから。あの人たちの家に行ったことはないの」

「この前、ベン・プルイットを見たのは、いつですか？」

「きのうの夜……あれは……そうだわ、真夜中ごろのはずよ」

マックスとニキはふたりとも、どんな表情も見せまいとして、同じ顔になっていた。「真夜中ですか」マックスは言った。

「だいたいね。わたしは起きていたの……ただ眠れなくて。とてもいい夜だったし、新鮮な空気は眠気を誘ってくれるから、玄関ポーチに出ていったのよ。それでそこにすわっていて、そろそろなかに入ろうと思ったとき、彼が赤い車でやって来たの」

「実際にベン・プルイットを見たんですか？」

「ええ。ちょっと変な気がしたから覚えているのよ。その車は、彼がいつも乗っている黒のレクサスじゃなかったし。修理所か何かから借りたのかなと思ったわ」

「車種はわかりますか？」ニキが訊ねた。

「うーん、わたし、車には疎《うと》いのよね。色は赤。フォードアだったと思うわ。たぶんちょっと古めの車だけど、すごく古くはなかった」

「それがベンだというのは確かですか？」マックスは訊ねた。「なんと言っても、外は暗かったわけでしょう？」

「確かよ。彼は私道に入らずに道に車を駐めた。そのことはちょっと妙に思えたわね。道のその場所には街路灯があったから、それがベンだってことはわかった。これは重要なことなの？」

ミズ・グウィンの言葉をノートに書き留めながら、マックスはプルイットのアリバイが徐々に腐敗し、あの男の広げた指の隙間からくずれ落ちていくさまを目に浮かべていた。彼は笑いを押さえつけた。「どんな小さなことでも助けになるんですよ」彼は言った。「プルイット氏はつぎに何をしました？」

「ちょっとあたりを見回した。わたしには気づかなかったけど。そのあと、自分のうちに歩いていった」

「つぎにあなたは何を見ました？」

「何も。新鮮な空気をたっぷり吸って、わたしは眠くなっていた。だからベッドにもどったの。今朝までずっとそこにいたわ」

「うちに入ったあと、何か聞こえませんでしたか？」ニキが訊ねた。「何かの騒ぎとか言い争いとか？　あるいは、ベン・プルイットの車が出ていく音とか？」

「あなたたち、ベンがジェネヴィエヴを殺したと思っているの？」マリーナは口もとに手をやった。「なんてことだろう。これはそういうことなの？」

「グウィンさん、何があったのかはわたしたちにもわかっていないんです」マックスは言った。「いまはまだ情報を収集している段階ですから。わたしたちはなるべく多くのことをつかみたいと思っています。うちに入ったあと、あなたは何か耳にしませんでしたか？」

「いいえ。わたしはベッドに行って、そのまま眠ってしまったの。あなたたちは本当に……ああ、なぜそんな。かわいそうなエマ」

「グウィンさん」マックスは身を乗り出した。「ようく考えてください。他に何か話していただけることはありませんか?」

「いいえ。わたしは赤い車が停まるのを見た。ベンが降りてきて、あたりを見回し、自宅に向かった。そのあとわたしはうちに入った。それで全部よ」

マックスは立ちあがり、ニキも彼に倣《なら》った。「ご協力に感謝します、グウィンさん。それと、さきほどお願いしたとおり、当面この会話の内容は口外しないでいただけると助かります。あなたはいずれまた同じ話をするよう求められるでしょう。法廷で話すことになる可能性もあります。覚えていることを書き留めておいていただくと、いいかもしれません。そして、もし他に何か思い出したら……」マックスは名刺を差し出した。「わたしかヴァン刑事にご連絡ください」彼らは握手を交わし、マックスとニキはプルイットの家に向かってふたたび道を渡っていった。プルイットの地所から数フィートのところにある街路灯の下で、ふたりは足を止めた。

「プルイットはここに駐車したんだな」マックスはそう言って、プルイット一家の家とマリーナ・グウィンの家のポーチを交互に眺めた。その距離は約百フィートだ。「やつは赤い車に乗っていた。なぜなんだ?」

「シカゴからもどるのに飛行機は使えない」ニキが言った。「警察にはそれを突き止めることができるもの。バスや列車は時間を食いすぎる。ミネアポリスに来て、また引き返してじゃ、アリバイ工作に到底間に合わない。彼には車が必要だったわけよ」

「となると？　借りたのか？　買ったのか？」

「クレイグスリスト（個人が気軽に広告掲載できるコミュニティサイト）か、どこかの広告欄《らん》だな」ニキが言った。「現金を持っていけば、その場で一台買える。ネットで手続きした可能性が高いね。もしそうなら、コンピューターか携帯の履歴に何か残っているかも」

「きみのめざす方向は俺も好きだが、忘れるなよ、プルイットは利口なんだ。足跡を残すようなやつじゃない。シカゴに電話して車を買うなら、使い捨ての携帯を使うだけの頭はあるよ。とにかく、あの男がシカゴから車でもどったと仮定しよう。やつは私道ではなくここに駐車した」

「私道は寝室の窓の下を通っている。車が入ってくれば、プルイット夫人が音に気づいてしまうからね」

マックスはうなずいた。「そしてマリーナ・グウィンの証言により、われわれはプルイットの事務所のハードディスクを押収して仮説を裏付ける証拠をさがす相当の根拠が得られたわけだ」

「わたしたちが弁護士のハードディスクを見るのを、判事が認めると思う？」

「プルイットは弁護士・依頼者間の秘匿《ひとく》特権侵害とかなんとかわめき立てるだろうね。だがそれを迂回する手はある。前に一度、やったんだ。そのときの判事は、証拠に目を通して警察が見てよいものと保護されるべきものを判断するよう、独立した第三者に命じたんだよ。プルイットがシカゴでの車の購入を計画していたり、ここにもどるための最善のルートをさがしたりしていた場合、その証拠は保護されないわけだ」

ニキは腕時計に目をやった。「裁判所が閉まる前に、令状をもぎとってくる。コンピューターの押収はわたしに任せて」

「いや。今度はこっちの番だ。俺が――」

「マックス」ニキがさえぎった。彼女は彼の名を呼んだだけで、それ以上何も言わずに、その語気の余韻《よいん》が宙に漂うに任せた。マックスは彼女を見た。その目が彼に、きょうが何日か、カレンダーのその枠にどれだけの重みがあるか、彼女が覚えていることを告げた。彼はレイクウッド墓地に行き、ジェニの墓のあるなだらかな丘でいくつもの白い墓石に囲まれて夕陽を見ることになっている。ニキはそれを知っているのだ。マックスは空気が変わるのを感じた。無言の会話の冷気に流され、ふたりは一日のあわただしさと迫りくる日没の憂愁《ゆうしゅう》とを分かつ境界を通過していった。

「あなた、大丈夫なの?」

「ああ」マックスはささやいた。「大丈夫だろう」

第十四章

ベン・プルイットが去ったあと、ボーディ・サンデンは長いことポーチにすわっていた。子供たちが自転車で通り過ぎるのを彼は見守った。また、ジョギング好きの人々が仕事のあとの日課のランニングを始めるのを。さらに、オークの木々が庭に影を広げていくさまを。その間ずっと、彼はベン・プルイットのオファーについて考えていた。頭のなかで金額を計算し、教える仕事の収入のマイナスとベンから得られる弁護料を天秤《てんびん》にかけると、秤《はかり》は弁護を引き受けるほうに大きく傾いた。だが考えてみると、それはそもそも金の問題ではないのだった。

ポーチにすわっているあいだ、彼が取っ組み合っていた疑問は、自分にあの世界にもどることができるかどうかだ。刑事専門弁護士としての自身の絶頂期の記憶は、すぐによみがえってきた。数々の勝利、賞賛、金。しかし彼はあの暗い日々を強いて思い起こした。陪審席に近づくたびに、罪の意識で体が震えたあの最後の二年。彼は自分を無敵と思い込むという過ちを犯し、その結果、大きな代償《だいしょう》を支払うことになった――自身の依頼人の命を犠牲にすることに。

宵闇《よいやみ》がゆっくりとセントポールに広がりだすのを見守りながら、彼は思った――自分には本当にあの生活にもどることができるのだろうか。またこうも思った――ダイアナはそれを許すだろうか。弁護士業から身を引くよう彼に強くすすめたのは、ダイアナなのだ。

あの日、ボーディは朝の三時に、眠ることもまともに考えることもできず、ベッドに腰かけていた。彼はスーツを着ていたが、なぜなのかは思い出せなかった。体重が激減したため、ベルトの下ではズボンの生地がいくつもの小さな襞《ひだ》を作っていた。するとそのとき、ダイアナの手が肩にかかるのを感じた。彼女はそっと彼を引き寄せ、母親が怯えた子供を抱擁《ほうよう》するように抱擁した。弁護士の仕事はやめなければならない。さもないと、あなたは死んでしまう。ダイアナは彼にそう言った。彼は反論しなかった。彼女の言うとおりだとわかっていたからだ。そして彼は、彼女の望みどおりにした。

ダイアナは、家の内見が一件、夕方から入っているとボーディにメールを寄越していた。通常の勤務時間後まで予定が空かない見込み客がいるという。不動産業者の生活とはそんなものだ。ダイアナが頻繁《ひんぱん》に家を空けるため、ボーディはずっと前から一家の料理係になっていた。これは彼が喜んで引き受けた役目だ。彼女は七時ごろ帰宅すると思われたので、彼はその少し前にポーチの席を立ってキッチンに行き、炒め物の準備にかかった。

緑と赤のとうがらしを細切りにしながら、彼はベンとジェネヴィエヴのことを考えた。ふたりが一緒にいる姿を、彼は何度も見ている。彼自身の目から見た自分とダイアナと同じく、あのふたりもお互いにしっくり合っていた。できるだけさまざまな角度からジェネヴィエヴの死にアプローチしてみたが、どう考えても結論は同じだった。ベンが彼女に危害を加えるわけはない。ボーディは心からそう信じることができた。

ベンとジェネヴィエヴに初めて会ったときのことを彼は思い出した。ダコタ郡検察局でのベンの勤務がちょうど十二年目に入ったとき、彼らが対立するある事件が裁判で争われることになったのだ。それは住居侵入事件で、その被害者と被告人とはかつて恋人同士だった。女は男に別れを告げたが、男はそれを受け入れられなかった。彼は女と対決するためにアパートメントに押し入ったすえ、女を押し倒し、彼女は肘をすりむいた。

ボーディは裁判で争いたいという依頼人の意向に従った。男は勝てると信じていたのだ。ボーディにはなぜなのか理解できなかった。ボーディもベンも知らなかったのは、公判の日までに、そのカップルが仲直りをしていたという事実だ。彼らは互いと話をすることすら止められていたのだが。愛し合うふたりは、男が無罪放免となるよう画策した。公判の当日、法律家たちはみな、ただ成行きを見守るしかなかった。

女は証言台に立ち、自分は彼氏に腹が立ったため作り話をしていたのだと告白した。問題の夜、彼はうちに来ていない、と彼女は誓った。自分が彼をはめるためにドアの錠をハンマーでたたき壊したのだと。警察が到着したときには、彼氏はとっくにいなくなっていたため、有罪の決め手となるのは女の証言だけだった。

ベンはこの寝返りを予期していなかった。そして彼は若い検察官の誰もがすることをした。つまり、女の当初の供述を提示しようとしたのだ。ベンより十歳年上のボーディは異議を申し立て、判事とベン・プルイットに、デクスター裁判の判例について説明した。これは、検察官が証人の弾劾（法廷において証人の信憑性を攻撃すること）を装ってその証人の以前の供述を提示することを禁じた判例だ。「以前の供述を使うことはできます」ボーディはそう述べた。「しかしそれは証人の信頼性に疑義を呈する目的にのみ使えるのです。言い換えるなら、検察はそれを証人の供述の矛盾を示すためには使えるが、犯行が実際に行われた証拠にはできないということです。もし住居侵入が実際に行われたという実質証拠がないのであれば、検察側に残されているのは、証人が虚偽を述べたという証拠のみ——ただそれだけです。陪審にはわたしの依頼人を法的に有罪にできるだけの証拠はひとつもないのです」

女は検察側の最後の証人だった。彼女の証言のあと、ベンは弁論を終え、ボーディは無罪判決を求めた。判事はこの問題を考慮する時間を取り、ベンとボーディは判事がもどってきて、無罪を言い渡すのを（これが避けられないことはどちらもわかっていたので）待つあいだ、ふたりで話を始めた。

彼らは、最高裁が下した最近の判決について話し合った。ボーディと同じく、ベンも合衆国憲法第四修正の権利に最高裁が設けた制限には反対だった。ベンの話しぶりは、検察官というよりむしろ弁護士のようだった。うちの事務所に来てはどうかとボーディがベンに打診したのは、そのやりとりのなかでのことだ。

ベンは一週間、考える時間をくれと言ったが、翌日にはボーディに電話をかけてきて、妻たちも交え、夕食をともにして、そのオファーについて話し合えないだろうかと言った。彼らはセントポールのユニバーシティ・クラブで落ち合った。それは町の南端を見晴らす美しい会員制クラブだ。サミット・アベニューに引っ越して以来、ボーディは自宅から西にほんの数ブロックのそのクラブの会員だった。

彼の計画は、贅沢《ぜいたく》な食事と豪華なロケーションでベンとその妻に感銘を与えるというものだった。ジェネヴィエヴ・プルイット、旧姓アドラーが、同じくらいきらびやかな会員制クラブ、ミネアポリス・クラブの会員であることなど、彼はまったく知らなかった。そればかりか、ジェネヴィエヴの父母はともにミネアポリス・クラブの理事まで務めていた。彼女はそこで育ったようなものだったのだ。

しかしジェネヴィエヴは、クラブにこだわるような人には見えなかった。ボーディは、彼女にしてみれば集いの場所はファーストフード店でもよかったのだという印象を受けた。ジェネヴィエヴは美しく上品で良識があり、ボーディはたちまち彼女を好きになった。彼らしからぬ自惚《うぬぼ》れと気まぐれから、そのクラブに対する感想をボーディが訊ねたとき、ジェネヴィエヴは自身が名家の出であることにはまったく触れなかった。彼女の一族の家柄についてボーディが知ったのは、何カ月も経ってから――ベンが検察側から弁護側へと飛び移ったあとだった。

ボーディがチキンをスライスし終えたちょうどそのとき、ダイアナの車が私道に入ってきた。彼はフライパンにほんの少し油を注ぎ、コンロの火を点けた。

いつもどおり、ダイアナは裏のポーチから入ってきた。ボーディはキッチンの入口に迎えに出て、彼女にキスした。しかし彼女が体を離しかけると、彼はその青白い手で彼女の優しい茶色の手を取った。そうして、ふたたび彼女を引き寄せ、抱擁し、胸にぎゅっと抱き締めた。

「きょう何か聞いていない？」彼は訊ねた。

ダイアナのほほえみの端に懸念の色が忍び込んできた。「何があったの？」

「ジェネヴィエヴ・プルイットが亡くなった。昨夜、殺されたんだよ」

「そんな馬鹿な。殺された？　確かなの？」

「今朝、遺体が発見されたんだ。首を刺されていたそうだ」

「なんて恐ろしい。それでベンとエマは……？」

「無事だよ。ベンは遺体を確認したあと、ここに顔を出した」

「ベンが……ここに？　なぜここに来たの？」

　ボーディはコンロの前に立った。油は温まり、チキンを入れるばかりになっていた。彼はチキンの薄切りをなかに入れ、油がパチパチ跳ねだすと、うしろにさがった。話をするときも、ダイアナを振り返りはしなかった。「ベンは僕の助けがほしいんだよ」

　ダイアナがコンロの横の調理台の前にやって来た。「なぜあなたの助けがほしいの？」

　ボーディはなおもダイアナを見なかった。「彼は、警察が自分を犯人に仕立てようとするんじゃないかと思っているんだ。被害者の夫を疑うのは、ごくふつうの手順だしね。彼は僕の助言を受けたがっているわけだよ」

　ダイアナはボーディの腕に手をかけて、彼を振り向かせた。「ベンは疑われているの？　警察は彼がジェネヴィエヴを殺したと思っているの？」

「まだ容疑者として彼の名が挙がったわけじゃない。でも不安に思うのも無理はないな。ベンは僕を自分の弁護士にしたがっている。この難局を切り抜けるまで、手を握っていてほしいんだよ」ボーディには、ダイアナがじっと顔を見つめているのが感じられた。夫の頭のなかでは葛藤が荒れ狂っているのではないか。そう疑っているにちがいない。彼女はその葛藤のしるしをさがしているのだった。ボーディは切ったタマネギをフライパンに入れた。

　ダイアナはゆっくりと歩いていって、キッチンテーブルの椅子にすわった。そして永遠とも思える時間、そのまま何も言わなかった。それから彼女は言った。「彼はあなたに自分の弁護をしてほしがっているのね？」

「彼は起訴されたわけじゃないからね。弁護は必要ないんだよ」

「でも本人は起訴されると思っているにちがいない。でなきゃ、あなたをたよってくるわけがないでしょう」

「そうとは言い切れないな。弁護士時代、僕は、捜査の対象となった、起訴されていない人の代理人を何度も務めている。ベンにはアリバイがあるしね。こっちはただ証拠をまとめればいいだけだ。僕みたいな凡庸な弁護士にだって簡単にやれる仕事だよ」

「でも、あなたは弁護士じゃないでしょう。彼は誰よりもよくそのことを知っている。なぜあなたが仕事をやめたか知っているのよ。なのに、その仕事にもどってくれとたのむなんてどういうこと？　そんなこと、たのめないはずじゃない」

「ハニー、彼は僕を信頼しているんだよ。金になる依頼人を物色しているそこらの弁護士じゃいやなんだ。彼は自分を信じてくれる誰かを求めている。僕だって彼の立場なら、同じ気持ちになるだろうよ」

「それで、あなたは彼を信じているの？」

「ダイアナ……まさかきみは……いま話しているのは、ベン・プルイットのことなんだよ。ベンとジェネヴィエヴ。きみは以前、あのふたりは僕たちと同じで完璧なカップルだと言ってたじゃないか。覚えているだろう？」

「でも、わたしたちがふたりと始終交流していたのは、もうずいぶん前のことでしょう？　ここ六年だと四回くらいしか会っていないんじゃない？」

「彼は以前、僕のパートナーだったんだ。僕はエマの教父だしね。ベンのことならよく知っている。彼がジェネヴィエヴの死に関与しているわけはないよ」

「彼が関与したとは言ってない。わたしはただ、あなたにまた法廷に出るようたのむというその神経がわからないだけ。クイントの事件であなたが参ってしまいかけたことは、彼も知っているのに」

ボーディは向きを変えてコンロの火を止め、奥のコンロにフライパンを移した。それからテーブルのほうに行って、椅子にすわり、ダイアナの手を取った。「心配なのはわかるよ。クイントの件のあと、僕には悲惨な時期があったわけだし、それはつまり、きみも悲惨な時期を経験したということだからね。少しでもベンに疑いを抱いていたら、僕だってこの件を引き受けはしない。また法廷に出た場合、僕がどうなるか、きみが心配するのはわかるよ。僕自身少しも不安じゃないと言ったら嘘になるしね。六年も経てば、腕が錆《さ》びついていてもおかしくないもんな」

ボーディはほほえんだが、ダイアナは態度を和《やわ》らげなかった。「ここで友人を助けなかったら、僕は自分をどう思えばいいんだい？　僕が必要としたとき、彼はそこにいてくれた。崩壊しかけていた僕の事務所のかけらを拾い集めてくれたんだよ。僕が自己憐憫《れんびん》に浸っているあいだ、彼は二年近く切り盛りをつづけてくれた。僕がどれほど自暴自棄になっていたか、気づく人はいなかった。それもこれも、彼が事務所を回しつづけてくれたからだ。彼は僕に背を向けなかった。だとしたら、僕も彼に背を向けることはできないんじゃないかな？」

ダイアナはボーディの手を口もとに持っていき、キスした。「あなたがベンを助けなきゃならないことはわかってる。ごめんなさい。やらないわけにはいかないわよね。あなたのこととなると、わたしはどうしてもちょっとわがままになってしまうの」

「実は、この件にはもうひとつ厄介な点があってね」

ダイアナは目を閉じた。「聞くのが怖い気がする」

「事件の捜査主任はマックス・ルパートなんだよ」

ダイアナは椅子にもたれて、眉を上げた。「あなたがベンの代理人を務めることをマックスは知っているの？」

「まだ知らないよ。今夜話そうかと思っているんだ」

「今夜？」

「きょうはジェニ・ルパートの命日だからね。どのみち墓地に行くつもりだったんだ――ちょっと彼の様子を見てこないと。事件のことが話題になったら、彼に事の次第を話すよ」

ダイアナは彼に身を寄せ、額《ひたい》にキスして、わかったとうなずいた。「じきに暗くなるわ。元気に出かけられるように、腹ごしらえをしないとね」

第十五章

ボーディはレイクウッド墓地の北西の角に車を寄せた。駐車して、ひっそりとした通りを見回す。歩行者はいない。車の往来もない。彼が柵を――またしても――乗り越えるのを見る者はないだろう。これをやるのは、この三年で二度目だ。前回は、ジェニ・ルパートの一年目の命日だった。ボーディは今回の墓参りがあそこまでつらいものにならないよう祈った。

あのとき、ボーディは自宅にいた。もう十二時近かったため、すでにベッドのなかに。すると携帯電話が鳴ったのだ。

「もしもし？」

「ボーディ、マックス・ルパートの弟のアレクサンダーです。申し訳ない。もう寝ていたかな」

ボーディは電話を胸に置いた。咳払いで眠気を追い出し、明瞭な声を出そうとしたが、うまくいかなかった。「いや、アレクサンダー、まだ起きていたよ。試験の採点をしていたところだ。どうしたんだい？」

少し間があった。そして――「実はマックスがそちらにいるんじゃないかと思いまして。もちろんきょうは火曜日だし、あなたたちがポーカーをやるのはふつう週末ですよね。でも兄がちょっと顔を出したかもと思ったんです」

「どういうことだ。マックスは行方不明か何かなのかな？」

「電話に出ないんですよ。もう二、三時間、つかまえようとしてるんですが。それで、彼の友達の何人かに電話してみようと思ったわけです……実はね、ジェニが亡くなったのが一年前のきょうなんです」

「そうか」ボーディは身を起こし、ベッドの横に脚を下ろした。

「きょう昼飯を一緒に食ったんですがね、兄の様子がどうもおかしかったんです」

「おかしいと言うと？」

「よくわかりません。なんて言うのかな……〝ふさいでる〟って感じですかね。とにかく心ここにあらずでね。始終、話の流れがわからなくなるし。料理にもほとんど手をつけないし。で、とうとう、いったいどうしたんだって訊いたんです。そしたら、きょうが命日だって言うじゃないですか。覚えてなかったなんて、馬鹿みたいな気がしましたよ」

「最後に彼と話したのはいつなのかな？」

「五時ごろに、こっちから電話を入れました。そのときは、もううちに帰るところだって言ってましたよ。それで十時ごろ、ちょっと寄って、様子を見てこようと思ったんです。でも、兄は不在でした。あなたに連絡したかもと思ったんですが。あるいは……なんだろうな。あいつも大人ですからね。自分の面倒は自分で見られるんでしょうが、昼飯のときは、ほんとに元気がなかったんですよ」

「で、これからどうするんだい？」

「そうだなあ。マックスはひとりでバーに行くタイプじゃないですが、一緒にビールを飲みに行った店が何軒かあるんです。ひと回りして、誰かが姿を見てないか訊き回ってみますよ。電話が鳴ってるのが聞こえないのかもしれないしね」

「ひとつたのまれてくれないかな」ボーディは言った。

「もちろん」

「彼が見つかったら、電話して知らせてもらえないだろうか」

「いいですとも、ボーディ」

ボーディは電話を切って、キッチンに行った。冷蔵庫を開けて、冷水のボウルからニンジンのスティックをひと握り取り出し、ニンジンをかじりながら、寝室で眠る妻のダイアナのことを考えた。もし彼女を失ったら、自分はどうなるだろう？　月日が過ぎていくなか、毎年の彼女の命日にどう対処するだろうか？

寝室に引き返して、ダイアナの眠るベッドの端に腰を下ろすと、その動きが彼女を浅い眠りから目覚めさせた。「マックスがいなくなったんだよ」彼は言った。

「聞こえたわ」ダイアナは答えた。「心配？」

「いや。マックスは世話を焼かなきゃいけないような男じゃないよ」ボーディはごろりとあおむけになり、肩のまわりに掛け布団を引き寄せた。

ダイアナが寝返りを打って右向きになり、枕に顔を埋めた。その目は閉じられており、声はまだ半ば眠っていた。「もしあなたを失ったら、わたしは片時も墓地を離れないでしょうね」

彼女は言った。

ボーディは胸から重いため息を吐き出した。ああそうか、と思った。そっとベッドを抜け出すと、ジーンズとスウェットシャツを身に着け、スニーカーをはいて、ドアに向かった。

墓地へと車を走らせながら、彼はジェニ・ルパートの墓の場所を思い出そうとした。レイクウッド墓地は二百五十エーカーのなだらかな丘陵地帯で、小さなブロンズ板から大きな天使像まで種々雑多な無数の墓標に埋め尽くされている。ジェニの埋葬のあと、車で墓地を出ようとして、ボーディは道に迷った。しかもそれは真っ昼間だったのだ。夜に、あの広大な迷宮の中心部に収まる、たったひとつの茶色い大理石の墓石が見つかるとは、ほとんど期待していなかった。それでも彼はとにかく行った。

みなで柩《ひつぎ》を囲んだとき、自分の背後に小さな湖があったことをボーディは思い出した。会葬者が悲しみに浸りつつ眺める静かな水の広がり。彼はまた、ヘラジカの像のことをぼんやりと覚えていた。いや、あれはワピチだ。実物大のワピチのブロンズ像が、墓から百ヤードほどのところに立っていたのだ。ワピチは埋葬式が行われている方角を向いていた。それと、サトウカエデの木が一本があった。ボーディが過去に見たなかでは最大級のやつが。マックスの妻が地中に下ろされるとき、彼はその木の陰に立っていたのだ。

そういった目印を思い出そうとしながら、彼は墓地の門に車を寄せた。閉ざされた門。入園時間は午後八時までと表示が出ている。彼はその入口にしばらく留まり、見渡すかぎりどこまでもつづく錬鉄の長い柵を観察した。柵を成す黒い杭《くい》は整然と並んでいる。高さは六フィート。先端は尖っているが、鋭くはない。このタイプの柵は、侵入者の気をくじくことを意図してはいるものの、実際に侵入者を防ぐことはできない。ボーディのような、膝の悪い中年後期の男でさえもだ。

彼は道路に車をもどすと、入りやすい箇所をさがしながら、墓地の北の境に沿ってゆっくりと進んでいった。やがて、北西の角で手ごろな場所が見つかった。街灯の光はほとんど届かず、松の木が柵の内側から鉄の杭の上に枝を広げている。彼は路肩に寄って、車を駐めた。数フィート先に駐められたマックスの車に気づいたのはそのときだ。ボーディはその車に歩み寄った。それが確かにマックスの車であること、また、マックスが車内にいないことを確認するためだ。どちらについても、彼の思ったとおりだった。

ボーディはまずアレクサンダーに電話を入れて、マックスの車を見つけたことを知らせ、それから、ぶらぶら歩きはじめた。

柵をはさんで松の木の反対側で足を止め、彼はあたりを見回した。近くには誰もいない。そこで、柵のいちばん上のレールをつかみ、前腕を鉄の杭にぎゅっと押しつけながら、徐々に体を持ちあげていった。一方の手を振りあげ、松の枝をつかむと、なんとか体を引き上げて、レールに足をかけることができた。そこからは、ただ木を伝いおりるだけ――ミズーリ州オザークの丘で育った少年時代、完璧にマスターした技を活かすだけのことだった。そこでボーディは墓石の原の記憶にあるあの湖は確か、墓地の中央あたりに位置していた。

中心部に向かうコースを取った。

ふたつめの丘の頂上に着くころには、自分の記憶に疑いを抱きはじめていた。しかし三番目の丘で、水面に揺れる満月のきらめきが目をとらえた。彼はその湖をめざした。正しい場所にいることはもうわかっていたので、ペースは少し落とした。例のワピチ像はこの近くにあるはずだ。彼は二度足を止め、暗闇を透かして角《つの》かと思われたものに目を凝らしたが、結局、どちらも月光を浴びた木の枝だとわかった。あるときは、警備員の乗った車がゆっくり通り過ぎていき、天使像の背後にあわてて隠れるはめになった。

ワピチの像は、実物よりやや大きく、御影石の台座に蹄《ひづめ》を据えていた。ボーディは像の下に立ち、鹿の見つめるほうを向いた。するとそこに、あのサトウカエデの巨木が見えた。その木の下まで歩いていくと、彼は月光の生み出す影に目を凝らし、ついに手足を投げ出して草の上に横たわる男の形をとらえた。マックスは口を開け、地面に顔をべったりくっつけ、うつ伏せに倒れていた。一方の手は草のひと握りをつかみ、もう一方の手はなめらかな御影石の墓石に押しつけられている。

ボーディはマックスのかたわらにひざまずき、すぐさま友人から発散されるウィスキー臭に気づいた。体を転がしてあおむけにしようとしたが、マックスは「よせ」とつぶやいて抵抗し、威力ゼロの脅し文句と呂律《ろれつ》の怪しい悪態とで抗議をつづけた。マックスの罵声《ばせい》がものすごく大きくなると、ボーディは彼を起こすのをあきらめ、もとどおりその体を草のなかに沈み込ませた。

月は太い光の帯《おび》で湖面を染めていた。その光がさざなみをきらめかせ、スパンコールのカバーとなって湖水を覆っている。木々の落とす影は、灰色の地の上にそよ風で揺れる黒い斑《まだら》を作っていた。ボーディは近くの墓石に寄りかかってすわった。アレクサンダーの到着を待ちながら、彼は目を閉じ、刈りたての草の香りを吸い込んだ。どこか遠くで、満月に向かってマネシツグミが歌っているのが聞こえた。ここは永遠を過ごすのによい場所だ。仮にそういうことが死者たちにとって意味があるのならば、だが。ボーディはそう思った。

まもなく、ワピチ像の方角からささやき声が聞こえてきた。

「マックス？　ボーディ？」

敵のトーチカに接近する兵士さながら、アレクサンダーが前かがみの姿勢でばたばたと暗がりを駆け抜けてきた。彼はマックスのかたわらにすべりこんで止まった。

「なんてこった、つぶれちまったのか」アレクサンダーは神経質にくすりと笑い、親指で兄の脇腹をつついた。「この前、兄貴がこんなに酔ったのを見たのは——いや、こんなのを見たのは初めてだな。マックス、起きろよ」

アレクサンダーはマックスを転がしてあおむけにすると、その顔をぴしゃぴしゃたたきはじめた。マックスはやみくもに手を振って、架空のハエたちを打ち払った。そうこうするうちに、ウィスキーの空き瓶が彼の上着からすべり出てきた。

「この馬鹿、何を考えてたんですかね？」アレクサンダーがささやいた。「ウィスキーなんて飲めもしないくせに」

「ほっといてくれ」もつれる舌でそう言いながら、マックスは寝返りを打ち、死んだ妻の墓石の前でもとどおりうつ伏せになった。

アレクサンダーは兄をつかんだ手をゆるめると、その場にすわりこみ、状況の把握にかかった。「閉園後にここにいるのがばれたら、面倒なことになるな。特にマックスが酔いつぶれているとなると」

「相手は墓地の警備員だからね。きっとわかってくれるさ。おそらくこういう場面は始終見てることだろうし」

「たぶんね。でも、そうはいかないかも。そいつがいやな野郎で、この件を上に報告したとしましょう。マスコミが噂を聞きつけたら、俺たちのことは夜のニュースになりかねない。やつらは常に、〝堕落したおまわり〟のネタをさがしてますからね」

「どうやって彼を連れ出そうか？　担ぎあげて、あの尖った杭の柵を越えさせるのは、とても無理だし。彼は自力で柵を乗り越えられる状態じゃないしなあ」

「この真西に門があるんです。俺が車を置いてきた場所ですがね。そこまでこいつを連れてけば、車のトランクにボルトカッターがありますから」

「トランクにボルトカッターが？」

「いいですか、俺は麻薬課の刑事ですからね。ボルトカッターは何かと便利なんですよ。南京錠が役に立つと思ってる麻薬の売人の多いことと言ったら、ほんとに驚くばかりなんで」

「別に文句を言ってるわけじゃないよ」

アレクサンダーは兄の横にすわって、肩甲骨のあいだをトントンとたたいた。「マックス、聴いてくれ」

マックスはわけのわからない大きな唸《うな》りを発した——言葉とげっぷのミックスのように聞こえる音を。

「マックス、あんたはここを出なきゃならない。このままこうしてたいのはわかるが、その選択肢はないんだ」

「失せろ、フェスタス！」マックスは喉の奥で唸りながら言った。

「フェスタス？」ボーディは聞き返した。

アレクサンダーは首を振って、ボーディの穿鑿《せんさく》を退《しりぞ》けた。「子供のころのあだ名ですよ」彼は言った。それから、前より少し強めに兄の背中をたたいた。「マックス、しゃきっとしな。立ってくれよ」

「失せろ」それが返事だった。

「わかった。じゃあ、柵まで引きずってくとしよう」アレクサンダーは立ちあがって、マックスの一方の足首をつかんだ。「さあ、ボーディ、足をつかんで」

ボーディがマックスのもう一方の足首を持ち、ふたりはマックスを引きずりはじめた。うつ伏せ状態のまま、草のなかをずるずると。

「くそ！　ほっといてくれ」マックスはどなった。彼は空を蹴り、身をよじり、草をつかみはじめたが、アレクサンダーとボーディはかまわずに歩きつづけた。

マックスは約二十ヤード進むまで、悪態をつき、身をよじりつづけた。それからふたりは、彼がこうつぶやくのを耳にした。「わかったよ。歩くから。とにかく放してくれ」アレクサンダーがボーディににやりと笑いかけ、彼らはマックスの脚を落とした。マックスに息を整えさせたあと、ふたりはそれぞれ腕の一方を肩に回させ、彼を立ちあがらせた。

マックスは数歩進むごとに左か右に倒れかかり、へなへなの脚で歩いた。彼らは一度、常緑低木の茂みのうしろに身を潜め、ゆっくりと移動する巡回の車をやり過ごさねばならなかった。しかし門への行軍は、ボーディが思っていたよりスムーズにいった。

門に着くと、彼らはマックスを比較的大きな墓石のうしろの草の上に寝かせた。ボーディはマックスのそばに留まり、アレクサンダーのほうは、ボルトカッターを取ってきて門を開けるため、その場をあとにした。待っているあいだに、マックスは胃袋の中身をぶちまけた。彼がえずく音はサイレンさながら夜の闇に響き渡るように思えた。ボーディは開けた場所に出て警備員を警戒したが、巡回の車は現れなかった。

まもなく、チェーンが門からはずされるガチャガチャという音が聞こえてきた。ボーディとアレクサンダーがもとの場所にもどってみると、マックスは目を閉じて、胃酸とウィスキーのよどみのなかに横たわっていた。彼は眠っており、その喉にいびきがひっかかった。

「酔ったマックスを見たのは初めてだよ」ボーディは言った。「ポーカーをやるとき、一緒に飲みはするがね。マックスがビール二、三杯以上飲むことは絶対にない。彼は常にしっかりと自分を制御しているんだよ」

「兄とジェニは高校時代からずっと一緒でしたからね」アレクサンダーはマックスのそばにしゃがみこんで、その後頭部に手を当てた。「まあ、来年はこの日が来たら、彼から目を離さないようにしますよ」

一方の腕をアレクサンダーが、もう一方の腕をボーディがつかみ、ふたりは意識のない男を再度肩に担ぎあげると、門をくぐって、アレキサンダーの車へと向かった。

＊

レイクウッド墓地を護る錬鉄の杭をふたたび乗り越えながら、ボーディはつんつんと伸びてきたあの記憶をなでつけた。アレクサンダー・ルパートは、毎年ジェニの命日には兄に注意するという自身の言葉に忠実だった。だが、そのアレクサンダーも殉職してもう九カ月になる。そしてマックスは、毎月恒例だった彼らのポーカーに来なくなっていた。ボーディに折り返しの電話を寄越したのも二、三回だけで、その際は、ポーカーに行かないのは、仕事が忙しいせいだと主張した。ボーディは彼の言葉を信じなかった。それだけとは思えない。だが、マックスの声からは余計な穿鑿の根拠となるものは何ひとつ聞き取れなかった。

ボーディは服の袖から松葉を払い落とすと、西の空で薄れてゆく太陽の縁《ふち》のわずかな名残りを肩越しにちらりと見やった。それから彼は、墓地の中心部への道を進みはじめた。その目はふたたびあの湖とワピチのブロンズ像をさがしていた。

第十六章

この数年のあいだに、マックスはジェニの墓を見咎《みとが》められずに訪れるのが容易であることに気づいていた。警備員は確かに夜間、墓地を巡回する。だが、ジェニの墓石は管理事務所の陰に隠れていて、通過するその車から見えないのだ。マックスは彼女の墓標に寄りかかるのが好きだった。それは、そこから湖が見えるためであり、彼はジェニと話すときその湖を眺めるのが好きなのだ。

マックスは、サトウカエデの枝のあいだに流れ込む月光のすじを見あげた。その光の生む影のなかに、ジェニの顔を見出そうと。流浪する彼女の思い出が彼の世界の周縁を彷徨《さまよ》っていたあの初期の数カ月、彼女はよくそこに見えた。彼女の存在がもっとも強烈になるとき、その思い出は彼をひざまずかせたものだ。いま、その木を見ても、目に映るのは影ばかりだった。

「きみが恋しいよ」マックスはささやいた。彼は膝を立て、そこに両腕を乗せた。「これまでにも増して恋しい気がする。考えてもごらん。俺たちの子供はもう三歳になってたはずなんだ。きっとすごく元気に歩いたりしゃべったりしていただろうな」

だが子供は生まれなかった。妊娠止まり。マックスはその夢をほぼあきらめていたが、ジェニは決してあきらめなかった。ジェニの遺体の解剖を行ったのは、マギー・ハイタワーだった。

そして、そのことをマックスに告げたのも、マギーだった。ごく初期だったため、ジェニ自身も知らなかったであろう妊娠。妻の埋葬の日、自分たちがふたりの人を葬っていることを知っていた者は、マックスとマギーだけだった。

「世界はいま、ひどく静かに思える。ひどく空虚に。あの運命のひとひねりですべてが変わった。いまこの瞬間も、俺はきみの隣にすわって、俺たちの子供が家のなかをばたばた駆けていくのを見守っていられたはずだ。なのに、俺はここにいて、きみは……」マックスは手を下にやり、かたわらの草をなでた。

「ニキは俺のことを心配しているみたいなんだ。この前も、仕事以外には何をしてるのかって訊かれたよ。俺はジョークで返したが、おかげで考えさせられた。彼女の言うとおりかもな。俺には何か目を向けるもの、気を紛《まぎ》らわすものが必要なんだろう。だから、動物の保護施設に行って、年取った犬、他のみんなが見過ごすような駄犬がいないかどうか見てこようかと思ってる」

丘の上から近づいてくる足音を耳にして、マックスは口をつぐんだ。閉園後の墓地にいるのがばれた場合の計画どおり、彼はバッジを取り出そうとした。

「マックス?」そのささやきは、ボーディ・サンデンの声に似ていた。

マックスは墓標の上から向こうをのぞいた。「ボーディ?　いったいここで何をしてるんだ?」

「ちょっときみの様子を見に来たんだよ」

マックスはもとどおり墓標にもたれた。「つまり、お守りをしてくれようってわけだな?」

「友達に挨拶するために日が落ちてから墓地に侵入しちゃいけないって言うのかい?」

「知ってるぞ。あんたとアレクサンダーの申し合わせのこと。この特別な夜は俺に目を光らせようっていうんだろ。アレクサンダーから聞いたよ」

「まあ、理由のないことじゃないからな。きみも認めざるをえないだろう? 三年前のきみは実に無惨な状態だった。だからちょっと寄って、きみがボルトカッターを必要としていないか、確かめようと思ったわけだよ」

マックスはほほえんだ。「まあ、すわってくれ」彼はひとつ向こうの墓標を指さした。〝フーバー〟と名前が刻まれた灰色の御影石の墓標——三年前、ボーディがアレクサンダーの到着を待つあいだ、寄りかかっていた墓だ。

「きみにとってこの一年はきつかったろうと思ってね。アレクサンダーまで亡くなってしまったわけだから」

マックスはうなずいた。「そんなふうに考えたことがないとは言えない」

「彼が死んで以来、きみはポーカーをやりに来ていないし」

「ポーカーをやる気分じゃなかったんだろうね」

「そう言えば、あれはないかな……」

「今回はウィスキーは持ってこなかったよ」マックスはポケットが空なのがわかるようにシャツをたたいてみせた。

「こっちは一杯すすめてもらえるものと期待してたんだがな。あの柵を乗り越えたせいで、ちょっと足がくがくしてるんだよ」

ふたりの男は心地よい沈黙に入った。実際よりもずっと長く思えた数秒間、彼らはともに湖を眺めていた。ついに口を開いたのは、ボーディのほうだった。

「まじめな話、きみは大丈夫なのか？」

マックスはしばらく考え、それから答えた。「アレクサンダーが死んだあと、逆もどりしたかもしれない」彼は冷たい御影石に頭を押しつけた。ジェニの名の彫刻が頭皮に感じられる。彼はNの文字の上でゆっくり頭を転がした。「そしてきょうは――本当に、振り返るたびに、そこにジェニを思い出させるものがあるようだった」

「もしダイアナを失ったら、わたしは……」ボーディは考えながら一拍、置いた。「そうだな、どこに行けば彼女のことを思い出さずにいられるのか、わたしにはわからない」

「それだけじゃないんだ。きょう、ケンウッドで遺体が見つかった……おそらくあんたもニュースで聞いただろうね。その女はベン・プルイットの妻だったんだが」

「ジェネヴィエヴ・プルイットだね。うん、聞いている」

「最初は愕然としたよ。あの赤毛から何から、彼女はジェニを思い出させたんだ」

「それ以上言う前に聴いてくれ」ボーディはさえぎった。「きょうベンがわたしに会いに来たんだよ」

「ああそうか、あんたたちは以前、パートナーだったものな」

「彼はわたしに、自分の弁護士になってほしいと言った……もしこの先……わかるだろう？」

冗談であるよう願い、その証《あかし》が見られればと、マックスはボーディに目を向けた。ボーディは湖に視線を据えたままだった。

「弁護士の仕事はもうやめたんじゃなかったのか？」マックスは言った。

「まだ資格は持っているからね。そうしたければ、弁護を引き受けることはできるんだよ。教師をしているからといって、弁護士の仕事のしかたを忘れたことにはならんしな」

「この事件に引退生活を捨てるだけの価値などないぞ、ボーディ」

「きみとベンのあいだに対立があったことは知っているよ、マックス。だがあれは――」

「ボーディ、ベンと俺のあいだに何があったかは、この際、関係ない。俺は、この件は引き受けないほうがいい、と言っているんだ」

「それについてはきみとは話せないな、マックス。わたしはただ、きみが部外秘のことをわたしに言う前に、このことを知らせるべきだと思ったまでだ」

突然いらだちを覚え、マックスは湖に視線をもどした。妻の思い出に浸る時間を邪魔されたのが腹立たしかった。すると、彼の気分の変化を感じとったかのように、ボーディが言った。

「わたしは今夜、ここに来てはいけなかったのかもしれないね。ただ、アレクサンダーのためにそうしなきゃならない気がしたんだよ。とにかくきみの様子を確かめたくてね……」

マックスはなんとも言わなかった。

「では、もう行くよ。ゆっくり夜を過ごしてくれ」

ボーディは立ちあがって、ジーンズについた草を払った。マックスには、彼が自分からの最後のひとことを待っているのがわかった。ベンの名前が出る前と変わらず、いまもふたりが友達であることを示す別れの言葉を。何も聞けないとわかると、ボーディは歩きはじめた。

マックスは言った。「ダイアナによろしく」

ボーディは足を止めて振り返ると、笑みを見せ、うなずいた。「伝えるよ」彼は言った。

ボーディが行ってしまうと、マックスは淋しさを覚えた。もう長いこと、ここまでの孤独を感じたことはない。彼は頭のうしろに手をやって、妻の名を綴《つづ》る彫刻の文字を指でなでた。ふたたび彼女に話しかけようとしたが、なぜかうまくいかなかった。そこで首を反らせて墓石に頭をもたせかけ、空を見あげた。木々の隙間には星が帯状に連なっており、その奥深さ、美しさは、涙がこみあげるほどだった。彼はここにジェニにいてほしかった。彼女にあの星空から下りてきて、何も心配ない、彼のいたらなさをすべて許すと、耳にささやいてほしかった。マックスは無言で天を見つめ、決して得られない答えを待った。

第十七章

月曜日、ニキとマックスは自分たちの事件を、成人犯罪訴追部のヘネピン郡検察官補、フランク・ドーヴィのオフィスに持っていった。フランクがふたりを呼び出したのであり、到着すると、彼らは会議室に通された。テーブルに置かれたトレイの上では、マグカップ四個に囲まれ、淹れたてのコーヒーが白いコーヒーポットの口から湯気を立てていた。ドーヴィは、ふたりが席に着くやいなや入ってきた。彼はコーヒーのトレイをニキの前に押し出して、腰を下ろした。

「きみの報告のあいだに、みんなでコーヒーでも飲もうかと思ってね」

毛先の突っ立ったミリタリーカットと顎の垂れ肉とがマックスにクッキーの生地ひとすくいをイメージさせる大柄な男、ドーヴィは、マックスの向かい側にすわって、親指でテーブルを連打していた。マックスはニキに目をやった。彼女はコーヒーのトレイを前に途方に暮れているようだった。マックスはニキの前からトレイを押しのけ、テーブルの向こう端に移動させた。

「コーヒーはなしか？　いいとも。別にかまわんさ。ただ、よかったらと思っただけだからな」ドーヴィのしゃべりかたは、毎週千ドル相当のコカインを使う麻薬常習者を思わせる。だがそれは、彼の性分にすぎない。法廷に入るまで、この男はハイスピードのままだ。そして法廷では、状況に応じ、口を制御する才覚を見せる。陪審の前で、彼はそのタップダンスをたちまちワルツに変えられるのだ。

「プルイット事件はわたしが担当することになった」ドーヴィは言った。反応を待つように、彼はマックスを見た。「で、わかっていることは？」

マックスはニキにうなずいてみせた。彼女は捜査ファイルを開いて、事件の概要を話しはじめた。

「被害者はジェネヴィエヴ・プルイット。社交界の名士。慈善家。エマソン・アドラーの娘です」

「エマソン・アドラーには一度会ったことがある」ドーヴィは言った。「あれはパットン裁判長のための資金集めのときだったな。大物連中がごろごろいたぞ」

ニキはマックスと目を見交わした。そして先をつづけた。「被害者はいくつもの財団を運営していました。しかしもっとも力を注いでいたのは、湿地保護団体です。夫は刑事専門弁護士のベン・プルイット。夫婦にはエマという子供がいます」

マックスはあとを引き取り、自分のファイルを開いて、仮の検屍報告書を取り出した。「金曜の朝、ジョギング中の一市民がプルイット夫人の遺体を発見した。被害者は着衣のない状態で、娘のベッドに掛かっていたブランケットにくるまれ、横たえられていた。現場はケンウッドの書店裏の駐車場。人目につかない場所だ。入ってきた車、出ていった車を見た者はいない。検屍官によると、死亡時刻は前夜十二時の前後一時間以内。被害者は刃物、両刃のもので頸部を刺されていた。われわれはプルイット宅で、ナイフの入っていないナイフのケースを発見している。そのナイフは事件の凶器に合致する」

ニキが、あの家で撮った写真一式を取り出して、説明を引き継いだ。「わたしたちは、被害者がシャワーを浴び、寝る支度をしていたものと見ています。彼女はバスルームから出てきたとき、襲われたのです。争った形跡はほとんどありません。襲撃者は被害者の不意を突き、彼女を刺したようです。そしておそらく、彼女が出血するあいだ、ベッドの上にその体を押さえつけていたのでしょう」

「防御創はない」マックスは付け加えた。「被害者の爪からも何も出ていない」

ドーヴィは写真をつぎつぎ吟味していき、駐車場で撮られたプルイット夫人の着衣のない遺体の写真でしばらく手を止めた。「家に押し入った形跡は？」

「ない」

「きみたちは亭主に着目してるんだろうな」ドーヴィは言った。

「可能性は大いにあると思っている。ただ彼にはアリバイがあるんだ」マックスは言った。

「アリバイ？」

「彼は法曹界の会議に出ていたと言っている。木曜日、彼がシカゴ行きの便に乗ったことは、すでに確認ずみだ。そして金曜日、わたしが電話をしたあとに、彼は飛行機でこっちにもどった。電話では驚いている様子だったが、これは単に彼がいい役者だというだけのことかもしれない」

「電話の記録は？」

「彼はプルイット夫人の携帯に午後五時二十七分に電話しています」ニキが言った。「プルイット夫人は出ませんでした。その後、メールが一本、プルイット氏の携帯からプルイット夫人の携帯に送信されています。わたしたちは携帯電話の基地局にデータを要請しました」

ドーヴィはつんつん毛の立った頭皮を片手でさすった。「すると、亭主にはアリバイがあるわけだな？」

「そうとは言い切れない」マックスは笑みを浮かべた。「近所に、真夜中ごろ、ベン・プルイットが赤い車で現れ、道路に駐車し、自宅に向かったと断言する女性がいるんだ」

ドーヴィは椅子にドサッともたれた。その顔に笑みが広がっていく。「嘘じゃないだろうな？　その女、堅いのか？」

「岩並みに」マックスは言った。

ドーヴィは背筋を伸ばし、身を乗り出してきた。「となると、彼はどうやってこっちにもどったんだ？」

「その点はまだ捜査中だ」マックスは言った。「彼はシカゴで車を入手したにちがいない。レンタカーじゃないと思う。その手は書類が残るからな。だが、それも確認する」

「車を盗んだ可能性もあります」ニキが言った。「ですが、それはリスクが高すぎるように思えます」

マックスはニキに目をやり、それからドーヴィに視線をもどした。「その点については、ニキに何か考えがあるようだよ」

ニキはドーヴィが自分に目を向けるのを待ってから、先をつづけた。「単純にシカゴで車を購入した可能性もあります。広告に応え、売り手に現金を渡し、そのまま車で走り去るというかたちですね。そして、こっちまで運転してきて、妻を殺し、翌朝の会議に間に合うようシカゴにもどったわけです」

「何かその話を裏付ける証拠はあるのか？」

「まったくない」マックスは言った。

「では、どうやって手に入れよう?」

マックスは考えながら、両手を組み合わせ、その手を口もとへ持っていった。「シカゴに行く必要があるだろうな。彼の動きをたどってみるよ。きっとホテルの防犯カメラの映像も入手できるだろう。たぶん、ホテルのカードキーの情報も。それで彼がいつ入室したかが確認できる。従業員が彼を覚えているかもしれないしな。車で行って帰ってくるよ。途中にも監視カメラがあるだろう」

「料金所」唐突にニキが言った。「州間高速九〇号線には山ほど料金所がある。そこにはカメラがあるはずよ」

ドーヴィが賛同してうなずいた。「ビデオがあれば、運輸省に提出させることはできる。料金所それぞれについて時間枠を教えてくれ。その時間の映像を入手するから」

マックスは言った。「シカゴからもどるために料金所を通過していた事実を押さえられれば、それが予謀の動かぬ証拠になるね」

薄ら笑いでドーヴィの顔が明るくなった。声に出して考えているように、彼はしゃべった。

「予謀ありなら、第一級殺人――終身刑となるから、起訴陪審（アメリカの刑事事件において、起訴相当であるか否かを審査する陪審）が必要だな。早速、準備にかかろう。起訴に持ち込めれば、もう何年も電波に乗ってないようなでかい殺人事件になるぞ。有力な弁護士の夫に殺害されたエマソン・アドラーの娘。こりゃあ、全国ニュースだな」

マックスには、ドーヴィの口の端からにじみ出てくる涎《よだれ》が見えるようだった。「鑑識の報告書はまだ上がっていない。コンピューターの解析にもまだまだ時間がかかる。もう起訴陪審にかかっていいのか？」

「ただちに進めるとも」ドーヴィは言った。「こいつはホットな事件だ。ぐずぐずしたくはない」

ドーヴィのぴくつく笑いには、彼が急ぐ理由は裁判の迅速な遂行だけではないことを示唆《しさ》する何かがあった。こういった有名人の事件は、政治的作戦行動の流れに乗って、スムーズに進行する傾向がある。ドーヴィは黄金をひと袋、握っており、それを握りつづけるためにはすみやかに動かねばならないのだ。「彼がこっちにもどった手段を示す証拠を持ってきてくれ」ドーヴィは言った。「必要なのはそれだけだ。そう、それと動機だな。そっちはもうつかめたのか？」

マックスは肩をすくめた。「われわれはきょう、プルイット夫人の妹から話を聞くことになっている。あの夫婦の関係については、あまりわかっていない。うまくすれば、その妹からそれに関する情報が得られるかもしれないが」

「夜のあの時間、九〇号線には何台の赤のセダンが走っていたでしょうね？」ニキが言った。

まるでニキがその場にいないかのように、ドーヴィはふたたびマックスを見た。「どの夫婦にだって、一方がもう一方を殺したくなるような問題はあるもんさ」彼は言った。「きっとプルイット夫妻には、ふつうの夫婦以上にそれがあったにちがいない。その動機を持ってこい。

この件を起訴陪審に持ち込むには、それだけで充分だ」

第十八章

ベン・プルイットの二十万ドルの小切手をじっと見つめ、ボーディは自由に使える余分な金が自分にあったころの思い出に耽《ふけ》った。〝ファック・ユー・マネー〟――彼はそれをそう呼んでいた。債権や譲渡性預金というかたちで町のあちこちに埋められた資産の小さな塊と、ジュニア・リーグ級の株式のポートフォリオ。依頼人が無理難題を言いだしたら、〝くたばれ《ファック・ユー》〟と言ってやれるだけの余力を彼に与える類《たぐい》の金。依頼人の多くは、掘りたての墓穴に死体を放り込む依頼人を、シャベルを手に弁護士が見守っているようなギャング映画を見て育っていたのだ。「こっちは××ドル、払ったんだ。俺の言うとおりに動け」

ボーディが相手ではそうはいかなかった。めったにないことだが、依頼人が一線を越えろと命じると、ボーディはそいつをドアまで送っていき、依頼料の残りの返還を申し出る。そういう連中がこの申し出に応じることは一度もなかった。「ルールがあるのでね」彼は依頼人たちに言ったものだ。「われわれはそのルールの範囲内で仕事を進めるんです。どんなときも。例外なく」秘訣は、敵よりも法律をよく知ること、敵よりもよく働くことだ。弁護側は、使う金の額では常に州に負けるが、仕事に注ぐ労力ではたいてい州に勝つことができる。

大半の人がわかっていないのは、裁判の勝敗は検察官や弁護人が冒頭陳述を行うずっと前に決まっているということだ。両サイドとも、敵の矢筒にどんな矢が入っているかを知っている。証人の供述書と証拠物は、公判が始まる前に、何週間も、ときには何カ月も、両者のあいだを行き来する。極意は、ボーディが子分のベン・プルイットによく言ったように、複数のチェスボードで同時に駒を動かすこと——検察側の多様な手を読むことに慣れ、不測の事態のそれぞれに答えを用意しておくことだ。

チェス——ひとつのゲーム。かつて彼は弁護の仕事をそう見ていた。正義とか真実といった抽象概念は、彼の戦略では用をなさない。それは集中を妨《さまた》げる余計なものであり、滑走路の延長線上に住む人々がジェット機に気づかなくなるのと同様に、慣れれば無視できるようになる。ボーディはそのゲームの達人だった。派手さはなし。華々しいジャジャーンもなし。ルールの正しい把握と、余計なものを意識から締め出す才能のみがものを言う。

ところが、ミゲル・クイントによってそのすべてが崩壊し、彼のまわりになだれ落ちてきた。ボーディにはいまもミゲルの顔が見える。ボーディが拘置所に接見に行くたびに、そこに希望を見出そうとしていたあの少年の目が。彼にはいまも、葬儀場で別れるとき、ミゲルの母親の言った言葉が聞こえる。「先生は最善を尽くしてくださいました」——ボーディを暗黒のスパイラルへと送り込んだ偽り。ベン・プルイットの到着を待つあいだ、ボーディの胃のなかではそれらの記憶がのたうっていた。

その月曜の朝、ベンは十時少し前にボーディのうちにやって来た。彼は家の正面に車を駐め、助手席側に回って後部座席のドアを開けた。エマ・プルイットは、まるで月面に足を踏みおろすかのように、ためらいがちに、慎重な動きで、車から降りてきた。父親がその手を取って引っ張りあげ、彼女をまっすぐに立たせた。父子はどちらも元気がなさそうだった。

ベンを呼んだのはボーディ自身だが、その場合、当然エマも一緒に来るということは頭から抜け落ちていた。ボーディはクロゼットに行き、なかを漁った。大人たちが話をするあいだ、十歳の女の子が楽しめるようなゲームか何かがないだろうか。見つかったのは、ランタンと双眼鏡だった。彼は想像力を働かせ、その二点をどうエマに紹介するか——関連性のないそれらの道具で彼女をどう遊ばせるか、考えてみた。それから、だめだなと首を振り、ふたつの品をもとどおり棚にもどした。

するとそのとき、ダイアナが顧客のために家の改装プランを描くのにときおり使うスケッチブックが目に入った。ボーディはそれを引っ張り出して、カウチの上に放り出すと、書斎から鉛筆を二本、取ってきた。

そのあと彼は、ドアを開いて父子を迎えた。ふたりは捕虜収容所での一カ月から生還したばかりのように見えた。前回会ったときから、ベンは髭《そ》を剃っていなかった。取れない疲労がその目の下の隈《くま》に表れている。疲れで視力が鈍《にぶ》ってしまったかのように、彼は何を見るでもなく視線を前に据えていた。

ボーディはベンを軽くハグし、ベンもハグを返した。つづいてボーディは、エマの身長に合わせて片膝をついた。エマの目は内心の恐れを暴露しており、それを見ると、胸を引き裂かれる思いがした。ボーディが父を亡くしたのは、彼がまだ幼く、父をよく知るようになる前のことだ。それでもその喪失感は、彼の世界を隅々まで塗りつぶしたものだ。この幼い少女を満たす苦痛がどれほどのものか、彼には想像もつかなかった。

「こんにちは、エマ」彼は言った。

「ごめんよ。うちには遊び相手になれる人がいないんだ。ゲームもひとつもないんだよ。でもスケッチブックならある。絵を描くのは好きかな？」ボーディはうしろにさがって、スケッチブックを指し示した。エマは父親の腕に手を伸ばし、その体にしがみついた。

「エマ」ベンが穏やかな優しい声で言った。「サンデンさんとお父さんは大事な話があるんだ。だから、ここにすわっていてくれないか——ほんのちょっとのあいだだよ。できるかな？」ベンは娘をカウチに連れていくと、彼女の左右の肩に手をかけ、自分のほうを向かせた。「大丈夫だよ、お父さんは隣の部屋にいるからね」彼はエマをカウチにすわらせ、その膝にスケッチブックを載せた。

ボーディはさきほどの二本の鉛筆を渡した。「お水はほしくない？　クッキーはどう？」

エマはまず父親に、次いでボーディに目を向け、首を振った。

ボーディはベンが娘から離れるのを待ち、彼を連れて書斎に向かった。フレンチドアを閉めると、デスクのうしろの席にすわって言った。「大丈夫かい？」

ベンはしゃべろうとして口を開き、そのまま口をつぐんだ。目を閉じると、てのひらの底部で目をこすり、袖で涙をぬぐいとった。「ずっと眠れていないんだよ。努力はしている。エマのために強くならなきゃいけないことはわかってるんだが。目を閉じるたびに、ジェネヴィエヴの顔が浮かんできてしまってね。エマの乗ったブランコを彼女が押しているところ。ふたりがクリスマス・プレゼントを開けているところやおそろいの衣装でハロウィーンのお姫様の仮装をしてるところ。彼女がウェディング・ドレスを着た姿やセント・トーマス島のビーチにいるところが、目に浮かぶんだ」

ベンは言葉を切り、弱々しく息を吸い込んだ。

「それに、検屍局の解剖台に横たえられた彼女も目に浮かぶ。わたしはずっと眠れていないし、エマも同じだと思う。眠れてもせいぜい、一度に二、三時間だろうね。あの子は息ができなくなって目を覚まし、母親を呼ぶんだ」

「きみたちはどこに泊まっているんだ？」

「ブレイナード（ミネソタ州中部のミシシッピ川沿いの町）の湖畔のキャビンに行っていたんだよ。家には帰れないし、エマをどこか馴染みの場所に連れていきたかったから」

「あの子の様子はどうかな？」

ベンは首を振った。「おそらくわたしと変わりないだろうね。もともととても繊細な子だし。ママが死んだことはもう話したよ。だが、なぜ死んだのかについては、まだ説明していない。そのことを声に出して言う気になれないんだ——あの子に向かってはどうしても。わかるだろう？　ママが殺されたなんてこと、子供に向かって話しようがないじゃないか」

「それじゃ、なんて言ったんだ？」

「ただ警察が事情を調べているとだけ言っておいた。キャビンではテレビはずっと消したままだから、あの子はニュースを見ていない。話さなきゃならないことはわかってるんだが、どうしても、もう少し待とう、と先延ばしにしてしまうんだ。いまに犯人が見つかる、そうしたら話そう、と思ってね。そこまで行けば、せめて、なぜなのかは話してやれるだろうし。そこがつらいところなんだよ。いまのところ、どういうことなのか、さっぱりわけがわからんからね」

ボーディは椅子の背にもたれ、両手を組み合わせた。「では、どういうことなのか、ちょっと考えてみようじゃないか。シカゴの話をしてくれ」

それまでずっと、整然たるボーディのデスクのまんなかのペンを見据えていたベンが、ここで顔を上げた。その額の皺《しわ》には困惑の色が折り込まれていた。「アリバイをもう一度、見直せって言うのか？」

「かまわないだろう？」

ベンの口の隅にかすかな笑みが浮かんだ。「以前、わたしはある賢い先生に、事件の事実関係について依頼人に訊ねてはならない、少なくとも、検察側の証拠がすべて出そろうまでは待つべきだ、と教わったんだがな。確か彼はこう言っていた。依頼人が網羅すべき点をすべて知るまで、彼らをひとつの話でがんじがらめにしてはならない。証言台で彼らに話を変えさせるわけにはいかない」

「その男がきみが記憶しているほど賢かったのかどうか、どうも確信が持てないんだが」

「心配いらんよ。わたしの話が変わることはない」ベンは言った。「真実とはそういうものだからな。真実は変わらない。時を経て変わっていくのは嘘だけだ。わたしは嘘をついていない。本当にシカゴにいたんだ。ジェネヴィエヴの死にはなんの関係もないんだよ」

「となると、わたしは何を見落としているのかな?」

「どういう意味だ?」

ボーディは、話のつぎの段階にどう入っていくべきかじっくり考え、最終的に、一か八かすべて打ち明けるという道を選んだ。「マックス・ルパートとわたしが親しいことは、きみも知っているね」

「それは問題じゃないだろう?」

「うん」ボーディは言った。「ただ、この前の金曜日、わたしは彼の奥さんのお墓に行ったんだ。マックスは毎年、奥さんの命日に墓参りをしている。だから、彼が大丈夫かどうか様子を見に行ったわけだよ。で、ふたりで話しているとき、わたしはきみが会いに来たことを話した。すると彼は、きみの依頼は引き受けるべきじゃないと言ったんだ」

「前に言ったろう。あの男はわたしを目の仇《かたき》にしているんだ。しかしそこまで――」

「いや。それはちがう。彼はきみが憎くて、依頼を受けるなと言ってたわけじゃない。彼は何かわれわれの知らないことを知っているんだ。だから、かかわらないよう、わたしに警告したんだよ。気になっているのはその点でね。犯人はきみだと彼は信じている。どこかに何かその根拠となるものがあるはずなんだ」ボーディは口をつぐみ、沈黙の入る余地を作った。それによってベンの反応を引き出せるだろうと。

ベンは首を振った。「いや……さっぱりわからんね。待ってくれよ……やはりでたらめだな。彼は何も知らないはずだ。知るべきことなど何もないんだからな。ジェネヴィエヴを殺したのはわたしじゃない。それがすべてだよ」

ベンの言葉は確信とともに力強く放出され、その音量はフレンチドアの向こうに届くのに充分だった。彼は急いで自制し、声を落とした。「わたしは妻を殺していない。ルパートがなんと言おうとかまうものか。彼がどんな証拠を握った気でいようが、一向に気にならんね。こっちはやっていないのを証明できるんだ。なんと言っても、そのときはシカゴにいたんだからな」

「われわれはそれを証明できるのか?」

「もちろんだ。警察が見当ちがいの捜査で時間を無駄にしたいなら、勝手にやらせておけばいい。幼い女の子から母親を奪ったくそ野郎はこのわたしが見つけてやるよ」ベンは頰を紅潮させながら、言葉を吐き出した。

ボーディはティッシュの箱をベンのほうに押し出した。だがベンはふたたび、服の袖で涙をぬぐいとった。

「わたしにはどうしてもあんたの助けが必要なんだよ、ボーディ。自分ひとりでやり遂げられるとは思えない」

ボーディはほほえんだ。「きみはひとりじゃない。わたしはきみの弁護士であり、きみの友人でもある。きみとエマのために全力を尽くすつもりだよ」彼が手を差し出すと、ベンは溺《おぼ》れる者が命綱をつかむようにその手をつかんだ。

「ありがとう。ありがとう」ベンは目を閉じて、重いため息をついた。

ボーディは椅子をうしろにずらして、引き出しを開け、法律用箋《ようせん》とペンを取り出した。「わたしがいつも言っていることだが、もし自分の側に真実があるなら、あとはただその真実の証拠を見つけるだけのことだ。だから早速、調べにかかろう」

第十九章

アンナ・アドラー＝キングが出頭するのを待ちながら、マックスはバグ・トーマスの書いた科研の報告書に目を通した。バグは、ベン・プルイットが犯行現場にいたことを充分に証明できるだけの毛髪、指紋、その他の痕跡を見つけていた。しかしその犯行現場は、彼の自宅、彼の寝室なのだ。いたるところに彼の痕跡があるのは、至極当然のことだ。

バグの仕事は徹底しており、その報告書にはシャワー室の排水口で見つかった毛髪（ジェネヴィエヴ・プルイットとベン・プルイットに適合しそうなもの）から、私道のそばの未舗装の地面の一箇所で見つかった部分的足跡（ジェネヴィエヴのもの）まで、ありとあらゆるものが載っていた。マックスは、他の事件のときと同様に、この先、何度も何度も繰り返しこの報告書を読み、ぴたりと合う鍵が飛び出してくるのを待つことになるだろう。だが最初に一読したかぎりでは、手がかりとなるものはほとんどなさそうだった。

アンナ・アドラー＝キングは、タイトな黒のドレスを着てこの面談に現れた。ウエストにベルトが付いた、おあつらえの一品。Vネックのボタンは、谷間がちらりと見えるところまではずされている。どう見ても既製服ではない。マックスは、アドラー＝キング夫人にとってはこれが喪服なのだろうかと考えた。その衣装は、〝親しい人が亡くなったの〟とささやきつつ、〝ねえ、みんな、わたしを見て〟と叫んでいた。

マックスは自己紹介して、取調室に彼女を案内した。「ご足労に感謝しますよ。あまりお時間を取らせないようにしますから」彼は席に着きながら、手振りで椅子をすすめた。アドラー＝キング夫人は立ったまま動かなかった。その目は椅子の座面のコーヒーの染みに注がれていた。サイズも形もミニ・キュウリのピクルスにそっくりの茶色い汚れに。マックスは再度、椅子を指し示した。「どうぞおかけください」

「きれいな椅子がどこかにないかしらね」

マックスは身を乗り出して、オレンジ色の生地に着いた茶色い染みを見つめた。「ああ、そいつは何年も前からあるやつですから。害にはなりませんよ」

「気持ちが悪いわ」彼女は、まるで犬の糞《ふん》の上にすわれと言われたかのように、マックスを見て言った。

マックスは目を閉じた。目玉をぐるりと回すところを彼女に見られないように。「こっちの椅子にすわります？」本人にチェックさせるべく、彼は椅子から立ちあがった。

「本当にご親切に」彼女は言った。

マックスが自分の椅子を染みのある椅子と交換すると、アンナ・アドラー＝キングは背筋をぴんと伸ばして――背もたれに寄りかからないよう注意しつつ――腰を下ろし、膝の上で両手を組み合わせた。彼女はテーブルの天板に触れなかった。そこに接触しようものなら病気がうつる、とでも言いたげに。自分の前にこの部屋に入った無数の犯罪者たちの血管には、正体不明の病原体がドクドクと流れている、ということだろう。

「ルパート刑事」彼女は言った。「わたしは姉を殺した男を有罪にするためにできることはなんでもしたいと思っています」

「お姉さんを誰が殺したか、ご存知なんですか？」

「それは明らかなんじゃありません？　ベン・プルイット。彼にちがいないわ」

「なぜそう思うんです？」

アンナ・アドラー＝キングはマックス・ルパートを値踏みするように見つめた。まるで、彼が馬鹿なふりをしているのか、それとも、天然自然の馬鹿なのか、見極めようとしているかのようだ。マックスは待った。

「他に誰がこんなことをすると言うんです？」

「アドラー＝キングさん、あなたはベン・プルイットをどの程度ご存知だったんでしょう？」

「彼は義理の兄です。でも親しいわけではありません」

「彼と最後に話したのはいつです？」

アンナ・アドラー＝キングはしばらく考え、それから答えた。「確かセントポールの図書館のために催された資金調達パーティーのときです。ちょうど一年ほど前のことですが」

「お姉さんに最後に会ったのは？」

「それと同じ夜です」

「あなたとお姉さんとは特別に親しい仲なんでしょうか？」

「姉妹ですからね。もちろん親しい仲ですよ」

「しかし一年近く話をしていない……同じ町に住んでいながら」

「ルパート刑事、姉妹のあいだには絆《きずな》があるものです。わたしたちはその絆で結びついていました。日常的に訪問しあう必要はなかったんです」

「わかりますよ、キングさん――」

「アドラー＝キング」彼女は訂正した。「姉とちがって、わたしは旧姓を残しているんです。アドラー一族であることをとても誇りに思っているので」

「わかりました。しかしもし一年もお姉さんと話をしていなかったなら、プルイット夫妻の関係がどうなっていたかは、知りようがないですよね。たぶんあなたはベン・プルイットをお好きじゃないんでしょう。しかしそのことは、捜査の足しにはまったくならないんですよ」

「捜査の足しになる情報がほしいなら、ひとつ差し上げましょう。ジェネヴィエヴとベンは婚前契約を結んでいました。ベン・プルイットにはジェネヴィエヴを殺す理由が十二分にあるのです」

「婚前契約？」マックスはペンを手に取り、テーブルの端の山からノートを一冊引き寄せた。

「それについて話してください」

アンナはほほえんで、脚を組んだ。スカートが少しずりあがり、高級ストッキングのてっぺんのレースのガーターがちらりとのぞいた。「まず第一に、姉とわたしが裕福だということを知っていただかないとね。自力で稼いだのではありませんよ。わたしたちの財産はすべて父から、その前は父の父から受け継がれたものです。わたしの祖父は製紙業で財を成し、その会社を息子に譲り渡しました。そして父は祖父の事業を多角化し、拡大したのです。いまや〈アドラー・エンタープライズ〉の価値は、およそ十億ドルとなっています」

「ご両親はご健在ですか?」

「母は五年前に亡くなりました。父は現在、骨のがんと闘っています」

「それはお気の毒に」

「父はタフな老人です。軟弱な男ならもういまごろ死んでいるでしょう」

「お父様がご病気となると、会社のほうはどなたが……?」

「組織のしっかりした会社ですから。父はいまも株式の大部分を持っています。ただしジェネヴィエヴとわたしに代理権を与えているのです。ジェネヴィエヴには、わたしより一票分多く。だからわたしたちは同点にはなりません」

「ぶしつけな質問で申し訳ありませんが、お父様が亡くなった場合、それらの株式はどうなるんでしょう?」

アンナは答えを準備するように視線を下に落とした。ふたたび顔を上げたときの彼女は、まるで「三つ数えろ」のローレン・バコールが乗り移ったかのように、まぶたは下がり、声は前より数段、低くなっていた。「刑事さん、あなたがそういう質問をせざるをえないことはわかりますし、わたし自身、ここに来る前は、心の準備ができているつもりでした。ですが、やはりこれは耐えがたいことです。いざここにすわって、刑事さんが心のどこかで――それがごく小さな部分であっても――姉の死へのわたしの関与を疑っているのだと思いますとね」

「わたしはそうは言っていません」マックスは言った。

仮面を貫く静かな強いまなざしで、アンナはマックスを見つめた。「その考えが頭をよぎったことがないのなら、父の会社の経営権のことなど気にするわけはないでしょう。それとも、わたしはまちがっています？」

マックスは無表情を保ち、なんとも答えなかった。

アンナは何拍かのあいだ、マックスに目を据えたままでいた。それから、笑みを浮かべたが、それは彼女の厳《いか》めしい顔立ちにいくばくかの温かみをもたらした。「まあ、さきほどのご質問は妥当なものなんでしょう。現存の遺言では、父の死後はわたしが〈アドラー・エンタープライズ〉の単独の所有者となります」

「現存の遺言というと？」

「確かに父は病気です、ルパート刑事。でもまだ頭はしっかりしているのです。わたしが姉の死に関与したのだと思えば、父はただちにわたしを除外するでしょう」

「お姉さんを殺したのは、あなたですか？　おわかりですよね？　あなたにはかなり有力な動機があるんです」

「姉を殺したのは、ベン・プルイットです。そしてその動機は婚前契約にあります」

「なぜ婚前契約が殺人の動機になるんでしょうか?」

アンナは身を乗り出し、ここで初めてもったいなくもテーブルの縁に指先を乗せた。「ジェネヴィエヴとわたしには、それぞれのために設定された信託財産があります。父はわたしたちが生涯何不自由なく暮らせるようにしたかったのです。ジェネヴィエヴが死んだ、殺されたのだと聞いたとき、わたしはうちの弁護士に電話をしました。この種のことをすべて任せている者に」

「お姉さんが死んだのを知って、真っ先に電話した相手が、弁護士だと言うんですか?」

マックスの非難にアンナは少したじろいだ。そして彼は、彼女が懸命に維持しようとしている石の仮面のうしろから怒りが染み出てくるのを認めた。「わたしはめそめそしたセンチメンタルなタイプじゃないのです。それはジェネヴィエヴのほう。それは姉の弱点であって、わたしのではありません。わたしは父親似なのです。わたしの反応は心ではなく頭で始まるのですよ」

「帝国を統治するには相当の非情さが求められるんでしょうね」

「非情というわけではありませんよ、刑事さん。わたしは姉の死を悼《いた》んでいます。心底、淋しさを感じているのです。でも、わたしにはわたしなりのやりかたで悲しむ自由があるのではありませんか? わたしは胎児みたいに体を丸め、箱一杯のティッシュを使いまくって泣きわめくのではなく、姉を殺した男をつかまえることで、彼女に報いたいのです。わたしがきょうここに来たのはそのため——強い人間であることをあなたに謝るためではなく、ベン・プルイットを刑務所に送るのに役立つものを提供するためなのです」

この女は大したやつだ。彼女が本人の主張するとおり姉御肌の強い女なのか、それとも、血も涙もない策略家なのか、マックスには測りかねた。いずれにせよ、アンナ・アドラー＝キングは、かなり自制心の強い女だ。この女の出番に、ペリー・メイスン的瞬間《ペリー・メイスン・モーメント》（裁判において、その行方を左右する新事実が、追い込まれた証人の告白などにより、思いがけずドラマチックに明かされる瞬間）はないだろう。

「オーケー」マックスは言った。「どんなネタをお持ちなんです？」

「わたしはうちの弁護士に、ジェネヴィエヴの婚前契約書を調べるようたのみました。ジェネヴィエヴが死んだ場合とあの夫婦が離婚した場合、どうなるのかを教えてほしいと」

「お姉さんは離婚を考えていたんでしょうか？」

「確かなところはわかりません。姉は直接には何も言いませんでしたから。ですがわたしは、姉は幸せではないのだと感じていました」

「それで、弁護士はなんと言っていましたか？」

「彼によると、ジェネヴィエヴとベンが離婚する場合、ふたりは全財産を調べ、どちらが何を購入したのか確定することになっています。つまり、ふたりが車を一台、共同で所有していて、各自、半分ずつ支払いをしていた場合、彼らはその財産を分け合うことになります。一方、ジェネヴィエヴが自分の信託財産のお金で車を買い、ふたりの名義にしていた場合は、その車はジェネヴィエヴのものとなるのです。もしもふたりが離婚したら、ジェネヴィエヴの信託のお金で夫婦が購入したものは彼女の手もとにもどるという考えですね」

「もしお姉さんが亡くなったら?」

アンナは落ち着き払ってマックスの目を見つめた。「ジェネヴィエヴが亡くなった場合は、共有の財産はすべて、法律により、共同所有者のものとなります」

マックスは椅子の背にもたれ、これらの言葉を頭に浸透させた。ドーヴィの指示を、彼は思い出した。起訴陪審手続きに入れるよう動機を持ってこいという言葉を。いまの話は第一級の動機の要件を完璧に満たしている。「ふたりは信託の資金でどんなものを購入したんでしょうね。何かご存知ですか?」

アンナはほほえんだ。「何もかもです。長年のあいだにジェネヴィエヴとわたしは、父がわたしたちには決してノーと言えないことを知りました。わたしたちはほしいものはほぼなんでも、信託のお金を取りくずして買うことができたのです。わたしはジェネヴィエヴがケンウッドのあの邸宅を買うお金を払ったことを知っています。それに、北のほうにはキャビンが一軒、アルーバにはコンドミニアム、フランスにももう一軒ありますしね。どの程度かはわかりませんが、ジェネヴィエヴはふたりの所有するあらゆるものにかなりのお金を出しているのです」

「で、ベン・プルイットがそれらすべての権利者になっていると?」

「共同所有者であり、相続人でもあるわけです」

「しかし実際に離婚の話があったのかどうかはわかりませんよね」

「そうですね。わたしたちはお互いかけ離れた生活を送っていましたから。ふたりともとても忙しかったので、顔を合わせるのもむずかしくなっていましたし」

「お姉さんが離婚について誰かに話すとしたら、その相手は誰でしょう?」

「正直に言うと、ジェネヴィエヴにはあまり親しい友達はいませんでした。そういったことを打ち明けるような相手となるとね。姉は自らの運営するあの財団、湿地保護の団体のために生きていたのです。顔を合わせたときも、姉の話と言えばそのことばかりでしたよ。仮に刑事さんのご質問に答えられるほど親しい友達がいるとしたら、それはその団体の誰かじゃないかしらね」

「ご協力いただいて大変助かりましたよ、アドラー＝キング夫人」

「ありがとう」アンナはわずかにうなずいた。「あなたもやはり、ベンがやったのだとお思いなんでしょう?」

マックスは口を引き結び、小さく首を振ってみせた。「捜査中の事件についてそのようなことはお話しできないんです。おわかりですよね?」

これに対し、アンナは静かに、しかしきっぱりと、まるで決定ずみの結論へと子供を誘導する母親のように答えた。「わたしにわかっているのは、姉が死んだということ、そして、姪が姉を殺した男と一緒にいるということだけです。何があろうと、わたしはまだ幼いあの子を護ります。また、それと同じように、あなたがベン・プルイットを刑務所に入れるために手を尽くすことを期待しています。早々に、ベンが姉を殺害した容疑で逮捕されたという知らせを聞きたいものですわ」

アンナ・アドラー－キングが立ちあがったので、マックスもそれに倣った。アンナはドアへと向かい、マックスは彼女のためにドアを開けた。彼女の話がすんだことはわかっていたので、その気持ちを変えようとも、彼女を止めようともしなかった。

「いまの話の婚前契約書のコピーをわたしにいただけませんか?」

「届けさせます」アンナは言った。それから最後にもう一度、振り返って彼を見た。「わたしはあなたが好きですよ、ルパート刑事。そんなことをわたしが言う相手はあまりいないのですけれどね。わたしと同じで、あなたも、姉が夫に殺されたということは充分わかっているんでしょう。あなたがわたしを失望させることはない。わたしはそう信じています」

その言葉を最後に、彼女は向きを変え、立ち去った。

第二十章

ジェネヴィエヴが死んだ日の自らの行動を再現する前に、ベンは少し時間を取って娘の様子を見に行った。ガラスのフレンチドアを静かにカチリと閉め、ボーディの書斎にもどってくると、彼はボーディに、エマはお絵描きに熱中しているようだ、と報告した。金曜の出来事以来、あの子がひとつの遊びに集中するのは初めてなので、敢《あ》えて邪魔はしなかった、と。彼がもとの椅子にすわると、ボーディは正式に仕事にかかる合図として、ペンの先をノートに当てた。「まずアリバイから見ていこう」ボーディは言った。「それをしっかり固めて、この告発を芽のうちに摘み取るんだ」

「週末はずっと頭のなかでアリバイを見直していたよ」ベンは言った。「まず、レキシントンのパーク&ライドに車を駐めた。そこにカメラはないと思う。だがルパートには、日時が入っているレシートを渡してある。そのあとは、シャトルで空港に行き、九時半には雲の上にいた。到着後は、タクシーでホテルに――ダウンタウンのマリオットに行った。支払いはアメックスだ」

「すると、出張のその部分に関しては、疑問の余地はないわけだ。きみが飛行機でシカゴに行ったのは確かだね。ホテルのほうはどうだ？　どこかに監視カメラはあったかな？」

「こっちもカメラに注意してはいないからなあ。しかしあるはずだと思うよ。いいホテルだからね」

「マリオットの警備責任者に手紙を出して、映像を保存するようたのんでおこう。ホテル側がわれわれにそれを渡すとは思えないが、マックスがわたしの思っているとおりの男なら、彼が映像を請求するはずだ。仮に、まだそうしていないとしても、だね。さて、きみはマリオットに着き、チェックインし……」

「そう、チェックインして、部屋に行き、荷物を解《ほど》き、その後、散歩に出た」

「散歩に？」

「オープニングのスピーチは正午に始まったんだが、それは最近の判例の総観にすぎない。その資料はCDでもらえるので、そこの部分はすっ飛ばすことにしたんだ」

「それで、どこに行ってきたのかな？」

「ネイビー・ピア（シカゴのミシガン湖畔にある桟橋状の埋め立て地。レクリエーション施設が多数ある）をぶらついてきたんだよ。よく晴れたすばらしい日だった」

「何か証拠はあるのか？」

「そうだなあ……露店でホットドッグを買ったが、代金は現金で支払った。そこでしたことと言えば、それくらいだしな。ただ歩き回って、新鮮な空気を吸ってきただけなんだよ」

「ホテルにもどったのは何時ごろだ？」

「一時ちょっと前だね。ホワイトカラー犯罪の判決の傾向に関するパネル・ディスカッションを聴いて、つぎに、依頼人の資産保護に関するやつを聴いて、そのあとは……なんだったかな……ああ、そうか、上訴のための記録保存に関するパネル・ディスカッションだ。それがその日最後のやつだった」

「誰かきみを見た人はいるのか？」

「マイケル・タナーを知っているよな？〈ドゥーガン＆フィッチ〉の？」

「会ったことはあるよ」

「上訴に関するパネル・ディスカッションのとき、わたしの隣には彼がすわっていた」

「オーケー、ここまでのところ、アリバイの空白部分はひとつだけだな。チェックインから、その日最後のパネル・ディスカッションでタナーがきみを見るまでのあいだ。たぶんホテルには会議場を写した映像があるだろう」

ベンはとまどいを見せた。「なぜその数時間のことを気にしなきゃならないんだ？ まさか、そのあいだにわたしがここにもどって、ジェネヴィエヴを殺したと言うやつはいないだろう」

「確かに。しかし穴はひとつも残さないことにしよう。で、会議が終わったのは……」

「五時前だ。タナーがホテルのレストランで何人かで一杯やるから一緒にどうかと誘ってくれたよ。わたしは曖昧《あいまい》にイエスと言ったが、あまり乗り気じゃなかった」

「なぜ？」

「タナーは、なんと言うか……そうだな、あれはまあ、豚みたいなやつでね。実際に浮気をしてるとは言わないが、どう見てもやる気満々なんだよ。ウェイトレスなら誰でも〝ハニー〟と呼ぶし、淋しい女と見れば馴れ馴れしく声をかけるしな。彼とつきあうのは気が進まないんだ。つまらんことの目撃者にはなりたくないからね」

「なるほど、それできみは部屋にいたわけだ」

「そう。ルームサービスをたのんだよ――クラブ・サンドウィッチとフライドポテト。そしてテレビを見た」

「どこかに電話をかけてないかな？」

「五時半ごろ、ジェネヴィエヴに一度かけただけだね。エマの声が聴きたかったんだ。応答はなかった。だからメールを送ったよ」

「基地局のデータを入手して、その電話がどこから発信されていたかを証明しよう。それ以外の通信は？」

「ない」

「ホテルでネットを使ってないか？」

「いや」

ボーディは顔に手をやって、うっすら生やした頬髯《ほおひげ》をさすりはじめた。「人との接触は？」

「実を言うと、あのときはあまり気分がよくなかったんだよ。ネイビー・ピアで食べたホットドッグが合わなかったんだろう」

「この部分はきみのアリバイのかなりでかい穴になるな。シカゴからここまではどれくらいかかる？」

「飛行機の遅れを計算に入れなければ、一時間半ほどだね」

「いや、車で、ということだ」

「うーん。わたし自身はシカゴからここまで車で移動したことはないと思うが」ベンはさらにしばらく考えてから、うなずいた。「そう、それはやったことがない」

ボーディはコンピューターのキーボードをデスクの端に引き寄せて、その問いを入力した。さまざまな情報をクリックしていくと、シカゴ―ミネアポリス間の車による移動にかかる時間は、最短コースで六時間強とわかった。頭のなかで計算しながら、彼は顔をしかめた。

「どうした？」ベンが訊ねた。

「きみにはアリバイなどまったくないんだ」

「もちろんあるさ」

「いいや、ベン。シカゴからミネアポリスまでは、六時間ちょっとで来られる。われわれには、きみが五時から五時半まで部屋にいたことを裏付ける電話とメールがある。しかしその後、きみが部屋にいた証拠はない。電話の発信も。コンピューターのログインも。人との接触も。そうなんだろう？」

パニックの影がベンの顔をよぎり、そこにあったわずかな色を洗い去った。ホテルの部屋に自分がいたことを裏付けるものが何かないか、記憶のなかをさがすように、彼の目がそこにない点から点へと飛び回る。「そう、誰とも話していない」

「シカゴからここまで来るのにかかる時間が六時間で、午後六時以降、誰もきみを見ていないとなると……」

「ああ、くそ。何かしらあるはず……」

「本当に誰とも接触してないのか？　何か証拠が残るようなものがないかな？」

「わたしがテレビをつけたかどうか、ホテルにはわかるんじゃないか？」彼は訊ねた。

「有料放送を見ていればね。見たのかい？」

「いや。見たのはニュース番組だ」

「カードキーは、廊下側から部屋のドアを開けるたびにその時刻を記録する。きみは氷を買いに行ってないかな？」

「それは……それはないと思う。行ったかもしれないが。いや、やはりほぼ確かだな。わたしは部屋を出ていない」

「そうなると厄介だな」

「だがわたしには足がない。飛行機で向こうに行ったんだからね。車でこっちにもどれるわけはないだろう」

「それはまた別の問題だよ。小さな証拠がひとつ――きみがホテルの部屋に……たとえば、八時にいたことを裏付ける、反論しようのない何かがあれば、そのときはきみがこっちにもどった方法について論じる必要もなくなる。その証拠が見つからない場合、われわれは〝やっていない〟という事実――きみは車でこっちにもどっていないし、もどれたはずがないことを証明しなきゃならなくなるんだ」

「ホテルの監視カメラはどうだろう？　どこかにカメラがあれば、わたしが出かけていないことはわかるはずだよ」

「確かに。さっき言った手紙をきょう出すとしよう」

「ホテル側が拒否したら、わたしからもマックス・ルパートに電話を入れて、映像を確保するようにたのんでみるよ」

ボーディは法律用箋を一枚めくると、新しいページのいちばん上に〝動機〟と書いた。「機会については確認できた。おつぎは、動機について話そう。ルパートはいまごろ拡大鏡できみの生活をつぶさに調べ、きみがジェネヴィエヴの死を願う理由をさがしているにちがいない。

彼は何を見つけるだろうか？」

「ジェネヴィエヴを殺す理由などわたしにはひとつもないさ。家庭内はかなりうまくいっていたからね」

「かなりうまく？」

「どんな関係にもアップダウンはあるもんだ」

「シカゴに行ったときは、アップダウンのどっちの状態だったのかな？　そのアップダウンについて話してくれないか？」

答えが用意できるまで、ベンはボーディに目を向けなかった。「このところ、うちのなかは静かだったよ」

「このところ？」

「ここ一年くらいかな。どう説明したものか、よくわからない。彼女はもう何もしたくないようだった。少なくとも、わたしとふたりきりではね。エマが一緒なら、みんなで楽しく過ごせたんだが。先月も三人で出かけて、ハリエット湖で小さなヨットを借りたんだ。あれは最高だったな。二月に「ピピン」（ブロードウェイミュージカル）が来たときは、エマを連れてってやったし。みんなでめかしこんでね。〈キャピタル・グリル〉でディナーを食べたんだよ。すばらしい夜だった」

ベンはまたもや涙ぐみ、少し間を取って心が鎮《しず》まるのを待った。「ところが、わたしが夜の外出に誘うと――夫婦だけで出かけようと提案すると、彼女はいつも行けない理由を見つけるんだ。あるいは、わたしに黙って、一緒に来るよう他のカップルを誘うかだったよ」

「その点について、ジェネヴィエヴと話し合ったことは？」

「何度か話そうとしたが、向こうはわたしの気のせいだと言うばかりでね。どうも彼女は、なるべく外に出ていたいようだった。ミネアポリス・クラブのイベントに行ったり、シアター・トラストの臨時委員会を傍聴したり、財団で残業したり。しばらくわたしと距離を置きたいというのは理解できたが、外に出ているということは、エマから離れるということでもある。不可解だったのは、そこなんだ。ジェネヴィエヴにとってエマは命だったからね」

ボーディは法律用箋に目を据えて、デリケートなつぎの話題にどう入ったものか考えた。ついに彼は、訊くべきことを訊いた。「ジェネヴィエヴに誰かいた可能性は……」ボーディはベンに目を向け、彼がその質問の穴を埋めるのを待った。

「他の男がか？」

ボーディは同情をこめて肩をすくめ、うなずいた。

ベンは考えに耽っているようだった。きっと最近の記憶を積み上げては積み直し、この新たな光をそこに当てて、それらが何か醜いものに変異するかどうか確かめているのだろう。数分後、彼はささやくように言った。「それはないと思うよ。よくあることなんだろうが……そうだな、これはジェネヴィエヴの話だからね。彼女はそういう人間じゃないんだ。あんたも彼女を知ってるだろう？　確かにここ六年、うちの夫婦はあんたやダイアナと少し疎遠になっていたが。あんたも彼女を知ってるはずだ。彼女はそういうことは絶対にしないよ。そんなことは想像もできない」

「調査員を雇って少し調べさせるとしよう。何か出てくるかもしれない。それと、ホテルの監視カメラの映像も入手するよ。それだけで、きみがルパートの容疑者リストからはずされる可能性もあるからね」

「わたしに何かできることはないかな？」

「何も。きみ自身がテーブルに載せる証拠は、陪審が無意識に拒絶するだろうからね。仕事はわたしにさせてくれ。きみは娘さんを見てやることだ」

ベンはうなずいて立ちあがった。彼はリビングへと出ていき、ボーディもあとにつづいた。見るとエマはカウチで眠り込んでおり、そのかたわらにはスケッチブックが置いてあった。ボーディはスケッチブックを拾いあげた。一方、ベンは疲れ果てた娘を抱きあげ、エマの頭は父親の肩に落ち着いた。

ボーディは玄関のドアを開け、ベンがエマを車に運んで、慎重に後部座席に寝かせてやるのを見守った。シートベルトをエマの体の上に渡すと、ベンは車のドアを閉めた。それからボーディに手を振って、彼は走り去った。

ベンが去ったあと、ボーディはスケッチブックに――エマが描いていた絵に視線を落とした。それを見た瞬間、息が止まりそうになった。エマは母親を描いていたのだ。説明なしには意味をなさない、棒と丸だけの絵ではない。そう。この絵は天才の手による作品だ。その顔と髪はジェネヴィエヴ・プルイットのものだった。彼女は木の下に横向きに身を横たえていた。両手は重ね合わされ、枕の代わりに頬の下に置かれている。そしてその服はお姫様のドレスだった。

ジェネヴィエヴの頭の上に、エマは吹き出しを描いていた。漫画家が台詞を入れるのに使うあの小さな輪を。そのなかに、彼女はこう書いていた――「エマちゃんに会いたい」

第二十一章

火曜日、午後三時少し前に、マックス・ルパートはイリノイ州ローズモントの第十九料金所に車を寄せた。彼は腕時計を見て、時刻を書き留めた。これが東行きの最後の料金所だ。シカゴ近郊に近づくにつれ、採りうるルートの選択肢は増えてきた。したがって、注目すべきは、ウィスコンシン州との州境、特にサウス・ベロイトに近い料金所の映像になるだろう。プルイットがサウス・ベロイトを経由せずにミネアポリスに引き返し、あの時間に妻を殺すことは、不可能に近い。

マックスはその日、ケンウッドのプルイットの自宅前からこの旅を開始した。彼はそこで車に寄りかかって、なかで起きているプルイット夫人殺害の模様を頭に描き、なるべく正確にその時間を計ろうとした。彼女の首を刺す。ベッドへと彼女を引っ立て、押さえつけ、失血死するのを待つ。エマのベッドからブランケットをつかみとり、遺体をくるむ。遺体を車に運ぶ。なかに引き返して、主寝室のベッドからシーツやカバーを取ってくる。犯人がなぜシーツやカバーを剝《は》いだのか？　その点はまだ解明されていない。だがいずれわかってくるだろう。いつもそうなのだ。

マックスは車に乗り込み、書店裏の駐車場まで運転していった。心の目で、彼はベン・プルイットを見ていた。あの男が赤いセダンをゴミ容器までバックさせていく。犯人に顔を与えまいと彼は努めた。犯人を男にさえすまいとした。それでもベン・プルイットは繰り返し現れた。あの男が車のトランクを開け、次いで、ゴミ容器の蓋《ふた》を開ける。満杯。そこで彼は、妻の遺体をトランクから引っ張り出し、アスファルトの上に遺棄する。

マックスは腕時計を見た。約四十五分。犯人がさらに痕跡の始末をしたとすれば、この時間は一時間ほどになるだろう。

彼はふたたび車に乗り込み、シカゴをめざして出発した。ラッシュアワーという要素もあるため、この移動時間が精確なものにならないことはわかっていたが、通る道はベン・プルイットが採ったと思われるコースと同じにしたかった。できるかぎり犯人と同じ精神状態に身を置いてみたかった。

前日、彼はコンピューターの前で二時間を費やし、シカゴのマリオット・ホテルとケンウッドのプルイット宅をつなぐさまざまなルートを調べた。タイミングはぎりぎりだ。ネットの地図によると、最速のルート、州間高速での所要時間は六時間半弱だった。裏道はどれも、通過する小さな町ごとに少なくともひとつは信号があり、時間を食いすぎて、条件に合わなかった。

妻にメールを打ったあと、五時半ごろホテルを出たなら、プルイットは、マリーナ・グウィンの証言どおり、真夜中にケンウッドに着いただろう。それから妻を殺す。遺体を遺棄する。

そう考えると、午前一時にはふたたび道を走っていたことになる。そしてシカゴに着くのが午前七時。これに朝の道路の軽い混雑を加える。それでも彼は、朝一番の講演に間に合ったはずだ。

マックスの電話が鳴ったのは、ちょうど第十九料金所を通過したときだった。それはニキからだった。

「旅はどう？」彼女は訊ねた。

「ベロイトの北で工事にひっかかったが、時間はさほど取られなかった。それにプルイットが移動したのは夜だからね。道はもっとすいていたはずだよ。そっちはどうなってる？」

「あなたに知らせなきゃと思ったの。ドーヴィが起訴陪審召集の許可を取った。来週の木曜までに準備万端整えろって」

「ああ、勘弁してくれ」

「証拠は充分だと彼は言ってる。それに、プルイットに高飛びされちゃ困るんだって」

「やつ自身も、照準を合わされてるのはわかっているんだ。なんと、もう弁護士まで雇ったんだからな。高飛びする気なら、もうとっくにしてるだろうよ」

「わたしもドーヴィにそう言ったんだけどね」

「当ててみようか。彼はきみを無視したんだろう？」

「彼に関しては、いろいろ噂も流れてる。市庁舎内でささやかれてるんだけど、彼は裁判官のポストに立候補したそうよ。アドラー一族には民主党との強固なつながりがある。それに知事とのつながりも。アドラーの親父さんの画像検索をしてみて。彼が知事と釣りや狩りをしている写真が出てくるから。ふたりは長いつきあいなの」

見ている者は誰もいないが、マックスは首を振った。「なるほど、それで納得だ。何かがドーヴィの尻に火を点けたんだろうと思ってたよ」

「ドーヴィは判事の職を得るためにエマソン・アドラーの支持がほしいわけ。それさえあれば、お望み次第。問題は、アドラーの親父さんが死にかけてるってことね。ドーヴィとしては、親父さんが死ぬ前に推薦をもらえるように、この件を早く進めなきゃならないの。わたしの情報源によると、親父さんがくたばる前にドーヴィが起訴を勝ち取れば、親父さんはお友達の知事さんに手紙を書くってことらしい」

「むかつくな」

「ほんとにね」

「われわれには凶器がない。鑑識もまだコンピューターや電話の解析にかかっていない。いまあるのは、婚前契約という動機のみだ。それと、機会もあるかといったところだな」

「プルイットの嘘ってやつもある。彼はずっとシカゴにいたって言うんでしょ。でもマリーナ・グウィンの言うとおりなら、彼は真夜中、殺人現場にいたことになる。その両方が本当ってことはありえない。陪審がグウィンを信じれば――」

「だが、もしもグウィンが勘違いしていたら？」マックスは言った。「ホテルには、プルイットがあの夜シカゴにいたことを証明できる従業員がいるかもしれない。もしそんな人間が出てきたらどうする？　ドーヴィは事を急ぎすぎている。もう少し待てば、もっときっちり証拠を固められるだろうにな」

「起訴を勝ち取れば、ドーヴィはアドラー一族の支援を得ちゃうんだろうしね」

「その逆に、すべてが吹っ飛び、崩壊しても、もちろんあの男は責任を取らないだろう。きっとわれわれを非難の矢面に立たせるぞ。あれはそういうくそ政治屋だという気がする。むかつくな」

「しょうがないよ」ニキは言った。「いい知らせもある。なんとドーヴィがメールを寄越し、マリオットの警備担当者があなたを待ってると言ってきた。ホテルの映像は用意されてるだろうって」

「料金所の映像のほうは？」

「提出命令が出たから、じきに届くはず」

マックスは電話に向かって肩をすくめた。「あいつもまあ、てきぱき働くくそ政治屋ではあるわけだな」

「目の前にちょっとしたチャンスをぶらさげれば、あの手の男はすごい芸をやってのけるってこと」

「言えてるな」

ひとつも道をまちがえずに目的地まで行くために、マックスは運転に集中しなければならなかった。タイミングこそ、この事件の要《かなめ》なのだ。そこで彼はニキに別れを告げ、ＧＰＳナビを再スタートさせた。

ベン・プルイットがいくら利口でも、ひとつのミスも犯さずにこの殺人をやりおおせたわけはない。犯罪者は必ずミスを犯すのだ。逃げおおせる連中は、腕がいいわけではない――運がいいだけだ。

すると瞬時に、マックスの心はミネアポリスにもどり、彼はあのパーキング・ビルの入口に立っていた。運のいいどこかのくそ野郎がジェニの体に乗りあげ、乗り越えて――誰の目にも耳にも触れず、悔いることもなく――走り去った場所に。

そう、そのくそ野郎は確かに運がいい。マックスが捜査からはずされ、動けずにいたのは幸運だった。だが、仮にマックスがそのドライバーを突き止めることがあれば、その男、または、女は、過去にこの星を歩いたどのくそ野郎よりも不運なやつとなるだろう。

第二十二章

ボーディ・サンデンがライラ・ナッシュと初めて会ったとき、彼女はまだ両手首に包帯を巻いており、その顔には古い打撲傷の痕がうっすら残っていた。彼女の受難は、ツイン・シティーズのあらゆるメディアのトップニュースだった。ただし彼女の名前はどの記事にも出なかった。新聞各紙は彼女を、冷酷非情な殺人者の新たな犠牲者となるところを殺人課刑事マックス・ルパートに救われた大学生とするに留めたのだった。

当時、ボーディはライラのボーイフレンド、ジョー・タルバートとともに、彼らが冤罪《えんざい》被害者と信じる、殺人罪で有罪となったある男の潔白を証明しようとしていた。その調査はひとりの人物へと彼らを導いたが、その人物は自らの問題に対するこの干渉を軽く受け止めはしなかった。マックス・ルパートがいなかったなら、ライラとジョーはふたりとも殺されていただろう。

事件のほとぼりが冷めると、ライラは大学にもどり、ボーディも自身の学問の世界へともどった。それは三年前のことで、ボーディはふたたびライラと会うことがあろうとは思っていなかった。ところが一年ちょっと前、彼女はロースクールに進む気になり、彼のオフィスを訪ねてきた。彼女がハムライン大学を選んだとき、ボーディは父親じみた誇らしさを抑えきれなかった。彼女はすばらしい頭脳の持ち主であり、謎解きの天分もそなえているのだ。

教室から夏期コースの学生たちがぱらぱらと出てくると、ボーディは思い出のうしろから足を踏み出した。彼は廊下の反対側で待った。人の流れが途切れがちになったとき、数冊の本を手にライラが現れた。ボーディに気づくと、彼女はほほえみ、彼は手振りでライラを招き寄せた。

「コーヒーを一杯、ご馳走させてもらえないかな?」ボーディは訊ねた。ライラの顔を驚きがよぎるのがわかった。「ああ……もちろんです」

「他に用事がなければ、だけどね」

「大丈夫、コーヒーを飲む時間ならあります」

ボーディはほほえんで、ロースクールの地下の共用部につづく階段を手で示した。

「先生は夏期の授業を教えていらっしゃるんですか?」ライラが訊ねた。

「いや、この夏は教えていない。きょうはただ、スケジュールの調整のことで来ただけだよ。憲法はどう?」

「まあまあかな。ちょっと退屈ですけど」

ふたりは共用部に入った。テーブルがいくつか、書店が一軒、学生用の郵便ボックス、そして角には自動販売機がある。ボーディは財布を出して、挿入口に一ドル札をすべりこませ、コーヒーと呼ぶにはあまりにも薄すぎるコーヒーが紙コップに注がれるのを見守った。それからもう一枚、一ドル札を入れ、ライラのコーヒーを彼女自身に選ばせた。

ロースクールでのライラの最初の年、ボーディはしばしば、彼女が仲間と法律問題を論じ合いつつ、廊下を歩く姿を見かけた。すれちがうとき、彼はいつも手を振ったりうなずいたりしたが、ふたりに雑談の機会はなかった。この前、ゆっくり会ったとき、一緒にコーヒーを飲んだことを彼は覚えている。あのとき、ふたりは友人同士のように話をした。いまは、ボーディがライラの教授であるため、彼らの会話はぎこちなく不自然に感じられた。ボーディはその堅苦しさを打破しようと努めた。「ジョーは元気?」彼は訊ねた。

ライラはほほえんだ。「もう卒業して、AP通信に勤めているんですよ」

ボーディは考え深げにうなずいた。「きみは法学雑誌《ローレビュー》の編集に携わったんだよな。リサーチとライティングの授業のほうはどうなの？」

「学年で二番です。リサーチは大好きなんですよ。ライティングのほうは……そうですね、アドバイス役のジョーがいてくれてよかった、とだけ言っておこうかな」

「リサーチが好きと聞いて安心したよ。実はきみにひとつ提案があるんだ。この秋、わたしは休暇を取ることにした。ある友人の弁護をするために法廷に復帰するかもしれないんだ。もしそうなったら、有能なリサーチャーが必要になる。誰か謎解きの才能のある人だね。パートタイムだから、学校の勉強のかたわら、やることもできるよ。それに、お金になるし。そうだな、一時間三十ドル。妥当な額じゃないか？」

「一時間三十ドル？　やりますやります……ほんとにわたしでよければ、ですけど。仕事の内容はどういったものなんでしょう？」

「判例法のリサーチ、申立書の起草、ときには、少し事件について調べてもらうかもしれない。いまはまだ準備の段階なんだよ」

「どんな事件なんですか？」

「先週、路地で発見された女性のことを聞いてるかな？　ジェネヴィエヴ・プルイットという？」

「ニュースで見ましたけど、経過は追っていません」

「女性の夫、ベン・プルイットは、以前、わたしの仕事上のパートナーだったんだよ。それで彼が、代理人になってくれとたのんできたわけだ」

「警察はその人が奥さんを殺したと思っているんですか?」

「どうやらその方向で捜査を進めているらしい。それと、ライラ、きみが話を受ける前に言っておくべきことがある。事件の捜査主任は、マックス・ルパートなんだ」

ライラの目に驚きが閃いた。それから、考えが内へ向かうのとともに、その視線がテーブルに落ちた。「マックスと争うことになるんですか?」

ボーディが見守る前で、彼女は無意識に手首の傷を指先でなでた。殺人者のロープがそこにつけた傷を。

「わかっているよ、ライラ。マックスはきみの命の恩人だものな。もしこの仕事をやれないとしても――」

「いいえ、やれます」ライラは言った。ボーディの視線を追い、自分の右手の指先が左手首の傷をそっとなでているのに気づくと、左右の手を離し、ぎゅっと握り拳を作って、テーブルの上に置いた。「やれます」ライラはもう一度、そう言った。

第二十三章

八月中旬にしては寒い、雨降りの木曜の午前十時、起訴陪審の召集がかかった。マックスとニキは、召喚状とともに、証言を精査するため会議を行うというドーヴィのメモを受け取った。

マックスはいまだ、この件を急いで審理に持ち込もうとするドーヴィの判断のロジック――またはロジックの欠如――を理解できずにいた。

彼とニキは、前回ドーヴィと打ち合わせを行ったのと同じ会議室に通された。室内には誰もいなかったが、マックスはテーブルにプルイットのファイルが載っているのに気づいた。その薄さは、マックス自身のファイルと少しも変わりないようだった。マックスは椅子のひとつ、ファイルの真向かいのやつを軽くたたいて、ニキにうなずいてみせ、彼女はその席にすわった。マックスは隣の席に着いた。

入ってきたドーヴィは、足を止めて、まずニキを、つぎにマックスを、それからファイルを見つめた。彼は自信たっぷりにマックスの向かい側の席へと向かい、そこにすわって、事件ファイルを自分の前に引き寄せた。

マックスとニキは視線を交わした。

「まずきみの証言から始めるつもりなんだ、マックス」ドーヴィは言った。「きみが事件の経緯を語る。始まりから終わりまで。論理的に、余計な色をつけずにな」

「それはむずかしいね」マックスは言った。

「どういう意味だ?」

「始まりはわかっているが、終わりはまだわかっていないということだよ。われわれには科研の報告書がある。だが、コンピューターの解析結果は出ていない。それに、まだ連絡していない証人もいる。すべての仕事がかたづくまで待つべきだと思わないか?」

マックスの懸念を考慮しているかのように、ドーヴィは顎をさすったが、そのしぐさは嘘臭く、ただ熟考の芝居をしているだけのように見えた。

「いいか、マックス、起訴陪審を召集するに当たって、わたしは長いことよくよく考えた。結論はこうだ――殺人犯がひとり野放しになっている。わたしはベン・プルイットが妻を殺したものと思っている。やつは小利口なくそ野郎だと思っているんだ。なおかつ、コンピューターの解析はやつがわれわれに与えたがっているもの以外、何ももたらさないとも思っているしな。考えてみろ、マックス。ベン・プルイットはすべてお見通しなんだ。われわれと同じくらい、われわれの戦術を知ってるんだぞ。これだけ慎重に妻の殺害を計画しておいて、不利な証拠になるものをコンピューターに残しておくほどやつが阿呆なわけはない。もしコンピューターから何か出たら、ただ証拠の山にそれも加えるまでだろう。起訴に持ち込めるだけのものはもう充分にある。そして、プルイットが一日、自由の身でいれば、殺人者がまた一日、わたしの町に野放しのままでいることになるんだ」

なかなかのスピーチだな。マックスは思った。ややこなれすぎてはいるが――起訴陪審の召集をボスに提案するとき、こいつはいまのと同じスピーチをしたんじゃないだろうか？

「というわけで、まず最初にきみに証言台に立ってもらうよ、マックス」ドーヴィは言った。「わたしの見たところ、われわれの最大の弱点は例の移動の問題だな」彼はしゃべるのをやめて、マックスを見た。

マックスはこれを〝あとを引き取れ〟の合図ととらえた。「来週あたり、料金所の監視カメラの映像が手に入るはずだ。近所の住人、マリーナ・グウィンは、ジェネヴィエヴ・プルイットの死亡時刻の一時間以内に、ベン・プルイットが自宅前の通りに赤いセダンを駐めるのを確かに見たと言っている」

「プルイットのアリバイの穴は？」

マックスは自分のメモを見た。「ホテルのカードキーのデータは、彼が事件の日の午後四時四十九分に部屋に入ったことを示している。ルームサービスは、五時二十分に彼の部屋にサンドウィッチを届けた。その後は、カードキーが翌朝八時三十二分に彼の入室を記録するまで、なんの動きもない」

ドーヴィは人差し指でファイルを突いた。「朝の八時三十二分に入室したという事実は、ちょうどそのときこっちからもどったという証拠になるな。そうでないなら、そんな早い時間に入室するわけがない」

「いや」マックスは言った。「わたしへの供述で、彼は会議場に下りていきかけたが、スケジュール帳を取りに部屋にもどったと言っているんだ」

「都合のいい話だな」ドーヴィは言った。

「あれは利口な男だ」マックスは言った。「だが、犯行のチャンスはまだ残されている。彼は真夜中ごろケンウッドの自宅に着いた。マリーナ・グウィンがそのころに彼を見ているんだ。妻を殺し、痕跡を始末し、遺体を遺棄するのに、彼は一時間使えたわけだよ。ラッシュアワーの混雑で、ホテルに引き返すのに少し長めにかかったとすると、八時半着というのはぴったり合う」

マックスは一連のスチール写真を取り出した。褐色の上着に黒の野球帽の男がホテルのロビーから出ていくところを写したものだ。「われわれには確証はひとつもない。この写真は、体格と身長が一致する男がだいたい一致する時刻にホテルを出ていったことを示している。しかし顔の写っている写真はない」マックスは第二の写真を取り出した。そこには、黒っぽい上着に赤い野球帽の男がホテルのロビーを逆方向に歩いていく姿が写っていた。「こっちはあの朝の八時二十八分に撮られている。今度も身長と体格は同じ、服の色はちがうが、キャップは前夜出ていった男と同じく、目深に下ろされている。プルイットの可能性はある。あるいは、それぞれ別のふたりの男という可能性も」

ドーヴィは鷹のように鋭い目で写真を吟味した。二分後、彼は立ちあがって、会議室から出ていき、拡大鏡を手にもどってくると、作業を再開した。ドーヴィが注目しているのは、男の靴だった。

ニキがマックスに目を向け、それから言った。「わたしたちは写真を引き伸ばして、あらゆる部分をチェックしました。衣類はまったく別物です。彼は靴まで替えているんです」

それを聞いて、ドーヴィは拡大鏡を下ろした。「つまりそれはこういうことかね……」ドーヴィは、ニキがその場にいないかのように、ふたたびマックスに話しかけた。「ベン・プルイットは妻を殺害したあとで服を着替えた」

「彼が利口なら当然そうするでしょう」ニキが言った。「それで証拠となる痕跡を消せますからね」

「やつがこっちにもどったとき、スーツケースは調べたのか?」またしても、ドーヴィはマックスを見て言った。

ニキが答えた。「スーツケースの中身は、彼がシカゴからもどったときに押さえました。その写真の衣類……」ニキは監視カメラの朝の写真を指さした。「それらの衣類はスーツケースには入っていませんでした。きっと彼は警察がロビーの監視カメラの映像を入手するのを予期していたんでしょう。それで、自分に一致するものは一切写らないようにしたわけですよ」

「こっちが料金所の映像を入手すれば、やつも終わりだろうよ。犯行に利用できそうな、料金所を迂回する別ルートはあるのか?」

「いくつかあります。でも時間的にかなり厳しくなりますね。信号のある、高速で走れない郊外や町を通ることになりますから。可能ではありますが、その場合は大きなリスクを負うことになったでしょうね」

「ようし」ドーヴィは言った。「われわれはただ、やつがどうやってここ、ミネアポリスにもどったかを確認すればいいわけだ。プルイットを仕留めるのは造作もないな」

「だとしたら」ニキが言った。「起訴陪審は、監視カメラの映像を入手するまで待ったほうがいいんじゃないでしょうか?」

ここで初めて、ドーヴィはニキ・ヴァンのほうを向き、直接、彼女に話しかけた。たったいま悪臭に襲われたかのように、その顔は歪《ゆが》んでいた。「いいかね、きみ、そっちはそっちの仕事をしてくれ。そして申し訳ないが、こっちの仕事はこっちにさせてもらえんかな」

頬を赤らめ、ニキは椅子の奥にそっと体を引っ込めた。

マックスは立ちあがって、テーブルに身を乗り出した。「ドーヴィ。ようく聴け」細めた目で赤くなった検察官を見据え、彼は言った。「この人はニキ・ヴァン刑事、市警のトップクラスの人材だ。彼女はわたしのパートナーであり、わたしの友人でもある。あんたはこれまで彼女の噂を聞いたことがないんだろうが、わたしの噂なら聞いたことがあるだろう。そしてわたしの噂を聞いたことがあるなら、わたしがきまじめな男で、無礼な野郎どもを軽く見過ごすタイプじゃないことも知ってるだろう。この町ではわたしもまだ多少の影響力がある。あんたみたいな政治屋の計画をぶっつぶすくらいのことはできるんだ。だから今度、ヴァン刑事にそういう無礼を働いたら――」

「ちょっと待ってくれ」ドーヴィはあわてて言った。「無礼を働く気などなかった。わたしはただ、われわれにはそれぞれ職分があると言いたかっただけだ。こっちにはこっちのすべきことが――」

「いまあんたがすべきことは、ヴァン刑事への謝罪だよ」

「わかってるだろう。わたしは別に――」

「相手はわたしじゃない」マックスは言った。「話は彼女にしろ」

ドーヴィの太った白い頬が真っ赤になった。マックスの言葉で瞳が乾いてしまったかのように、彼は超高速でパチパチ瞬《まばた》きしはじめた。数秒のあいだ、室内は重苦しい灰色の沈黙に満たされていた。それから、瞬きが止まり、ふたたび呼吸を制御できるようになると、ドーヴィはニキに顔を向け、通常の声とはかけ離れた、英国風アクセントに近いトーンで言葉を発した。

「申し訳なかった」

マックスに顔をもどしたとき、ドーヴィは持ち前の尊大さを取りもどしていた。「ご満足かな、ルパート刑事？」

マックスはニキに目をやり、ドアのほうに首を傾けてみせた。ニキは立ちあがり、マックスは彼女を従えて会議室をあとにした。

第二十四章

電話が鳴ったのは、ボーディがちょうど食卓に着き、ウォールアイの網焼きとポテト・スライスとアスパラガスの夕食にかかろうとしているときだった。どうせ、ケーブルテレビ会社がもっと高いパッケージへの変更を勧めようとしているんだろう。でなければ、〝がん〟〝糖尿病〟〝消防士〟といった単語を名前に含むどこかのインチキ慈善団体が寄付してくれと言ってきたかだ。そう考えて、一時は出ないですまそうかとも思った。それから、自分には目下、依頼人がいるのだと思い出し、彼は電話に出た。ひょっとするとベン・プルイットかもしれない。果たして、そのとおりだった。

ベンは、このあともしばらく家にいるのか、とボーディに訊ねた。ちょっと会いに行ってもいいだろうか？　いいとも。するとベンは、ダイアナも在宅かと訊ねた。なぜそんなことを訊くのか、ボーディにはわからなかった。そうだと答えると、驚いたことに、ベンはほっとしたようだった。

ベンが着いたのは、ボーディとダイアナが夕食とあとかたづけをすませたあとで、ボーディのほうは玄関ポーチに移っていた。ひんやりした夏の雨が厳かな重みを宵《よい》に添えていた。到着すると、ベンは車から降りてきて、エマのために後部のドアを開けた。一緒に傘に入れるよう娘を抱きあげ、彼はポーチに向かってきた。エマは父親の胸のほうに顔を向けており、その目は父親の肩の向こうを過ぎていく世界の色以外、何も見ていなかった。

ベンが階段をのぼってくると、ボーディは立ちあがった。ベンはエマをポーチに下ろし、一枚の紙を差し出して言った。「いよいよだ」

「書斎で話そうか？」ボーディはお客たちのためにドアを開けた。

「それがよさそうだね」ベンは言った。「しばらくダイアナにこの子をたのめないだろうか？」

「きっとダイアナも喜ぶよ」ダイアナがまだキッチンにいるのが物音でわかったので、ボーディはリビングに来るよう彼女に声をかけた。

入ってくると、ダイアナは腰をかがめて、とびきり優しい声で言った。「また会えてほんとにうれしいわ。この前、見たときは、あなたはまだとっても小さかったのよ。まあ、なんて綺麗になったんでしょう」

ベンはエマにかすかにうなずいてみせた。「お父さんはサンデンさんとお話ししなきゃならないんだ。長くはかからないからね。約束するよ」男ふたりはボーディの書斎に向かった。ドアの閉まった部屋に収まると、ベンはさきほどの文書をボーディに渡した。

「召喚状？」さらに少し先まで読んで、ボーディは顔を上げた。

「今朝、配達されたんだよ。検察は起訴陪審を召集し、わたしの証言を求めているんだ」

「心配するな」ボーディは言った。「こんなもの、明日のランチの前にひねりつぶしてやるから」ボーディは、デスクの前の革張りの椅子にすわり、向かい側の席を手振りでベンにすすめた。

「ここはあわてないでいこう」ベンは言った。「よくよく考えてみようじゃないか」

「気は確かか、ベン？　仮にきみが依頼人に助言しているとしたら？　きみは殺人罪で告発されているその依頼人に起訴陪審で証言させるのか？」

「しかしわたしはふつうの依頼人じゃないからな、ボーディ。向こうが何をほしがっているか、わたしにはわかっている。罠もすべて、知っているんだ。その場に出向けば、わたしは自分で本当のことを話せるじゃないか。少なくとも自らの関与についてはね」

ボーディはベンにほほえみかけ、そのまま待った。

「まずいやりかたなのはわかっているさ。だがジェネヴィエヴを殺したのはわたしじゃない。わたしはシカゴにいたんだ。陪審にはそのことを知ってもらわなきゃならない」

「事情聴取を受けたとき、きみはマックス・ルパートにそのことを話したんだろう？」

ベンはうなずいた。

「では、どのみち起訴陪審はきみのアリバイを知らされるはずだ。ルパートはちゃんと計算をしただろう。われわれと同じく、あの穴に気づいただろうよ。だとすると、きみの証言で何がどう変わるって言うんだ?」

ベンはふたたびうなずき、なんとも答えなかった。

「ベン、なんとしてもその場に行き、彼らの目を見て、奥さんを殺したのは自分じゃないと言いたい気持ちはわかるよ。だがきみはもっと利口だろう? 検察官がきみを起訴する気なら、どのみちきみは起訴されるんだ。仮にわたしが依頼人で、きみが弁護士だったら、きみはわたしになんと言うだろうね?」

ベンは用心深い笑みを浮かべた。「のこのこ証言しに行くのは大馬鹿だけだと言うだろうな。そして、来る大嵐に備え、準備にかかれと言うだろう。身辺を整理し、法廷で自分を護る準備をしろと」

「それこそ賢明な助言じゃないかね」

ベンは上着のポケットに手を入れて、また一枚、紙を取り出した。「では、その線にそって……」紙を手渡され、ボーディはその標題を読んだ――監護合意書。彼は顔を上げてベンを見た。ベンはなんとも言わず、ボーディはベンの作成したその文書を読みつづけた。それは、ベンが収監された場合、エマの監護権はサンデン夫妻、ボーディとダイアナに移るというものだった。

「どういうことかな」ボーディは言った。

「もしも起訴されたら、おつぎは逮捕だろう。保釈金は数百万ドルにもなるんじゃないか。その額によっては、わたしは裁判が終わるまで外に出られないかもしれない。そうならないことを心から願ってはいるが、きちんと準備をしておきたいんだ」

「でも家族はどうなんだ？　ジェネヴィエヴには妹さんがいるんじゃないか？」

「まさにそれこそわたしが避けたいことなんだよ。ジェネヴィエヴの妹はわたしを嫌っている。何年も前からそうなんだ。もしもエマを手に入れたら、彼女はわたしに対する不信感をあの子に植え付けるだろう。きっと母親を殺したのはわたしだとエマに信じ込ませるだろうよ。そうなったら、陪審がどう判断しようが関係ない。わたしはずっと疑惑につきまとわれることになる。それだけは我慢できないんだ」

ボーディはデスクに文書を置いて、ゆったりと椅子にもたれた。「本当にこれでいいのかい？」

「これ以上ないくらい確かだよ。検察官がどんな証拠を持っているのか、あるいは、持った気でいるのか、見当もつかないが、わたしとしては最悪に備えるつもりだ。いざとなったら、わたしはぶちこまれてもいい。無罪になるまで出てこられないという見通しでさえ受け入れられる」

涙が湧きあがり、ベンの目の隅がきらめきを帯びた。「だがエマがあの魔女、義理の妹の手に渡ると思うと――そればっかりは耐えられない。あの子を護るために、わたしにはあんたと

はささやいた。「ありがとう」


ダイアナが必要なんだよ。どうか引き受けると言ってくれ。お願いだ」

「ダイアナとも相談しなきゃならないが……もちろん、わたしは同意するつもりだよ」

ベンは前かがみになって、膝に肘をつき、両手で顔を覆った。そうして顔を隠したまま、彼はなんとか呼吸を鎮めようとしていた。「ありがとう」ほとんど届かないほど小さな声で、彼はささやいた。「ありがとう」

第二十五章

エヴェレット・ケイガンの住まいは、ささやかな青いケープコッド・コテージ（木造小型住宅の一種）だった。場所は、道を一本はさんで公園の向かい側――殺人課の刑事や殺人事件の捜査にはおよそ縁のない閑静な住宅地の角の区画だ。その家を見て、マックスは意外に質素という印象を抱いた。確かにこぎれいで、居心地よさそうで、ごてごて飾り立ててはある。しかし、アドラー湿地保護財団の弁護士の住まいということから、マックスはそれ以上のものを予想していたのだ。

マックスとニキは近づいていき、ドアの前で足を止めた。すると、少なくともふたりの子供、十代初めの女の子たちが、ペディキュアの優劣をめぐって楽しげにキャアキャアやりあう声が聞こえてきた。マックスはドアをノックした。

三十代終わりの、かなり太った女がドアを開けた。それは、よくあるタイプの顔——若いころはおそらく綺麗だったのだろうが、年月とストレスと日中のテレビの見過ぎとでたるんでしまった顔だった。お客を目にすると、彼女は〝ステップフォードの妻〟（アイラ・レヴィン作のＳＦホラー小説）的な完璧な主婦の笑みを浮かべた。バッジを目にすると、その笑みは消えた。

ニキが主導権を取った。「エヴェレット・ケイガンさんにお会いしたいんですが。ご在宅でしょうか？」

女は一度うしろを振り返ってから、顔をもどしてうなずいた。「下の階にいますので。いま呼んできますね」彼女は向きを変えた。ドアは開けたままだ。マックスとニキはこれを、どうぞなかに、という誘いととらえ、家に入った。女の子たちはじゃれあいを中断しており、何者が来たのか確認すべくダイニングに出てきた。ふたりはテーブルの木目を観察するふりをしながら、玄関の刑事たちをちらちら眺めていた。

家の深部のどこかから、せかせかしゃべる女の声が短く怒りっぽく聞こえてくる。男の声がせかせかとやり返しているが、音がひどくこもっていて内容まではわからない。ほどなくその口論は、夫婦がゴトゴトと階段をのぼってくる音に変わった。埃を洗い落としたカウボーイ、いかつい顔立ちの男、エヴェレットが憂鬱《ゆううつ》そうな曖昧な笑みを浮かべて近づいてきた。

「ケイガンさん、わたしはニキ・ヴァン刑事、こちらはパートナーのマックス・ルパートです。少しお話しさせていただけませんか？　ジェネヴィエヴ・プルイットさんが亡くなった件なんですが」

「いいですとも」ケイガンはふたりの女の子を振り返り、それから言った。「公園を散歩しながら話しましょうか？」

ニキはマックスに目を向けてから、ケイガンに視線をもどしてうなずいた。

そろって歩道を歩きだすと、まずケイガンが口を開いた。「遅かれ早かれ警察が来ることはわかっていましたよ」

「最後に彼女に会ったのはいつですか？」ニキが訊ねた。

ケイガンはサッカー場の観覧席に向かった。

「彼女が亡くなった日、わたしたちは朝からずっとオフィスにいました。ちょうど新たな案件に取りかかろうとしていましてね」

ケイガンはいちばん下のベンチ席にすわった。マックスとニキは左右から彼をはさんだ。ケイガンはてのひらの汗をぬぐうようなしぐさで、膝を両手でもみはじめた。「遅くまで働きましたよ……切り上げたのは、夜の十一時くらいですかね」

「あなたとプルイット夫人は夜遅くまでオフィスで働くことがよくあったんでしょうか？」ニキが訊ねた。

ケイガンは姿勢を正し、彼女のほうを向いた。「そういうほのめかしは心外ですね。わたしは幸せな結婚生活を送っています。ジェネヴィエヴとわたしは単なる仕事仲間にすぎないんです」

「何もほのめかしてなどいませんよ、ケイガンさん」ニキが言った。「プルイット夫人が亡くなった夜、あなたたちは遅くまでお仕事をなさったんですよね。わたしはただ、それがよくあることなのかお訊きしただけです」

ケイガンはふたたび膝をもみだした。「すみません」彼は言った。「とにかくわけがわからなくてね。ジェネヴィエヴは本当にいい人でしたから。彼女を殺したやつがいるなんて……とても考えられません」

「それで、あなたたちは同時にオフィスを出たわけですね？」

「え？　ああ、そうです。さっきも言ったとおり、わたしたちは十一時ごろまで仕事をし、その日はそこまでとしたんです。わたしはジェネヴィエヴを彼女の車まで送りました――彼女が強盗に遭ったりするといけないので。それから自分の車に乗って、うちに帰ったんです。うちに着いたのは、十一時半から十一時四十五分のあいだです」

「別れたとき、プルイット夫人はどんな様子でした？　何か心配しているように見えませんでしたか？」

「いいえ」

「不安や恐れを口にしたりは？　誰かに危害を加えられそうだとか？」

「いいえ、何も。つまり、通常以上には、ですね」

「通常と言うと？」

「わたしたちの財団は、ある目的を持って設立されたんです。それは、開発業者が商業目的で湿地を干拓するのを阻止することです。わたしたちは時間と労力とすべての財源を訴訟を起こすことに注ぎ込んでいます。このことは、当然、一部の人々の怒りを買うわけです」

「すると、あなたたちは他人《ひと》が自分の土地に建物を建てるのを妨害しているわけですか？」マックスは訊ねた。

ケイガンはマックスに顔を向け、初めて彼に話しかけた。「あの土地は、この州、この地球の未来にとってきわめて重要なんですよ。そこには何百種、いや、おそらくは何千種もの野生生物が棲息しています。人々はこの州での暮らしを愛している。なぜなら、行く先々に自然があふれているからです。ミネアポリス市内でさえ、ちょっと立ち止まって、まわりを見れば、いたるところに野生の生き物がいます。これはたまたまそうなっているわけじゃない。わたしたちには、ああいう湿地を自然のままに保存する必要があるんです。そのためには誰かが闘わなきゃなりません。そしてそれがわたしたちのしていることなんです」

「まあ、落ち着いて、ケイガンさん」マックスは両手を上げて言った。「別にあなたたちの目的を非難する気はありません。これは単なる情報収集ですから。アドラー湿地保護財団では何人の人が働いているんです？」

ケイガンは皮肉な笑みを浮かべた。「実態より立派に聞こえる名称ですよね……いや、それももう過去の話か。職員は、わたしたちふたりだけです。ジェネヴィエヴは財団の推進力であり、主要な後援者でもありました。彼女は世間の意識を高める仕事をしました。ウェブサイトの運営にソーシャルメディアによる発信。資金集めのイベントの企画。わたしは法務担当です。手が足りないときは、臨時で人を雇いました。ここ何年も弁護士は市場にあふれていますからね。申立書の作成や、何かのリサーチが必要なら、ただ外注すればいいわけです。それで経費も抑えられますし」

「プルイット氏とお会いになったことはあるんですよね?」ニキが言った。

ケイガンの顔が弛緩《しかん》した。彼は両肘を膝について前かがみになり、左右の手の指で教会の尖塔の形を作った。「ええ、わたしはベンを知っています」

ニキはケイガンがさらに何か言うのを待ったが、彼は黙り込んでしまった。そこで彼女は訊ねた。「ジェネヴィエヴ・プルイットはベン・プルイットに対してどんな感情を抱いていました?」

ケイガンはじっと遠くを見つめつづけた。四人の子供がサッカーボールを蹴って走り回る姿を。それから彼は言った。「彼女は夫と別れようとしていました」

刑事ふたりは色めき立った。「確かですか?」ニキが訊ねた。

「ええ、確かです。わたしたちのように互いのすぐそばで働いていれば、相手の個人的な事情も自然とわかってしまうものです。彼女の結婚生活は幸せなものじゃありませんでした。夫のことはもう愛していませんでしたよ。別れずにいたのは、エマのためだったんです。わたしは彼女を説得しました……彼女がどれほど不幸せかわかったので。あれじゃあんまりでしたからね。するとひと月ほど前、彼女がわたしに、離婚を扱ったことがあるかと訊いてきたんです。わたしはあるにはあるが、もう何年も前のことだと言いました。そして、誰かたのむなら家族法が専門の弁護士にすべきだと言ったんです。彼女には最高の弁護士が必要でしたから。特にあの……一族の財産のことを考えれば、ですね」

「彼女は弁護士に相談したんでしょうか？」

「わかりません。そうする勇気をかき集めていたんじゃないでしょうかね。エマは彼女の命でしたし。その離婚がすんなり成立するわけはありませんでしたから」

「では、彼女が連絡した可能性のある弁護士に心当たりはないわけですね？」

「ええ。残念ですが」

ニキはマックスを見てうなずき、いまのところこれ以上質問はないと伝えた。マックスはうなずき返した。ニキは言った。「奥さんとちょっとお話ししてきますね——あの夜、あなたが何時にうちに着いたか確認しないといけないので」

ケイガンの目が刑事ふたりのあいだを猛スピードで往復した。「それは必要なことなんですか？」

マックスは首をかしげ、〝嘘だろ〟という顔をしてみせた。法学の学位を持つ人間がそんな馬鹿な質問をするとは、どういうわけだ？「プルイット夫人が殺された夜、あなたは彼女と一緒だったわけですからね。家に着いたのは十一時半だとあなたは言う。これは重要な情報です。奥さんにその確認すらしなかったら、われわれはどう見られますかね？」

ケイガンはわかったとうなずいた。

三人は立ちあがり、ニキは道の向こう側へと向かった。ケイガン夫人は玄関の前に立ち、腕組みをして、じっとこちらを見つめていた。

「われわれも別に波風を立てる気はないんです」マックスは言った。「しかし調べるべきことはすべて調べるつもりです。ですから、もし他に何か情報をお持ちなら、いまお話しになることです」

「何も頭に浮かびませんよ。信じてください。わたしはできるかぎり協力したいんです。ジェネヴィエヴは……」ケイガンはいまにも泣きだしそうな顔をしていた。彼は最後まで言わなかった。「もしわたしにできることがあれば、どんなことでも遠慮なくおっしゃってください」

「ではお言葉に甘えて――」マックスは言った。「もしよろしければ、署まで同行して指紋とDNAを提供していただきたいんですが。この種の事件では、これは通常の手続きなんです。あなたを除外する必要が生じるかもしれませんので」

ケイガンの呼吸が喉でつかえた。彼はマックスと道の向こうの妻に交互に目をやった。その妻は目下、ヴァン刑事と話している。「ジェネヴィエヴの家からはわたしの指紋が出ると思いますよ。あそこへは何度も行っていますから」

それだけじゃないだろう。マックスにはわかった。ケイガンは何か隠している。この男が指をよじりあわせるのも、しきりと細君に視線をやるのも、そのプレッシャーのせいだ。

「そういうとき奥さんは招かれなかったんでしょうね」ケイガンの家のほうを目で示し、マックスは訊ねた。

「オーケー、刑事さん。要はこういうことですよ。ジェネヴィエヴとわたしはときどき彼女の家で仕事をしていました。彼女はオフィスで仕事をするよりそのほうが好きだったんです。自宅のほうが居心地がいいということで。でもとにかく仕事をするだけですし、ほんのときたまのことでしたよ」

「で、あなたの奥さんはプルイット宅であなたが仕事をするのを了解していたわけですか？」マックスは訊ねた。

ケイガンは靴のつま先の近くに咲くタンポポを見つめた。「妻はいい顔をしませんでした。わたしたちは何度もそのことで喧嘩しましたよ。ここだけの話、ジェネヴィエヴの家で仕事をする場合、わたしは妻にそのことを言うとはかぎりませんでした。いやでも応でも、ジェネヴィエヴ・プルイットは我が家の家計を支えているわけです。財団はわたしの唯一の収入源なんですよ。彼女が月に一、二度、自宅で働きたいというなら、わたしには異議を唱える気はありませんでした。そして、我が家の食卓ではその話題を避けるに越したことはなかったんです」

「では、署まで同行し、指紋とＤＮＡを提供していただけますね？」

ケイガンは自分の家に目を向けた。自分の妻に。その人生は、テレビＣＭの作りものの日常をまねているように見える。ケイガンは彼女のためにほほえみ、小さく手を振った。「すみません」彼は言った。「それはやめておきますよ」

第二十六章

ベンに対する起訴陪審召喚は、簡単につぶすことができた。裁判所がベンに証言を命じることができるのは、検察が免責特権（証言者に与えられる特権。証言の内容に関連する本人の刑事責任が免除される）を与えることに同意した場合だけだ。そしてドーヴィにその気はなかった。召喚状は形式上、届けられたが、どちらの側もベン・プルイットが実際に証言に立つとは思っていなかったのである。

この問題がかたづくと、ボーディは自宅を法律事務所に改造する作業にかかり、ライラのために二階の寝室ひと部屋を空にして、最低限必要なものを運び入れた。デスク、椅子二脚、ノートパソコン、コピー／ファックスマシン、そして、引き出しひとつ分の紙とペン。

ボーディはライラを家に招《よ》び、仕事場を検分させた。「ここを自分のうちだと思ってほしいんだ」彼はそう言って、家の鍵を彼女に放った。「いつでも好きなときに出入りしていいからね。必要なものがあったら、ただそう言ってくれ。お腹がすいたら、うちのキッチンはきみのキッチンだ」

ライラはデスクに着いて、ノートパソコンを開け、プログラムに目を通し、Ｗｉ‐Ｆｉの接続をテストした。「完璧です。いつから始めましょうか？」

「きみの授業のスケジュールが許す範囲で、なるべく早く」

「あとは家でやる最終試験がひとつ残っているだけなんです……それで、まず何をすればいいんでしょう？」

ボーディはちょっと考えて言った。「ジェネヴィエヴ・プルイットを殺した犯人を見つけてくれないか」

ライラの目が大きくなった。いまにもしゃべりだしそうに、その口が開いたが、言葉はひとつも出てこなかった。

ボーディはもうひとつの椅子をくるりと回し、ライラと向き合う格好で逆向きにそこにすわった。「ベン・プルイットは無実なんだ。これはつまり、ジェネヴィエヴ・プルイットを殺した人物が自由に外をうろついているということだよ。検察はその人物をさがすのにあまり熱心じゃないようだ。だから、わたしたちでさがそうじゃないか。

何か重要なことがつかめたら、マックスのところへ持っていこう。起訴陪審で提示するという手もあるしな。勝算はあまりないがね」

「じゃあ、ただマックスに電話して、〝おい、いいものを見つけたぞ〟って言うつもりなんですか？」

ボーディはほほえんだ。「わたしたちは長いつきあいだからね。わたしが電話すれば、彼は出てくれるだろうよ」

「警官と弁護士は敵同士なのかと思っていました」

「確かにもめるケースもある。わたしも一度、やや過熱した反対尋問のあと、警官に家までつけられたことがあるしね。でもそれは稀《まれ》な例であって、通常のことじゃない。人にはそれぞれやるべき仕事がある。マックスならそのことはわかっているさ」

「先生はどうしてマックスとそんなに仲よくなったんですか？」

ボーディはその思い出にほほえんだ。はるか昔のことなので、いまはもう思い起こすこともほとんどない。彼は椅子の背もたれの上で腕を組み、そこに顎を乗せた。

「当時わたしは公設弁護人で、ヘネピン郡の重罪を扱っていた。で、あるとき、マーヴィン・デントという男を担当したんだ。すごい巨漢で、くしゃくしゃの髪をたてがみみたいに大きく広げ、首までびっしりと入れ墨を入れてるやつ。見るからに凶悪そうな野郎だったよ。罪状は他の男を殴打したこと。凶器は、モップ絞り器だ——ほら、よくあるだろう、バケツのなかに取り付けられてて、ハンドルが……」

「ええ、〈マクドナルド〉でアルバイトをしたとき、わたしも使っていました」

「そうか。さて、わたしは事務所で一度、その男に会った。その結果わかったのは、そいつが完全にイカレてるってことだ。つまり、本格的な、抑えの利かない、統合失調症患者だな。面談のときも、彼はすわって、そこにいない誰かと話していた。わたしは彼に、規則第二十条に基づく鑑定について説明した。相棒をぶちのめしたとき、彼は統合失調症による妄想に駆られていた可能性が高い。そのことを話したんだ」

「彼は友達を殴ったんですか？」

「唯一の友達をだ。このことからも、彼はそのとき正気ではなかったように見えたわけだ。わたしは彼に自分のプランを話した。向こうは頭のなかの声と話しつづけた。わたしも迂闊《うかつ》だったんだよ。彼は何度も『こいつにはもどる気がない』『もどらせるのは無理だ』と言っていたんだからね。わたしはそれをただの譫言《うわごと》だと思ったんだ」

「前に刑務所にいたとか？」

「セキュリティ・ホスピタル（ミネソタ・セキュリティ・ホスピタル。重篤な精神病患者のための病院）だよ。実は彼は六年間そこにいたんだ。そして、連れもどされる気はないとわたしに言おうとしていたわけだ。審理が始まり、わたしは裁判を受ける能力の有無を調べるため、依頼人に精神鑑定を受けさせるよう申し立てた。だが言葉を発する暇はほとんどなかったよ。彼が椅子から飛び出してきて、わたしにつかみかかり、床に押し倒したんだ。あっと思う間もなく、彼は体の上にいた。喉には彼の両手が巻きついてるし、頭はがんがん床にたたきつけられるしでね。喉仏をつぶされるかと思ったよ」

　ボーディの話を聞くうちに、ライラの目は大きくなっていた。

「廷吏は退職した副保安官だった。わたしの依頼人にはとても敵わない。わたしは意識を失いかけていた。そのとき、どこからともなくマックス・ルパートが飛び込んできたんだ。当時、彼はパトロール警官でね、裁判所で何かの審理が始まるのを待っていたんだよ。彼は体重百四十キロのあの怪物をわたしから引き離し、急所を利用して床に釘付《くぎづ》けにした。腕の一方をねじあげてね。デントは悲鳴をあげ、毒づいていたが、マックスはみごとに相手を押さえつけていた。あんなのを見たのは、生まれて初めてだったよ」

「じゃあ、マックスはあなたの命も救ったことになるわけですね？」

　ボーディは考え深げにうなずいた。「うん、そうなんだろう。そのあとわたしは、ぜひ一杯ビールをおごらせてくれと彼に言った。わたしたちは貸し借りを清算するために会い、自分たちにいろいろと共通点があることを知ったわけだ。そのひとつがポーカー好きということでね。わたしたちは一緒にポーカーをやるようになり、それ以来、ずっと親しくしているんだよ」

「対立したことはありますか？　彼を反対尋問したことは？」

「何度かあるよ。もっと小さな事件で。どちらもまだキャリアが浅いころに。殺人事件の裁判というのはないな」

ライラは考え込んだ。たぶん、気になる問題についてどう訊ねたものか迷っているのだろう。ついに彼女は言った。「もしも彼を追及しなきゃならなくなったらどうします？　本気で攻撃するってことですけど？　心配じゃありませんか？」

ボーディはこれについて考え、法曹倫理の授業で自分が行った講義を思い出して言った。

「フィーアト・ユスティティア・ルアト・カエルム」

「フィーアト、何？」

「フィーアト・ユスティティア・ルアト・カエルム。〝天墜《てんお》つるとも、正義を為《な》せ〟という意味だよ」

ライラがとまどった顔をしているので、ボーディは説明した。「スコッツボロ・ボーイズの話を聞いたことがあるかな？」

「なんとなく。でも細かな点まで覚えているとは言えません」

ボーディは椅子をくるりと回すと、ゆったりとすわり直して脚を組んだ。「一九三一年、アラバマ州で、ティーンエイジャーの黒人少年九人が列車の有蓋貨車《ゆうがい》から引きずり出され、白人女性ふたりをレイプしたとして逮捕された。完全なでっちあげだったが、当時のこういった事件のご多分に漏れず、裁判が行われ、九人は全員、有罪となった。しかし、それらの判決は合衆国最高裁判所によって無効とされた。少年たちがろくな弁護を受けていないというのがその理由だった。

再審理で、裁判はジェイムズ・ホートンという判事の法廷に移された。この判事は、世間の人の関心が、少年たちが終身刑になるか死刑になるかに集中するなかで、審理を進めることになった。ホートン判事の法廷で裁判を受けた最初の被告人は、ヘイウッド・パターソンという若者だった。予想に違《たが》わず、パターソンは白人男性で構成される陪審によって有罪とされた。事件はでっちあげ、証拠にはまるで信憑性《しんぴょうせい》がなかったが、そんなことは問題じゃなかった。パターソンに有罪の評決が下されたあと、彼の弁護士は被告人の無罪放免を求める申し立てを行った。要するに、判事に陪審の評決を退けるよう求めたわけだ。これは慣例による申し立てであり、誰もが――当の弁護士さえもが、却下されるものと思っていた。しかしホートン判事は、事件がでっちあげであること、証拠が捏造《ねつぞう》されていることを知っていた。そして誰もが驚いたことに、彼はパターソンを無罪としたんだ。

ホートン判事はこの裁定のために、判事の職と多くの友人を失った。マスコミにもひどくたたかれたしな。パターソンのためにホートンは大きな代償を払ったわけだよ。何年も後に、もし過去にもどれたらちがう道を選ぶだろうかと問われたとき、彼はノーと答えた。その理由が、フィーアト・ユスティティア・ルアト・カエルム――〝天墜つるとも、正義を為せ〟だったんだ。この選択を迫られたら、人は必ず正しいことをしなければならない。たとえそのことで個人的に大きな損失を被るとしても、だよ。だから、きみの質問への答えはこうだ――依頼人に正義をもたらすために、反対尋問でマックス・ルパートをたたかなければならないなら、わたしはなすべきことをする。選択の余地はないんだ」

第二十七章

朝の六時少し前、ボーディ・サンデンは、セントポール・アスレチック・クラブのプールの水に一方のつま先をそっと入れた。彼はひとりだった。水面のガラスを割って、するりとなかに入ると、水中で何度か体をはずませ、ピチャピチャという静かなさざなみの音が空っぽの館内にこだまするのに耳を傾ける。それから彼は、平泳ぎを始めた。

水のなかを移動していきながら、彼は考えた。六年のブランクを経てふたたび法廷に足を踏み入れるというのは、どんな感じがするものだろうか。

最後に陪審の前に出たときのことがよみがえってきた。最後のものとなったあの冒頭陳述を行うために立ちあがったときのこと――あの手の震え、胸の圧迫感が。最初の言葉が出てくるまで、地獄の三分間、彼は陪審の前に立ち尽くしていた。他の何より、彼が恐れていたのは、無実の人間をまた刑務所に送ってしまうことだった。

ボーディは平泳ぎからフリースタイルへと切り替えた。ストローク、ストローク、ストローク、ブレス。彼にはいまもミゲル・クイントの顔が見える。判事が有罪の評決を読みあげたときの、あのショックを受けた表情。あれは裏切りに傷ついた顔だったのかもしれない。自分の頭に浮かんだ考えを、彼は覚えている。「勝つときもあれば――負けるときもある」もちろん、ミゲルにはそうは言わなかった。なんと言ったのか正確には覚えていないが、上訴に対する自信をにおわすべく力を尽くしたのは確かだ。だが、それも嘘だった。自分が上訴を担当しないことがボーディにはわかっていた。その裁判だけであの一家は金を使い果たしていた。彼は上訴手続きを州公設弁護人事務所に引き継がせるつもりだった。少年を放り出す気だったのだ。

ボーディはターンし、壁を蹴ってつぎのラップに入ろうとした。ところが、足はプールの壁に届かなかった。ターンが早すぎたのだ。ストローク、ブレス、ストローク、ブレス。リズムが狂っている。呼吸を鎮めろ。彼は思った。もとのリズムにもどれ。ストローク、ストローク、ストローク、ブレス。

ミゲルの家族は、彼を雇うのが遅すぎたのだ――少なくともそれが当時のボーディの考えだった。ミゲルはすでに警察に行き、供述をしていた。それは失敗だった。供述さえしていなければ、まだなんとかなったのだが。豚の耳から絹の財布は作れない（諺。粗悪な材料からよいものは作れないという意味）。そうだろう？

しかもミゲルが警察に語った話ときたら……あんな作り話をするんじゃなく、ただ自白をすればよかったのに。それで一家はだいぶ金を節約できたろう。ミゲルの弁護料をボーディに支払うために、家族経営の金物屋を売る必要もなかったはずだ。

ターン。今回は壁との距離が近すぎて、踵《かかと》がプールの壁面をかすめた。体の縮めかたが足りなかったのか。壁を蹴る角度が狂ってしまい、もとのコースにもどるには、何回か左手を強く掻かねばならなかった。

もちろん、警察はミゲルの出来の悪い話を信じようとしなかった。あの少年は、馴染みの売人のところにマリファナを買いに行ったのだと話した。期末試験の一週間を乗り切るために、少しだけ。男のアパートメントに着くと、ドアが少し開いていた。そこで彼はそっとドアを開け、その売人、ケヴィン・ディーヴァーが床に倒れて死んでいるのを見つけたという。頭にあいた穴からはまだ血が流れ出ていた。では、ミゲルはその場をあとにしたのか？　警察に電話して、殺人事件のことを知らせたのか？　いやいや。

ミゲルは室内を漁った。大学の学費が少し入り用だったし、ついでに、ただでマリファナが手に入るなら、なおありがたい。彼はディーヴァーの部屋じゅうに指紋をつけてまわり、皮膚細胞を撒《ま》き散らした。キッチンのリノリウムには、ぐるぐる歩き回る血のついた靴の痕を残した。死んだ男のマットレスの下に隠されていた現金五千八百ドルを見つけると、彼はそれを取っておいた。ディーヴァーがしていたとおりビニール袋にきちんと入れたまま——後に自分のアパートメントを警察が捜索するとき、ちゃんと見つけてもらえるように。

警察は、ディーヴァーの部屋から出た指紋がミゲル・クイントの指紋と一致することを確認した。また、ミゲルのバックパックのなかからディーヴァーの金の入ったビニール袋を見つけ、その袋からはディーヴァーの指紋を見つけた。さらに彼らは、ミゲルの靴についたディーヴァーの血液も見つけた。ディーヴァーの脳みそに弾丸を撃ち込んだ二二口径の拳銃以外、警察は何もかも見つけたわけだ。

こうして、ミゲル・クイントの打ちのめされた両親は、偉大なるボーディ・サンデンに息子の弁護を依頼するために、ウェスト・セントポールの金物屋を抵当に金を借りることとなった。

ミゲルの評決が下された日、ボーディには出席すべきディナーがあった。ウォーレン・E・バーガー法学院が、法廷弁護士としての功績と技量を讃え、彼を表彰することになっていたのだ。今夜のディナーに先立ち、ミゲル・クイントの無罪を勝ち取れたらいいのだが――自分がそう思ったことを彼は覚えている。それは、その夜にぴったりの凱旋《がいせん》パレードとなったはずだ。彼はまた、陪審の評決待ちで法廷に足止めされ、ディナーに遅れるんじゃないかと気をもんだことも覚えている。

もう何ラップ、泳いだだろう？　十二？　十四？　ボーディは必死で酸素を取り込もうとした。すでに二十ラップも泳いだような気がするが、そんなに長く水のなかにいたわけはない。

結局、陪審は、ボーディのディナーに水を差すことなく、いいタイミングでもどってきた。彼らはケヴィン・ディーヴァー殺害の罪でミゲルを有罪とした。勝利を収めた英雄として会に赴くというボーディの願いはかなわなかったが、どのみちそれはつまらない事件だった。彼は、陪審に一日半、評議をさせた。これはまあ、勝利と言えるのではないか。ミゲル・クイントはそうは見ないだろうけれども。彼はミゲルの耳もとで励ましの言葉をささやいた。有望な上訴という嘘を――若者を元気づけるつもりで。刑務所での新生活に慣れるまで、何がしかの希望を抱いていられるように。

ボーディはディナーに行った。謙虚さも少し交え、彼は優雅に表彰を受けた。笑顔で拍手する判事やベテラン弁護士の一群を彼は見渡した。公設弁護人をしていた日々からどれほど遠くに来たことか。そう思うと誇らしかった。その夜、彼はダイアナの待つ家に帰り、自分のベッドでぐっすりと眠った。ミゲル・クイントのことは思い返しもしなかった。

思い返すようになったのは、三カ月経ってからだった。

ミゲルの上訴を担当した公設弁護人から電話が来たのだ。電話口で誰が待っているか聞いたとき、ボーディがまず考えたのは、上訴の争点として何がありうるかだった。上訴の担当弁護士が、潜在的な争点を把握すべく法廷弁護士の意見を聞くのはよくあることだ。ボーディは、記憶にあるミゲル裁判の問題点を頭のなかで復習《さら》っていった。それは非常に明快な事件で、すぐには何も浮かんでこなかった。だが電話を取ったとき、電話口の女性が彼に告げたのは、ミゲル・クイントが独房で死んでいるのが発見されたという事実だった。ミゲルは喉を掻き切っていたという。彼女はボーディにも知らせるべきだと思ったのだ。

プールサイドに手がぶつかり、痛みがビーンと右腕を伝わってきた。左に頭をひねると同時に、肩が壁に激突した。彼はターンしそこね――水中での自分の位置を完全に見失った。

彼は水面に体を浮かせた。手首から痛みが駆けのぼってくる。肩を調べると、軽い擦《す》り傷ができていた。空気が薄く思え、彼は怯えた子供のようにプールの壁にしがみついて、深く大きく息を吸った。あたりを見回すと、もう彼はひとりではなかった。水泳帽をかぶった女性がひとり、いちばん遠くのレーンをゆるゆると泳いでいく。そしてもうひとり、もっと年輩の、おそらく七十代終わりと思われる女性が、いままさに隣のレーンに入ろうとしている。ボーディはあおむけになった。体が浮くように空気で肺を満たし、両腕はだらんと脇に浮かせて、両脚で水を蹴った。短く速く呼吸して、胸はほぼずっと膨らんだ状態に保った。

ミゲルの死の知らせがボーディに与えた悲しみは、遠い親戚が死んだときの悲しみに似ていた。彼とあの少年とのあいだに本当のつながりはなかった。ボーディは少年の弁護士であって、家族の一員ではない。配管工や郵便配達員がお客の死に打ちのめされ、涙を流したりするだろうか？ ありえない。ならば、なぜボーディが嘆かねばならないのか？ 彼は仕事をするために雇われた。そしてその仕事をしたのだ。

だがこのときから、彼の意識に疑いが忍び込みだした。自分はできることをすべてやったのだろうか？ あの裁判に全力を注がなかったのは確かだ――初めて殺人事件を担当したときとはちがった。だがああいった集中はもう必要ないのだ。いまの自分には経験があるのだから。

新たな疑いに引きずられ、ボーディはミゲルの葬儀に参列した。ミゲルの母親が息子のために最善を尽くしてくれたと言ってボーディに感謝したとき、彼は精一杯、同情的な顔をしてみせたが、心のなかではこう思っていた――麻薬の売人を殺すと、こういうことになるんだ。

二カ月後、ボーディはマックス・ルパートから電話をもらった。マックスは、以下の事件がニュースになる前にボーディに知らせるべきだと思ったのだ。少し前の麻薬がらみの手入れで、二二口径のリボルバーが一丁、押収された。弾道検査の結果、ケヴィン・ディーヴァーを死に至らしめた弾丸は、この銃から発射されたものとわかった。さらに、携帯電話の基地局のデータから、ロバート・ウォレスという男が、ディーヴァーが殺される数分前に彼の住居にいたことが判明。この新たな証拠を武器に、警察は事情聴取のためウォレスを連行した。そして短い取り調べのあと、ウォレスはケヴィン・ディーヴァー殺害を自供したという。

ディーヴァーが死んでいるのを見つけ、その後、室内を漁ったというミゲルの出来の悪い話は、結局、真実だった。ミゲル・クイントは無実だったのだ。

第二十八章

マックスは寝室に入っていき、ネクタイをするりとはずして、クロゼットのラックに掛けた。ネクタイは嫌いなので、彼がそれを締めるのは、必要に迫られた時、たとえば、結婚式や葬式、起訴陪審の審理で証言に立つ時などに限られる。今回（マックスの出廷はこれで三度目だったが）彼に対する陪審からの質問はごくわずかだった。また、マックスのほうも、初めてこの陪審の前に出てからまだたった二週間なので、新たに提供できる情報はほとんどなかった。

いまでは陪審も、プルイット夫妻の結婚生活は破綻《はたん》していたというケイガンの見解を知っている。また彼らは、ジェネヴィエヴに離婚された場合、ベン・プルイットに痛手をもたらす婚前契約のことも知っている。つまり、ベンに妻を殺す動機があることを陪審は知っているわけだ。もっとも、厳密に言うと、動機は裁判で証明を求められる犯罪の構成要件ではないが。

陪審は、ベン・プルイットがジェネヴィエヴ・プルイットの死亡時刻前後に、赤のセダンで現れたというマリーナ・グウィンの証言を聞いた。陪審員のなかに、料金所の監視カメラ映像について訊ねようと思う者はひとりもいなかった。ちなみにその映像はいまだ届いていない。

この三度目の出廷のあと、ドーヴィはマックスに、起訴陪審にいまあるもので評議を行うよう求めるつもりだと伝えた。

「料金所の映像がまだないだろう」マックスは言った。「コンピューターの解析結果もまだ出ていないしな」

「マックス、きみは確信が持てずにいるのか？　いまの発言は、そういうことなのかね？」ドーヴィの口調は、怒りっぽく、なおかつ、えらそうで、自分のボールを拾いあげてその場を立ち去る寸前の小学生を思わせた。「ベン・プルイット以外の誰かがこれをやったと思っているなら、ぜひともその犯人をお教え願いたいね」

「ベン・プルイットが妻を殺したことはまちがいない」マックスは言った。「しかし焦って事を進めれば――」

「きみはわたしに、わたしの仕事のやりかたを教えようというのかね？」

「いや。だがあの男は報いを受けるべきなんだ。ただ起訴を勝ち取るだけじゃ足りない。有罪にする必要があるんだよ。プルイットは利口だ。やつを見くびるなよ」

「こっちもずいぶん長いことこの仕事をしているからな。ゴールが有罪判決だってことくらいわかっているさ。わたしを信じろ、マックス。わたしは起訴を勝ち取り、その後、有罪判決も勝ち取る。ベン・プルイットには必ず報いを受けさせるよ」

マックスは目をこすって首を振った。「まあ、これはあんたのショーだからな、フランク」

そのあとマックスは家に帰って、上等のスーツからジーンズともっとカジュアルな上着へと着替えた。まだ正午前であり、市庁舎の彼のデスクではなおも、たくさんの仕事が待っている。彼はソーセージを一本、水を入れた鍋に放り込み、コンロの火を点けた。軽く昼を食べずにオフィスにもどるなど、ナンセンスだ。

湯が沸くのを待っているあいだに、彼はポーチに行って郵便物を回収した。手紙をつぎつぎチェックしながら、キッチンに引き返すと、調理台の一箇所に請求書を、別の一箇所にはダイレクト・メールを放って、ふたつの山にした。作業を終えたとき、彼の手にはまだひとつ大きな白い封書が残っていた。封筒の表には、彼の名前と住所がレーザープリンターで印刷されている。差出人の住所はない。消印を見ると、それはミネアポリスの郵便局から来たものだった。封筒の中央には何かの塊があり、紙を出っ張らせている。マックスはその塊に触れてみた。弾丸ほどの大きさ。すぐ横には、平たくて丸いものがある。一ドル銀貨のような、しかし銀貨ほど重くはないものだ。

彼は封筒を破り、調理台の上に中身を空けた。弾丸ではなかった。そう、これは鍵だ。短くて丸い、自転車のロックや倉庫に使うようなやつ。キーリングに通してあり、そのキーリングには、49と番号の記された青いゴムの円盤が付いている。マックスはその鍵をちょっと見てから脇に置いた。

封筒には手紙も入っていた。彼はそれを取り出して広げた。そこにあったのは、短い文章が三つ、書体もシンプルだった。だがその三つの文の文言は、紙自体に突如、火が点いたかのように、マックスの皮膚を焼いた。手紙を取り落とし、彼はあとじさった。心臓が激しく鼓動している。手と指が震えている。

手紙は調理台の、彼が落としたところに、開いたまま載っていた。彼の内部の何かが自らの目を信じることを拒否している。再度手紙を取ろうとし、彼は途中で手を止めた。この紙にはDNAか指紋が付いているかもしれない。彼は手紙の前に立ち、もう一度それを読んだ。

奥さんは事故で死んだのではない。殺されたのだ。証拠をどうぞ。

第二十九章

呼び鈴が鳴ったとき、ボーディは法律用箋の空白の黄色いページをじっと見つめていた。夕食の直後から、彼はずっとそのページを見つめて、アイデアが湧いてくるのを待っていたのだ。何かすばらしい考え、起訴陪審をつまずかせるのに使えるやつが閃かないものかと。その呼び鈴はありがたかった。煮詰まった脳からの解放。もうそろそろ夜の九時だが、かまわない。ダイアナがいつも、人を訪ねるには遅すぎると言う時間ではあるけれど。

ドアを開けると、ポーチにはベン・プルイットと娘のエマがいた。ベンはサミット・アベニューに注意を注ぎ、道の左右に交互に目を配っていた。「なかに入ってもいいかな?」ボーディにお入りと言う間も与えず、ベンは言った。

「もちろん」ボーディはそう答えて、脇に寄った。

ベンはリビングに入ってきて、エマをカウチに下ろした。「しばらくここで待っててくれないかな? お父さんはサンデンさんとお話があるから」

エマは無言でうなずいた。

ベンがボーディの書斎のほうを目で示し、ふたりはそちらに移ってドアを閉めた。「どういうことなんだ、ベン?」

「よくわからんが、何かが起きているようだ」

ボーディはデスクの前の席に着き、ベンはその向かい側にすわった。「今夜、エマとあの家に行ってきたんだ。ジェネヴィエヴが死んでから、あそこには行っていなかった。ずっとキャビンに泊まっていたからね。だがエマの着るものが必要だったし、わたしもいくつかほしいものがあったんだよ。立入禁止のテープはもうない。そうしたければ、エマとわたしはあの家にずっといてもよかったんだ。だが、わたしにはどうしてもできなかった」

ボーディはベンの手の震えに気づいて言った。「何か飲むかい?」

「いや、大丈夫」ベンは言った。「向こうでわたしはこう思った——せっかく近くまで来たんだから、仲よしのケイティ・コランダーとしばらく一緒に過ごせたら、エマは喜ぶんじゃないか。ケイティは近所の子なんだよ。わたしはいつものように私道に駐車し、エマと一緒に車にいろいろ積み込んだ。そのあと、わたしたちはコランダーさんの家まで歩いていった。エマとケイティを遊ばせて、わたしはケイティのママのテリーとテリーのご主人のボブと一緒に夜を過ごしたんだ」

ベンは頭をめぐらせ、フレンチドアのガラス越しに、エマのいるカウチのほうを見た。「わたしはずっとあの子のことが心配でならなかった。だから、ひと晩だけでもごくふつうの夜を過ごさせてやれたらと思ったわけだよ。ほんの何時間か、以前のように友達と一緒に」

「エマに何かあったのかい？」

「いや、そうじゃない、ごめんよ。わたしたちはすばらしい夜を過ごした。コランダー夫妻は、以前からわたしにもエマにもとても親切なんだよ。だがその帰り、エマと徒歩でうちに向かっているとき、パトカーが一台、家の前に来ているのに気づいたんだ。もっとよく見ようとして道を渡ると、別のパトカーが私道に駐まっているのもわかった。玄関の前には警官がふたりいた。少し離れて、私道にもうふたり。しかも彼らは銃を抜いていたんだ」

「なんだって？」

「まちがいない。私道のふたりはホルスターから銃を抜いていたし、玄関の前のふたりは銃把《じゅうは》に手をかけていた。そしてそのとき、第三のパトカーがやって来て、道に停まった」

「きみはどうしたんだ？」

「さりげなくエマを連れて角を回り、離れたところから様子を見ていた。しばらくすると、大声で何か叫ぶ声がした。それから、警官たちが玄関のドアを破ってなかに入っていった」

「彼らはなんて叫んでいたんだ？」

「言葉は聞き取れなかったが、わたしには彼らが逮捕令状を執行しているように見えたよ。きっと車があったから、わたしが家にいるものと思ったんだろう」

ボーディは立ちあがってくるりと向きを変え、デスクのうしろの窓から外を眺めた。怪しい動きはない。パトカーも、覆面の警察車両も見えない。

「ここへはどうやって来た？」

「エマと一緒に近くのサッカー場に行って、そこでタクシーを呼んだんだ」

「きみは警官たちが〝逮捕令状〟と言うのを実際に聞いたわけじゃない。そうだろう？」

「うん」

「なら、わたしにとってきみとエマはうちのお客さんでしかない。今夜はここに泊まってくれ」

「あの警官たちが逮捕令状を執行するためにあそこにいたとすると――」

「それはつまり、起訴陪審が起訴相当の決定を下し、きみが殺人罪で起訴されたということだ。それがもっとも理《り》にかなった結論だよ」

ベンは震えだした。その息は短くハッハッと吐き出されていた。「どうしてそんな……理解できんよ。こっちはミネアポリスにいもしなかったんだぞ。検察もそのことは知ってるのにな。まるでわけがわからん」

「連中は何かわれわれの知らないことを知っているんだろうね」

「いったい何を知っているって言うんだ？　わたしは妻を殺していない。やつらは何も知りようがないはずだ。知るべきことなど何もないんだからな。やつらの言うようなことは起きていない。起きようがないんだよ。わたしはシカゴにいたんだから」ベンの声が大きくなった。ボーディには、フレンチドアの向こうにダイアナがいるのが見えた。彼女はエマと並んですわっているが、その目は書斎に向けられていた。

「落ち着け、ベン。エマのためにも、冷静でいないと。わたしのためにも、冷静でいてもらわないとな。まだ起訴されたと決まったわけじゃないんだ。明日一緒にダウンタウンに行こう。もしこれがわれわれの勘違いなら、この心配はすべて杞憂《きゆう》に終わるわけだ」

「だが、もし勘違いでなかったら？　もし本当に殺人罪で起訴されたとしたら？」

ボーディはもとどおり椅子にすわった。「そうだな、われわれはそのためにここまで準備してきたんだろう？」彼はなんとかたのもしい笑みを見せようとした。「あの古い言いならわしは知ってるよな？　起訴陪審はハムサンドまで起訴する。もしこれが事実で、きみが起訴されていたのなら、われわれはこちらの都合に合わせて警察署に行く。そして、われわれが行くのは月曜になってからだ。判事に会いもしないで、週末を拘置所で過ごすことはない。月曜の朝一番に確認を取ろう。カメラマンは無用。報道陣も無用。われわれは堂々と入場する。警察は、合理的疑いの余地を残さず犯行を証明しなければならない。われわれがここまで準備をしてきたのは、その闘いのためなんだ」

「連中は保釈審問までわたしを勾留するだろうよ」

「では、早急に出頭し、保釈してもらおう」

「もし判事が保釈を認めなかったら？」

ボーディはしばらく何も言わず、ただベンを見つめていた。ベン自身が、その答えをすでに知っていることに気づくように。もし保釈が認められなかったら、彼は裁判を受ける時まで、拘置所の房にすわって、時計がチクタク進んでいくのを見守ることになるのだ。

「最悪の場合どうなるかは、知ってのとおりだ、ベン。エマのために寝室を用意しよう。週末一杯はきみもあの子と一緒にいられるよ。令状が出ているのかどうか、われわれは知らない。それを知るまで、きみとエマはうちのお客さんだ。われわれはこの週末を、ここにあの子をなじませるのに使える。きみはあの子にいろいろ説明してやれる。そしてわれわれは月曜の朝、一緒にダウンタウンに行き、状況を確認する」

ベンは椅子の背にもたれ、静かに笑いはじめた。その笑いは抑えようとすればするほど大きくなっていった。

「信じられんな」彼は言った。「まるでコメディーだ――ほら、モンティ・パイソンみたいなやつ。うちの娘が参ってしまうという問題さえなければ、きっと笑えただろうよ。あの子は母親を失った。打ちひしがれているんだ。わたしが拘置所に行くなんてことは、説明のしようがないじゃないか。それも警察が、あの子の母親を殺したのはわたしだと思っているからだなんて？　あの子にどう伝えればいいんだ？　なんと言えばいいんだよ？」

いい答えが浮かばず、ボーディは長いこと考えていた。そしてついに、彼は言った。「愛しているのだと言ってやるんだ。できるだけ早く帰ってくるから、と。そして、信じるように言ってやるんだよ」ボーディはベンの目を見つめた。エマのために考えた彼の言葉は、実はベンに向けたものなのだ。「自分は必ず裁判に勝つ――あの子にそう言ってやれ。わたしが請け合うよ。幼い我が子のもとにきみは必ずもどってくる。そして、きみたちはまたここを訪ねてくる。ふたりそろって。そう信じるよう、あの子に言ってやれ」

ボーディはベンに手を差し出した。握手を交わすうちに、ベンの手の震えは退《ひ》いていくように思えた。それからベンがひさしぶりに心からの笑みを浮かべた。

ボーディも笑みを返した。「では、客用寝室に行って、どうすればきみのお嬢ちゃんにふさわしい部屋に改造できるか、やってみようじゃないか」

第三十章

この世には人間の脳を侵す霧がある。熱のこもった濃いどろどろ――水中に潜っているときのように、音と思考を呑み込んでしまうやつが。妻の死後、マックスはその霧に出会った。そして弟が死んだ週、彼はふたたびそこを訪れた。今度は、スコッチのボトルの底でそれを見つけたのだ。あの匿名《とくめい》の手紙を受け取った数時間後、その霧がもどってきた。マックスの世界が収縮した。いくつもの殺人事件や起訴陪審から一通の手紙へ、そして、49という番号の付いた一本の鍵へと。

その日、マックスは仕事にもどらなかった。調理台の上の手紙と鍵を、彼は長いこと見つめていた。永遠とも思える時間――実はランチタイムの長さにも満たない時間だったが。〝警官マックス〟が現れ、〝ショック状態の夫マックス〟と入れ替わったのは、そのときだ。

これによって、ジェニの事件の捜査が再開される。〝警官〟はつぶやいた。届け出なくては。ところがここで、〝夫〟が声をあげた。前にも捜査は行われている。でも埒《らち》が明かなかったじゃないか。連中はジェニのことなど気にしちゃいない。あいつらにとって彼女は書類のなかのひとつの名前にすぎないんだ。

俺にはジェニの事件の捜査はできない。それが決まりなんだ。手を出すなと命じられているんだよ。俺がかかわれば、証拠の信頼性に疑いが生じかねない。

だが、これはいたずらかもしれないぞ。〝夫〟が言った。どこにもつながっていない可能性もあるんだ。

そうだな。〝警官〟が言った。過去に俺が逮捕した誰かが、俺をコケにしようとしてやったことなのかもしれない。確かにありうるよ。このことは伏せておこう。少なくとも、でたらめじゃないとわかるまでは。

マックスは携帯の電源を切り、新たな証拠を食料雑貨店の紙袋に収めた。彼には、バグにたのんで調べてもらうという手もある。ＤＮＡ等の痕跡がないか検査をしてもらえばいい。バグならやってくれるはずだ。それに、バグなら黙っていてくれるだろう。

その夜、ベッドに入る前に、マックスは携帯をチェックした。ニキから四件、電話が入っていた。最初の三件で、ニキは彼がどこにいるのか、起訴陪審で証言したあと、なぜオフィスにもどらなかったのか、訊ねていた。だが、最後のメッセージはちがった。

「起訴陪審が協議を終えた」ニキは言った。「ベン・プルイットの起訴が決まったよ。目下、複数の班が彼をさがしに出ている。ドーヴィは、逃亡の恐れあり、と見ているの。だからプルイットを勾留するまでは、すべて封印されたままとなる。それと、彼がつかまり次第、郡検察官とドーヴィが記者会見を開くことになっている。ドーヴィはわたしたちにも出席を求めているのよ。ショーウィンドーのお飾り。折り返し電話して。まあ、しなくてもいいか。あなたが大丈夫ならいいけど」

やつが俺たちに記者会見に出てほしいとさ。マックスは胸の内でつぶやいた。連帯のひけらかし。ベン・プルイットを牢にぶちこむチームを世間に見せようってわけだな——ドーヴィを判事に押しあげるチームを。

勝手にしやがれ。〝夫〟が言った。

そうとも、勝手にしやがれだ。

＊

マックスはその夜、よく眠れなかった。眠ろうとはした。だがそのたびに恐ろしい夢が殴りかかってくる。ついに彼はあきらめ、出勤の時間が来るまで、玄関ポーチの椅子にすわって、青くなっていく空を眺めていた。

「よかった。まだ生きてたんだ」ニキは言った。「電話のかけかた、忘れちゃった?」

マックスはドスンと椅子にすわって、その日三杯めのコーヒーのひと口めを飲んだ。目は疲れでひりひりしており、瞬きするたびにまぶたはさらに重たくなった。「ごめんよ。悲惨な午後だったんだ。個人的な問題で」

「あなた、ひどい顔をしてるよ」

マックスはコンピューターを起動し、待っているあいだに、目から錆《さび》をこすり落とした。

「よく眠れなかったからね。じきに元気になるよ」

「ねえ、マックス。何があったの?」

マックスは彼女の問いをしばらく宙に浮かせておいた。それから彼は、携帯電話を取り出した。例の手紙の写真、文面が鮮明に見え、読み取れるやつを出すと、電話をニキに渡し、コンピューターの検索ボックスに〝倉庫〟〝ミネアポリス〟と打ち込んだ。ニキに顔をもどすと、彼女はまだ携帯のあの手紙を見つめていた。

「びっくり」彼女はささやいた。

「さっきも言ったが、ひどい夜だったよ」つぎにマックスは、鍵の写真をニキに見せた。「手紙と一緒にそれが封筒に入っていたんだ」

「なんの鍵なの?」

「どこかの倉庫のだと思う」マックスはニキのほうにモニターを向けた。画面には、無数の赤いドットに覆われた、ツイン・シティーズおよびその周辺地域の地図が出ていた。「その手紙に出てくる証拠というやつは、ここに表示された倉庫のどれかにあるんじゃないかな。でもわからない。ひょっとすると、それはニュージャージーの倉庫なのかもしれない。倉庫じゃないってことも考えられるしね。たぶんそうだってだけの話だから」

「その鍵はいまどこにあるの？」

「科研に。バグ・トーマスがDNAか指紋が出ないか鍵と封筒を検査してくれた。何も出なかったがね。バグはもう一日ほしがっている。何かわからないか調べてみるそうだ」

「手紙のほうは？」

マックスは答えなかった。

「彼には手紙を見せなかったんでしょ？」

「とりあえずは」

「もし手紙を見せたら、自分が何をしているか彼にわかってしまうものね」

「少し時間が必要なんだ」

「マックス、いったいどうしちゃったの？」

「ここは〝わたしは味方だからね、相棒〟と言うところじゃないか？」

「ねえ――」別の刑事が彼らの席を通り過ぎていき、ニキは唇を噛み締めた。その男が行ってしまうと、ニキは言った。「一緒に来て」彼女は立ちあがって、マックスの前を通過した。彼は席から動かなかった。「マックス！」

彼はニキに目を向けた。彼女はいつになく真剣な表情を浮かべていた。彼は立ちあがって、あとにつづいた。ニキは殺人課を出て、市庁舎の正面口まで長い廊下を進んでいった。それから、ひとことも言わずに、ドアを押し開けて、外に出た。マックスは彼女に従い、路面電車の線路を渡って、ヘネピン郡行政センターの中庭に入った。中央に池と噴水のある赤い石の広場に。

中庭の端で足を止め、ニキはマックスのほうを向いた。「これはあなたの事件じゃないのよ、マックス。奥さんのことだというのはわかる。でも、あなたは捜査にかかわれない。わかってるでしょう」

「自分の事件じゃないのはわかってるよ。これはルイ・パーネルの事件だった、、、。彼は何ひとつつかめなかった。そして、轢《ひ》き逃げ事件としてファイルを閉じた。彼はもう引退している。だからこれは誰の事件でもない」

「でも、あなたが自分の奥さんの死を調べるわけにはいかない。規則で禁じられているからというだけじゃなく、それはまずいやりかたなの」

「じゃあ、どうすればいい？　ただ他の誰かに引き渡して、放置させておくのか？　パーネルのときと同じように？　他の刑事が必要な手を打つと、きみは本気で思ってるのか？　俺は捜査を再開するつもりだ。前回は、黙って引っ込んでいた。その結果、何もなされなかったんだ。二度とそうはさせない。必要とあれば、州内の倉庫をひとつ残らず見て回るよ。そして必ず、鍵に合う錠を見つけ出す。それをやる刑事は他にひとりもいないだろう」

「わたしならやる」ニキは言った。

「きみは俺のパートナーだ。上の連中はきみにもファイルを渡さないよ」

「そう、確かにわたしはあなたのパートナーよ。でも友達でもあるの。ジェニの身に何があったか知ることがあなたにとってどれほど重要か、わたしにはわかっている。でもだからと言って、あなたが自分のキャリアをぶち壊すのを黙って見ているわけにはいかない。わたしはあなたの味方よ。それは絶対に変わらない。でも覚えておいて。こんなこと、わたしは賛成できない」

「きみを巻き込む気はないよ」

「もう巻き込まれてるよ。でも、あなたはわたしの言葉の意味をわかってない。わたしは我が身を案じているわけじゃないの。自分の行動がばれた場合、あなたがわたしを護ってくれることはわかってる。でもわたしはいま、あなたを護ろうとしているのよ。あなたはいたずらに引っかかって危険を冒そうとしているのかもしれない」

「でも、これがいたずらでなかったら？」

ニキは最初なんとも言わなかった。それから、その口もとに悲しげな笑みが浮かんだ。ふたたび話しだすために物理的なつながりが必要であるかのように、彼女は手を伸ばして、そっとマックスの腕をつかんだ。そして話しだしたとき、その言葉は静かに優しく、パートナーではなく、友人の言葉として、流れ出てきた。「この仕事より大切なことがあるのはわかっている。大局的に見れば、あなたに選択の余地がないことも。わたしはただ、いま言ったことを言っておきたかっただけ。そして、わたしがあなたの味方だってことを知ってほしかっただけよ。どんなときも。何があろうとね。これでいい?」
マックスはほほえみ、うなずいた。「それでいいよ」

第三十一章

月曜の朝、よく晴れた空のもと、ボーディは、法執行の世界の中心部、四番アベニューと五番ストリートの角のパーキング・ビルに車を駐めた。四番アベニューの向こう側には、法廷だらけ、検察官だらけの行政センターが立っている。五番ストリートの向こう側は拘置所——彼とベン・プルイットがめざすビルだ。彼らはそこで、逮捕令状が出ているかどうか確認し、もし出ているなら、ベンの自由を放棄するつもりだった。パーキング・ビルの対角線上には市庁舎があり、殺人課を含め、種々雑多な捜査部門が入っている。彼とベンは、町でいちばん警官の人口密度が高いエリアを正体を気づかれずに通り抜け、一ブロック弱、歩いていかねばならない。ボーディが何より避けたいのは、ゴール直前で力の誇示を目的に取り押さえられることなのだ。

パーキング・ビルから足を踏み出したとき、電車の警報機がカンカン鳴りだし、彼らは五番ストリートの手前で足止めされた。グリーン・ラインの路面電車が東から近づいてくる。ボーディは頭をめぐらせ、制服警官がふたり、こちらに向かってくるのを認めた。約一ブロック後方。彼らはふたりで話をしており、周囲にはあまり注意を払っていなかった。

その電車、三両編成のやつが、市庁舎前の停留所を前に減速した。制服警官たちはもう三十フィート以内に迫っている。

「うしろを見るなよ」ボーディはささやいた。

「え?」ベンは振り向きかけて、踏み留まった。

「制服警官がふたり、こっちに向かってる。連中に顔を見せるな――手配されているといけないから」

ベンはうなずいて、少し身をこわばらせた。

警官たちはベンとボーディの立つ角まで来たが、電車の通過を待たずに西に曲がり、行政センターに向かって道を渡った。ボーディは止めていた息をほーっと吐き出した。電車が通過したあと、ボーディとベンは道を渡って、ヘネピン郡保安官事務所、中央記録課のロビーに入っていった。金属探知機のそばに立つ副保安官に、彼らは歩み寄った。

「わたしは弁護士のボーディ・サンデンという者です」ボーディには相手に渡す名刺はなかった。「依頼人のベンジャミン・リー・プルイットに逮捕令状が出ているかどうか問い合わせに来たのですが」ボーディは手振りでベンを示した。「もし令状が出ているなら、いまここで彼を出頭させます」

男はまずボーディを、それからベンを見た。「調べてみましょう」彼はコンピューターのほうを向き、キーボードを打った。「うん、どうやらそのようです」そう言うと、副保安官は電話を取って、どこかに連絡した。

ベンは目を閉じた。ボーディには友の呼吸が浅くなったのがわかった。

「心の準備はできてるか?」ボーディはささやいた。

ベンの呼吸が少し速くなった。「できてると思ってたんだが。くそ。エマのことをたのむよ。テレビに出ているわたしをあの子には見せないでくれ」

「大丈夫、エマの面倒はこっちで見る。いいか、顔写真を撮られるときは、絶対に笑うなよ。なるべく冷静な顔をすること。だが、ふてぶてしいのはいけない。エマのことを考えろ。われわれは必ずこの難局を切り抜ける。そのことを考えるんだ。自分の潔白が認められると確信している顔がほしい。それこそきみが撮らせるべき写真だからな」

ベンはボーディにほほえみかけた。「がんばってみるよ」

「わたしにはAP通信に勤めている友人がいる。郡検察官の記者会見がいつあるか、彼が教えてくれるはずだ。わたしもその会場に出向く。きみの代わりになんとか、ふたことみことかましてくるよ」

腕の太い不愛想な第二の副保安官がドアから現れ、ベンに歩み寄った。「ベンジャミン・リー・プルイットかね?」その男は訊ねた。

「そうです」ベンは言った。

「令状に基づき、殺人容疑であんたを逮捕する。両手をうしろに回してくれ」ベンはその言葉に従った。副保安官はまず一方の手首に手錠をかけた。つづいてもう一方にも。それから彼は、どこかに武器がないか、ベンの体をさぐって調べた。ベンもボーディもその手続きは知っており、心の準備はできていた。ベンのポケットには、運転免許証と現金二百ドル以外、何も入っていなかった。

三人の副保安官がベンを誘導し、受け入れ室へのドアをくぐらせた。被疑者拘禁のつぎの手続きはそこで行われる。ベンは身体検査を受け、この先着るオレンジ色のジャンプスーツを渡される。オレンジ色のソックスとオレンジ色のビニール製のサンダルもだ。そして写真を撮られ、指紋を採取され、独房に閉じ込められるのだ。

連れ去られるとき、ベンは振り返らなかった。

第三十二章

これもまた、よく晴れた月曜の朝、副保安官たちがベン・プルイットの両手に手錠をかけていたころ、宅配便の配達人がパッケージをふたつ、マックスとニキに届けた。ひとつめの中身は、プルイット夫妻、ベンとジェネヴィエヴがそれぞれ所有していたノートパソコンおよび携帯電話の解析結果だった。ふたつめのパッケージには、イリノイ州交通局から送られてきた二十八枚のCD-ROM——料金所の監視カメラ映像が入っていた。マックスは両方のパッケージをニキに差し出した。「どっちがいい?」

「むずかしい選択よね。一方を取れば、コンピューターのファイルとウェブの履歴を延々読まされ、退屈のあまり泣きたくなる。もう一方を取れば、料金所をのろのろ通過する車を見ているうちに、自分の頭に一発ぶちこみたくなる。あなたはどっちがいい？」

「コイン投げで決めてやるよ」マックスはポケットから五セント玉を一枚、取り出した。彼はそれを宙に放り投げ、手首にぴしゃりとたたきつけた。「表が出たら、きみは料金所のCDを見る。裏が出たら、コンピューター解析課のファイルだ」

ニキはうなずいた。マックスが手をどけると、モンティセロ（トーマス・ジェファーソンの邸宅。五セント硬貨の裏面にデザインされている）が現れた。裏だ。彼はニキにコンピューターの記録のパッケージを渡した。

「最高」ニキは言った。「どっちみち、このところずっと不眠症と闘ってたの」

「殺人課の仕事ってのは刺激的だよな」マックスは言い、自分のパッケージをデスクに放った。

「ちょっと出かけてくる。すぐもどるよ」

ニキが顔を見つめた。おそらく彼が何をする気か解き明かそうとしているのだ。それ以上、何も読み取られないよう、彼は向きを変え、その場をあとにした。

マックスは妻の事件の捜査ファイルを見たことがない。それでも事件のことはほぼすべて知っている。ルイ・パーネルは口が軽いことで有名だった。そこでマックスは、始終、パーネルを飲みに誘い、最新情報を引き出していたのだ。

ある木曜の午後の半ば、ジェニ・ルパートは某パーキング・ビルの構内を歩いていた。それは、ジェニがいつも車を駐めていた場所であり、彼女がソーシャル・ワーカーとして勤務していたヘネピン郡メディカル・センターを主な利用者とする駐車施設だった。施設内に防犯カメラはなかった。少なくとも当時は。誰も何も聞いていなかったし、誰も何も見ていなかった。

彼女の遺体は三階で発見された。頸部の骨は、車のタイヤに轢かれ、ばらばらになっていた。遺体のそばで見つかったヘッドライトのカバーには、ジェニの血が付着していた。また、カバーにはシリアル・ナンバーが入っており、その番号から車が二〇〇八年製造のトヨタ・カローラであることがわかった。衝突は、ジェニの着衣に黄色い塗料が貼りつくほど激しいものだった。車の製造元と色はわかったが、前部が破損した黄色いカローラを対象とする全国規模の捜索にもかかわらず、その車は見つからなかった。

しばらくすると、マックスはパーネルと話をするのをやめた。何も進展がないと聞かされることに耐えられなくなったのだ。そしてルイ・パーネルが退職したとき、彼は自分の希望を胸にしまいこんだ。ファイルに触れることを彼は許されていない。そのうえ、パーネルの後任者が引き継ぐ仕事のリストにジェニの事件は載っていなかった。お偉方は、ジェニ・ルパートのファイルはそろそろ記録保管庫に収める頃合いだと判断したわけだ。

足を止めて、顔を上げたとき、マックスはその保管庫の前にいた。

なかに入る前、彼は廊下の左右に目を走らせた。捜査の過程で保管庫に来る必要が生じることはよくあるのだが、今回は泥棒のような気分だった。彼はなかに入って、太い口髭を生やした半白の男、フェリックスというやつにうなずいた。

「おはよう、刑事さん」

「おはよう、フェリックス。未解決事件のファイルを見たいんだが」

「いいですとも。番号はわかりますか？」

マックスは妻のファイルのＩＣＲ番号を告げた。その番号は、パーネルが事件の担当だった当時に暗記していた。

フェリックスは、ひも付きの赤いフォルダーに入った資料を持って出てきた。厚さは約三インチ。思っていたより分厚い。

「ここで読みます？」

「いや。持っていくよ」そう言いながら、マックスはほほえんだ。そしてフェリックスの目を見つめ、その表情をさぐった。この男は何か気づいていないだろうか。彼はフェリックスが自分を制止するのを待った。これは手にすることを禁じられたファイルなのだ。

フェリックスはなんとも言わなかった。

マックスは記録簿に署名した。それから腕にファイルをかかえ、フェリックスに別れを告げた。

第三十三章

拘置所から家まで、ボーディは、公園や墓地や並木通りの前を通る裏道を運転していった。

彼は窓を下ろして、刈り立ての芝生やオークの木々の葉の香りを吸い込んだ。そのにおいは、こめかみで脈打つ血潮を冷ましてくれた。エマはいまごろもう目を覚まし、ベッドを出ているだろう。父親がもどるまで、そのベッドは彼女のものだ。それは、数時間のことかもしれず、数カ月に及ぶかもしれない。そして、もしボーディの腕が鈍《なま》り、もうかつてのような弁護士でないのなら、ずっとということもありうる。ボーディはその考えを寄せつけまいとがんばった。

彼は途中、食料雑貨店に寄り、エマのための食べ物と必需品を買った。彼とダイアナは子供に恵まれなかった。しかたがない。よくあることだ。そしていま、彼は店内をうろうろし、棚に並ぶ品を見ながら、十歳の女の子がほしがるものは、もしここにあるとしたら、どれだろうと考えていた。シリアルの売り場では、子供のころ自分が憧れたシリアル――高価すぎて母の戸棚にたどり着くに至らなかった製品の名を思い出そうとして、かつてないほど長い時間を費やした。彼は甘い香りのシャンプーと紙パック入りのジュース、それに、派手な色の容器に入った出来合いの食べ物を買った。実を言えば、自分が何をしているのか、自分でもさっぱりわからなかった。

家に着くと、私道に入って、勝手口の近くに車を駐め、買い物の袋をいくつか持って、うちのなかに運び入れた。つぎの荷を回収するため、再度外に出たとき、彼は私道を歩いてくる男に気づいた。見たことのない男だ。背が高く、ハンサムで、いかにもいい男らしい洒脱な雰囲気を漂わせている。

「ボーディ・サンデンさん?」男は訊ねた。

「そうですが」

「ベン・プルイットの代理人をなさっているんですよね？」

相手ときちんと向き合うべく、ボーディは体の向きを変えた。

「どういったご用件でしょう？」

「ベン・プルイットの弁護士に話があるんです。大事なことですよ。エマに関することです」

「わたしがベン・プルイットの弁護士です」

男は上着の内ポケットに手を入れて、茶封筒を取り出した。「これをお読みください」彼は言った。「それですべてわかりますから」

ボーディは封筒を開け、ひと束の書類を取り出した——法律文書が二通。それぞれホチキスで角を留めてある。

「確かにお渡ししましたよ」男は言った。

ボーディはまず書類を、つぎに男を見て、ふたたび書類に目をもどした。一方の文書は差し止め命令書だった。最初のうちは、自分が何を読んでいるのかわからなかった。だがさらに先に進むと、その意味がわかった。

ジェネヴィエヴの遺産の管理者である、妹のアンナの要請により、ベン・プルイットの全銀行口座の凍結が認められたのだ。その差し止め命令は、殺人犯に関する法律、すなわち、配偶者を殺した人物がその犯罪により金銭的な利益を得ることを防止する法を根拠としていた。

もし弁護のために共有財産を使うことを認めたら、ベンは遺産を使い果たしてしまう——アンナはそう言って、判事を説得したのだった。命令書はプルイット夫妻の婚前契約を参照先にしていた。もし犯人なら、ベン・プルイットは、ジェネヴィエヴの信託の金によって得られた財産に対しては一切、権利を主張できない。判事は、夫婦の共同名義の口座をすべて凍結するよう命じていた。

顔を上げたとき、ボーディは自宅の私道を出たところに身なりのいい女が立っているのに気づいた。アンナ・アドラー＝キングはプラチナ色のスーツを着ていた。足の運びとともにさざなみを立てる、やわらかなきらめく素材のジャケットとパンツ。オフィス・パワーとイヴニング・シックの境界線を跨《また》ぐ衣装だ。彼女は長い黒髪をアップにして首をあらわにしていた。メイクが、その顔のラインをくっきり浮き立たせている。

「わたしたちには、エマ・プルイットが現在、あなたとともにここで暮らしていると信じるに足る理由があります」男が言った。「彼女を連れてきていただけませんか……」

「なんですって？」ボーディは聞き返した。

「もう一方の命令書を見てください」男は言った。「すべてそこに書いてあります」

ボーディはホチキスで留められた書類の二通目を取り出した。読み進むうちに、彼の口はからからになった。アンナ・アドラー＝キングは、ベンの裁判の結果が出るまでの期間について、エマ・プルイットの監護権を得ていた。その文書を読み進むにつれ、原始的で荒っぽい何かがボーディのDNAの螺旋《らせん》上で結晶化した。

私道のコンクリートをカツカツと打つハイヒールの音が耳を打った。顔を上げると、アンナ・アドラー‐キングが彼と令状送達人のほうに向かってくるところだった。ボーディは文書に目をもどし、申請の日付をさがした。きょうの朝だ。彼はもう一通の文書も確認した。そちらも同じだった。

「あなたたちはどのようにして起訴のことを知ったんです?」ボーディは訊ねた。怒りを隠そうとしたが、うまくいかなかった。

「エマはここにいますか?」アンナが訊ねた。

「あなたは誰です?」答えはすでにわかっている。だが彼は、つぎのステップに進む前に確認しておきたかったのだ。

「あの子の叔母のアンナです。前にお会いしましたよね。覚えていらっしゃらない?」

ボーディは覚えていた。彼女とはエマの洗礼式で顔を合わせている。それに、エマの誕生会でも二、三回。

「あの起訴陪審は非公開の審理でした。起訴の事実はいまも封印されています。その命令書はどうやって手に入れたんです?」

アンナは冷静によどみなく答えた。「今朝、ベンが出頭したときに、起訴の封印は解かれたのです」

「それからまだせいぜい一時間ですよ。あなたは一時間でこのふたつの文書を作成し、判事に提出したわけですか?」

「わたしには非常に有能な弁護士たちがおりますからね、サンデンさん。ベンが姉を殺したことは明らかです。弁護士たちは先を読んで動いたにすぎません。そして今朝、起訴が決まったとき、ヒルデブラント判事の予定に――彼はうちの家族の古い友人なのですが――たまたま空きがあったというわけです。さあ、エマに会わせてください」

アドラーの名は、一般人には閉ざされているドアを開く。この一族の〝友人〟は、郡検察局内部にもいるのだろう。一族は判事たちのために資金集めのパーティーを催す。判事たちは寄付のために法を曲げたりはしないだろうが、そのために迅速に審理を進めることはあるかもしれない。

ボーディは書類を三つ折りにして、尻ポケットにすべりこませた。怒りはもうなかった。これはゲームだ。敵方は第一級の攻撃を仕掛けてきた。今度はこっちが反撃せねばならない。

「わたしの地所から出ていってもらえませんかね」

「なんですって?」アニメの音響効果みたいに、アンナの声が高くなった。

「聞こえたでしょう。わたしの地所から出ていってください」

「エマが一緒でないかぎり、わたしたちは帰りませんよ」あの男が言った。「彼女がここにいることはわかっています。わたしはずっと見てい――」

五十代の男にしては、ボーディ・サンデンは壮健だ。寡婦の母を助け、支えるために、彼は建設現場で働きながら成長したのだ。だがそれ以上の彼の強みは、法律を知っていることだ。彼にはエマに対する合法的な監護権がある。いま彼の尻ポケットにある保護命令書には、吹けば飛ぶほどの重みしかない。

ボーディは令状送達人の鼻先に迫った。相手は三十代半ば。胸部はでかいが、手は小さい。きっとその他諸々の不足を補うべく、その手でダンベルを上げ下げしているのだろう。「わたしの地所から出ていくのに、きっかり五秒だけやろう」

相手は一歩も引かなかった。「エマと一緒でないかぎり、わたしたちは――」

「一！」

男はアンナに目をやり、その後、ボーディに視線をもどした。「あなたには――」

「二！」顔を無表情に保ちつつ、ボーディは一定のペースで数をたたきつけていった。

「わたしたちには裁判所の――」

「三！」ボーディは両の手を拳にした。彼の手は大きく、握り締めるとハンマーのように見える。もし五まで行けば、大打撃を被るのはこっちだろう。その点に関して、彼はほとんど疑いを抱いていなかった。だがここは彼の地所、エマは彼の被保護者だ。これらのものには、大打撃を被るだけの価値がある。

「アンナ？」男はボーディの肩越しにボスのほうを見やった。

「四！」

「行きましょう、ロジャー」アンナが言った。「法廷で決着をつければいいわ」

アンナ・アドラー＝キングはどちらの男にも目を向けず、その場から歩み去った。ロジャーは一拍間を置いてから、彼女のあとを追った。

彼らの車が走り去るまで、ボーディはそこを動かなかった。振り返ったとき、彼は家の入口に、ダイアナが立っているのに気づいた。その顔には気遣わしげな皺が刻まれていた。

第三十四章

その夜、帰宅する前に、マックスは科研に寄って、バグ・トーマスと話をした。彼によれば、鍵からは何も出なかったという。認められたのは、消毒用アルコールの残留のみ――これは封筒に収められる前に、その鍵とタグが丹念にぬぐわれた証拠だ。封筒は唾液ではなく水で封をされていた。ゆえにDNAもない。

家に帰ると、マックスはブリーフケースを開けた。そこには妻の事件のファイル、例の鍵と手紙、そして、イリノイ州の料金所から届いたCDひと山が入っていた。彼は一枚目のCDをノートパソコンに挿入し、自動解凍ファイルが開かれるのを待った。そして待っているあいだに、これで百回目になるが、鍵とタグをもう一度、調べた。何か目に飛び込んでこないかと期待したのだが、それはなかった。

監視カメラ映像の再生が始まると、彼はシカゴのすぐ外、第十九料金所の七つあるゲートのひとつめをぎくしゃくと通り抜ける車の流れに目を据えた。これらの映像を全部、見なければならないのだと思うと、早くもまぶたは重くなっていた。

マックスは腰を据えた。車がつぎつぎ通過していく。たまに赤いセダンが現れると、その都度、彼は目を凝らした。乗っているのはひとりだけか？　男なのか？　この条件に合う車の場合は、運転者がよく見えるよう画像を拡大し、ナンバーを書き留めるつもりだった。三十分後、書き留めたナンバーはひとつだけだった。なおかつ彼は、その運転席の男がベン・プルイットでないことをほぼ確信していた。

二十八枚のディスクを全部見尽くすまで、または、ベン・プルイットとその赤いセダンを見つけるまで、これが彼の毎晩の課題となるのだ。

カメラの映像を見つめながら、彼は鍵とタグを手に握っていた。ここから五分のところにひとつ貸し倉庫があるな。胸の内でそうつぶやく。この鍵がその倉庫の49番の扉に合う可能性はあるだろうか？　見込みは薄い。だが可能性はある。鍵が合う確率は、州内の他のどの倉庫と比べても、大きくも小さくもないのだ。ほんの五分のところ。すぐに行ってこられる。ただ、好奇心を満足させるだけだ。

マックスは目を瞬《しばた》き、画面に注意をもどした。つぎつぎとゲートを通過していく車に、彼はずっと目を据えていた。だが、ちゃんと見てはいなかった。そこで映像を止め、自分が注意を払っていた覚えのある最後の箇所まで早戻しした。左右の頬を軽くたたいてから、彼はもう一度、チェックを始めた。

この分の給料はもらっていない。彼は八時間の労働時間をすでに使い果たしている。目の下の隈はにじみのように広がり、少し睡眠を取ってくれ、と哀願している。だが彼にはわかっていた。眠りは訪れないだろう。何か心が鎮まることをしないかぎりは。ちょっと動くだけでいい。四年間、ずっとやりたかった捜査の第一歩だ。

彼はコンピューターをシャットダウンし、ポケットにあの鍵を入れた。いちばん近い貸し倉庫に車を走らせ、鍵を試してみよう。もし合わなかったら、家に帰って、少しは眠れることを願おう。その気なら、毎晩、少なくとも一箇所は見に行ける。狭い範囲に固まっていれば、四、五箇所。もちろん、そうしたところでなんにもならないかもしれない。だが何はともあれ、それによって毎晩、眠れる程度には罪の意識が和らぐのではないだろうか。

第三十五章

ベンの出頭から初回出廷までの二十四時間は、自転車で転倒するときに似たスピードで過ぎていった。実際にはあっという間に、しかし、その一秒一秒が永遠であるかのように。ボーディは、保釈審問の一時間前に拘置所に行った。やるべきことの項目で頭は一杯だった。

ベンはオレンジ色の囚人服姿で、面会室に入ってきた。その顔には曖昧な笑みがあり、髪は風雨になぶられた雑草みたいになっていた。

「どんな調子だい？」ボーディは訊ねた。

「ひどいもんだ。なんとしてもシャワーを浴びる必要があるね。それに、あの騒音――やれやれ。みんな、わけもなくわめきたてるんだからな。だが、思っていたほど悪くはないよ」

「記者会見を見たかい？」

「ああ」ベンはほほえんだ。「まだまだ腕は鈍ってないな、ボーディ」

ボーディは笑みを返した。

記者会見は、著名な刑事専門弁護士ベン・プルイットを妻ジェネヴィエヴ・プルイット殺害の容疑で逮捕したという、ヘネピン郡検察官ダニエル・マドックスによる発表から始まった。冒頭の声明のあと、マドックスは質疑応答の時間を取った。ひとりの記者が、ベン・プルイットが多少名の知れた刑事弁護士であることから、プルイットは自身の弁護を自ら行うのか、それとも、弁護士を依頼するのかと訊ねた。マドックスは、プルイットには弁護士がいると聞いたが、その弁護士が誰かは知らないと答えた。

「わたしが彼の弁護士、ボーディ・サンデンです！」ボーディは大声で叫んだ。記者たちは、会場後方の片端にいた彼を振り返った。ボーディはそのままマドックスに視線を注いでいた。

「よろしければ、記者会見をつづけたいのですが、サンデンさん」このやりとりをもとの軌道にもどそうとして、マドックスが言った。

「サンデン教授と呼んでいただけませんか？」ボーディは言った。少なくとも記者たちの何人かはこの名前を調べ、彼がロースクールの〈冤罪証明機関《イノセンス・プロジェクト》〉の運営者であることを知るものと見積もったのだ。この機関は、無実の罪で有罪判決を受けた人々を見つけ出し、そういった人人の事件を闇から掘り起こすことを目的としている。これこそ、この裁判の背景として最適のものだ。不正を阻止するために復職した無実の男の擁護者。そして彼は、〝冤罪〟の一語がなるべく頻繁にベン・プルイットの名とともに使われるよう願っていた。「どうぞ進めてください、マドックス検事。わたしは妨害しに来たわけではありません。ただ、記録にまちがいがないようにしておきたかっただけですから」

ボーディには、自分の都合次第で解き放てる、かすかな南部訛《なまり》がある。ミズーリ州で育った少年時代の名残りの田舎っぽい魅力。彼はマドックスにうなずいてみせ、マドックスは会見をつづけた。しかしボーディにはわかっていた。会見が終われば、記者たちは彼にコメントを求めるだろう。視聴者に提供できるひとこと、自分たちの報道の公平性を示すものを。

そして記者たちが来たとき、そのコメントは用意できていた。「検察は真実とは異なる結論へと突き進んでいます。これは正義の皮を被った政治的ご都合主義であって、正義ではありません……無実の人間を陥《おとしい》れることは、正義ではありえないのです」テレビ局にとってはこれで充分だろう。陪審員となりうる人々にベン・プルイットは無実だと告知する短いビデオ映像。ボーディはそのまま行政センターに留まり、記者たちの質問にさらに答えたが、どのコメントが夜のニュースで流れるかはわかっていた。そして彼の予想は正しかった。

会議室で、ベンはプラスチックの椅子にすわった。それは、録音が禁じられた接見用の部屋だった。ボーディはベンに、保釈検討書、すなわち、保護観察局がまとめた、ベンの保釈金の額を提案する報告書を手渡した。それはその日、ボーディが伝えねばならない悪い知らせの第一弾だった。提案金額のページへと進むと、ベンの顔は凍りついた。

「一千万ドル?」彼は再度それを確認した。「この連中はイカレてるのか?　いったいわたしを誰だと思っているんだ？　ギャングのボスか？　信じられん！」

「落ち着くんだ、ベン。これはただの提案だからな」

「ああ、そうとも。だがあんたも知ってのとおり、自分の頭で考えるより検討書にただ判を押すほうが判事にとっちゃ楽なんだよ。初回出廷手続きは誰がやるんだ？」

「モンクリフ判事。彼女について何か知ってるかい？」

ベンは考え深げにうなずいた。「悪い判事じゃない。規則や手続きにこだわる人だね。お堅い女教師を思い浮かべるといい。弁護士に対してやるのと同様に、検察官にも鞭《むち》を揮《ふる》うだろうよ」

「保釈に関する判断の傾向は？」

「大半の判事より公平だよ。保釈金の額を百万から五百万のあいだに抑えられれば、わたしのほうは対応できる」

「それがそうとも言えなくてね」ボーディはそう言って、ブリーフケースから例の資産凍結の命令書を取り出し、ベンの前へと押し出した。彼の目の困惑の色がまず懸念に、さらに恐れに変わっていくのを、ボーディは見守った。

「そんな馬鹿な」独白のように、ベンはささやいた。「わたしはここから出なきゃならない。エマのそばにいてやらなきゃならないんだ。なぜ連中はこんなことをするんだろう？」ベンはつづきを読んだ。

「その命令書には婚前契約書が添付されている」ボーディは言った。「それは正規のものなのかな？」

ベンは八ページある添付書類まで進んで、その部分を繰《く》っていった。「うん、しかし……」

「きみの資産は全部、ジェネヴィエヴの信託の金を原資としたものなのか？」

「全部じゃない。こっちにも職はあるんだ」ベンの声が大きくなった。これでは部屋の外にまで聞こえかねない。ボーディは両手を上げて、ベンを鎮めた。

「なぜ婚前契約のことを話してくれなかったんだ？」

「考えてもみなかったんだよ」ベンは肩をすくめ、天を仰いだ。「まさか資産を凍結されるなんて思ってもみなかったんだ。いったいどういう人間が……これはアンナの仕業なのか？」ベンは信じられないという顔で首を振った。「どうしてこんな冷酷なまねができるんだ？　彼女がこんなことをするなんて、とにかく信じられない」

「問題は資産の凍結じゃないんだ、ベン。わからないか？　この婚前契約書は、検察側に動機を示すことになるんだよ」

「なんだって？」

「この文書によると、ジェネヴィエヴが婚姻期間中に死亡した場合、きみは夫婦が共同で所有する財産をすべて相続することになる。しかし彼女がきみと離婚した場合、彼女は自身の信託の金を原資とする財産をすべて回収できるわけだ。そういう財産はかなりたくさんあるんじゃないか？」

眉を寄せて考えながら、ベンはボーディを見つめた。その目がときどきあちこちに飛ぶ。まるでひとつ、またひとつと財産を取ってきては、離婚した場合、自分が失っていたものの山に加えているようだ。「なんてことだ」ベンはささやいた。「わたしがここにいるのは、そのせいなのか？　あのいまいましい婚前契約のおかげってことかね？　わたしは弁護士の仕事で成功している――いや、成功していたんだ。妻の金は必要ない。彼女の金などほしくないよ。第一、彼女を殺せば一セントも手に入らないわけだしな。殺人犯に関する法律により、わたしは何ひとつ相続できなくなるはずだよ。検察側はその点に思い至らなかったのか？」

「おそらく、きみが犯行の露見《ろけん》を予期していなかったものと見たんだろうね」

「何もしていないんだから、露見のしようがないだろう！」ベンの声がまたしても部屋を一杯にし、外にあふれ出そうになった。彼の顔が紅潮し、目は光を帯びだした。

「わかっているよ、ベン。わたしはきみの味方なんだ。そうだろう？」

ベンはテーブルの上で両腕に顔を埋め、何度か深呼吸した。「わかっているとも、ボーディ。きみは敵方の代弁をしてるだけだよな。あんたの立場なら、わたしも同じことをしただろうよ。ただ、この状況がどうにも信じられなくてね。こんなことがわたしの身に起きるはずはないんだ。わたしには家族があり、仕事があった。ひとりの男として望むことのできるすべてが。なのにいまは拘置所にいて、首に入れ墨を入れた巨漢どもに――何か文句があるらしいやつらに、すれちがいざま肩をぶつけられている。なんでこんなことになったんだ？　まるで理解できんよ」

「身の危険を感じているのか？　それなら隔離を請求することもできるが」

「いや。大丈夫。もう危機は脱したよ。いちばんでかい猿どもの何匹かと話をし、裁判の闘いかたの相談に乗ろうと言ってやったんだ。連中には公設弁護人しかいない。だから、これでやっと本物の弁護士が手に入ったと思ってるんだよ」

これと同じ批判を聞きながら、公設弁護人として労苦に耐えた時代のことを思い出し、ボーディは秘かにほほえんだ。「ところで、きみのパスポートの引き渡しを申し出ようと思うんだが」彼は言った。

「いいとも。わたしはどこにも行く気はない。ただここから出たいだけなんだ。そうすれば、エマの面倒が見られるからね。もちろん、あんたとダイアナはすばらしくよくやってくれているだろう。だがあの子には父親が必要なんだよ」

「そのことなんだが……」ボーディは第三の文書を取り出して、テーブルの向こうへ押し出した。

ベンはその保護命令書を読み、空いているほうの手でプラスチックのテーブルの縁をぎゅっとつかんだ。「まさか。どうかしてるよ。こんなことは――」

「落ち着け」

「もしあの女がエマを奪えると思っているなら――」

「ベン！」ボーディは命令書からベンの注意を引きもどした。「わたしは保護実行の却下を請求するために午後三時に出廷する。われわれの署名が入った監護同意判決書はすでに提出してある。審理が始まるころには、その書類が判事のファイルに収まっているだろう。きみは唯一の親なんだ。この闘いじゃアンナ・アドラー－キングに勝ち目はない。ギャアギャアわめきたてることはいくらでもできるが、彼女にはなんの権限もないんだ。何か主張できることがあるとすれば、ダイアナとわたしが監護者として不適格ということだけだが――それはまず通らないな。だからこの件ではこっちが勝てるよ」

ベンはうなずいた。その手の力が抜け、テーブルの縁から離れた。「資産凍結命令のほうは？　保釈がかなうなら、口座から金を引き出す必要があるんだが」

「まだその点に関する異議申し立てはしていない。きみの資産の凍結を指示する裁判所命令を利用して、資金を引き出すことができないと主張するつもりなんだよ。それでたぶん保釈金額をぎりぎり払える程度に抑えられるだろう。凍結命令についても、保釈審問のあとで、無効を請求するよ」

「うまくいくかな？」

ボーディは顔をしかめた。

「だがチャンスはある。そうだろう？」

公設弁護人をしていた当時をボーディはふたたび思い返した。証拠の山に直面しつつ、武器も防御手段もなく闘おうとする依頼人たちと同席していたあのころ。どれほど厳しい状況に見えても、依頼人たちは希望を与える言葉を聞きたがった。望みは常にある――自分が彼らにそう言ったことをボーディは思い出した。それは嘘ではない。たとえその望みが、ギロチンの刃を吊るす蜘蛛《くも》の糸にすぎないとしても。「うん、チャンスはある」ボーディは言った。「最善を尽くすつもりだよ」

ベンはボーディを見つめた。そこには、ボーディが過去に無数の依頼人の顔に見てきた赤裸裸な恐怖があった。ベンの顔に見ることなど予想していなかった恐怖が。ベンは両手で頭をかかえ、浅い呼吸を繰り返した。それは、精神崩壊の瀬戸際にある者の息遣いだった。「保釈は認められないんだね？　外には出られないんだね？」

ボーディは一方の手を伸ばして友の肩にかけた。「一度に一歩ずつ進んでいこうじゃないか、ベン。保釈をあきらめる前に、まず初回出廷を乗り切ろう。わたしはこれから法廷に行き、頭を整理するよ。きみは裏手から入廷させられるだろう。顔を上げて堂々と歩いてくるんだぞ。一緒に闘おう、ベン。闘って勝つんだよ――どうにかしてな。聞いてるかい？」

ベンは顔を上げた。ボーディには、彼が懸命に押し留めている涙が見えた。

ボーディはもう一度、ベンの肩をぎゅっとつかんだ。「必ず勝つぞ、ベン」

「わかった」ベンは自信ありげに言おうとしたが、声の震えがその本心を暴露していた。「あんたを信じてるよ」彼は言った。

第三十六章

開業弁護士をやめてからも、ボーディは何度となく法廷を訪れている。彼はミネソタ州

〈冤罪証明機関《イノセンス・プロジェクト》〉の運営者であり、その役割には、有罪判決取り消し請求や再審理請求のために出廷することが求められるのだ。ボーディは古い事件にDNAの奇跡をもたらし、一度は封印ずみとされたものをこじ開け、無実の依頼人を有罪にした証拠（そのほとんどが目撃証言）を再度、調べさせる。ミネソタ州の多種多様な矯正施設には、一か八かこの賭けに挑みたがっている滞在客が山ほどいる。ごく稀に、DNAによって確実に罪を晴らすことができる場合、ボーディは行動を起こす。そして、再審が命じられると、事件を公設弁護人、もしくは、個人の開業弁護士に引き継がせるわけだ。

しかしミゲル・クイントの事件に押しつぶされてからは、依頼人とともに法廷に出ることは何年もしていなかった。彼の依頼人はみな収監されているのだ。彼は、生きて呼吸している依頼人とともに弁護側の席に着いてはいない。なおかつ、前回それをしたときは、ミゲル・クイントの死に対する罪悪感により、危うく麻痺《まひ》状態に陥《おちい》りかけたのだ。ベン・プルイットが監房から連れてこられるのを待つあいだ、ボーディはいっそ仮病を使おうか、とそればかり考えていた。

初回出廷は通常、集団での出廷となる。副保安官らが五、六名の収監者を一度に法廷に放り込むのだ。だが、プルイット事件に対するメディアの注目に鑑《かんが》み、彼の初回出廷は個別の審理として手配された。ボーディは、保釈検討書を二度、読み返した。不備をさがしながら、ひとつも見つけられずに。だが結局のところ、保釈金一千万ドルという提案額は、経験的にはじき出されたものにすぎない。観察局は、ベンがかき集めるのに苦労するであろう金額、彼の逃亡の意欲をくじくであろう金額を求めたのだ。

ボーディは席に着いて待機した。背後の傍聴席には八人の人がいた。その大半は、前日の記者会見に来ていた記者たちだとわかった。腕時計に目をやると、審理開始までまだ十分あった。そして腕時計を見たとき、彼は自分の指のかすかな震えに気づいた。昼食は食べていない。胃が何も受け付けなかったのだ。しかしいま、疑いが頭をもたげた。あれは失敗だったんじゃないか？　落ち着かない指に何かすることを与えるために、彼は法律用箋に小さな円をいくつも描いた。

法廷の奥でドアが開き、男がひとり入ってきた。黒のブリーフケースを携えた、ぶよぶよの二重顎を持つ男。そして彼と一緒に、アンナ・アドラー-キングと、昨日、ボーディが自宅の私道から追い払ったあの令状送達人も。アンナはボーディにちらりと目をくれたが、それ以上は注意を払わなかった。

二重顎の男が検察官席に近づいてきた。この男が起訴陪審を仕切った検事、フランク・ドーヴィなのだろう。ドーヴィとはこれまで会ったことがない。会っているとしても、ボーディ自身にその記憶はなかった。

「サンデンかね？」ドーヴィが訊ねた。

「ああ、そうだ」しかしボーディにはよくよくわかっていた。ドーヴィは昨夜のニュースを見ただろうし、そのときにボーディの顔も見ただろう。だからこの〝サンデンかね〟というやつは、中学生じみた示威行為にすぎない。ダンスの始まりだ。ボーディは髪の生え際がかすかに冷たくなるのを感じた。汗がそこに浮かび上がりだしている。「それでそっちは？」

「フランク・ドーヴィ。ヘネピン郡検察官補だ」ドーヴィはブリーフケースを開け、大判の茶封筒の添えられた、厚さ三インチの書類の束を取り出した。彼はこのワンセットをボーディに手渡し、ボーディは書類をぱらぱらめくっていった。警察の報告書、証人の供述の記録、ベンのコンピューターの解析結果。封筒には、CD－ROMが多数入っていた。ボーディはそれ以上見なかった。彼は開示されたそれらのものを自分のブリーフケースに入れた。

「これだけか？」ボーディは精一杯退屈そうに訊ねた。自分の声がかすかな震えを帯びている気がした。

「いまのところは」ドーヴィは言った。「また何か来たら、渡すよ」

もしもドーヴィが礼儀正しく自己紹介していたら、ボーディも同様の態度で応じただろう。勝利は、事件について敵方よりよく知っているかどうかの一点にかかっている。相手の神経を逆なですることにはなんの意味もない。その一方、もしもボーディがおとなしくしていれば、ドーヴィのなかには、ボーディは無能であり、準備不足である、という考えが生まれるだろう。となると、自分の不安をそこまで必死に隠すべきなのかどうか——ボーディは思案した。結局のところ、こちらが弱さを見せれば、必ず敵に過剰な自信を持たせることができるのだ。迷ったすえ、ボーディは当面、単純にドーヴィの態度をそっくり模倣《もほう》することにした。

鋼鉄の扉のなかで重たい鍵がガチャンといい、その音に注意を引かれて、ボーディは左に目を向けた。ドアが開かれ、ベン・プルイットが廷吏とともに入ってきた。ベンは両手に手錠をかけられていた。手錠の鎖は、腰に巻かれた革のベルトの金属環に通されている。また、両脚には足枷《あしかせ》がかけられており、彼は自分の席までの十五フィートをすり足で小刻みに歩いてきた。

ベンが席に着くと、ボーディはそちらに身を寄せて、その耳もとにささやきかけた。「アンナ・アドラー－キングが傍聴席にいる。振り返るなよ。気になっていると思わせたくない。それに、彼女の存在にメディアを注目させたくないしな。どのみち、向こうはこのあと記者会見をやるんだろうがね」

ベンはうなずいて、そのまま前に目を向けていた。

裁判官席のうしろで自動ロックの開く音がし、一同の注意を引いた。女がひとり入ってきて、全員起立と命じた。女の背後から、黒い髪を短く刈り、黒い法衣を着た、背の低い眼鏡の女が入ってきて、裁判官席にすわった。顔も上げずに、彼女は言った。「どうぞご着席ください」落ち着くための時間を少し取ってから、彼女はファイルを開き、保釈検討書を取り出した。「事件名の告知を」

事務員が紙を見て言った。「ファイル番号二七－CR－一六－一九八八七、ミネソタ州対ベンジャミン・リー・プルイット」

「記録のため、検察官と弁護人は誰が出廷しているのか述べてください」モンクリフ判事は言った。

「検察官フランク・ドーヴィです」

ボーディは立ちあがった。しゃべろうとして咳払いしたが、言葉は出てこなかった。肺の空気が動かない。彼は法律用箋を見おろした。ずっと描いていた落書きを。彼はすぐ隣にダイアナが立ち、自分の手を握っているのだと考えた。そしてもう一度、咳払いをした。「裁判官殿」彼は言った。「わたしはプルイット氏の弁護人、ボーディ・サンデンです。プルイット氏自身も出廷しています」この言葉とともに、彼の声はよみがえった。

　モンクリフ判事は手続きを進め、ベン・プルイットがベテラン弁護士であるにもかかわらず、規則の要求するとおり、彼に権利を読み聞かせ、起訴内容を告げた。適正に記録ができたと判断すると、判事はボーディに審理の進めかたの希望を訊ねた。

　ボーディは立ちあがった。「裁判官殿、われわれは、本日、プルイット氏の罪状認否手続きを行い、七日以内に多目的準備審問《オムニバス・ヒアリング》を設定していただくよう要望します」これによって、ボーディは裁判における彼の戦略の第一の戦術、〝スピード〟を展開したのだ。

「いいでしょう。あなたの依頼人は公訴事実についてどのように答弁しますか？」

「裁判官殿、プルイット氏は無罪を主張します」

「では、無罪の答弁が記録されます。検察官は公判前の釈放に関して何か述べたいことがありますか？」

「はい」ドーヴィが立ちあがった。「裁判官殿、わたしは保護観察局から保釈検討書を受け取っています。しかし、わたしの考えでは、その内容はきわめて不適切です」

「ほうら来たぞ」ベンがボーディの耳にささやいた。

「裁判官殿、被告人は冷酷に故意に妻を殺害した罪で起訴されているのです。控えめに言っても、入念に綿密に計画された殺人によって、です。そのうえ、プルイット氏は大変な資産家です。保釈金に充《あ》てられる金は何百万ドルもあるのです。彼の主要な住居はここミネソタ州にありますが、フランスとアルーバの別邸など、現時点でわれわれが知っているだけで、本宅以外に少なくとも三軒、彼は家を所有しています。これ以外にもまだ、こちらで把握していない家があるかもしれません。プルイット氏にとって、プライベート・ジェットに飛び乗り、この国を離れるのは、いともたやすいことです。いったん国外に脱出してしまえば、われわれが本法廷で彼の姿を見ることは二度とないでしょう」

ドーヴィは保釈検討書を手に取って宙に掲げた。彼が声のボリュームを上げると、その首すじに小さな赤い斑点《はんてん》がぽつぽつと浮き出てきた。「裁判官殿、どうかご理解ください。この報告書で述べられている純資産額がもし真実に近いものなら、プルイット氏は――自分に不利な証拠がいかに強力であるかがわかれば――ただこの地を去り、どこか合衆国の手の届かないところで生活したいという強烈な誘惑に駆られるはずです。検察側は、プルイット氏を保釈なしでこのまま勾留するよう求めます」

ドーヴィは腰を下ろし、いかにも不快げに保釈検討書をファイルのなかに放り込むと、椅子の背にもたれた。

モンクリフ判事の顔は無表情のままだった。「サンデン弁護士？」

「そちらに行ってもいいでしょうか？」

「どうぞ」

ボーディはあの偏向した資産凍結の命令書を取り出すと、通り過ぎしなコピーを一部、ドーヴィに手渡し、裁判官席へと向かった。命令書を判事に提出したあと、彼は席にもどった。

「ドーヴィ検察官は、この神聖なる法廷で、プルイット氏の純資産の額に関し、憶測を披露したわけですが、その資産のすべてが裁判所命令により凍結された事実については述べませんでした。検察側はこの命令書について知っていながら、意図的に裁判官に知らせなかったか、審判を強く求め、急ぐあまりに、すべての事実を把握せずに判断を下したかです。

プルイット氏には、保釈検討書に記載されているだけの純資産はありません。本法廷が百万ドルの保釈金額を設定するなら、それは保釈が却下されたのと同じことです。プルイット氏は、自分がパスポートを没収されることを理解しています。彼にこの州を離れる意思はありません。彼の望みは、この苦難の時期に娘と一緒にいることです。彼はその娘に、本法廷に、また、あまねく世間に、自らの潔白を証明したいのです」

ボーディは最後の訴えのためにベンの肩に手を置いた。「どうか、裁判官殿、百万ドルを上回る保釈金額は設定しないようお願いします。資産を凍結されている以上、彼に保釈金を支払うことはおそらくできないでしょう。しかしせめてチャンスを与えてください。彼を娘のもとに返してやってください。無実を証明するまでのあいだ、彼が娘と一緒にいることを許してください」

「サンデン弁護士、ご意見に感謝しますよ。ですが、本件の性質を考えると、もし保釈金を相当の額に設定しなければ、それはわたしの職務怠慢《たいまん》ということになりそうです」

ボーディはベンの頭がテーブルへと沈むのを目の隅にとらえた。

「保釈金額は一千万ドルに設定せざるをえません」モンクリフ判事は言った。「保釈された場合、被告人はパスポートを引き渡すこと、その後も法を遵守すること、この州を離れないこと、今後の審理のすべてに出頭することを求められます」判事は資料をかき集めて、ファイルのなかに収めた。

ドーヴィが振り返り、アンナ・アドラー＝キングの視線をとらえて、笑みを浮かべた。ボーディはベンの隣にすわった。彼は片手で顔を覆っていた。ボーディはその背中に手を当てた。友の速い息遣いがその胸を震わせているのがわかった。彼の指の隙間からくぐもった嗚《お》咽《えつ》の音が漏れてくる。ベンと同様に、ボーディにもわかっていた。陪審が評決に至るまで、勾留が解かれることはないだろう。

第三十七章

雲の畝《うね》間《ま》をのろのろ進む、あくびをする半月のもと、マックスはつぎの倉庫に車を寄せた。背後からうっすら射すその自然光が明かりとなり、49番のドアの鍵穴はどうにか見つけることができた。今夜、四つめの49番。彼は鍵穴に鍵を当てて揺すってみた。鍵がするりと入るのではないか——今回もまたそんな希望を抱いて。だが、そうはならなかった。

彼は車に引き返して、車内のほのかな明かりのなかで、またひとつ倉庫の住所を棒線で消した。郵便であの謎の手紙と鍵を受け取ったあと、彼は十数日にわたり五十三軒の倉庫を訪れている。地図の碁盤目をひとつずつつぶしていけば、最終的に州内の倉庫を残らずクリアできるはずだ。今夜、彼が訪れたのは、セントルイス・パークだった。インターネットによると、このエリアには確認すべき場所が八箇所ある。彼は目から眠気をこすり落とし、つぎの住所をナビゲーションに打ち込んだ。

家に帰って眠ろうかという考えが浮かんだ。明日の朝はドーヴィとの打ち合わせが入っている。うまくいくわけのない打ち合わせだ。マックスは赤いセダンをさがしながら、あの監視カメラ映像を一秒一秒チェックした。昨夜、最後のコマを見終えたのだが、結局、ベン・プルイットは見つからなかった。明日の朝、彼はドーヴィに、ベン・プルイットがシカゴから車でもどった証拠はないと言わなくてはならない。

報告書には書かずにすますつもりだが、チェック作業のあいだには、ふと気づくと、心がさまよい、料金所の映像を離れていることも（特に最初のころは）よくあった。コンピューターの画面をぼんやりと見つめたまま、心では何度、妻の死んだあのパーキング・ビルを歩いていたことか。彼はその都度、映像を前にもどし、ちゃんと見ていた最後の部分を見つけようとした。自分は映像のすべての部分をチェックしたと彼は信じている。

ただ、もしも宣誓のもとで質問されたら、絶対に確かとは言えないと答えざるをえないだろう。

しかし彼はミネソタ州の倉庫を調べて回らねばならない。気の散る考えを頭から一掃しなければならないのだ。とにかくそれが自らに対する彼の言い訳だった。実を言えば、この49番の倉庫さがしが、毎晩食べるサンドウィッチに自分がどのブランドのパンを使うかと同様に、プルイットの事件にまったく関係ないことは、彼自身わかっていた。それでも、自分の執着を正当化する依存症患者のように、マックスは毎晩、家を出て、あの鍵のあるべき場所をもう一度さがすのだった。

その夜、五軒目の倉庫施設に車を入れながら、彼は時計に目をやった。十一時三十分。セントルイス・パークには、これ以外にまだ三軒、倉庫がある。だが彼はもう一箇所だけと決めた。それがすんだら、家に帰って寝るとしよう。

プルイットは午後に多目的準備審問《オムニバス・ヒアリング》に出頭する予定で、ドーヴィは自分の証拠が状況的ということでパニックに陥っている。プルイットを逮捕してから二週間、検察側の証拠を補強するものは何ひとつ見つかっていない。彼らは、プルイットがシカゴからミネアポリスのルートを調べた証拠となる検索履歴が見つかることに期待していた。あるいは、プルイットがシカゴで中古車を買ったという仮説を裏付けるEメールのやりとりでもいい。だが、コンピューター解析課からは何も出てこなかった。また、プルイットの携帯電話には、シカゴ、ダウンタウンのマリオット・ホテルに対応する基地局の圏外で使用された形跡はなかった。今回の起訴は、動機と機会、そして、事件当夜、プルイットが自宅の前にいるのを見たというマリーナ・グウィンの証言のみに基づくものだ。ドーヴィはそれ以上の何かを期待していた。もちろんマックスも期待はしている。だが、その何かは一向に出てこなかった。

プルイットはいかにして料金所のカメラに写らずにうちに帰ったのか——つぎの倉庫で車を降りるとき、マックスはその方法について仮説を組み立てようとしていた。眠りを奪われた脳にさらに荷を課すように、彼は頭のなかをぐるぐる回っている引用句について考えた。ふたりの主人に仕えるとどうとかいうやつ。あれは聖書の句だったろうか？　それともエイブ・リンカーンが言ったことなのか？

月は雲のうしろに入っており、この最新の49番倉庫の鍵穴を見るためには、小さな懐中電灯が必要だった。

プルイットは料金所を迂回する別のルートを考えたにちがいない。だがそういったルートでは、時間がかかりすぎたはずだ。

懐中電灯を口にくわえ、彼は鍵を穴にはめこもうとした。

いや。あれはリンカーンじゃない。リンカーンの言葉は、分裂した家がどうとかいうものだ。

鍵がカチリと穴にはまった。

マックスはハッとして飛び退《すさ》った。懐中電灯が地面に落ちた。彼は鍵を凝視《ぎょうし》した。それはいま、ガラスの靴に収まったシンデレラの足のように、本来の場所にぴったり収まっていた。彼の胸が呼吸につれて大きく動きはじめた。

彼は懐中電灯を拾いあげた。

令状はない。だが何者かが彼に鍵を送ってきたのだ。それは承諾のしるしにちがいない。この場合、適切な手続きは？　捜索と押収。憲法。さまざまな考えがごたまぜになり、すでに飽和状態の脳に流れ込みはじめた。心のなかで〝知ったことか！〟と一喝し、彼はその混乱を鎮めた。手を伸ばすと、鍵を回し、スライド錠をはずした。

留め金は最初、動かず、マックスはつかえを除くため、うしろにさがって蹴りを入れた。再度、手前に引くと、それは突然、カチッと開いた。その音は暗闇に響き渡るようだった。彼は身をかがめ、ハンドルをつかんで、扉を巻きあげた。

それから、懐中電灯で真っ暗な倉庫の内部を照らした。すると、その光線がトヨタ・カローラの埃まみれの黄色い塗装から跳ね返ってきた。

第三十八章

逮捕の日以来、ボーディ・サンデンは毎日、ベン・プルイットに接見してきた。そのなかには、いい日もあれば、そうでない日もあった。

監護に関する審問についてベンに報告した日は、いい日だった。ボーディはアンナ・アドラーキングと彼女のふたりの弁護士をやっつけてやったのだ。こちらが作成した監護同意判決書は、鉄壁だった。また、開示資料一式、警察の捜査報告書や証言録取書のすべてをベンに届けた日も、いい日となった。資料のなかには、ベンの隣人、マリーナ・グウィンの起訴陪審での証言もあった。ベンが彼女の証言を読むのはそのときが初めてだった。ボーディはその顔に当惑の色が広がるのを見守った。

「彼女はいったいなんの話をしているんだ？」赤いセダンのくだりにもどり、その部分を再読しながら、ベンはつぶやいた。「イカレてるな」

「警察に初めて話を聞かれたとき――ジェネヴィエヴの遺体が見つかった日も、彼女はこれと同じ供述をしているんだ」

「わけがわからないよ、ボーディ。誓ってもいい。わたしは本当にシカゴにいたんだ。彼女が見たのはわたしじゃない」

「しかしこれで、警察がただちにきみにロックオンしたわけがわかるね」

「これまでの生涯、わたしは一度も赤いセダンを所有したことがないんだがな」

「われわれにはそれより強固な証拠が必要となるだろう。ミズ・グウィンの信用性をくずす必要があるだろうね」

両者が考え込んでいるあいだ、室内は静まり返っていた。それからベンが不意に元気づいた。

「明かり！　あの道の角には街灯が立っている。それは、マリーナ・グウィンの証言どおりなんだが、わたしがシカゴに行った日、その電球は切れていたんだ。ずっと前から……ちょっと待ってくれよ……ジェネヴィエヴが役所に電話して、直してほしいとたのんだんだが……あれは少なくとも二カ月前のはずだ。できるときにやるというのが向こうの答えだった。わたしがシカゴに行ったとき、あの街灯が切れたままだったことは、まずまちがいない。ジェネヴィエヴが殺された夜、それが点いていなかったなら、市役所に記録が残っているだろう」

「そしてもし、ジェネヴィエヴが殺されたとき、その街灯が点いていなかったなら、マリーナ・グウィンは嘘をついていることになる。少なくとも、まちがってはいるわけだ」

ベンは顔を輝かせた。「彼女は、駐車場所が街灯の下だったから、わたしを見分けられたんだと主張している。街灯の明かりがなかったとすれば、彼女の話は丸ごと吹っ飛ぶな」

「となると、つぎの疑問が生まれるね。なぜ彼女はそんな凝った作り話をするのか？」

またしてもベンは沈思黙考した。それから彼は首を振った。「さっぱりわからんな。彼女のことはそれほどよく知らないんだよ。道ですれちがうとき、挨拶して、手を振るくらいで、それ以上は……」

「たぶん彼女は他の誰かを見て、勘違いしたんだろうね。誰にせよ、その人物がきみの家に向かったから、きみだと思い込んだんだろう。そのうえで誤った記憶に基づき、点灯していた街灯のことも含めて、話を組み立てたわけだよ」

「そして彼女の話がなければ、検察側には何もない」

その日、ボーディは上機嫌で拘置所をあとにした。だがいつもそうだったわけではない。多《オ》目的準備審問《ムニバス・ヒアリング》の日の朝、ボーディは友を打ちのめしかねない文書を携え、面会に赴いた。

接見室に連れてこられたとき、ベンの片目は腫れあがり、ほぼふさがった状態で、首にはいくつも濃い痣《あざ》ができていた。

「なんてことだ」ボーディは言った。「いったい何が……？」

「見た目ほどひどくはないんだ」ベンは言った。彼は笑おうとしたが、動かせたのは口の片側だけだった。

「ひどく痛そうだよ。何があったんだ？」

「覚えてるかな。ほら、前に、法律的な助言をしてやることで、ここの連中の何人かと仲よくなったと言ったろう？」

「うん」

「どうやら、わたしが力になろうとしていた男が、この拘置所の別の有力者の兄弟を殺していたらしいんだ。で、そいつが腹を立てたわけだよ」

「きみを隔離させないといけないいな」

「いや、これ以上は何もないと思う。連中はやることをやったんだ。もっとやりたかったなら、やってただろう。わたしに必要なのは、ここを出ることだよ。資産凍結の件で何か進展はあったかな？」

ブリーフケースから裁判所命令を取り出して、テーブルの向こうへ押し出すとき、ボーディには友の目を見ることができなかった。

「申し訳ないが、読みあげてもらえないかな。視力がまだ完全にもどっていないんだよ」

ボーディは赤くなり、書類をふたたび引き寄せた。「裁判所は、命令書を無効にするよう求めたわれわれの申し立てを却下したんだ」ボーディは少し間を取って、この知らせが根を下ろすのを待ち、それから先をつづけた。「きみは財産に手を出せない。保釈はかなわないだろうね」

ボーディには、ベンの胸のなかで高まっていくパニックが見えた。彼の肋骨が速い呼吸とともに脈動している。「だめだ。このままだとここで死ぬことになる。こっちはくそみたいな縄張り争いに巻き込まれているんだぞ。なんとしてもここを出なくては」

「きみを道の向こうの古い拘置所に移させることは可能だよ。このヒルトン・ホテルほど上等じゃないだろうが……」ボーディはたちまちこのジョークを後悔した。ベンは腫れた顔でボーディを見つめた。そのよいほうの目から、涙が一滴、こぼれ出てきた。「ごめんよ、ベン。隔離命令を請求しておけばよかった――」

「本件をすぐに予定表に入れさせよう。迅速な裁判《スピーディ・トライアル》をやるんだ。早ければ早いほどいい。来週、裁判所のスケジュールに空きがあったら、わたしの裁判を審理予定に入れさせてくれ」

「スピーディ・トライアルに関しては、わたしも同意見だ」ボーディは賛成した。「われわれは勝てるよ」そう言いながら、胸に圧迫感が生まれるのがわかった。彼はこれと同じことを拘置所のまさにこの接見室でミゲル・クイントに言ったのだ。前回、無実の男の収監を阻止しようとしたとき、彼の力は足りなかった。自分の声の底を流れる自信のなさ――必死で隠そうとしているこの不安な思いが、ベンには聞き取れるだろうか?

敗北の先に何があるかを思うたびに、ボーディは自らの肉体が急激に老いていくのを感じる。ベンの人生とエマの幸せは彼の肩にかかっているのだ。立ち止まって、危機にさらされたすべてを認識するとき、呼吸は決まって苦しくなった。だから彼は目の前のつぎの課題に集中した。

そうすれば、いまにも彼を呑み込みそうな自己不信も鎮まるように思えた。

「裁判所に確認したんだ」ボーディは言った。「きょうスピーディ・トライアルを請求すれば、われわれは十月初旬の予定に入れてもらえる」

最初ベンは肩を落とした。しかし彼は深呼吸し、姿勢を正してうなずいた。「ひと月後だな。それならいける」彼は言った。「十月までならなんとか持ちこたえられるよ」ベンはよいほうの目に手の甲をやり、頰をゆっくり伝っていった涙の残りをぬぐった。「もうじきエマの誕生日だろう？　その日までにはここを出られるんじゃないかと、一縷《いちる》の望みを抱いていたんだが。あの子の誕生日を逃したことは、これまで一度もなかったからね」

「ついきのう、ダイアナとエマのことについて話し合ったんだよ。あの子をここに面会に連れてこさせてもらえたら――」

「だめだ！」ベンの返答はすばやく鋭かった。「あの子にはわたしのこんな姿を絶対に見せないと約束してくれ」オレンジ色のジャンプスーツと顔の半分を占める痣を彼は指し示した。「わたしはあの子に、行ってきます、と言った。あの子にはそのときのわたしを覚えていてほしい。潔白な人間としてここを出るまではもう、自分の姿を見せたくないよ。わたしはその瞬間を夢見ている。そのことを思うとがんばれるんだ。約束してくれ。面会はなしだ」

「約束するよ」ボーディは言った。

第三十九章

マックスはその夜をカローラの車内の入念な捜索に費やした。見つかったわずかなものはすべて書き留め、鑑識があとで同じプロセスを踏めるよう、ひとつひとつそっともとの位置にもどした。

ドーヴィとの朝の打ち合わせに行く前に、彼はシャワーを浴び、髭を剃り、コピー店で一時間、過ごした。ジェニの事件の捜査ファイルを全ページ、写真までコピーして、副本を作ったのだ。写真に関しては別のフォルダーに入れ、テープで封をするよう、店員に指示した。何かの拍子に写真が飛び出してきては困るのだ。それらの写真を彼は一度も見ていない。また今後も見るつもりはなかった。必要に迫られないかぎりは――いや、それでも見ないかもしれない。ファイルは、ドーヴィとの打ち合わせのあとで、市庁舎の記録保管庫に返すつもりだった。そろそろ他の誰かに――DNA鑑定や指紋採取を要請できる者、死者の夫でない者に――捜査を委ねる時だ。

ニキとともに会議室でドーヴィを待っているあいだ、マックスの目の疲れはさかんに彼を攻撃していた。妻の殺人事件からプルイットの事件に気持ちを切り替えようとしたが、頭は疲労で麻痺していた。

ドーヴィはいつもの自信に満ちた足取りで入ってきた。彼は合成皮革の椅子に勢いよくすわって、両手をパーンと打ち合わせ、その音でマックスの重いまぶたもぱっちりと開いた。

「きみたちが何をつかんだか見てみようじゃないか」彼は大音声で言った。「わたしを感心させてくれよ」

マックスとニキは顔を見合わせ、次いでドーヴィに目を向けた。マックスが口火を切った。

「料金所を通過する車の映像を四十時間以上見たんだが……残念ながら、ベン・プルイットの乗った赤いセダンは映っていなかったよ」

ドーヴィの首すじに赤みがじわじわ広がりはじめた。彼は左手で右の拳を強くつかんで、すべての関節をボキボキ鳴らし、さらにもう一方の手でも同じことをした。それから深く息を吸い込んで言った。「するとわれわれは、細君が殺された夜、ベン・プルイットがシカゴから車でもどっていたことを証明できないわけだな？」

「ルートは他にもあるんだ」マックスは言った。「彼はカメラを回避したにちがいない」

「きみは確か、時間的に見て、彼は州間高速道を使うしかなかったはずだと言っていたと思うが。そう言わなかったかね？　それとも、あれはわたしの空耳かな？」

「もし裏道を通ったなら、彼はスピード違反を犯さざるをえなかったろうね。妻を殺すために移動している場合、それは危険な賭けとなる。だが、理論的にはありうることだ」

「つまり、わたしには〝理論的にありうる〟以外、証拠がないということか？　〝理論的にありうる〟と〝合理的疑いの余地のない証明〟とのあいだにどれだけの開きがあるか、きみにはわかっているのかね？」

「映像を変えることはできない。あんたは何がわかったかと訊ねた。こっちはそれに答えているまでだ。それに、あんたにはマリーナ・グウィンがいるだろう。彼女はこの町であいつを見ている。だからあんたに必要なのは、〝理論的にありうる〟だけだ。彼女の証言によってそれは事実となる。やつはなんとか妻を殺せる時間にこの町にたどり着いたわけだよ。州間高速道を使ったか裏道を使ったかは問題じゃない。やつは町にいたんだ」

ドーヴィは顎をさすった。「ボーディ・サンデンは彼女に関してどんなことをつかめるだろうな？　何かわたしが危惧すべきことはあるのかね？」

それまでじっとすわっていたニキがここで口を開いた。「彼女について調べてみましたが、留意すべきことはあまりありません。彼女は寡婦です。仕事はしていません。夫の保険でいくらかお金が入り、それで生活しているんです。隣近所に話を聞いて回りましたが、若干穿鑿《せんさく》好きだということ――これはこちらに有利に働いたわけですが――その点をのぞけば、いたってふつうの人ですよ。犯罪歴はなし。ベン・プルイットに含むところもなし。弁護側は彼女の信頼性をつぶすのに苦労するでしょうね」

「コンピューター解析課のほうは？」ドーヴィは訊ねた。「そっちで何か出てないのか？」

ニキは肩をすくめた。「役に立つようなものは何も。プルイット夫人が弁護士に離婚の相談をしていた証拠が出るかなと期待していたんですが。彼女の検索履歴を見ましたが、何もありませんでした。夫宛の悪意あるEメールもなし。夫からのものもです。夫婦の関係に特別な問題は見られませんでした」

「すばらしい。最高だね」ドーヴィは言った。「われわれはプルイットを二週間、勾留してきた。なのにその間、なんの進展もないとはな。いったいどうなっているんだ？　きみたちはAチームのはずじゃないか」

「口に気をつけろよ、ドーヴィ」マックスはテーブルに身を乗り出した。

「きみはプルイットが犯人だと言ったろう」

「そう、彼が犯人だ」

「だったら、証拠を持ってきやがれ！」

マックスは怒りをたぎらせ、立ちあがった。眠気でイカレた脳のなかで罵詈雑言《ばりぞうごん》が渦巻いている。しかし口を開いてしゃべりだす間もなく、開いたドアを通り抜ける冬さながらにすばやく冷たくひとつの記憶が吹き込んできた。

それは、彼の弟、アレクサンダーがレスリングのコーチに切れたときの記憶だ。アレクサンダーは選考試合で勝ち、Aチームに入れるはずだった。ところがコーチは彼をBチームに入れた。アレクサンダーが勝つために対戦相手にパンチを入れたというのだ。マックスは弟を力ずくで止めなくてはならなかった。ついには彼を体育館から担ぎ出すに至ったものだ。

弟を落ち着かせるのは、常にマックスの役目だった。アレクサンダーは回転花火よろしくスピンする。その反対に、冷静な兄であれ。〝ボーイスカウト、マックス〟――アレクサンダーはいつも彼をそう呼んだ。また、ジェニは彼を〝わたしの岩《マイ・ロック》〟と呼んだ。だがジェニはもういない。アレクサンダーももういない。そしてマックスは、あのボーイスカウトの亡霊が薄れ、消滅しつつあるのを感じた。

彼は立ったまま、体からゆっくり息を流れ出させ、その後、部屋をあとにした。

第四十章

十一歳の誕生日の朝、目を覚ましたときも、エマ・プルイットはほほえまなかった。ダイアナは、エマのためにパンケーキとベーコンの朝食を作った。それがエマが口にする数少ない料理のひとつなのだ。パンケーキには、チョコレート・チップで〝ハッピー・Bデー〟と綴られていた。それを見ると、エマは泣きだし、自分の部屋へと走り去った。

彼ら夫婦がエマを家に迎えてもうひと月以上が経つ。そしてその間、エマが発した言葉の数は、彼女がここで過ごした日の数とほとんど変わらない。エマはよく泣いた。それに、ダイアナがもし許せば、昼まで寝ていたことだろう。ダイアナはそうはさせなかったけれども。

ある日、ボーディとダイアナは、家族の友人ということにして心理学者を家に招《よ》んだ。彼ら三人はエマを会話に引き込もうとした。心理学者はエマに友達のことや学校のことを訊ねた。エマの答えはそっけなく、その血潮のなかで荒れ狂う苦痛が取り除かれることはなかった。一週間にわたる三度の試みの後、心理学者は匙《さじ》を投げた。

「これ以上お金をかけてわたしをここに呼ぶ意味はないでしょう。あの子にはわたしと話す気はないんです。たぶんわたしたちの企てに気づいているんじゃないかしら」

「あの子が心配だわ」ダイアナは言った。「どうしても必要なときしか口をきかないし。学校では、先生たちの言うことを無視して、勝手な行動を取っているらしいんです。友達とも話さないそうです。他の誰とも、ですけど。ほんとにどうしたらいいんでしょうね」

「学校に行くというのは、いまのエマにとって最善のこととは言えないかもしれませんよ」心理学者は言った。「あの子にしてみれば、何よりも避けたいのは、近所の子供たちでしょうからね。子供たちには、プルイット夫人を知っている親がいる。親たちはいろいろ話しているでしょう。エマのお父さんがお母さんの死をめぐって裁判を受けることを子供たちは知っているんです。そういう環境に置かれるのは、エマにとって迷惑きわまりないことですよ」

「じゃあ、どうすればいいんです？」ボーディは訊ねた。「新しい学校にやるんですか？　ひとりも友達がいないところに？　あの子はわたしたちと話すことさえできないんですよ。新しい学校でどうやって生き延びろと言うんです？」

「それもおすすめできません。わたしは、ホームスクーリングを考えてみてはどうかと言っているんです。一学期だけ。それで様子を見るんですよ。いまのあの子には信頼できる人——安心して気持ちを打ち明けられる人がひとりもいないんです。本人が大丈夫だと感じるまで——誰か大人と話せるようになるまでは、どんなセラピストもあの子の殻は破れませんよ。あの子には時間と愛情が必要なんです。乗り越えるべきことを無理やり乗り越えさせることはできません」

その朝、誕生日の朝食を手もつけずに残したあと、エマはドアを閉めて自分の部屋に閉じこもった。ボーディとダイアナは、エマのプライバシーを侵すべきかどうか話し合った。結局、彼らは何もしなかった。その主な理由は、ダイアナの午前の予定に内見が二件、入っていたこと、そして、ボーディがそういう難題にひとりで挑む気になれなかったことだった。

ダイアナが出かけたあと、ボーディは書斎に行き、アンナ・アドラーｰキングの反対尋問の準備に取り組んだ。あのセレブに関しては、ライラがいくつか古い骨を掘り出しており、なかのひとつは特に見込みがありそうだった。あの女性を適切な罠にうまく誘導できれば、陪審は検察側の主張に疑問を抱きはじめるはずだ。しかしその罠を仕掛けるのは容易ではなく、時間もかかりそうだった。ボーディは、自分の持つアンナ・アドラーｰキングの全情報でデスクを埋め尽くした。彼女の警察に対する供述、監護の審問での証言、ベンの資産凍結命令の根拠となった宣誓供述。それ以外にも、いまの彼女には、アンナに関する新聞記事、会社関係の資料、彼女の痕跡が刻まれたあらゆる訴訟の裁判記録がある。ライラのリサーチは徹底していた。

だが、デスク上でさまざまなパーツを攪拌《かくはん》しているあいだも、ボーディの意識は絶えず階段をのぼっていき、エマの寝室に源《みなもと》を発する静寂へと向かうのだった。アンナ・アドラーｰキングの人生は、組み立てを待つ模型飛行機の部品よろしく、デスク一面に散らばっている。しかしエマの涙のことを思うと、ボーディの手は止まった。法律用箋を下に置き、彼は二階へと向かった。

階段をのぼっていくとき、ボーディの頭のなかでは、かなわなかった望みの残滓《ざんし》が渦巻いていた。子供のない結婚生活は、彼が選んだものでもダイアナが選んだものでもない。生涯をともにすることがわかった当初から、ふたりの会話には大家族を作るという計画が織り込まれていた。どんな家に住むにせよ、彼らはその部屋部屋をひとつ残らず子供たちの笑いと騒音で一杯にするつもりだった。年月が経つのとともに、あの医学的な現実は徐々に根を広げ、ふたりにからみつき、意外なまでの力で彼らの息を詰まらせたのだった。

いま、エマの部屋が近づいたとき、その記憶にボーディの足は止まった。父親になるという夢のなかで、彼は何度もこんな場面を思い描いてきた。いままさに彼は、怯えて泣く子の隣にすわり、その子の痛みを取り除こうとしている。どんな仕事をするにせよ、これまでの生涯、これほど準備不足だと感じたことはなかった。しかしそれが父親の務めだ。だから彼は、エマのためにやってみるつもりだった。

ボーディは手の節《ふし》のひとつだけでノックした。応答なし。そこで、もう一度ノックして、今回はノブを回した。ドアがギギッと開いた。

「エマ?」

彼女は返事をしなかった。だが、ベッドにすわっているその姿は見えた。彼女は自分の服の上から父親のTシャツを着ていた。膝は立てて両脚をシャツのなかに入れ、膝小僧に置いた両腕の上に顔を伏せている。

「エマ、入ってもいいかな?」エマは答えず、ボーディはなかに入った。

彼女は、彼の声が聞こえた素振りすら見せなかった。

「エマ……」ボーディはベッドの裾にすわった。「いまのきみの気持ちは、僕の想像を超えるものだろうね。世界はときどき、僕たちにとても耐えられないと思うほど残酷なことをするんだ。こんな状況下で誕生日を迎えるなんて――」

「わたしのパパはママを殺したの？」そう訊ねたときも、エマは顔を上げなかった。

「ちがうよ、エマ」ボーディの言葉はすばやく力強く流れ出てきた。「きみのお父さんはお母さんを殺してなんかいない」

「ニュースの人たちが、パパはママを殺したから逮捕されたんだって言ってたよ。なぜあの人たちはそんなことを言うの？　ママを殺してないなら、なぜパパは牢屋に入れられたの？」

ほんの少しエマのほうに寄りながら、ボーディは最初に頭に浮かんだ考えを払いのけた。法に関する突っ込んだ説明など無用。法制の歴史、〝相当の根拠〟や〝合理的疑いの余地のない証明〟の持つ役割といったことは、法学生たちの頭上を通過していく教えであり、この子供の質問の答えとしてまるでふさわしくない。

「僕が小さいころ、子供たちはよく、ブギーマンだのモンスターだの、いろいろな怖いものの話をしたもんだよ。僕はミズーリ州の森のなかで育ったんだけどね、七つか八つのとき、ある友達から、近所の山にビッグフットみたいな生き物がいるという話を聞いたんだ。その生き物は、〝モモ〟と呼ばれていた。〝ミズーリ・モンスター〟の略ってわけだ。その話を聞いたあと、僕は怖くて森に足を踏み入れることができなくなった」

エマが伏せていた頭を起こした。ボーディはその顔に浮かぶ困惑の色を見て取った。彼女はこの話が自分の父親の苦境とどう結びつくのか、測りかねているのだった。

「ある夜、僕が森の奥をじっと見ているのに、僕の母親が気づいてね、モモが怖いんだって打ち明けると、僕をすわらせて、そんな獣はいない、僕の聞いた話は、ミズーリが州になる前から子供たちのあいだでささやかれてた法螺《ほら》話にすぎないって教えてくれたんだ。それを聞いて、どれほどほっとしたか知れない。安堵のあまり、もうちょっとで笑いだすとこだったよ。

でもね、エマ、大人になると、人が怖がるのはブギーマンやモンスターじゃない。それは、きみのお母さんの身に起きたようなことなんだよ。お母さんがああなったことに、納得のいく説明はない。だからみんな怖がるわけだ。そしてその恐怖を取り除く手段が、犯人として誰かを閉じ込めることなんだよ。閉じ込められた人が本当にその犯罪を犯していたかどうかは問題じゃない。みんながそう信じていればいいんだ。誰かが閉じ込められていれば、誰もが安心する。それが今回、起きたことだよ。みんなはできるだけ早く誰かを閉じ込めたかった。そしてきみのお父さん以外、目につく人はいなかったわけだ。でも、みんなはあまりにも急ぎすぎた。だからいま、僕たちは、これがまったくのまちがいだと証明するために、裁判をやろうとしているわけだよ」

ボーディの話を反芻《はんすう》しながら、エマは膝小僧を見つめた。それから、父親のTシャツから膝を出し、ボーディに這い寄ってきた。彼女は彼の隣にすわって、頭をもたせかけた。ボーディはその肩に腕を回して、子供を抱き寄せた。

「サンデンさんは勝つんだよね？」エマのその声がとても小さく純真なので、ボーディは喉を締めつけられた。

今回もまた、ボーディの直感――常に弁護士らしく考える習性が、断じて結果を保証するなと彼に命じた。この考えは長い年月のあいだに絶対不可侵のものとなっており、そういった約束をすることはいまや倫理違反とされている。だが、エマの肩をしっかりと抱いたとき、ボーディは弁護士ではなかった。その瞬間の彼は、いまのエマにとって友達にもっとも近い存在だった。しばらくじっと考えたすえ、絶対的真実を告げる者の揺るぎない声で彼はこう答えた。

「ああ、勝つとも」

第四十一章

十月の第一週は嵐の雷鳴とともにミネソタ州を通過していった。夜のニュースは露出した木の根や倒れた電柱の映像で一杯になった。雨がほぼ真横から降るある朝、マックスは署の自分の席にすわって、その一週間で作成した一枚のリストを見つめた。

何者であるにせよ、手紙と鍵の入ったあの封筒を送ってきた人物は、いろいろなことを知っている。演繹《えんえき》的推論、帰納的推論、そして、ほんの少しの仮定が、マックスをこのリストへと導いたのだ。

演繹的推論——手紙を書いた人物は、倉庫のカローラがジェニの命を絶ったことを知っている。演繹的推論——手紙を書いた人物は、パーキング・ビルのなかで起きたことの詳細を知っている。帰納的推論——手紙の言葉は真実である。マックスの妻は殺されたのである。仮定——犯人には動機がある。仮定——動機は、マックスと警官としての彼の仕事に関連している。この結論はマックスには不可避のものに思えた。

そこでマックスは、刑事になってからこれまでに有罪にしてきた者全員をリストにまとめた。そうした人物は、彼が捜査主任を務めた事件だけ数えても百五十人を超えた。そのリストのどこかに、あの黄色いトヨタ・カローラの運転者が潜んでいるにちがいない。ひとつのドミノがつぎのひとつを倒していくのと同様に、あの手紙を説明する論理的な道すじはこれ以外考えられなかった。

すべて引き渡したが最後、自分は捜査から締め出されるだろう。マックスはそう予想していた。しかしドアが閉ざされるそのスピードには驚いた。彼はブリッグス警部補とウォーカー署長に、自分をあの倉庫へと導いた一連の出来事について報告した。彼らは瞬きし、うなずき、わずかに眉を上げた。彼らが証拠を受け取ったとき、マックスは骨から肉をはがされる思いだった。それから、彼らは丁重にマックスを席に送り返した。そのあとは、何もなかった。

捜査は、トニー・ヴォスに振り当てられた。殺人課のいちばん新しい課員で、マックスがあまりよく知らない男だ。それと同じ日、マックスはこの新しい同僚を飲みに誘った。一週間後、彼は再度ヴォスにビールをおごり、その際、彼らは手紙と鍵になんの痕跡もなかったことについて話をした。これはマックスがすでに知っていた事実だ。つぎに飲みに行ったとき、ヴォスは、カローラの前面に付着していた血はジェニのものだったことを明かした。この数回の交流をのぞけば、マックスには捜査の状況を知るすべはなかった。少なくとも公式の捜査に関しては。

その朝、マックスは、自作のリストからコンピューターにまたひとつ名前を打ち込んだ。アーティ・メスドーフ。ホームレス用のシェルターで暮らしているとき、交際相手を撲殺した薬物常習者だ。コンピューターは記事を一件、表示した。メスドーフは一年前、リノ・レイク刑務所で自然死したという。この男はもとより有力候補ではなかった。だがマックスは、リストに名前のある者を残らず調べることにしていた。連中は彼にとって唯一の手がかりなのだ。彼はメスドーフについて考えた。ジェニが死んだとき、この男はすでに刑務所にいた。こいつにはコネもなく、友人もいなかった。したがって、刑務所の壁のなかから手を伸ばし、犯罪を犯す力があったとは思えない。殺人は言うに及ばず。マックスはリストからアーティを抹消した。

つぎの名前を打ち込んでいるとき、パーティションをノックする音がして、彼は作業の手を止めた。顔を上げると、落ち着きのないヤモリの目を持つ太った男、ブリッグス警部補がそこに立ち、彼を見おろしていた。

「ウォーカー署長がお呼びだぞ」ブリッグスは言った。

マックスはニキを振り返った。彼女は肩をすくめた。ふたりが立ちあがろうとすると、ブリッグスは言った。「マックスだけだ」

ニキはふたたび腰を下ろし、マックスはブリッグスに従ってウォーカーのオフィスへと向かった。ウォーカーは大きな金属製のデスクに着いていた。マックスはその向かい側にすわった。一方、ブリッグスは、ウォーカーの左肩後方の隅に引っ込み、そこに立った。

「今朝、きみはなんの仕事をしていたのかね？」ウォーカーは訊ねた。その問いは、デスクの向こうからさりげなく放って寄越されたが、ウォーカーの顔と組んだ腕は、マックスを躊躇《ちゅうちょ》させる重苦しさを発信していた。

「報告書に目を通していただけですが」マックスは答えた。これは本当のことだが、完全に正直とは言えない。

「その報告書というのは、月曜に始まるプルイットの裁判に関係あるものなのかな？」

マックスには話がどこに向かっているかがわかった。「いえ。別のものです」

「その報告書というのは、きみの奥さんの死に関係あるものなのか？」

マックスは答えなかった。

「おい、マックス。いったいどういうつもりなんだ？」

ウォーカーは間を取ったが、今度もマックスは何も言わなかった。

ウォーカーは先をつづけた。「あの捜査にはかかわってはならないとはっきり伝えたつもりなんだが。われわれにはルールがある。そしてそのルールにはちゃんと理由があるんだ」

「何者かがあの鍵をわたしに送ってきたんです」マックスは言った。「どうすればよかったんです？　無視するわけですか？」

「わたしに引き渡して、あとのことは任せればよかったんだ」

「実際、引き渡したでしょう――」

「三週間後にな」ウォーカーはその言葉をしばらく宙に浮かせておいた。「そうとも、マックス。きみは重要な証拠品を三週間、手もとに留めていた。いいか、わたしたちにも消印くらいは読めるんだぞ」

「つまり、ただちにあの鍵を提出していれば、署長の承認により、刑事の誰かが州内の倉庫をひとつひとつ回って鍵の合うドアをさがしたはずだというわけですか？　そうはならないことは、署長自身、よくよくわかっていますよね。鍵はファイルのなかに消え、埃をかぶっていたでしょうよ」

「きみは捜査の信頼性を傷つけたんだ、マックス」ウォーカーはデスクに身を乗り出し、論点を強調すべく木目調の天板に人指し指をぎゅっと押しつけた。議論は本格的に沸騰《ふっとう》しはじめていた。「奥さんの事件の凶器の管理に、夫であるきみが関与してしまったわけだからな。既婚女性の殺人事件において、われわれが最初に注目するのは、被害者の夫であることは、きみもよく知っているだろう」

「それはどういう……？」マックスは立ちあがりかけ、自制した。「つぎの言葉には気をつけることですね、ウォーカー。わたしにはいくつか大切にしていることがある。そのためなら仕事を捨てることも厭《いと》わない。あんたはその一線に近づきすぎています」

「落ち着け、マックス。わたしは何もきみがジェニを殺したと言っているわけじゃない。だが、わたしは腕利きの刑事弁護士じゃない。通常第一容疑者となる被害女性の夫が捜査を偏向させたという主張は、容易に成り立つんだ」

「仮にわたしがジェニの死に関与していたとしたら、署長のもとに凶器を持っていくわけがないでしょう？　わたしが鍵をドアに挿してみながらツイン・シティーズじゅう走り回ったことなんか、気にする刑事弁護士はいませんよ」

「きみは保管庫から事件のファイルを持ち出しただろう」ウォーカーはデスクの端から紙を一枚取って、マックスの前へと押し出した。じっくり見るまでもない。保管庫の資料の貸し出し記録だ。そこには彼自身の署名があった。ウォーカーは椅子の奥に体をもどした。「どういうつもりで捜査ファイルを持ち出したのか、教えてもらえんかね？　誰かを逮捕した場合、この事実がどう見えるか、きみにはわからんのか？」

「これは迷宮入りの事件だった。ただ放置されていたんです。パーネルが退職して以来、妻の事件はずっと放置されてきた。誰かがなんとかしなければ――」

「その誰かはきみじゃない」ウォーカーは若干の理解を示すことで自分の言葉を和らげた。「報告さえあれば、われわれは捜査を再開していただろう。ヴォスは凄腕の捜査員だ。彼ならあの車を見つけていただろうよ」

倉庫をさがし求め、夜な夜な出かけるヴォスの姿を思い浮かべようとしながら、マックスは無意識のうちに首を振った。室内の誰もが真実を知っている。ウォーカーの嘘はわざわざ咎《とが》めるまでもなかった。

「マックス、これはきみの事件じゃない。これまでもきみの事件だったことはないんだ。きみのおかげでわたしには選択の余地がなくなった。きみを正式に譴責《けんせき》処分とする」

「譴責？　ふざけてるのか？」

「ルパート刑事、口に気をつけろ」ウォーカーの言葉はゆっくりと、窓を打つ十月の雨さながらに冷たく突き刺さった。「わたしはきみに、奥さんの事件の捜査にはかかわるなと命じた。きみはその命令をあっさり無視しただけじゃない。事件を家に持ち帰ったんだ。捜査の信頼性はきみの関与により損なわれた。われわれにはそれ相応の理由に基づく方針がある。今後きみがこの事件を調べていることがわたしの耳に入ったら――たとえそれが勤務時間外であっても――きみは再度、譴責その他の処分を受けることになる」

ウォーカーの顔を見つめながら、マックスは全身がさーっと冷たくなるのを感じた。

ここでブリッグスが、隅に引っ込んで以来初めて声を発した。「ヴォスから情報を引き出すことも認めんからな」

ウォーカーは鋭い一瞥《いちべつ》でブリッグスをもといた隅へと引きさがらせた。それから彼はマックスに視線をもどした。「そう、われわれはきみがヴォスと会っていたのを知っている。しかしヴォスを責めるんじゃないぞ。彼が告げ口をしたわけじゃない。われわれは自力でその事実をつかんだんだ」

マックスはブリッグスに目をやり、ある日、市庁舎を出て一杯やりに行く彼とヴォスをこの男が見ていたことを思い出した。

「郡検察官補のフランク・ドーヴィから今朝、電話があったよ」ウォーカーが言った。「プルイットの公判前審問に行く途中だったが、そうだな、あまりうれしそうじゃなかったとだけ言っておこうか。彼はきみが事件に背を向けてしまったと思っているんだ」

「それは大嘘――」マックスは言い換えた。「それはちがうな。プルイットの裁判の準備なら充分にできていますよ」

「ドーヴィはそうは言っていなかったぞ。彼は非常に心配していた。きみはベン・プルイットがシカゴからこっちにもどったという事実を証明できなかったそうだね」

「われわれには、検屍官がプルイット夫人の死亡時刻としたまさにその時間に、プルイットが車から降り、自宅に向かうのを見たと言っている目撃者がいます」

「ドーヴィは、きみに証拠さがしの仕事を託したが、きみはしくじったんだと言っていた。彼によれば、きみは心ここにあらずだそうだし……わたしもそれには同意せざるをえないな」

「ドーヴィはスケープゴートを用意しているんです。それだけのことですよ」

「フランク・ドーヴィとはわたしも一緒に仕事をしたことがある」ブリッグスが言った。「あれは非常に有能な検察官だよ」

「ブリッグス警部補」ウォーカーが言った。「しばらくはずしてくれないかね？　ルパート刑事とふたりだけで話したいんだ」

　最初、ウォーカーの声は当の相手に聞こえなかったかに見えた。それからようやくその言葉が届き、ブリッグスはぎこちなくうなずいた。「わかりました」そう言うと、彼は部屋から出ていった。

　ブリッグスがいなくなると、ウォーカー署長はひとつ息を吸い、この室内におけるブリッグスの存在がいかに不快だったかを示唆した。「これできみとわたし、ふたりだけだ、マックス。オフレコで話そう。さっききみを叱責したが、信じてくれ、わたしもそんなくだらんことはしたくない。だがこれも仕事の一部だからな」

　マックスは答えなかった。

「実を言えば、わたしはきみが心配なんだ、マックス。奥さんの事件を掘り返すという行為は、まちがっているだけじゃない、不健全なんだよ。きみが自分以外あの事件を適切に捜査できる者はいないと思っているのはわかる。それに、もしかすると、そのとおりなのかもしれない。しかし、いまのきみを見てみろ。ひどい顔をしてるぞ。まるで一週間眠っていないみたいだよ」

「わたしは大丈夫です」マックスは言った。

「マックス、きみには自分の仕事にもどってもらわなきゃならない。目を向けることさえ禁じられている事件を徹夜でこそこそ調べていたんじゃ、それはできないだろう」

「署長にはわからないんだ」マックスはひとりごとを言うように言った。「わたしが少しでも眠ることができるのは、そうやってこそこそ調べ回っていればこそです。何者かが鍵と妻は殺されたのだという手紙を送ってきた。それをただ人に渡して眠ることなんてできない。わたしはあの車を見つけた。それでまた事件が動きだしたんですよ」

「そのとおりだ。きみはやり遂げた」ウォーカーは言った。「事件は動きだしている。もうこの件からは手を引く頃合いだよ。ヴォスにチャンスをやってくれ。彼は優秀だ。奥さんの死の真相を解明するためにあらゆる手を尽くすだろう。きみには事件を手放してもらわなきゃならない。別に忘れろと言ってるわけじゃないぞ。ただ、そっちはヴォスに引き継がせ、自分の事件にもどれと言っているだけだ。できるかね？」

〝できるか〟マックスは考えた。これは、〝そうするか〟と同じじゃない。だがこういうペダンティックな回答は、自分とウォーカー署長の関係にふさわしくない。ウォーカーは常に殺人課のよきリーダーだった。部下に対して公正な男。今回の譴責処分に関し、ウォーカーに選択の余地がなかったことは、わかっている。ウォーカーはブリッグスというやつに対処せねばならない。ブリッグスはなぜかマーフィ本部長のお気に入りなのだ。

どう答えるか考えたすえ、マックスは言った。「署長はこの事件をやらせるのにヴォスを選んだ。わたしは署長を信頼しています。だからヴォスを信頼しますよ……当面はね。それがわたしにできる精一杯です」

第四十二章

偏見予防申し立ての審問で、ボーディとドーヴィは来《きた》る公判の細かな問題をめぐって激しくやりあった。犯行現場の写真と検視解剖の写真のうち、どれが許容されうるのか、どれが過剰に偏見を生み、どれが陪審の不当な生理的拒否反応につながるのか、彼らはそのすべてをチェックした。また、陪審員選任の手続きを行い、陪審員および証人の資格に関する予備尋問の制限や、検察側の証拠物件数点に関する基本的問題点についても討議した。最後に残った問題は、ミネソタ州弁護士行動規範委員会によるベン・プルイットの懲戒処分の件だ。それは、ベン・プルイットが裁判所に対し不誠実であったという主張を正式に認めたものであり、ボーディが公判から締め出さねばならないものだった。

「裁判官殿」ドーヴィはそう切り出した。「プルイット氏は過去の裁判においてある文書を提出しました。ルパート刑事の上司、ウォーカー署長が署名したとされる懲戒処分通知書です。この通知書は、ルパート刑事が証拠の捏造を理由に懲戒を受けたことを示すものでした。そしてそれは後に、偽造文書であると判断されたのです。そちらに行ってもよろしいでしょうか?」

「どうぞ」ランサム判事は言った。

ドーヴィは処分通知書を裁判官席に持っていき、検印を受けて証拠のひとつとした。

「プルイット氏は、裁判所に対する詐欺を黙認したことで正式に処分を受けています。検察側は、これらの二者、プルイットとルパートの過去の関係を示し、被告人側が裁判に勝つためにどの程度の策を講じうるかを示すために、この証拠の提出を認められるべきです」

ドーヴィはすわった。

「裁判官殿」ボーディは立ちあがった。「検察官はプルイット氏に対する処分通知書を証拠にしたいと言いますが、その目的はただひとつです。検察官は陪審の前で被告人の人間性を貶《おとし》めたいのです。この神聖なる法廷がよく知っているように、そういった性格証拠を被告人に不利なかたちで使うことは認められません。その処分通知書は、過去の裁判における事実を誤って伝えています。プルイット氏は自身の調査員から偽造文書を渡されたのです。その調査員はプルイット氏の依頼人から金を受け取っていたものとわれわれは見ています。プルイット氏は、倫理調査が行われるまで、それが偽造文書であることを知りませんでした。裁判官殿、検察官も、そのような証拠が不適切な性格証拠として禁じられていることはよく知っているはずです」

ランサム判事は処分通知書を読みながら、ゆっくりとうなずいた。「検察官はサンデン教授に同意しますか――」

「裁判官殿」ドーヴィが口をはさんだ。「裁判所がサンデン弁護士を〝サンデン教授〟と呼ぶことに異議を唱えます。それは陪審の前で彼の地位を不適切に高めることになります」

「確かにそうですね、ドーヴィ検察官。しかし、ここにはまだ陪審はいません。あなたの異議は心に留めておくこととします」

ランサム判事はボーディに視線をもどした。「サンデン教授、あなたは大学の授業で証拠について教えていますか?」

「はい、裁判官殿」

「では、証拠に関する規則を教えるに当たり、あなたは学生たちに、被告人が証言台に立つ場合、その被告人に対する弾劾証拠がどの程度、受け入れられるか説明したことがありますか?」

「はい、あります、裁判官殿」

「だとすると、あなたはその学生たちにこう教えたはずですね。不正な行為の証拠——特に、その不正が裁判において行われた具体例は、証人の信頼性を問う証拠として許容される」

この議論の結果がこうなることはわかっていた。だがボーディは最後の一文までなんとしても進まねばならなかった。「はい、裁判官殿、しかしそれは、もしその証人が証言台に立つのであれば、です」

「そのとおり」ランサム判事はほほえんだ。「もしプルイット氏が自らの弁護のために証言台に立つのであれば、わたしはドーヴィ検事が懲戒処分の証拠を提示することを認めます。あなたのほうももちろん、その処分をめぐる事情を具体的に説明することを許されます——もしそれで打撃を緩和《かんわ》できると思うならですが。いずれにしろ、もしプルイット氏が証言を行うなら、その文書は証拠能力を持つことになります」

どうしようもない。ベンが証言するなら、彼に対する処分通知書が提示される。ドーヴィはこう主張するだろう——ベン・プルイットは以前、裁判所に対して嘘をついた。裁判で依頼人を勝たせるために詐欺を働いたのだ。そういう男の場合、我が身が危ないとなったら、どこまでやるだろうか？　彼が再度やらない理由、もっとやらない理由があるだろうか？

しかしベンには証言をする必要はないのでは？　検察側はベンがマックス・ルパートに行わせた事情聴取を再生するだろう。ベンは終始一貫、潔白を主張し、妻を殺した犯人を見つけてくれ、と熱を込めて訴えていた。それに、その録音により、ベンのアリバイの詳細も明らかになる。

とはいえ、ボーディは知っていた。陪審は、被告人自身がやっていないと言うのを聞きたがる。それを聞かねばならないのだ。彼らは、被告人を自らの目で見、本人の口から発せられるその言葉を自らの耳で聞きたいのだ。〝黙秘する権利〟なんぞ知ったことか！

第三部　公判

第四十三章

ケーキに粒チョコレートを振りかけるとき、先に砂糖衣を塗るのが理《り》にかなっているように、捜査主任の刑事を第一の証人として呼ぶことにはそれなりの理屈がある。主任刑事は、事件の一部始終を物語り、検察側の主張の全体像を陪審に示すことができる。その後、他の証人たちが各自の断片で穴を埋めていくわけだ。

証言台に立ったとき、マックスは、ボーディ・サンデンのすぐうしろにすわっているライラ・ナッシュに気づいた。彼は、どういうわけでライラが法廷にいるのか考え、彼女がロースクール志望だったことを思い出した。この前、彼女に会ってからもう何年にもなる。納屋の梁《はり》にロープでつながれたライラを見たあの寒い冬の夜のことが、不意によみがえってきた。あの夜、ライラをレイプしようとしていた男こそ、マックスが初めて殺した人間だ。そして、そのことが彼の眠りを妨《さまた》げたことは一度もない。

マックスはライラに会釈して軽くほほえんでみせ、彼女も同じように挨拶を返した。

ドーヴィが直接尋問を始め、マックスは、ジョギング中の男性がジェネヴィエヴ・プルイットの遺体を発見したことから話を始め、事件の経緯《けいい》を説明した。昼休みに入るころには、ドーヴィは、プルイット夫人の身元確認、家の捜索と進んで、マックスによるベン・プルイットの事情聴取まで終えていた。事情聴取の録画と録音は最初から最後まですべて流された。裁判で証言するとなると、マックスの胃は決まってぎゅっと収縮する。自分がいかに空腹かに気づいたのは、判事がランチタイムの休廷を宣言したときだった。

その近隣でいちばんよいカフェテリアは、行政センターの地下に入っている。マックスはそこに行って、チリとルーベン・サンドウィッチを注文し、いちばん人目を避けられそうな隅のほうの席に着いた。それから、何か言い忘れたことや明確にすべきことがないかチェックしながら、午前中の自分の証言を頭のなかで見直した。この仕事に就いて以来、彼は何百件もの事件で――パトロール警官時代のスピード違反から、殺人に至るまであらゆることで――証言をしてきた。午前中の自分の仕事に関しては、なんの不安もなかった。

ふたつにカットされたサンドウィッチのひと切れめを食べ終えようというとき、彼は誰かの視線を感じた。見あげると、そこにはトレイを持ったライラ・ナッシュが立っていた。マックスはほほえんだ。

「この席に来たい？」彼は訊ねた。

「ええ。でも、そうしていいのかどうかわからなくて。わたしたちはいわば敵同士だから」

「じゃあ、ルールを作ろう。事件のことは一切話さない。それでいいかな？」

「ええ、それなら」ライラは言った。彼女は自分の食べ物、果物の盛り合わせとヨーグルトをテーブルに置いた。

「きみは弁護側の仕事をしているんだね。ぜんぜん知らなかったよ」

「ただお手伝いをしているだけ――リサーチや何かですね」

「それじゃ、志望どおりロースクールに入れたわけだね？」

「ちょうど二年目に入ったところ」

「きみのボスはきみと一緒に食べないのか？　そう言えば、彼はどこにいるんだ？」

「公判中はね。教授はひとりでいろいろ考えたいんです。だからハムサンドとペプシを持ってきているんですよ。さっき中庭に向かっていました。外のベンチに」

「きみとジョーは……」

「まだつきあっているか？　ええ、いまも一緒です」

「じゃあジョーの自閉症の弟は？……名前が思い出せないが」

「ジェレミー。ええ、彼も一緒。それに、シャドウという犬もいます。わたしたち、立派な小家族なんですよ」

「きみとジョーがいて、ジェレミーはラッキーだね」マックスは話しながらナプキンで口もとをぬぐった。女性と食事をするとき限定で出る彼の癖《くせ》だ。「それで、ジョーはいま、何をしているの？」

「大学を卒業したあと、AP通信に入社して、そこで働いています」

「ふたりともうまくいっているようでよかったよ。きみたちは幸せになって当然なんだ……つまり……あんな目に遭ったわけだからね」

「あなたにクリスマス・カードを送りたいとずっと思っていたんですよ。でも住所を教わっていないし、電話帳にも載っていないから」

マックスは札入れを取り出して、名刺を一枚、抜き取った。「ペンはある?」

ライラはバッグから一本、見つけ出した。マックスは名刺の裏に自宅の住所と私用の携帯電話の番号を記した。「これで口実がなくなったね」

「クリスマス・カードくらいじゃ、命の恩人に報いるにはぜんぜん足りませんけど」

マックスは、ライラがブラウスの袖口を引っ張って手首の傷を隠すのを見た。「ただ自分の仕事をしただけですよ、お嬢さん」あの夜の闇から話がそれることを願いつつ、マックスは架空の帽子の縁《ふち》に触れてほほえんだ。

「サンデン先生が、あなたは先生の命の恩人でもあるんだと言っていました」

「いやあ、それは少々大袈裟じゃないか。ボーディから彼の依頼人を引き離したのは確かだが、わたしがいなければ、廷吏がなんとかしたはずだよ」

「先生の話はちがったけど」

思い出すうちに、マックスの目はかすみ、遠くを見つめる色になった。「あのことはもう何年も考えたことがなかったよ」

「わたしなら、もし誰かが法廷で反対尋問をして、自分のまちがいを証明しようとしたら、恨みを抱くだろうな」

「ちょっと待て、ボーディはわたしのまちがいを証明しようとしているのか?」皮肉だとわかるよう、マックスはわざと大仰な言いかたをした。それから彼は肩をすくめた。「ボーディにはボーディの仕事がある。わたしにはわたしの仕事があるしな。ふたりともそのことはわかっているよ。わたしたちはそれを個人的にとらえたりしない。これまでもずっとそうだったんだ」

「わたしには絶対、あなたへの反対尋問はできないと思います――あれだけのことをしてもらったら、とても無理。きっと自分の犬を蹴飛ばすような気がしちゃう」

「すると、この話のなかでは、わたしは犬なんだね？」

「そう。でも、わたしは自分の犬を心から愛してますから」

第四十四章

ドーヴィによるマックス・ルパートの尋問は、公判二日目の昼休み直前までつづいた。昼休みの後、ドーヴィは証人をボーディに譲り渡した。

最初の質問にかかろうとしたとき、ボーディは奇妙なパニックの波に襲われた。彼はそれが通り過ぎるのを待った。ミゲル・クイントの死が両手を激しい震えで満たし、ペンを持つこともままならなかったあの日々。当時の残渣《ざんさ》がそこにはあった。胃腸はのたうち、肺はつぎの息を吸い込もうとあがいている。しかしボーディに取りついているのはミゲル・クイントの亡霊だけではなく、彼自身もそのことはわかっていた。彼はマックス・ルパートに対する痛烈な反対尋問を用意している。検察側の主張に――また、マックス個人に傷を負わせる尋問。その準備を何週間もしてきて、いま実行の時が来たのだ。

ボーディはゆるやかに尋問を始め、検察側が証拠として何を持っていないかをテーマにマックスに質問した。検察側には、ベン・プルイットがどのような手段でシカゴからもどったのかを示す証拠がない。また、検察側には、ベンを妻の遺体に結びつける科学的な証拠もない。さらに、検察側には、マリーナ・グウィンの供述以外、プルイットがその夜、マリオット・ホテルで過ごさなかったことを示す証拠もないのだ。状況証拠に基づく主張の弱点はそこだ。弁護側は、ないものについて何時間でもしゃべることができる——そしてボーディはそれをやった。

ボーディは午後一杯、主要な証拠のひとつひとつに別の解釈を示しては、マックスに「ありえます」と言わせつづけた。また、マックスに料金所のカメラ映像の話をさせ、彼が可能性のあるルートをすべてチェックして赤いセダンをさがしたものの、何も見つからなかったことを陪審に印象づけた。

「あなたとあなたのパートナーは、プルイット氏のコンピューターの解析を行わせていますね？」

「はい」

「しかし、彼のコンピューターに、ネットで調べた料金所の情報やシカゴまでの地図は入っていなかった」

「そういうものは見つかっていません」

「なおかつ、あなたたちは、それらの情報が消去されている可能性を考え、ハードディスクを調べさせた。そうですよね？」

「はい」

　ボーディはうなずいて、メモのページを繰《く》った。少し水を飲み、咳払いすると、テーブルの前に立ち、つぎの質問をした。

「あなたはアンナ・アドラー＝キングをご存知ですね？」

「はい」

「そしてあなたは、アドラー＝キング夫人の事情聴取をしている」

「はい」

「その事情聴取の際、彼女はあなたに、彼女と姉のプルイット夫人は家族の所有する巨大企業の相続人であることを話していますね」

「アドラー＝キング夫人は、被告人と彼の妻が婚前契約を結んでいたことを話してくれました。その契約によると――」

「裁判官殿、わたしの質問に答えるよう、証人に指示していただけませんか」

「ルパート刑事？」

「すみません、裁判官殿。そうです、アドラー＝キング夫人は、彼女の父親の健康状態が悪化していることに触れ、会社の経営権はいずれ自分に移るであろうと言いました」

「なおかつ、仮にジェネヴィエヴ・プルイットが殺されていなければ、その経営権はふたりの娘に移るはずだったわけです」

「そうですね。会社の経営権は姉妹で共有することになったでしょう」

「プルイット夫人は、姉であることから、アドラー＝キング夫人より一票多く議決権を持つはずだった。つまり事実上、会社の経営権はプルイット夫人が握ることになっていたわけです」

「ええ、そのように聞いています」

「十億ドルの会社の経営権という要素は、殺人事件の捜査において重要だとは思いませんか？」

「アンナ・アドラー＝キングにはアリバイがありました。わたしたちは彼女を除外したのです」

「そうでしたね。彼女はガスリー・シアターで初日の夜のパーティーに出席していた。まちがいありませんか？」

「はい」

ボーディはメモに目をやった。いよいよ流血の時だ。「ルパート刑事、わたしはあなたの捜査の関係資料に目を通しました。するとそのなかに、どうもよくわからない点があったのです。いま、あなたの前にはご自身の報告書がありますね？」

「はい」

「では、ジェネヴィエヴ・プルイットの遺体が見つかった日にあなたが書いた報告書の最初のページについて話をさせてください。そのページはお手もとにありますか？」

「はい」

「その一ページのなかで、あなたは何回、プルイット夫人の名前を出していますか？」

マックスは数えるために少し間を置いた。「十二回です」

「では、その十二回のうち何回、ジェネヴィエヴという名前を使っています？」

「どういうことでしょう？」

「あなたは何回、彼女をジェネヴィエヴと呼んでいますか？」

「えー……九回ですね」

「そして、それ以外の三回は、なんと呼んでいます？」

マックスは顔を上げてボーディを見た。懸念を覚えたのか、それとも、混乱しているのか、その額《ひたい》には皺《しわ》が刻まれていた。

「あなたはご自身の報告書に、ジェネヴィエヴではなく、なんという名前を書いていますか、ルパート刑事？」

「ジェニと書いていますね」

「裁判官殿、証人に近づくことを許可していただけますか？」ボーディは訊ねた。

「どうぞ」

ボーディは証言録取書の束を手に取り、証言台まで歩いていって、マックスの隣に立った。

「ルパート刑事、これらの供述書はあなたとあなたのパートナーのヴァン刑事が取ったものです。お手数ですが、これらの証人の供述書に目を通し、ジェネヴィエヴ・プルイットの友人や親族が彼女をジェニと呼んでいる例をひとつでいいので見つけていただけませんか？」

マックスがぞんざいに紙を繰る音を聴きながら、ボーディはゆっくりとテーブルに引き返した。テーブルの前で向きを変えると、彼は立ったまま、マックスをじっと見つめた。マックスはつぎつぎとページを繰り、誰かジェネヴィエヴをジェニと呼んだ者がいないかさがしている。だがボーディは、その名前がどこにもないことを知っていた。そして、自分の意図が充分に伝わったと感じると、彼は言った。「ルパート刑事、家族も、仕事の関係者も、近所の人も、友人も、誰ひとり、ジェネヴィエヴ・プルイットをジェニと呼んではいない。そうではありませんか？」

「おそらくは」

「ルパート刑事、あなたは先週、譴責《けんせき》処分を受けましたね――」

「異議あり！」ランサム判事が二本指でこちらへと合図する前に、ドーヴィはすでに席を立ち、裁判官席に向かっていた。

「裁判官殿」ドーヴィは鼻息荒く言った。「ルパート刑事の譴責処分の問題は、本件とはまったく無関係です。弁護人はそれを利用し、この一点をのぞけば完全無欠である超一流の刑事の評判に泥を塗ろうとしているのです。彼は武勇勲章の受勲者でもあります。本裁判において、このような人身攻撃を許してはなりません」

ランサム判事はボーディに顔を向け、彼がつぎの発言者となった。

「まず第一に、高名なる我が同朋が譴責処分の件を知っていたという事実にわたしは驚いています。なぜなら、現在も継続中の弁護側からの開示請求にもかかわらず、その証拠が開示されていないからです。わたしたちは今週初めに、ルパート刑事の上司の署長に要望書を直接送達した際、偶然にそのことを知ったのです」話しているあいだ、ボーディはずっとドーヴィに非難のまなざしを注いでいた。

「第二に」ボーディはつづけた。「本裁判における弁護側の主張は、この事件の捜査には当初から不備があったというものです。わたしは、ルパート刑事が他の容疑者たちに目を向けなかったと主張しているのです。ルパート刑事は譴責処分を受けている。その理由は、命令に従わなかったこと、上司に背いたこと、さらにゆゆしきは、市警の規則に反し、職務への集中の妨げとなる未承認の捜査を行ったことだという。これはわたしの主張の核心にかかわる問題であり、その証拠は当然、法廷で認められるべきです」

ランサムはドーヴィに顔をもどした。「あなたはこの譴責処分のことを知っていたのですか?」

「先週、知りました」

「にもかかわらず、弁護人にそれを開示しなかったと?」

「処分の件は本件とはまったく無関係です」

「ドーヴィ検事」ランサムはいらだちを帯びた厳しい口調で言った。「どの証拠が関係しているかを判断するのはあなたではない。それはわたしの仕事です。通知書を証拠として認めます」

ボーディは弁護人席にもどって、先をつづけた。「ルパート刑事、あなたはつい先週、譴責処分通知書を受け取った。まちがいありませんか?」

「はい」その言葉はマックスの歯のあいだから低く漏れてきた。

「その譴責処分は、あなたが、ある事件の捜査に関与してはならないという上司の命令に従わなかったことによるものですね？」

「はい」

「あなたはその捜査に関与しただけでなく、市庁舎から事件ファイルをこっそり持ち出し、自宅に持ち帰りましたね？」

「ええ、確かに。うちに持っていきました」

「そしてこれは、あなたがジェネヴィエヴ・プルイット殺人事件の捜査をしていることになっていたのと同じ時期にあったことですね？」

「はい」

「ところで、命令に反して、あなたが捜査していた事件の被害者の名前はなんといいますか？」

「被害者の名は……」マックスはドーヴィに目をやった。一方、ドーヴィは不可解にもすました顔をしていた。それはこう言っている表情だった――〝身から出た錆《さび》だな〟ボーディには、ふたりの男のあいだにびりびりと緊張が走るのがわかった。「被害者の名はジェニ・ルパートです」

ボーディは一、二拍、間を取って、陪審員たちの胸にその名前をこだまさせた。それから彼は言った。「ジェニ……ルパート……あなたの亡くなった奥さんですね？」

「はい。彼女はわたしの妻でした」

「つまりあなたは、プルイット事件の適切な捜査を行う代わりに、奥さんの四年前の轢《ひ》き逃げ事件を捜査することにしたわけだ」

「わたしは適切な捜査を行っていた――」

「あなたが奥さんの事件に異常なこだわりを抱くようになったというのは本当でしょうか?」

「いいえ」

「あなたは市庁舎から事件ファイルを盗んだ」

「盗んではいません」

「では、ファイルを持ち帰る許可は得ていたのですか?」

「いえ、しかし――」

「そしてあなたは、奥さんの死をジェネヴィエヴ・プルイットの殺害と混同したわけです」

「混同してはいません」

「あなたはすでに、ジェネヴィエヴ・プルイットを何度か自分の奥さんの名で呼んだことを認めています。あなたは彼女をジェニと呼んだ。この地球上の他の誰もそんな呼びかたはしないのに、です」

「それは単なるまちがいです」

「まちがい……殺人事件の捜査で、ですか?」

ボーディは陪審にその答えを消化する時間を与えた。マックスの目の奥に激情が湧きあがるのが見えた。怒り、苦しみ、嫌悪――おそらくその三つが同時に。ボーディは一線を越えたのだ。彼自身にもそれはわかっていた。

ライラの質問が頭に浮かんだ。もしも彼を追及しなきゃならなくなったらどうします? 本気で攻撃するってことですけど？　だがここでボーディは、エマ・プルイットのこと、あの約束のことを思い出した。自分はエマに父親を返してやるのだ。ベン・プルイットの無実を証明するのだ。これが他のどの事件であっても、相手が他のどの警官であっても、彼は躊躇《ちゅうちょ》なく同じ質問をしただろう。たとえ友を失うことになろうとも、そうしなければならない。〝天墜《てんお》つるとも、正義を為せ〟――彼は胸の内でつぶやいた。

頭をリセットするため、ひとつ息を吸い、それから、彼は尋問にもどった。「ルパート刑事、あなたはこの事件の捜査を始めた当初から、ベン・プルイットに照準を合わせていましたね？」

「プルイット氏は重要参考人でした」

「他の人はすべて除外したわけだ」

「それはちがいます」マックスの声には疲れが出はじめていた。

「プルイット氏を調べることに関しては、あなたは徹底していた」

「わたしたちは捜査のあらゆる部分に関して、徹底的であるよう努めています」

「アドラー＝キング夫人に関しても？」

「さきほど述べたとおり、アドラー＝キング夫人にはアリバイがあります」

「プルイット氏にも、です」

「プルイット氏は、シカゴにいたという時間のすべてについて自身の所在を証明することはできませんでした」

「アドラー＝キング夫人がどこかの時点でパーティーを抜け出し、その後、会場にもどったという可能性はありませんか？」

「彼女がそうしたと信じるに足る理由は見つかっていません」

「ひと晩じゅう彼女がそこにいたことを確認するために、あなたたちは何をしました？」

「わたしたちはガスリー・シアターで彼女を見たという証人を見つけました」

「しかし、ジェネヴィエヴ・プルイットが殺害されたとき、プルイット氏がシカゴで会議に出ていたことを裏付ける証人も見つかっていますよね？」

「全部の時間についてじゃない」マックスは言った。「穴があるんですよ」

「だからあなたははるばるシカゴまで運転していき、マリオット・ホテルに一泊し、ホテルの監視カメラの映像を手に入れ、カードキーのデータを手に入れ……えーと、なんでしたかね、四十時間分の料金所の映像をチェックしたのですか？」

「ええ、そんなところです」

「そしてあなたは、その労力をすべてプルイット氏のアリバイをくずすために注いだわけですね？」

「わたしならそういう言いかたはしませんが」

「そう、あなたならしないでしょうね」

「異議あり」

「異議を認めます」

ボーディはつづけた。「ベン・プルイットを追いつめるためのあの膨大な労力、仕事量。その一方、あなたたちはアドラー-キング夫人を調べるためには、ほとんど何もしていませんね」

「わたしたちがプルイット氏に集中したのは、証拠がそこを指し示していたからです」マックスは鋭く言った。質問に答えず、抗弁する——ボーディにとっては願ったりかなったりだ。

「では、他の容疑者は？　ジェネヴィエヴ・プルイットの湿地保護訴訟で金を失った開発業者のなかに、誰かあなたたちが調べた人物はいますか？」

「サンデン弁護士、わたしたちが使える時間には限りがあります。すべての証拠があなたの依頼人を指し示しているというのに、まったく見込みのない捜査に時間と労力を費やす気などわたしにはありません」

「とはいえ、ルパート刑事」ボーディは期待感を高めるべく、ここで間を置いた。彼はテーブルの上に身を乗り出すと、声を落とし、ほとんどささやくように言った。「とはいえ、あなたは、プルイット氏の潔白を裏付けたかもしれない手がかりを追う代わりに、自身の奥さんの死を調べるために承認されていない捜査を行うことにした。あなたには——ルパート刑事——その時間はあったわけです」

マックスがまだ答えられずにいるうちに、ボーディは首を振って椅子にすわった。メモに目を通すふりをしながら、彼は反対尋問の重みが陪審員たちの膝《ひざ》に沈み込むのを待った。沈黙が長引き、やがてマックスの苦痛が室内に充満した。ボーディはメモを置いた。まず陪審を、次いで判事を見て、彼は言った。「尋問を終わります」

ランサム判事が咳払いして、もう時間が遅いことに触れ、この日の審理はここまでと宣言した。判事はマックスに、証人席からさがってよいと告げた。法廷内は静まり返ったままだった。ボーディは法律用箋《ようせん》の余白に落書きをしながら待った。マックスの顔は見たくなかった。目の隅には、まだ椅子から動かずにいるマックスの姿が見えた。判事がふたたび、もうさがってよいと彼に告げた。今回、ボーディは動きを感じた。マックスが通り過ぎていくとき、彼は自分の落書きを凝視《ぎょうし》していた。

第四十五章

裁判はときとして川を下る旅に似たものとなる。証人のなかには、裁判に激震や興奮をもたらす者たちがいる。彼らの言葉は、岩のあいだを走る急流のように進路を変え、あちこちに跳ね返る。その一方、必要ではあるけれども、影響がきわめて少ない証人たちもいる。川はまだ流れているのだろうか――そんな疑問を抱かせる証人たちだ。マックス・ルパートの証言のあと、検察側はこういった緩慢《かんまん》な流れに当たる証人たちを多数、登場させた。鑑識の技術者たち、シカゴのホテルの従業員たち、そして、もちろん検屍官もそのなかにいた。結局のところ、誰かが宣誓のもとで問題の死体が実際に死んでいると言わなければ、殺人事件の裁判は始まらないのだ。

エヴェレット・ケイガンが証言台に立つと、話は若干おもしろくなった。ケイガンは、ジェネヴィエヴ・プルイットから夫と離婚する意思を打ち明けられたときのやりとりについて詳しく述べた。証言のさなかに、彼はときどき涙ぐんだ。また、いまにも泣きだしそうに呼吸が乱れることもあった。だがそういったとき、ケイガンは傍聴席に目をやる。すると、激情はすーっと引いていくのだった。

最初にこのパターンが見られたとき、ボーディはほとんどそれに気づかなかった。しかし二度目には、傍聴席に目をやり、そこにケイガンの妻がいるのを認めた。ライラがプリントアウトしたフェイスブックの写真を見ていたため、彼にはケイガン夫人の顔がわかった。ただ、ファーストネームのほうは思い出せなかった。というのも、彼とライラはこの人を〝怒れる巨人《トロール》〟と呼ぶようになっていたからだ。これは、夫人の見た目のためではない。その外見はちょっと、盛りを過ぎたパワーリフティングの女子選手みたいだったけれども。この綽名《あだな》は、ライラがケイガン宅を訪ねたときにこの人から受けた扱いに由来する。ケイガン夫人は玄関に出てきた。そして、ライラが弁護側の人間だとわかるやいなや、その鼻先でドアをバタンと閉めたのだ。以来、ケイガン夫人は〝怒れるトロール〟と呼ばれている。

エヴェレット・ケイガンが三度目に妻に目をやり、なんとか涙をこらえたとき、その微妙なやりとりの何かがボーディの好奇心を刺激した。家族にとって、精神的支えと支配の境界線が曖昧《あいまい》になることはめずらしくない。だが、彼らの交わすまなざしには、通常よりも怪しく思える何かがあった。まるでエヴェレットが、陪審のためではなく、彼女のために演技をしているかのような。

単に、妻に涙を見せたくない男だというだけのことなのかもしれない。だがボーディはちがうだろうと思った。彼はあとで検討すべく、この疑いをポケットにしまいこんだ。

検察側が一連の緩慢な証人たちの尋問を終えると、裁判はつぎの急流の区間に入った。マリーナ・グウィン。ボーディは、他のどの証人より彼女の反対尋問の準備に時間をかけてきた。彼は、ドーヴィによる直接尋問は一時間足らずと見ていた。妻が殺された時間帯に自宅前にいるベン・プルイットを、街灯の光で（実は街灯が消えていたことはライラが確認ずみなのだが）見たという話は、そう何度も繰り返せるものじゃない。

ボーディにはその日の終わりまで彼女を証言台に立たせておけるだけの弾薬があった。彼女は穴から這いあがっては、つぎの穴に落ちることになる。尋問が終わるころには、自分がマリーナ・グウィンであることまで誓わねばならないほどに追い込まれているだろう。

グウィンは、〈タウン&カントリー〉誌の広告のモデルといった風情で、証人席に着いた。彼女は四十代半ばというその年齢を、新しいオーダーメイドのスーツよろしく、自分だけのもののようにまとっていた。その歩きかたは自信に満ちていたが、生意気とまではいかなかった。まるで何週間もこのシーンを稽古してきたかのように、彼女は優雅に証人席にすわった。ボーディはすでに気づいていたが、彼女は陪審員たちが信じたいと思うタイプの人間だった。

ドーヴィは序盤の質問を慎重に進め、親切な隣人、勇気あるコミュニティーの護り手として彼女の信用を確立してから、尋問の核心部に入った。彼の誘導により、グウィンは、ジェネヴィエヴ・プルイットの死んだ日の自らの行動をひとつひとつたどっていった。彼女がその夜、眠れなかったこと、そのため玄関ポーチに出てみたことを陪審に語ると、ドーヴィは興味を引かれたふりをした。

「グウィンさん、ポーチにすわっていたとき、何か変わったことはありませんでしたか?」

「ええ。わたしは赤いセダンが入ってきて歩道際に停まるのを見ました。その車は、プルイットさんの家の前、わたしの家の真向かいに駐められたんです」

「それで、そのあとはどうなりました?」

「男の人が車から降りてきて、あたりを見回しました――少なくともわたしは男性だった気がしています。それから、その人はプルイットさんの家の小路を歩いていきました」

ボーディは椅子のなかで背筋を伸ばした。いまのは聞きちがいじゃないだろうか? 男性だった気がするだって?

ドーヴィはつづけた。「その男がプルイットさんの家に入ったかどうか、あなたは見ましたか?」

「はい、彼は家に入りました」

「その男はきょうこの法廷にいますか?」

マリーナ・グウィンはベン・プルイットを見た。その顔から冷静さが消えた。彼女は怯えにも似た表情でドーヴィを見た。答えようとして口を開いたが、言葉はひとことも出てこなかった。小さく息を吸うと、彼女は言った。「いいえ」

「グウィンさん」つぎの質問をする際、ドーヴィはわずかに舌をもつれさせていた。「いまの質問を誤解なさったのでは？　わたしは、その夜、車から降りてきて、プルイット宅に入っていった男がこの法廷にいるかどうかお訊ねしているのです。その男はここにいますか？」

マリーナ・グウィンはドーヴィに注意をもどした。「何をお訊ねになったかはわかっています、ドーヴィ検事。それに、わたしはずいぶんこのことを考えてきました。ここでの自分の発言が完全に正確であることがどれほど重要かはわかっています。わたしは、誰かが赤い車から降りて、プルイットさんの家に歩いていくのを見ました。その後、考える時間があったので、いまでは、自分はただそれがベン・プルイットだと思い込んでしまっただけだと思っています。わたしは、それが確実にベン・プルイットだったと言えるほど、その人をよく見ていませんでした。それどころか、その後、思い返してみた結果、いまでは、あれは彼じゃなかったとほぼ確信しています」

席から飛び出したい衝動を押さえ込むのはむずかしかった。全身の神経と血球内を稲妻が駆けめぐる。ボーディは必死でそれを抑えつけた。彼は法律用箋にさりげなく「勝ったな」と書いた。それから、食事を終えた男のように無頓着に椅子にもたれて脚を組み、ドーヴィのつぎの出かたを待った。

ドーヴィは背後の席に置いてあった箱のほうを向き、なかをかきまわして、バインダーを一冊、取り出した。それは起訴陪審の記録だった。ドーヴィはそのページをすばやく繰りはじめた。

つぎにどうなるかを悟り、ボーディは異議を唱えるべく身構えた。

「グウィンさん、あなたは起訴陪審手続きの際、宣誓のもとに証言を――」

「異議あり、裁判官殿」ボーディは立ちあがって、裁判官席へと向かった。

「弁護人」ランサム判事は片手を上げて言った。「これより数分間、陪審を退出させます。また、この異議申し立てについてわたしたちが協議するあいだ、ミズ・グウィンには外の会議室にいてもらうよう廷吏に指示します」

陪審員らが陪審席からぞろぞろと出ていくとき、ベンがボーディの耳にささやきかけた。「〝デクスター〟の争点だな。検事は弾劾の名のもとに証人の起訴陪審での証言を持ち込もうとしているんだ」

「わかってる」ボーディは言った。「それにランサムも気づいているな。だから彼は陪審を外に出したんだ。この協議を記録に残したいんだよ」

陪審が退出してしまうと、ボーディは立ちあがった。「裁判官殿、ミズ・グウィンは、自分がプルイット宅に入っていくのを見た男はおそらくベン・プルイットではないと証言しました。それが彼女の証言です。ドーヴィ検事は彼自身の証人を、証人の起訴陪審での証言によって弾劾しようとしています。しかし実はその目的は、証人自身を弾劾することではありません。ドーヴィ検事は陪審に、きょうここでの証人の証言を無視させたいのです。そしてその代わりに、起訴陪審手続きでの証人の証言を信じさせたいわけです。ミネソタ州対デクスター事件の判例によれば、それは弾劾の不適切な利用となります」

「裁判官殿」ドーヴィが言った。「わたしにはミズ・グウィンを弾劾する権利があります。彼女は起訴陪審で宣誓のもとに証言を行いました。その証言がきょうここでの証言と矛盾しているのです。わたしにはその弾劾証拠を提示する権利があります」

ランサム判事が発言させてほしいと手を上げた。「いいですか、デクスターの判例によれば、裁判官は被告人が不当な損害を受ける可能性と、検察側が弾劾を行う権利とを比較考量しなければならないことになっています。しかし、それより最近の州対モウア事件の判例は、陪審は証言のどちらが真実でどちらが真実でないか自ら判断することを許されるべきであると示唆《しさ》しています」

「裁判官殿」ボーディはさえぎった。「モウア事件における決定は、変則的なものです。あれは、悪行が悪法を作るという格言のシンボルですよ」

「サンデン弁護士」判事は言った。「ご懸念は理解できます。あなたには、ミズ・グウィンに対する反対尋問を行う機会、または、彼女の証言の信憑性を回復する機会を――どちらになるかは、その証言の内容次第ですが――十二分に与えます。しかしこの弾劾は許可します。被告人が不当な不利益を被ることのないよう陪審に相応の指示は出しますが、わたしはこれを認めます」

ボーディはすわった。

「いったい何が起こったんだ?」ベンがささやいた。

「心配するな」ボーディは顔に自信の仮面を着けた。「向こうの主要な証人が、赤いセダンに乗っていたのはきみじゃなかったと言っているんだ。仮に無罪が取れないとしても、上訴ではすごくいい闘いができる」

「上訴なんてまっぴらだ」ベンはボーディの腕をぎゅっとつかんだ。「わたしはここを出なきゃならない。エマに会わなきゃならないんだよ。上訴には一年もかかるだろう」

「ベン、これはいいことなんだ。前になんと言っていたにせよ、グウィンはいまやわれわれの味方だ。きみがシカゴからこっちにもどったというドーヴィの主張が、たったいま彼の鼻先で吹っ飛んだわけだ。われわれに追い風が吹いているんだよ」

全世界に向けて、ボーディはたったいま敵をノックダウンした男の顔を見せていた。しかし内心では、ランサム判事の裁定を呪っていた。これですべておじゃんだ。ボーディにはマリーナ・グウィンをずたずたに引き裂く準備ができていた。ところが、彼女が証言を変えたので、それはもうできない。彼女はいまや弁護側の証人だ。したがってボーディの仕事は、事件の夜、自分の見た男はベン・プルイットではなかったという彼女の証言を、陪審に信じさせることなのである。

だが、すべてのジグザグにはジグとザグがある。ドーヴィのほうは、グウィンが宣誓のもとでベン・プルイットを見たと述べた事実を陪審に示すことができる。そしてボーディには、マリーナの変節に触れることなく、その供述を攻撃するすべはほとんどない。

最終的に、陪審はふたつの供述を与えられるだろう。一方は、事件当夜、グウィンはベン・プルイットを見たというもの、そしてもう一方は、グウィンは彼を見ていないというものだ。判事は陪審に、この裁判での彼女の供述――ベンを見ていないという証言のみを、事件当夜何があったかの判断材料とするよう指示するだろう。もうひとつの供述、起訴陪審での証言は、証人が信用性に欠けることを示唆する目的にのみ使用されうる。陪審は、ジェネヴィエヴ・プルイットが死んだ夜、何が起きたかを解明するために起訴陪審での証言にたよることは許されないのだ。ボーディの考えでは、これは子供にふたつクッキーを渡しておいて、クッキーはひとつしかないと告げるのに等しい。

自分の激励の辞が効を奏した様子はないかと、ボーディは友を見やった。その目に映ったのは、彼自身と同じくらい法を理解している男、自らの自由は――それにおそらくは命そのものも――いまや、陪審が本当にクッキーをひとつしか持っていないと信じるか否かにかかっていることを理解している男だった。

第四十六章

マリーナ・グウィンの証言の残りの時間、ボーディは息を凝《こ》らしていた。彼女は一度、寝返ったのだ。また簡単に寝返るかもしれない。フランク・ドーヴィにこれだけ攻め立てられれば、なおさらだ。しかしマリーナは一歩も譲らなかった。はい、と彼女は認めた。確かに自分は、プルイット夫人が殺された夜、ベン・プルイットが自宅に向かって歩いていくのを見たと証言しました。それに、はい、人間の記憶は時間とともに曖昧になっていくものです。「でも、ドーヴィ検事」彼女は言った。「わたしがその夜、見たのがベン・プルイットじゃないという事実は、何があろうと変わりません。よく思い返してみたので、いまでは確信があります」

ドーヴィが直接尋問を終えたあと、ボーディはひとつも追加の質問をせず、マリーナ・グウィンを証言台から退《しりぞ》かせた。余計なことをして、グウィンの証言の威力を削ぎたくはない。事件当夜、自分が見たのはベン・プルイットではなかった。彼女はそう確信している。陪審が知るべきことは、それだけだ。

つぎに、証言台に立ったのは、アンナ・アドラー＝キングだった。ボーディは他のどの証人よりも、彼女の証言を、そして（こちらのほうがもっと重要なのだが）彼女に対する反対尋問を楽しみにしていた。法廷での出番に向け、彼女は服装を、ボーディの家にエマを奪いに来た日よりもはるかに控えめにしていた。力を誇示するスーツとモデル風のメイクは消えている。スカートはツイード、ヘアスタイルは日曜学校風で、ボーディにはその女が誰なのかわからないほどだった。陪審に同類として見てもらえるよう、彼女はそれなりの手を打ったわけだ。

辛抱強く見守り、耳を傾けるボーディの前で、ドーヴィは証言台を舞台に、アンナ・アドラー＝キングの痛ましい嘆きの芝居を演出した。ジェネヴィエヴとの子供時代の思い出を語るあいだに、アンナ・アドラー＝キングは五度にわたって泣きくずれ、ドーヴィはその都度、中断を余儀なくされた。

話が婚前契約のことに及ぶと、アンナの態度はそれまでよりも堅苦しくなった。彼女はちゃんと予習をしていた——少なくとも、彼女の会計士が予習をしたことは確かだ。アンナはよどみなく正確に、ベン・プルイットとジェネヴィエヴ・プルイットの共有資産を列挙してみせた。それら資産の購入のためにジェネヴィエヴが信託から引き出した金に関しても、彼女の述べた額はぴたりと合っていた。その数字は数百万にのぼった。ケンウッドの夫妻の家、アルーバとフランスの別邸、複数の車、投資、貴金属類——すべて金の出所は信託財産だった。ベンは成功した弁護士なのだが、彼の負担部分は家族の小銭貯金のように扱われた。話が一段落するころには、アンナ・アドラーキングは陪審にベンが妻を殺す動機を与えることに成功していた。

自分の番になると、ボーディは尋問の前半を使って、ここにすわっているのは億万長者であること、ジェネヴィエヴ・プルイットの死によって、およそ十一億ドルの価値がある帝国の支配権を握った女であることを陪審に示した。彼はアンナに、仮にジェネヴィエヴより先にふたりの父親が死んでいたら、アンナの相続財産は半分になっていたことを認めさせた。それどころか、会社の経営権はジェネヴィエヴに——そして、いずれ彼女が死ねば、ジェネヴィエヴの相続人に渡っていたはずだ。つまり、アンナの手は、〈アドラー・エンタープライズ〉の経営権に永遠に及ばなくなっていたのである。

アンナの殺人の動機を石に刻みつけたあと、ボーディは反対尋問の核心部に入った。長距離走者のように、彼はここまでペースを保ち、この最後のスパートのために自制してきた。そしていま、反対尋問の残り時間、陪審の注意を引きつけておけるよう、彼は立ちあがった。

「お姉様が殺された夜、あなたがどこにいたかについて話しましょう。わたしはルパート刑事の報告書を読みました。あなたは彼に、ガスリー・シアターのイベントに出席していたと言っています。まちがいありませんか?」

「ええ。あの夜は、お芝居の初日のパーティーがあったのです。わたしはガスリー・シアターの理事会の一員となっています。ですから理事として、そうしたイベントに招かれるのです」

「そのイベントは何時に始まりましたか?」

「初日の夜の公演のあとですから、十時半ごろです」

「あなたは何時にそこに着きました?」

「十一時ごろでしょうか」

「イベントをあとにしたのは何時です?」

「午前一時半です」

「その時間にまちがいありませんか?」

「多少前後するかもしれませんが、だいたいそのころです」

「どれくらい前後するんでしょう?」

「さあ。十分くらい。十五分かも。会場には何人かカメラマンがいました。わたしにはそこにいた証拠があります。それは警察にも渡しました」

ボーディはライラ・ナッシュにうなずいてみせた。彼女はノートパソコンを開いて、ガスリー・シアターから入手したCD-ROMの頭出しにかかった。

「異議あり」ドーヴィがさえぎった。「弁護側はこの映像を検察に開示していません」

「これは証人の弾劾です、裁判官殿」ボーディは面倒臭そうな声で言った。「この証拠はアドラー＝キング夫人がたったいま宣誓のもとで行った供述に矛盾するのです」話しながらアンナを見ると、その目には悟りと懸念の入り混じったものがうかがえた。

「つづけてください、サンデン弁護士」

その監視カメラの映像は、ガスリー・シアターのロビーに入っていく人々を映し出していた。画面右上には日付と時刻が入っている。午後十時四十八分、白黒の映像のなかに、きらめくドレスをまとった女が入ってきた。

ボーディが指を一本、ライラに向けると、彼女は画像を止めた。「アドラー＝キングさん、これはガスリー・シアターに入っていくあなたですね？」

アンナの顔に、移動中の車の真ん前をうろつく子猫を見守る女の表情が現れた。彼女はその静止画像を見つめた。目を大きくし、額に皺を寄せ、ボーディの質問など聞こえたふうもない。

「アドラー＝キングさん？」ボーディは言った。「これがお姉様が殺された夜、劇場に入っていくあなたなのかどうか、陪審に話していただけませんか」

アンナは傍聴席に目をやり、ボーディの知らない男を見た。その苦しげな表情が、何か恐ろしいことが起ころうとしていることを法廷全体に伝えている。

「アドラー＝キングさん」ランサム判事がそう声をかけ、彼女はトランス状態を脱した。

「はい」彼女は言った。「それはわたしです」

「そしてこれは、お姉様が殺された夜、あなたが出席した初日の夜のパーティーですね」

「はい」アンナの声は震えていた。

ボーディはふたたびライラに合図した。動画がビューッと前に進んだ。午後十一時三十七分。その映像には、ガスリー・シアターのロビーを歩いていくアンナが映っていた。

「アドラー‐キングさん、その夜、あなたは十一時三十七分にガスリー・シアターを出たのではありませんか？」

「それは……外の空気を吸いに出たんでしょう」

「アドラー‐キングさん、わたしにはこの映像のつづきを再生することもできるのですよ。その答えで本当にいいのですか？」

「異議あり」ドーヴィがさえぎった。ボーディは反応しなかった。彼はアンナ・アドラー‐キングに目を据《す》えていた。追いつめられた獣の怯えを目にするものと思っていたのだが、そこにあったのは恐れではなく悲しみだった。これには彼も意表を突かれた。

「異議を認めます」判事が言った。

アンナは膝の上で組んだ自分の手を見おろし、何も言わなかった。

「パーティーにもどったのは何時ですか、アドラー‐キングさん？」

「姉を殺したのはわたしではありません。わたしは姉を愛していました」

「あなたは一時間半近く席をはずしていた。そうですよね？」

「ええ、でも——」

「ついさきほど、あなたは宣誓のもと、ジェネヴィエヴが殺されたとき、自分はガスリー・シアターにいたと述べている」

「はい」

「そしてそれは嘘だった」

「それは……」

「ガスリーからケンウッドのお姉様の家までは、車で約二十分ですよね？」

「サンデン弁護士」アンナはいずまいを正した。その声が足場を見つけた。「姉を殺したのは、わたしではありません」

「アドラー－キングさん」ボーディは負けず劣らず挑戦的な口調で応酬した。「わたしがお訊きしたのは、そのことではありません。ガスリーからケンウッドまでは車で約二十分ですね。イエスですか、ノーですか？」

「たぶん……でも――」

「十一時三十七分にガスリーを出れば、あなたは真夜中ごろ、お姉さまの家に着く――マリーナ・グウィンが、お姉様の家の前に赤い車が停まるのを見たと言っている時間にです」

「ジェネヴィエヴの家には行っていません。わたしは事件とはなんの関係も――」

「あの夜、あなたは赤いセダンを使用していますね」

「ええ、でも――」

「アドラー－キングさん、あなたは宣誓のもとで、本法廷の陪審に対し嘘をついたのです」

「わたしは……わたしは――」

「お姉様が殺されたとき、あなたはガスリーにはいなかった」

「ええ、でも説明はできます」

「何をです？　どうやって自分の姉を殺したかをですか――」

「わたしは何もして――」

「目的は、父親の会社の経営権を握ることですか？」

「異議あり」ドーヴィが猛然と立ちあがった。「論争的質問であり――」

「撤回します」

ボーディは腰を下ろし、メモを繰るふりをした。アンナ・アドラー＝キングが殺人を認めることはないだろう。だがそこまでは必要ない。ボーディは、彼女に動機と機会があることを暴いたのだ。彼に必要なのは、合理的な疑いだけだ。陪審がメモを取るあいだ、ボーディは一、二分、アンナの言葉を宙に漂わせておいた。それから彼は言った。「質問を終わります」

アンナはふたたび頬に涙を伝わらせていた。そして今回、その涙は本物のようだとボーディは思った。彼女は涙をぬぐおうともしなかった。

「追加の質問があります、裁判官殿」ドーヴィが言った。「アドラー＝キングさん、ガスリー・シアターを出たあと、あなたはご自分がどこにいたか説明できると言いました。いま、その説明をしていただけますか？」

アンナはゆっくりとうなずいた。それから顔を上げ、傍聴席のあの男にふたたび目を向けた。「そこにいる男性ですが」彼女は男を指さした。「あれはわたしの夫、ウィリアム・キングです。彼はいい人、わたしにはもったいない人です」

アンナ・アドラー＝キングは、息を震わせ、深呼吸をひとつすると、左右の目の下に指をやって涙をぬぐいとった。口の両端が下がり、彼女はこみあげる本格的な嗚咽《おえつ》と闘った。それからその目が、傍聴席の別の男に向けられた。彼女がエマを連れ去ろうとした日、ボーディの家に一緒に来た例の男だ。アンナ・アドラー＝キングはふたたび手を伸ばし、その男を指さして言った。「あの人はロジャー、わたしの恋人です。あの夜、わたしは彼と会うためにパーティーを抜け出したのです」

第四十七章

ボーディ・サンデンは昔から評決を待つのが苦手だった。世界は陰謀をめぐらせ、ごく小さな安らぎまでも彼から奪おうとする。椅子は硬くなり、衣類はちくちくしはじめる。またベッドには、それまでなかった瘤々《こぶこぶ》ができたように思える。この不安をひとりで耐えねばならないことが、さらに彼を参らせた。彼とダイアナは、この際、ダイアナがエマを連れてミズーリの親戚を訪問するのがいちばんだと考えたのだ。裁判のニュースからエマをずっと護りつづけるのは無理だろうし、ボーディとダイアナのこれまでの試みはどれひとつ、少女の気を引き立てることができなかった。安心してエマを連れもどせる日が来るまで——陪審が彼女の父親を無罪にするまで、ダイアナとエマはミズーリに滞在することになっている。

だからボーディはひとり、自宅内で部屋から部屋へとさまよい歩いた。脳に充満する絶え間ない議論から逃れられずに。裁判の全過程における、あらゆる戦術、あらゆる決断、自分のしたあらゆる尋問に疑問の目を向けながら。

マリーナ・グウィンが証言したとき、ダメ押しをしなかったのは、適切なことだったのだろうか？　結局、訊かずじまいだった反対尋問の質問は、ノート丸一冊分もある。彼には、マリーナが赤いセダンを見た夜、街灯が切れていたという証拠があった。しかし、車の男がベン・プルイットだったとはもう思っていないと彼女が証言した以上、明かりが消えていたという事実は彼らに不利に働いただろう。ボーディとしては、それがベン・プルイットでなかったという点に関し、グウィンが絶対確かでいてくれないと困るのだ。

では、エヴェレット・ケイガンのほうは？　自分は何か見落としたのではないか？　ケイガンと妻のあいだのあの緊張感は、何が原因だったのだろう？　どうも何か見落としている気がする。しかし結局、ケイガンのアリバイは妻の証言にかかっていたのだ。そして彼女は、夫は十一時四十五分には家にいたと進んで証言した。仮にケイガン夫人が夫をかばっているとしても、その嘘はそのまま通るだろう。

そして、アンナ・アドラー＝キングとの不倫を暴かれた男、令状送達人のロジャーを召喚しないという判断。アンナの証言のあと、ライラが指示を求めて廊下でボーディをつかまえたが、彼はライラを追い払った。ボーディとベンは、ロジャーを証人として召喚するメリットを論じ合った。ロジャーは妻帯者だから、情事を否認するかもしれない。その一方、もしも彼が情事を認めたら、代替の犯人、アンナ・アドラー＝キングは難を逃れ、ボーディの最終弁論の要《かなめ》の部分は、排水口にぐるぐると吸い込まれていくだろう。

最終的にボーディは、ロジャーが出廷しないことを、アンナ・アドラー＝キングの情事の話は嘘なのだとほのめかすのに使えるものと判断した。彼女は姉を殺せたはずがないことを示すために新たな作り話をしたというわけだ。「結局のところ、陪審のみなさん、もしこの秘密の求愛者が、アンナ・アドラー＝キングがその夜ケンウッドに行かなかったことを証明できるなら、ドーヴィ検事は彼を証人として呼び出したはずです。そう思いませんか？」

しかし評決を待つあいだ、ボーディを悩ませつづけた最大の疑問は、ベン・プルイットに沈黙を守らせるという決断に対するものだった。

毎日、公判が終わったあと、ボーディとベンはその日の経過を振り返り、翌日の方針を立て、ベンが証言台に立つべきか否か議論した。情勢が変わるたびに、改めて探究し分析すべき手強《てごわ》い緊急課題があった。どれほど深く検討し再検討しようと、それはなおも紅茶滓《かす》の占いのように感じられた。

ベンは刑事弁護士であり、ボーディと同様に、人間が話の両面を聞きたがるものであることを知っている。陪審員はみな、被告人が自分たちの目を見て、やっていないと言うのが当然だと思うものだ。沈黙を守る者がその沈黙によって不利益を被ってはならないという規則は、彼らの自然な感情に反している。

しかしベンは公式な制裁、ミネソタ州弁護士行動規範委員会による懲戒《ちょうかい》処分を受けた身だ。

その制裁は、ベン・プルイットが法廷に対し詐欺を働いたことを告げている。彼の提出した偽造文書が、調査員が持ち込んだものであったことなど関係ない。問題は、ベンが証言台に立った場合、あの制裁がドーヴィによるベンの鞭打《むちう》ちに承認印を押してしまうということだ。

ライラが記録を見つけたある裁判で、ドーヴィは同様の汚点を利用し、被告人を攻撃している。彼は陪審にこう言っていた。「信用とは水を張ったバケツのようなものです。どの証人もそのバケツを携えて証言台に立つのです。真実を述べれば、彼らは無傷のままの信用とともにその場を去ることができます。しかしもし嘘をつけば――判事や陪審をあざむこうとすれば、彼らはバケツに穴を開けることになります。小さな嘘だから小さな穴である、とか、大きな嘘だから大きな穴である、ということは関係ありません。穴は穴。そのバケツからは水が抜けてしまいます」

当初からボーディは、ベンに沈黙を守らせる方向に傾いていた。ベンのほうは迷っていた。彼は陪審員たちの前に立ち、妻を愛していた、彼女の死には一切関与していないと言いたかったのだ。最終的に、勝ったのはボーディだ。ベンが陪審に言いたいことはすべて、すでに語られている――ボーディはそう指摘した。ベンが明確にしたい点は残らず、マックスによる事情聴取に網羅されているのだ。ボーディはベンに、仮に証言しても、彼はただそのときと同じことを言うだけになると説明した。リスクはメリットを上回っている。

陪審の評議が三日目に入ると、せめぎあう諸々の考えすべてが、ボーディの胸を締めつけてきた。長い評議は無罪、または、評決不能に至る傾向がある。少なくとも、それが通念だ。しかしその通念も、ボーディが爪を噛みつぶすのを止めることはできなかった。三日目の午前十時、彼は陪審が評決に達したという連絡を受けた。胃と胸のなかのうねりは、いきなりギアチェンジして、さらに高速になった。

ボーディが到着したとき、ベンはすでに弁護側の席にいた。関係者が全員そろうと、判事が陪審の入廷を命じた。

陪審員たちは評議室から縦一列で出てきた。ある者は床に、ある者は自分の前を行く陪審員の背中に目を据えている。彼らは弁護人席も検察官席も見なかった。その全員が着席すると、ランサム判事が口を開いた。

「陪審は評決に達したと聞きましたが。まちがいありませんか、陪審員長？」

「はい、裁判官殿」陪審員七番が言った。

「廷吏は評決文を裁判官席に持ってきてください」

灰色の髪の廷吏が陪審員七番から書面を受け取り、それを判事に手渡した。ランサム判事は書面を黙読し、それから言った。「被告人は起立して、評決を聞いてください」

ベンとボーディはそろって立ちあがった。ボーディはいまにも嘔吐しそうな気がした。ベンがどんな気持ちでいるのかは想像もつかなかった。

「ミネソタ州対ベンジャミン・リー・プルイット事件、訴因一、第一級殺人、計画性のある意図的な他者の殺害について、当陪審は被告人を有罪とします」

第四十八章

　ようやくダイアナに電話する気になるまでに、昼は夜に変わっていた。法律書の小山に囲まれ、ボーディは自宅書斎のデスクに着いた。手もとには、二冊の法律用箋がある。一方は、再審理請求のためのメモを記したもの。そしてもう一方は、上訴で使うべき先例と判例法で一杯になっている。彼は、ランサム判事が陪審にマリーナ・グウィンの起訴陪審での証言を聞かせたことを理由に、再審理の必要性を主張するつもりだった。再審理の申し立てはランサムの審問を受ける。上訴のほうは、ランサムを飛び越えて、ミネソタ州最高裁判所へと向かう。ランサムが考えを変えることは期待できない。しかし彼はやるだけやってみたかった。

　評決を聞いたあと、ランサム判事が、終身刑、仮釈放なしの判決を言い渡すあいだ、ボーディはそのままベンの隣に立っていた。刑の宣告を聞くとき、ベンは立っているのがやっとの状態だった。その肩に手をかけると、友が呼吸しようとあがき、体を震わせているのがわかった。

　ボーディは法廷を出、家へと車を走らせて、申し立ての準備にかかった。昼食も夕食も取らなかった。時計を見ると、もう夜の九時近かった。食欲はないが、食べなくてはいけない。チキン・ヌードル・スープにしようか。あれはいつもすんなり喉を通ってくれる。

　キッチンに行こうと立ちあがったとき、彼はデスクのうしろの窓に映る自分の姿を目にした。

たぶんガラスが映し出す不完全な像のせい、または、背後のデスク・ランプから広がる不気味な光のせいだろう――彼は半ば死んでいるように見えた。目の下にはたるみができ、髪は頭頂部で妙な方向にうねり、頰は骨から垂れ下がっている。ダイアナがこれを見たら、もっと体に気をつけなさい、と彼を叱ることだろう。本音を言うとすれば、ダイアナは、そもそも法廷にまた立ったのがいけないのだと、彼を叱るにちがいない。

彼女に電話しなくては。夕食はあとまわしだ。

「きょう評決が出たよ」懸命に言葉を組み立て、ボーディは言った。それから、先をつづけた。「ベンは有罪になった」

ダイアナはハッと息を吸い込んだ。しかしなんとも言わなかった。

「どこでしくじったのかわからない。いけると思ったんだが……」

「あなたはしくじってなんかいないわ、ハニー。あなたのせいじゃない」

「僕は弁護士なんだ。もちろん僕のせいだとも。僕は勝つべきだった。もっといい弁護士なら無罪を勝ち取っていただろう。検察側には何もなかった。単なる推測以外何も。どうしてこんなひどいことになったんだろうな。ミゲル・クイントのときとまったく同じだ。僕はまたひとり無実の男を刑務所送りにしたわけだよ」

「もっといい弁護士？　ベン・プルイットみたいな？　思い出して、ボーディ、彼だって弁護士なのよ。彼もずっと法廷にいた。あなたと一緒に、一歩一歩、進んできたの。あなたが何か見落としていると思ったなら、彼があなたにそう言ったはずよ。これはミゲル・クイントのときとはちがう。ベンは依頼人であると同時に、共同弁護人みたいなものだった。あなたたちは一緒に裁判の準備をし、細部まで詰めてきた。この件で自分を責めるなんて、わたしが許さない。あなたはやれるだけのことをやったのよ」

「いや、僕は何かを見落としている。見落としたにちがいないんだ。なんなのかはわからない。でもそれはここに、僕の目の前にあるはずだ。それを僕は見落としたわけだよ」

「ボーディ」ダイアナが優しい声で言った。「ハニー、もうやめて。このことで頭を悩ませてはだめ。罪悪感は以前、もう少しであなたを殺すところだった。二度とあんなことになってはいけない。それじゃ誰も救えないわ。ベンのこともよ」

ボーディは目を閉じ、まぶたをふたたび開くのがどれほど難儀かに気づいた。「エマにはなんて言おうか?」

ダイアナは答えなかった。

「ランサム判事はすでに刑を言い渡した。ベンは刑務所に向かっているんだよ」

「わたしたち……わたしたち、エマの親になったの?」

他のいろいろなことに取り紛れ、ボーディの考えはまったくそこに至っていなかった。「これは想定外の事態だ。あの監護合意判決書は当面に限っての話だったからね。だが拘束力はあるよ」

「あの子になんて言いましょうか?」ダイアナは訊ねた。

「本当のことを話すしかないな。お父さんは有罪になったと言おう。人はまちがいで有罪になることもある、でも、世のなかには最高裁判所というものがあって、そのまちがいを正すことができるんだ、と。僕たちは上訴を行うし、絶対にあきらめないと言おう」

「そう話しておくわ。でもチャンスはあるの？　現実的に見て、最高裁で勝つ見込みはある？」

「いくつか論拠はあるんだ。まだリサーチしているところだけれどね。チャンスはあると思うよ」

「ちゃんと夕食は食べた？」

ダイアナはこんなにもよく彼を知っているのだ。「うん、ひとかじりね」

「ひとかじり？」

「いままさに、キッチンに向かっているところだ。これから何か食べるよ」

「ボーディ、あなたはやれるだけのことをやったのよ」

彼は首を振った。そこにそれを見る者はいなかったけれども。「それが本当だとわかればなあ」

第四十九章

事件の多くは、陪審員たちが日常生活にもどったあともなお、長いことマックス・ルパートのもとに留まる。死のにおい、被害者たちの顔、罪ある者が受けるべき罰を逃れようとして語った言葉。そういった断片が波間を漂い、さまようのだ。しかしプルイット事件は、通常の事件より重くマックスにのしかかり、古いタバコの煙のように皮膚にへばりついていた。通行人を横目でちらりと見ると、そこにはいつもジェネヴィエヴの顔があった。

周囲の物音がぱたりとやむとき、彼にはボーディの言葉が聞こえる。そして彼はあの反対尋問の苦痛をふたたび感じる。その悪魔は何度、祓《はら》おうと試みても、必ずもどってきた。あの日、公判のあと、マックスは自宅へと車を走らせた。いまや見知らぬものと化した人生の遺物のなかでなぐさめを見出そうと。壁を飾るジェニの写真は、非難をこめて彼を見おろしているように思えた。彼はジェニを失望させた。彼女の思い出を裁きの場にさらしたのだ。殺人事件の裁判の揉み合いのただなかで、自分はジェニの名を口にした。そう思うと、ボーディ・サンデンが憎くてならなかった。ボーディはジェニの名をあの裁判へと引きずり込んだ。あれはひどい裏切りだ。友の無事を確かめるために、閉園後の墓地に忍び込む――ボーディ・サンデンはかつてそんな男だった。マックスにそういう友人は大勢いない。そしていま、それがひとり減った。

あの夜、マックスは怒りの幕を開き、ボーディ・サンデンとの友情に終止符を打った。それに見合う数秒だけ、その死を悼《いた》むと、彼は目を閉じ、眠りに落ちた。

＊

マックスがベン・プルイットを刑務所に送ってからの四日間は、寒冷前線がツイン・シティーズに居座り、コスチュームの上からコートを着ることを強いて、何千人もの子供たちのハロウィーンを台なしにした。マックスはその朝をデスクで過ごし、現在ニキとともに担当している車上からの銃撃事件についてかかわった者たちの相関関係を解明しようとしていた。するとふたつ向こうの席で、ヴォス刑事がパートナーに科研に行ってくると告げるのが聞こえた。すると、ニキの注意を引くために、マックスは立ちあがって伸びをした。「ちょっと散歩に行ってくるよ。頭をすっきりさせないと。どこか店を通りかかったら、パン菓子でも買ってこようか？」

鼻梁《びりょう》の上のほうをさすりながら、ニキはくるりとこちらに向いた。「何をするって？」

「散歩してくる。頭がぱんぱんなんだよ。新鮮な空気を吸いたいし、ちょっと用事もかたづけたいしね」

「外はマイナス一度なのよ」

「約束する。ちゃんとコートを着ていくよ、ママ」

「なら結構」ニキは肩をすくめた。「なんでもいいから、クリーム入りのを買ってきて」

マックスはうなずき、コートを取って出かけた。

すでに一カ月、彼は妻のファイルに近づいていなかった――少なくとも、ヴォスがデスクに置いているやつには。ブリッグスとウォーカーの命令どおり、廊下ですれちがうときちょっと挨拶する以外、ヴォスとはずっと話していない。新たな情報はひとつももらっていなかった。彼は忠実な兵士にもどり、ベン・プルイットを投獄することに集中した。そして、求められたことを完遂したのだ。

たぶん彼はその報酬を得て当然と感じたのだろう。ちょっとしたものでいい。ジェニの事件が動きだしたのかどうか教わるだけでも。しかし彼は何ももらっていない。

　科研の前に駐めた車のなかで待つあいだ、マックスは、駐車場で偶然出くわした際ヴォスと交わす会話を稽古した。ヴォスが建物から出てくるのを見ると、彼は車を降りて、科研の入口のほうへ向かった。そのときポケットで携帯電話が振動するのを感じた。取り出してみると、それはニキからだった。マックスは〝切〟ボタンを押し、携帯をポケットにもどした。

「やあ、ヴォス」マックスは声をかけた。

「おう、マックス。どうしてここに?」

「銃撃事件がらみの指紋のことでね。そっちは?」

「頭にひびが入ったアップタウンのあのご婦人の件。科研じゃ凶器はスパナじゃないかと見ている。二度目の捜索をする前に、専門家たちと協議したくてね」

「すると、俺の妻のことで来たわけじゃないんだな」

「マックス……」ヴォスは半歩うしろにさがった。「わかってるだろ。あの件についてはあんたとは話せないんだ」

「どうした、トニー。別に捜査に加わらせろというんじゃない。俺はただ――」

「ブリッグスに、あんたとその話はするなと言われたんだよ。〝全面ストップ〟。それがやつの使った言葉だ。あんたには一切、情報を与えたくないわけさ」

「ブリッグスは下衆な政治屋だ。知ってるだろう、トニー」

「かもしれん。それでも俺にとっちゃボスなんだ。あんたにとってもな」

「これがあんたの奥さんのことだったらどうだ、トニー？　殺されたのが自分の妻だったら、あんたはブリッグスの言いなりにはならないんじゃないか？」

「やめときな、マックス。あんたがあれこれ知る必要はない。殺されたのがうちのブレンダだとしたらどうか。それならこの場ではっきり言える――俺はあれこれ知りたくないだろうよ」

「いいや、知りたくなる」マックスは言った。「もし車で轢き殺されたのがブレンダだったら、絶対に知りたくなるとも。十一月のこの寒風のなか、この駐車場に立って、骨を一本放ってくれ、と俺にせがんでいるだろうよ。いま俺がたのみこんでいるのと同様に、そっちが俺にたのみこんでいるはずだ。情報をくれ――少しだけでいい。俺は知らなきゃならないんだ」

「上の連中に見つかったら、面倒なことになるぞ。今度は譴責だけじゃすまないしな」

それが真実であることは、マックスにもわかっていた。ウォーカーのオフィスに呼びつけられて以来、数週間にわたり、彼はその考えと格闘してきたのだ。あの面談はなぜか彼の口に苦い後味を残した。最初は譴責を受けたせいだと思ったが、時が経つにつれて、そうではないことがわかってきた。気になっているのは、自分がいとも簡単に仕事を第一にしてしまうことだった。仕事は彼の人生において何よりも重要なものとなっていた。仕事は常に、ジェニのことがあってさえ、最優先された。ついに彼は自問した。ひとりの人間として、自分にとってそれよりも重要なものはなんなのだろう？　すると答えが出た。

彼はヴォスの目をしっかりと見つめた。自分がこれから言うことは本気なのだと、この男にわかってほしかった。

「ヴォス、この仕事をつづけるために妻を裏切らなければならないなら、こんな仕事はくそ食らえだ。この世には正しいこととまちがっていることがある。規則が正しい行動の妨げになるとき、自分は規則に従うのか？　自分はそういう人間なのか？　それとも、正しいことをするんだろうか？　これは、あらゆる男が答えを出すべき疑問なんだ。そう、俺はもう答えを出した。選択の余地はない。俺は妻が公正に扱われるのを見届けなきゃならない。正直言って、ブリッグスもウォーカーも、俺を止めようとする他のやつらも、くそ食らえだ。俺には妻に対する責任がある。だから、ヴォス、問題は、あんたがどういう男か、だよ」

どう答えるか考えながら、ヴォスは足から足へ重心を移した。最初、彼はマックスの目を見ることができなかった。マックスには、この男が判断に迷っているのがわかった。ついにヴォスはマックスを見て、うなずいた。「俺はあらゆる線を追ったよ、マックス。例の盗難車の所有者たちもチェックした。それこそアルカイダの野郎どもを調べるみたいに徹底的に洗ったんだ。だが連中は真っ当だった。車を盗まれた。ただそれだけのことだったよ。乗ってたやつは、あの車を完璧に掃除していた。ハンドルに付くはずの皮膚細胞すら出なかったんだ」

「だが車のフロントには、妻の血が付いていただろう」

「それに奥さんの毛髪もな」

マックスの目の前をさっと映像がよぎった。それはトニーにもはっきり見えたにちがいない。

「すまん」彼は言った。「知ってるものと思った」

「いや」

「俺たちは壁にぶち当たったんだ、マックス。倉庫の借り手の名前は偽名だった。支払いには郵便で現金が送られている。金や封筒からDNAは出ていない。監視カメラはなし。車や倉庫のなかにも、証拠となる痕跡はなかった――あんたの奥さんの痕跡以外はな」

「そもそもなぜ車を保管しておいたんだ？　すじが通らないだろう？」

「そうとも、まるですじが通らない」トニーは言った。「俺たちが思いついたいちばんましな推理は、車は誰かに圧力をかける手だったか、恐喝目的で取ってあったというやつだ。でなきゃ、犯人が車を始末するいいやりかたを知らなかったかだな」

「だとしたら、なぜ俺に倉庫の鍵を送ってきたんだ？」

「さっき言ったとおりさ。まるですじが通らんね」

マックスの携帯がふたたび音を立てた。ヴォスはマックスのポケットを見やってから、彼の顔に目をもどした。

「出ないのか？」ヴォスは訊ねた。

マックスは電話を無視して、トニーに手を差し出した。「情報をありがとう。約束するよ。これ以上、このことであんたを煩わせない《ノット・イン・ユア・ヘア》」

「どの髪《ヘア》だい？」トニーは笑って、ほぼ禿《は》げあがった頭をつるりとなでた。マックスは笑みを返した。「それと、マックス、あんたの言うとおりだ。もしこれがうちのブレンダのことだったら、俺もきっと〝ブリッグスもウォーカーもくそ食らえ〟って言ってるだろうね。何かわかったら、また知らせるよ」

マックスはトニーの肩をたたくと、他の目的でここに来たふりをするのはもうやめて、自分の車へと向かった。その途中、携帯が、今回はブーッと一度だけ鳴り、メッセージの受信を告げた。それはニキからだった。いまプルイットの家にいる。至急来て。

マックスは返信した。すぐに行く。

第五十章

マックスがプルイット宅に入っていくと、そこにはニキとともに男がふたり立っていた。一方はカーキパンツにジャケットという格好、もう一方は汚れた作業着を着ている。三人は布の塊《かたまり》を囲んで半円を作っていた。さらに近づいてみると、その布の塊はシーツだとわかった。色はクリーム色。中央に、大きな黒い染み——乾いた血が広がっている。

「ジェネヴィエヴのシーツよ」ニキが言った。

「いったいどこから……?」マックスがニキに目を向けると、彼女はカーキパンツの男を示した。

「こちらはカート・プリーム」ニキは言った。「アンナ・アドラー＝キングの地所の管理をしていらっしゃるの。そしてこちらは……」彼女は汚れた作業着の男を示した。「こちらはジョー・ブランブル。ブランブル暖房空調社《ヒーティング＆エアコンディショニング》のオーナーよ」

「わたしが彼を呼んだんですよ」プリーム氏が口をはさんだ。「プルイット夫人の遺産管理人として、アンナにはこの家が荒れ果てるのを防ぐ責任がありますからね。わたしは彼女にその仕事をたのまれたんです。で、先日、立ち寄ったところ、暖房炉が稼働しないのに気づきましてね、どこが悪いのか見てもらうためにブランブルさんを呼んだわけです」

マックスはブランブル氏に目を向けた。六十代終わりの男。太いピクルスみたいな指。うち左手の二本はてのひらのほうに不自然に曲がっている。汚れたデニムのパンツに汚れたデニムのシャツを着て、〝ブランブルＨＶＡＣ〟と書かれた帽子をかぶっていた。

「あなたがこれを見つけたわけですね？」

「そういうことです」彼は言った。「こういう古い家だとね、暖房炉はあんたより年を食ってるもんです。わたしは長年、こういうのを修理してきたんですよ。特に秋が近づくと、忙しくなります」

「どこでこれを見つけました？」マックスはシーツを指さした。

「そうさね、暖房炉ってのは、この吸気口から屋内の冷気を吸い込むようにできてるんです」彼は居間の壁の下部にある四角いシャフトを顎で示した。その穴の横の壁には黒い金格子が立てかけられていた。「で、空気を引き込んで、あったためてから、それをその調風装置から室内に吹き込むわけです」彼は玄関のドア近くの給気口を指さした。「空気を引き込めなけりゃ、暖房炉は機能しません」

「そのシーツは、暖房用のダクトに入っていたということですか？」マックスは言った。

「そうです」ブランブルは言った。「わたしは暖房炉を始動させ、空気の流れをテストしました。それで何も見つからないわきゃないんでね。ときどき小動物がこういう古いダクトに入り込んで、巣を作っちまうこともあるんですよ。わたしが考えたのはそれなんです。たぶんドブネズミだろうってね。だから奥を調べにかかったら――なんとこいつが出てきたわけです。ここで殺人事件があったことは知ってましたよ。ずっと新聞に載ってたからね。それでわたしはプリームさんに連絡したんです」

「ふたりともシーツに手を触れてはいません」プリーム氏は言った。「わたしはまずアドラー＝キング夫人に電話を入れました。でも、あの人は国外に行ってるそうで、連絡が取れなかったんです。あの人がつかまらないとわかって、初めてわたしは警察に連絡したんです」

「正しい判断ですよ」マックスは言った。「もしよろしければ、パートナーとわたしがこれを調べるあいだ、おふたりはキッチンに行っていていただけませんか？」

「わたしはここにいるべきだと思いますが」プリーム氏は言った。「アドラー＝キング夫人の代理人として、わたしは――」

「プリームさん、議論の余地はないんです」マックスは相手の目を見て、穏やかな口調で言った。「キッチンに行くか、わたしの車に行くかです。わたしのほうはどちらでもいいんですが」

プリーム氏はほんのしばらく考えた。何よりも体裁を取り繕《つくろ》うためだろうが。そのあと、彼とブランブル氏は部屋から出ていった。

マックスは片側に、ニキは反対側にしゃがみこんだ。「鑑識を呼ばないといけないな」マックスは言った。

「もうバグに電話した。いまこっちに向かってる」

「写真は撮った？」

「撮った」

「じゃあ、ちょっと見てみよう」ふたりはそれぞれポケットからラテックスの手袋を取り出して、両手にぴしゃりとはめた。つづいて彼らはそろそろとシーツの端をめくっていった。シーツの折り目は乾いた血でこわばっていた。塊の中央部を広げると、何か銀色のものがきらりと光った。それは短剣の刃だった。

ニキがマックスを見た。「殺人の凶器？」

マックスは手を止めてうなずいた。それから慎重にシーツの折り目をもうひとつ開いた。すると、使用ずみのコンドームが落ちてきた。マックスは目を閉じてつぶやいた。「なんてことだ」

第五十一章

ヘネピン郡検察局の待合室で待つあいだ、ボーディ・サンデンは自分をそこに呼び寄せた謎めいた要請、フランク・ドーヴィが吹き込んだ留守録のメッセージについて再度じっくり考えてみた。ドーヴィはただ、自分たちはボーディの再審理請求の審問が行われる前にぜひ会わねばならないとしか言っていなかった。ボーディはドーヴィに折り返しの電話をかけ、つぎつぎと三件メッセージを残した。説明が得られればと思ったのだが、結局、返事はなかった。

ボーディは、全盛期に、再審理請求を百件も行っている。それは、ラテン語の専門用語でいうところの〝プロ・フォルマ〟、すなわち、〝形式上〟の手続きだ。あるいは、〝時間の無駄〟と言い換えてもいい。法廷弁護士は、上訴する前に、有罪評決後の申し立てを行い、裁判所に自らの過ちを正す機会を与えることを求められる。しかし、自分の過ちを認めるだけの気骨のある判事は、ほとんどいない。

ドーヴィがなぜ審問の前に会いたがるのか、ボーディには理解できなかった。審問は翌日の午前に予定されているのだ。

フランク・ドーヴィが待合室に出てきて、ボーディを奥へと招き寄せた。彼らは会議室へと向かった。会議室のテーブルには、一冊だけフォルダーが置かれていた。それは閉じられている。ドーヴィはフォルダーの前の椅子に行き、向かい側の椅子を手振りでボーディにすすめた。

ボーディが席に着くと、ドーヴィはフォルダーをこちらに押し出した。「継続中の証拠開示義務の一環として」ドーヴィは言った。「あんたにこれを見せるべきだと思ってね」

ボーディはフォルダーを開いた。そのポケットのひとつには、写真がひと束入っていた。ボーディはポケットから写真を抜き取った。マックス・ルパート刑事がベン・プルイットの家の居間に立っている。その足もとには、布の塊があった。写真をつぎつぎ見ていくと、青い手袋の手が布の層をめくるのとともに、カメラが徐々にその塊に近づいていった。塊の中央には、誰かがそこに隠した短剣があった。

「これは……？」自分が何を見ているのか、なかなか呑み込めなかった。「これはジェネヴィエヴ・プルイットの殺害に使われたナイフなのかな？」

「かもしれない。彼女の死因となった傷に合うんだ」

「ナイフに付いている血は、ジェネヴィエヴのものなのか？」

「検査をさせたがね、そう、これは彼女の血だ」

「検査をさせた？　あんたはいつからこの証拠を持ってたんだ？」

「一週間だけわれわれは――」

「一週間？」じっとすわっているために、ボーディは持てる力を総動員せねばならなかった。相手に飛びかかりたいのをこらえ、彼はここぞとばかりに声を大きくした。「一週間前からこれを持っていただと？　再審理請求の審問は明日の午前に予定されているんだぞ――なのにあんたはいまになってこれをわたしに見せているのか？」

「まずＤＮＡ鑑定をしたかったんだ。それが本当にジェネヴィエヴ・プルイットの血液なのかどうか確認したかったんだよ」

「なんだと、フランク、それはあんたが決めることじゃない。知ってるだろう」

「これで状況が変わることはないさ」

「それもだ、フランク、あんたが決めることじゃない」ボーディの怒りは蔑《さげす》みと義憤に変わっていた。「あんたに、何が重要で何が重要でないかを決める権限はないんだ。あんたは入手したものをすべて、入手したそのときに、わたしに渡すことになっている。いまとなっては、わたしには中立書を書き直す時間がひと晩しかない。それは新たな証拠だ。これで状況は完全に変わるよ」

「われわれは意見の不一致で同意するしかないんだろうな」

「いいや、それはないね、フランク。あんたはまちがってる。判例を挙げてほしいなら、そうしてやってもいい。あんたは殺人の凶器を手にしているんだ。それに、そのシーツは被害者のベッドから剝《は》がされたものなんだろう?」

「可能性はあるね」

「馬鹿言うな、ドーヴィ、そうであることは、あんた自身ようくわかってるはずだ。そいつはどこで見つかったんだ?」

「プルイットがかみさんの遺体を捨てに行く前に、自分の家の吸気口に突っ込んだのさ。それを、暖房炉を直しに行った修理工が見つけたわけだ」

「ナイフの指紋は調べたのか? DNAは?」

「ナイフから採れたDNAは、被害者の血液のものだけだった。指紋は出ていない」

ボーディはさらに写真をめくっていき、ぴたりと動きを止めた。いま、彼の手には、コンドームの――使用ずみのやつの――写真が握られている。彼はドーヴィに目を向けた。憤《いきどお》りのあまり、言葉を発するのもやっとだった。「コンドーム? あんたはコンドームを見つけながら、わたしにそれを黙ってたのか？　ふざけるなよ」

「これも同じでね、われわれはまず検査をしたかったんだ」

「で、結果は？」

「ベン・プルイットのDNAとは一致しなかった」

ボーディはゆったりと椅子の背にもたれた。心のなかで百もの扉がさっと開いた。「ジェネヴィエヴ・プルイットには男がいたわけだ」

「その可能性もある。だが仮にそうだったとしても、ベン・プルイットがかみさんを殺していないことにはならない。それはむしろ検察側の主張に説得力を与えるわけだ」

開かれた無数の扉のうち、このことが検察側に有利に働くという結論に通じるものはただのひとつも見当たらなかった。「いったいぜんたい、どうしてそれが検察側の助けになるというんだ？」ボーディは訊ねた。

「それによってプルイットがかみさんを殺す動機は強化されるわけだよ。彼の動機は、金だけじゃない。かみさんが浮気をしていたことも動機の一部なんだ」

「では、意見の不一致で同意することを承諾しよう。この新事実の役割は、事件の全体像に、プルイット夫人を殺す理由があるかもしれない愛人を加えることじゃないか。あるいは、彼女を殺したのはその愛人の妻かもしれないな」このふたつの言葉により、ボーディの脳内でふたつの歯車がカチリと嚙み合い、エヴェレット・ケイガンの証言中、ケイガンとその妻とのあいだであった奇妙な視線のやりとりが再生された。不意にその意味がわかった。「エヴェレット・ケイガンのDNAサンプルは入手したのか?」

「ケイガン? いや。その必要がどこにある?」

ボーディは慎重にドーヴィを観察した。この男は、新たな証拠の光のもとで自らの主張を立て直そうとしているのか、それとも、ケイガンのDNAを検査する理由などないと本気で信じているのだろうか? ついにボーディは言った。「いまのは冗談だろうね? あのふたりは一緒に働いていた——夜遅くに始終。しかも、ケイガンは生きている彼女を見た最後の人物だ。きっと赤いセダンも持っているだろうよ」

「事実、持っているよ。赤のインパラだ。だがこの州に赤いセダンは山ほどある。わたし自身の車もそうだしな。わたしは容疑者なのか?」

「屁理屈《へりくつ》を言うなよ、フランク。あんたも証言に立ったときのあの男の様子を見ただろう」

「わたしが見たのは、故人の親友が証言する姿だ。わたしには、彼がジェネヴィエヴの死に衝撃を受けているのがわかった。あんたの依頼人が受けた以上の衝撃をな。プルイットは裁判のあいだ、一滴も涙をこぼさなかったろう」

「ベンは拘置所でたっぷり嘆き悲しんだよ——話をそらすな。あんたはケイガンのDNA採取の令状を取るんだろうな?」

「その気はないね」ドーヴィは言った。「相当の根拠がないからな。あんたもわかっているだろう。彼は、事件の日はプルイットの家に行っていないと証言したんだ」

「もちろんそう言うだろう。法廷には夫人がいたんだ。それに、彼女は怒っているようだったし」

「で、その怒っているかみさんがケイガンのアリバイを裏付けたわけだ。ケイガンはかみさんと一緒にうちにいた。あんたは弁護士だろう、サンデン。こっちがこんな薄弱な根拠で令状を取れば、真っ先に異を唱えるのはあんたのはずじゃないか。その男が赤い車に乗っていて、友達が殺されたがために泣いたことを根拠に、令状に署名する判事なんぞ、どこにもいないだろうよ」

ドーヴィの言うとおりかもしれない。ボーディはそう思ったが、それを認めるくらいなら、自分の手に大釘を打ち込むほうがましだった。「それも申し立てに加えるとしよう。DNAサンプルの入手をあんたに指示するよう、ランサムに求めるとするよ」

「勝手にしろ。判事からの指示があれば、サンプルは喜んで入手して差し上げるよ。だが結局、おんなじだぞ。ジェネヴィエヴ・プルイットを殺したのは、ケイガンじゃない。彼はかみさんと自宅にいたんだ。やったのは、ベン・プルイットだよ。あんたがその令状を手に入れ、彼女の相手がケイガンだとわかったとしても、あんたに証明できるのは、ジェネヴィエヴ・プルイットがケイガンと寝たということだけだ。彼女が殺されたとき、ケイガンが自宅にいたという事実は変わらない。あんたの依頼人のほうは相変わらずそこんところで引っかかってる」

ボーディは立ちあがって、フォルダーを手に取った。「これはわたしの分のコピーかな?」

「そう、あんたのだ。楽しんでくれ」

「では、失礼させてもらうよ。中立書の修正をしなければならないのでね。お見送りは結構だ」

ボーディは会議室の外へと向かったが、最後にあることを思いついてドアの前で足を止めた。「なあ、フランク」うしろに体を傾けて、彼は言った。「カトウスキ判事の後釜の最終候補者としてあんたの名前が挙がってると聞いたよ」ボーディはウィンクして、親指を立ててみせた。「アドラー一族がうしろ盾なら奇跡も起こせるんだろうな」

その言葉を最後に、ボーディは向きを変え、歩み去った。

第五十二章

ボーディはその日、修正した申立書を提出するとき、同時に、身柄提出令状の発行を求める請願書も提出した。これは、審問に出席させるために、ミネソタ州セント・クラウドの刑務所からベン・プルイットの身柄を送致するようヘネピン郡保安官事務所に命じてほしいという請願だが、彼がこの要請をしたことにはふたつ理由がある。ひとつは、法律に強いベンの目で新たな証拠を鑑定させたかったことだ。それに、うまくすると、ジェネヴィエヴの愛人が誰なのかに関し、彼から有益な意見が得られるかもしれない。ＤＮＡが一致する人物が見つかれば、再審理と無罪判決はほぼ確実だろう。

令状を求めたふたつめの理由は、新たな証拠に対するランサム判事の関心の度合いを測ることだ。ドーヴィと同じ立場を取るのであれば、判事は審問のためにベンを送致させる必要を感じないだろう。審問は、新たな証拠が出る前にボーディが予想していたような形式的なものとなるはずだ。だが一方、ランサム判事がベン・プルイットを送致させるなら、それは判事がシーツの発見に重要性を認めているということだ。

審問の日の朝九時、副保安官のひとりが拘置所の接見室にベン・プルイットを連れてきた。ベンの顔の皮膚は、濡れティッシュのように頬に貼りついており、その色もティッシュ並みに白かった。顎と首は無精髭《ぶしょうひげ》に覆われ、口の両隅の下には灰色の斑点《はんてん》が広がりだしている。首の片側には拳サイズの痣《あざ》がひとつあった。それに、鼻梁の両側には、斜め下へと走る黒ずんだ染みも。これは、薄れつつある目の黒痣の名残りだ。

「なんてことだ」ボーディは言った。「何があった？」

ベンはほほえんだが、その目は無表情なままだった。「刑務所に、二、三人、敵がいたわけさ」彼はボーディの向かい側にすわって、体を支えるためにテーブルに両肘《りょうひじ》をついた。「何年か前、わたしはある依頼人を薬物がらみの重罪から逃れさせてやった。司法取引でロドリゴという悪党を裏切らせたんだよ。その依頼人は証言したあと、危険地帯を抜け出すだけの分別があった。たぶんいまごろは、南米にいるだろうよ。一方、このわたしはセント・クラウドに流れ着いた。なんとロドリゴが王座に就いているその刑務所にだ。彼はわたしを覚えていた。好ましい人物として、じゃないがね」

「そいつに何をされた？」

「いやいや、彼じゃないさ。本人が手を下すことは今後も絶対ないだろう。彼は命令するだけだ。聞いたところじゃ、この首には賞金がかかっているらしい。わたしはいま隔離房にいるが、別の刑務所に移されればすぐ、その措置も打ち切りとなるだろう。だがどこに行こうと、懸賞金はついてまわるにちがいない」

　ボーディは身を乗り出して、ベンの手首に手をかけた。「わたしが必ず外に出してやるからな。約束するよ」

　ベンは首を振った。「いいや、ボーディ、もう打つ手はないと思うよ。ある意味、わたしはこれで満足だ。娘の成長を写真で見ながら生きていくか、ナイフで喉を切られるか、ということなら、ナイフのほうがまだましじゃないかと思うんだ」

「やめてくれ。わたしがきみを救い出すから。この再審理請求はその鍵なんだ」

「ボーディ、これが時間の無駄だってことは、お互いわかっているだろう。この前、あんたが判事に再審理を認めさせたのは、いつのことだ？　一度だってないんじゃないか？　そんなのは夢物語さ。もちろん、きょう一日、刑務所から出してくれたことには、感謝するがね」

「夢物語じゃないんだ」ボーディは新たな証拠のフォルダーをテーブルの向こうに押し出した。ベンはフォルダーを開き、ボーディはその表情をじっと観察した。ベンは自分が目にしているものの意味を理解しようとしていた。

「これは……？」彼はシーツの写真を横向きにし、またもとにもどした。「これはうちのベッドのシーツなのか？」

「そう」ボーディは言った。「修理工が、暖房の吸気用ダクトに突っ込んであるのを見つけた

ベンの手がかすかに震えはじめた。

「そしてこれが彼女の殺害に使われたナイフだよ」

ナイフの写る写真を彼は取り出した。

「あれは彼女の血だ」ボーディは言った。

「じゃあ、あれはジェネヴィエヴの……」

んだよ」

ベンの目が涙で一杯になった。彼はそれを袖でぬぐった。「それは、うちの寝室にあったナイフだよ。エヴェレット・ケイガンがジェネヴィエヴにくれたやつだ」

「それだけじゃないんだ」

ベンが写真から顔を上げた。涙の道が、頬の無精髭のなかへと消えていく。

ボーディは使用ずみのコンドームの写真を掲げた。

ベンは困惑の色を見せた。「わけがわからん。なぜそんなものが……」ボーディは、ベンがピースをつなぎ合わせるのを待った。それが終わると、彼の目にパッと理解が広がった。「彼女には男がいたのか？」

「残念だがね、ベン。どうもそのようなんだ」

「まさか……信じられない。相手は誰なんだ？」

「合致する人物は見つかっていないが、それがきみのDNAでないことはわかっている。賭けをするなら、わたしはケイガンに賭けるね」

その可能性を考えながら、ベンはのろのろと首を振った。額の皺が徐々に薄れ、やがて彼はかすかにうなずいた。「わたしはエヴェレットが好きだった。うちでは何度も、彼と奥さんをバーベキューに招いている。だがぜんぜん気づかなかったよ。ドーヴィはケイガンのDNA採取の令状を取ったのか?」

「いや、まだだ」

するとベンが姿勢を正し、ボーディはその目に炎を認めた。ランサム判事が有罪の評決を読みあげて以来ずっと消えたままだった炎だ。「いったいどうして? もし相手がケイガンなら、やつは大嘘をついてたことになるんだぞ。生きている彼女を最後に見たのはやつだしな。令状を請求しないとは、どういうことだ?」

「わたしはきみの味方だよ。だがドーヴィの判断は正しいと思う。関連性がどこにある? ドーヴィに令状を取るだけの根拠はないんじゃないか。ケイガンはあの夜、ジェネヴィエヴと一緒だった。だが、犯行現場に彼がいた可能性を示すものは、マリーナ・グウィンの言葉だけだ。例の、赤いセダンが停まって、男が――最初、彼女はそれをきみだと言っていたわけだが――家に向かっていったというやつだね。考えてみてくれ。もし自分がケイガンの弁護士だったら、きみだってそれを退けるだろう」

ベンは椅子に沈み込んだ。「そうだな。きみの言うとおりだ」彼は写真に注意をもどした。「だがそれは、われわれに彼のDNAを入手する気がないということじゃない」ボーディは言った。「わたしは調査員を雇うつもりだ。昔、一緒に仕事をした男だよ。彼にケイガンを尾行させる。ケイガンがガムを吐き出すか、コーヒーの使用ずみ紙コップを捨てるかすれば、やつのDNAは手に入る。当面はこれだけ約束しておこう――再審理請求は必ず通る」

「ほんとにそう思うか？」

結婚式での誓いは別として、ボーディにはこれまでの生涯、これほど確信を持って約束をしたことはなかった。そしてその日、ランサム判事の前にドーヴィとともに出頭したとき、ボーディの自信は裏付けられた。ドーヴィの異議は、むくれた子供が入れる蹴りみたいなもので、なんのダメージも与えなかった。

「裁判官殿」ドーヴィは主張した。「弁護側は藁《わら》をつかもうとしているのです。陪審の評決を覆す根拠などここにはひとつもありません」

「根拠がない？」ボーディは反駁した。「血の付いたシーツにくるまれた殺人の凶器が見つかったのですよ。刺されて致命傷を負ったジェネヴィエヴは、そのシーツの上に倒れたのです。なおかつ、シーツのなかからは、使用ずみのコンドームと未知の男のDNAが見つかっています。そして検察はその男がベン・プルイットでないことを知っているのです。われわれは、DNAを残した人物が、ベン・プルイットがシカゴに発ったあとに、プルイット宅に来ていたことを証明できます。それはつまり、未知の男がジェネヴィエヴ・プルイットが死ぬ数時間前に彼女のベッドにいたことを意味するのです。陪審はこれについてまだ審理を行っていません。この新たな証拠はまちがいなく局面を変えるものであり、検察がそうでないと主張することには無理があります」

「裁判官殿」ドーヴィは言った。「プルイット夫人のベッドに他の男がいたのであれば、プルイット氏の妻殺害の動機は強化されるだけです。それによって変わることは何ひとつ――」

「ドーヴィ検事、そこまでにしてください」ランサム判事は片手を上げて制止した。「もしわたしが陪審員だったなら、この新たな情報を適正な評決を下すのに重要なものとみなしたでしょう。これに反する現実的な主張がありうるとは思えません。弁護側の再審理請求を認めることとします」

その小さな勝利をポケットに、ボーディはつぎの主張にかかった。それはベンのアイデアだった。

「もしランサムが再審理を認めたら」ベンは言った。「陪審裁判は放棄しよう」

ボーディは最初、賛同しなかったが、ベンは彼を説得した。

「これは正しい作戦だよ」ベンは言った。「再審理を認めたのなら、判事は、陪審が合理的な疑いを持ちうる新たな証拠に、充分な重要性を認めているということだ。ランサムが仕切る裁判なら前にやったことがある。彼はお役所仕事をする人じゃない。合理的な疑いを認めたなら、無罪を言い渡すだろうよ」

「だが、十二人の陪審を放棄するメリットは？」ボーディは訊ねた。「陪審裁判なら、ひとり不同調者がいれば事足りる。それを放棄するなら、相応の理由がないとな」

「理由はあるさ」ベンは言った。「スピードだよ。陪審裁判となると、再度、一から裁判を受け直さなきゃならない。ランサムはすでに証言を聞いている。ドーヴィも、以前の証言の多くをそのまま使うことに合意するんじゃないか。一からやるのでなければ、ランサムを急かして年内に公判日を設定させることもできる。わたしはクリスマス前に外に出られるだろうよ」

ボーディは両手を組み合わせ、じっくりと考えた。「確かにそうだな。ただ同じことを言わせるだけなら、あの証人たちを全員もう一度、呼び出す必要はないね」

「そうだとも」

「だがドーヴィは、われわれが何か企んでいると思うんじゃないか。彼はこっちの要求にことごとく異議を唱える。それがあの男の習性なんだ」

「じゃあわれわれは、これがやつの発案に見えるように事を運ばないとな」七月のあの最後の週に、ボーディの家の玄関ポーチを訪れたとき以来、初めてベン・プルイットは、ボーディが長年見てきた大胆不敵な弁護士の口調になっていた。「彼は、再度証言をさせるために証人全員をまた裁判所に呼び出さなきゃならないんだ。連休が迫っているいま、それをやるのは悪夢だろう。こっちが道を示せば、彼はきっとその道を走るさ。絶対だ」

陪審裁判を放棄したあと、ボーディはドーヴィにたどらせるパン屑《くず》を落としはじめた。

「忘れないでいただきたいのですが」彼は言った。「プルイット氏は、スピーディ・トライアルを求めています。われわれは本件をただちに審理予定表に入れてくださるようお願いします」

ランサムはうなずいて言った。「実はわたしは、来週予定されていたスピーディ・トライアルを一件、司法取引で処理したところでね。本件は、その空きに入れて審理し、月末までに結審することができますよ」

ドーヴィの目が大きくなった。「裁判官殿、そんな短期間で証人をそろえることは不可能です。それに、証拠を精査する時間も必要です。準備のために少なくとも六十日は与えていただきませんと」

ボーディはここで口をはさんだ。「準備することはそこまで多くないでしょう。われわれはすでに一度、この裁判を行っているのです。証言のほとんどは、以前に聞いたことの繰り返しとなるはずです。ドーヴィ検事も、前回の裁判のメモを見て、まったく同じ質問をするという手が使えますよ。うん、わたし自身はそうするんじゃないかな」

「裁判官殿、むずかしいのは質問を形にすることではありません」ドーヴィが言った。「サンデン弁護士の言うとおり、再審理の大部分は、前の裁判の繰り返しとなるでしょう。むずかしいのは、全員をそろえることなのです――特に、連休が迫っているこの時期となるとね。感謝祭の前後は、誰もが休暇を取りますから。不可能とは言わないまでも、直前の通知で全員をここに呼び出すのはかなり困難でしょう」

ランサム判事が言った。「ドーヴィ検事、あなたには召喚状を発行する権限があるでしょう。それを使っていただけませんかね。わたしにはこの裁判を先に延ばす気はありませんよ。あなたはただ力を行使すればいいのだから」

「裁判官殿」声に出して考えているかのように、ボーディは判事に語りかけた。「わたしの証人のなかには……そうですね、彼らの証言が前回、証言したときとまったく変わらないことはわかっています。本法廷とドーヴィ検事さえかまわなければ、彼らの証言については前回のものをそのまま使いたいと思います――検察側に異存がなければ、ですが」

ドーヴィは異議を唱えはじめた。「裁判官殿、わたしは……えー……」

「なんでしょう、ドーヴィ検事?」ランサムが言った。

ボーディには、ドーヴィの頭のなかで歯車が回っているのが見えた。ベンの予想どおりだ。

「裁判官殿、少し時間をいただけますか」ドーヴィは顎をさすりながら、ボーディの提案について考えた。「そうですね、裁判官殿、今度のは裁判官による審理であり、陪審裁判ではないわけですから、証人の多くについては、そのような合意が可能かもしれません。裁判官殿はすでに彼らの証言をお聞きになっている。すでに信頼に足る裁定を下せる立場におられるわけです。だとすれば、以前の証言の多くはそのまま使うことができるでしょうね」

ランサムはボーディに顔を向けた。「サンデン弁護士、あなたのお考えは?」

「依頼人と相談させてください」ボーディはベンのほうに身を寄せて、ささやいた。「もうフックは充分食い込んだかな?」

ベンはランサムに見えるようにうなずいて、ささやき返した。「巻き上げろ、弁護士先生」

ボーディは向きを変え、ふたたび判事に語りかけた。「ドーヴィ検事の提案は、ある程度、理にかなっていると思います。こちらがスピーディ・トライアルを要求していることや、時間的に証人のスケジュール調整が困難であることを思えば、なおさらですね。以前の証言の大方について、われわれは合意することができると思います。証人に新たに付け加えることが何もない場合、以前の証言を使わない理由はないでしょう。再審理の際、われわれが呼ぶ証人は、記録に何か新たなことを付け加えることができる者のみでよしとします」

ランサム判事はふたたびうなずいた。「そうした協定を結ぶことに関し、わたしのほうはなんの異存もありません。再審理の冒頭にそのことを記録しましょう。念のために言っておきますが、どちらの側も、特定の以前の証言について、この合意を強制されることはありません。またどちらの側にも、記録のために呼びたい証人を呼ぶ権利があります。わかりましたか？」

ドーヴィとボーディはともにこれに同意した。

判事が休廷を宣言し、ベンとボーディと廷吏をのぞく全員が退廷した。廷吏はベンを房に連れもどすために後方で待っている。ベンはボーディのほうを見た。それは、たったいま執行猶予の令状を受け取った男の顔だった。彼はボーディの肩に手をかけ、声をつまらせて言った。

「これがどういうことかわかるかい？」

「え？」

「これはわたしが証言台に立てるってことだよ」彼は言った。「ランサムはすでに、わたしの懲戒処分のことを知っている。ドーヴィがそのことでわたしを弾劾しようとしても、なんの問題もない。前回、証言台に立てなくて、どれほど苦しかったことか。とても言葉にできないよ。あれが正しい判断だったことはわかっている。でもつらかった。あれ以来、毎分毎秒、あの判断を後悔してきたんだ。仮に耳を傾けてもらえないとしても、わたしは証言台に立ち、ジェネヴィエヴの死に自分は関与していないと世界に向かって言いたいんだ」

第五十三章

かつて、ボーディがもっとも高い波に乗って法廷を渡り歩いていたころ、この郡には、小者の法律家たちが恐れ、陰で茶化すエリザベス・ムーアという検察官がいた。彼女は情け容赦のないことで有名だったが、実を言えば、それはただものすごく仕事ができるということにすぎなかった。彼女は万全の態勢でテーブルに着いた。ひとつだけ、理にかなった取引を持ちかけ、相手がそれに応じなければ、言葉に違《たが》わずその人間を起訴した。裁判当日の朝に折れるということは絶対になかった。そのまっすぐな姿勢——ボーディのような一部の弁護士が高潔の証《あかし》とみなす特性により、彼女は〝ドラゴン・レディー〟の異名を取っていた。

二〇〇二年の夏、そして、その後の秋にももう一度、ボーディは裁判でエリザベス・ムーアと闘った。一件は不法侵入、もう一件は車両を使った殺人だ。双方ともきわどい勝負、有罪無罪のどちらに転んでもおかしくないケースだった。ボーディはこの両方で勝った。それまでドラゴン・レディーに連勝した者は、ただのひとりもいなかった。そのため、他の弁護士たちは、ボーディをカソリック教の聖人になぞらえ、〝聖ゲオルギオス〟と呼ぶようになった。伝説では、この聖人は、リビアのある町にキリスト教を伝えるために、ドラゴンを殺したとされている。したがって、これはぴったりの名前なのだった。

ボーディは謙虚さを装いつつ、得々とその名を受け入れた。彼は秘かにこの聖人のエピソードを読み漁りはじめた。依頼人を護るために入廷する際には、傲慢《ごうまん》にも、聖ゲオルギオスがドラゴン退治に使ったとされる剣、アスカロンを持つ自分を頭に浮かべることもあった。

それはミゲル・クイント以前の話だ。

・

ベン・プルイットの再審理が始まると、ボーディは何年も眠ったままだったかつての感覚に見舞われるようになった。新たな証人が登場するたびに、彼には検察側の主張の傷が深く大きくなるのがわかった。それはまるで、彼がふたたびアスカロンを揮《ふる》っているかのようだった。

午前中の証人の流れのなかには、空調会社のブランブル氏、ニキ・ヴァン刑事、鑑識課員ダグラス・トーマス、犯罪者逮捕局の科学者ドナ・プライスなどがおり、例の精液のDNAがベン・プルイットのものでないことは、このプライスが裏付けた。ドーヴィは尋問のすべてを短く切り上げた。彼は、自身の裁判のテーマ、〝だからなんだ？　ベン・プルイットが妻を殺したという事実は変わらんぞ〟に集中していた。そう、ジェネヴィエヴ・プルイットは浮気をしていたようだ。そう、犯行現場からは、文字どおり凶器と並んで、別の男の精液が見つかった。だからなんだ？　それは、ベン・プルイットがどれほど利口にやってのけたかを示しているにすぎない。

しかしボーディはそれぞれの証人を弁護の武器へと変えた。ジェネヴィエヴ・プルイットが殺された夜、家にいた別の男の存在は、証人たちの前回の証言のひとつひとつに衝突した。彼らは、ベン・プルイットが動機と機会のある唯一の人間だという主張に基づき、彼を有罪にしたのだ。いま、この仮説は現実に合わず、ボーディは剣のひと振りひと振りで、検察の偽善の深層を暴いていった。

正午までに、ボーディは検察側の主張に相当の痛手を与えたが、まだ完全に滅ぼすには至っていなかった。そいつにはまだ息があった。そいつはなおも、起きあがって人を殺しかねない危険な獣だった。ライラとともにカフェテリアに下りていきながら、ボーディは湧きあがる過剰な自信と格闘していた。彼はベンとエマとの再会シーンを頭から払いのけようとした。

まだ終わったわけじゃないぞ。彼は自分に言い聞かせた。油断するなよ。

他の囚人たちに痛めつけられたベンを目にして以来、ボーディは眠れなくなっていた。彼の友は独房で二カ月、生き延びるのもやっとだった。この制度のもとで長生きはできないだろう。再度、裁判に負ける可能性を考えるたびに、ボーディは我知らず息を止めていた。もしそうなったら、どの面下げてエマに会えばいいのだろう?

ボーディをいまも悩ませつづけている未解決事項は、エヴェレット・ケイガンだった。

ボーディは、ケイガンを尾行させるために、ビル・コテムという退職警官を雇っていた。必要なのは、あの男のDNAサンプルだけなのだ。

コテムは十二日間、ケイガンを尾行した結果、ケイガンがその十二日間で一度しか家を出なかったと報告した。ジェネヴィエヴ・プルイットが亡くなったため、彼には現在、仕事がない。彼は教会にも買い物にも行かなかった。道の向こうの公園で過ごすことすらなかった。一度だけ家を出たそのとき、コテムはケイガンがゴミの袋を車のトランクに積み込んでいるのを目撃した。その後、ケイガンはある粉砕施設、ミネアポリス北東部の倉庫へと車を走らせ、そこでベルトコンベアにゴミの袋を載せた。袋はつぎつぎベルト上を移動していき、ダンプカー・サイズの粉砕機へと落下した。ケイガンのゴミはそこで砕かれて白いどろどろの塊になり、一トン分の他の粉砕物と混ぜ合わされた。そのぐちゃぐちゃからDNAサンプルを回収するのは不可能だった。

その後、ケイガンは朝食を提供するレストランに行き、パンケーキと卵料理の食事をした。食べるときは、持参したプラスチックのフォークを使い、ミルクはストローで飲んだ。食事を終えると、フォークとストロー、そして、口をぬぐうのに使ったナプキンを上着のポケットに収め、店を出た。

DNAが回収されるのを防ぐこと以外、人が汚れたフォークとストローを持ち歩く理由があるだろうか？　それに、隠すことが何もないなら、なぜケイガンはそこまで自分のDNAを取られまいとするのだろう？　だが、たとえ奇妙であっても、ケイガンの行動はなんの証拠にもならない。そして再審理の日になってもまだ、ボーディの手もとにケイガンのDNAサンプルはなかった。

その朝は、シーズン最初の本格的な降雪が法廷に向かうボーディを追いかけてきた。正午には、町は六インチの新雪に覆われていた。ボーディはその日、外でサンドウィッチを食べるという好みのやりかたを変え、カフェテリアでライラと昼食を取ることにした。ふたりは列に並んだあと、フロアの奥の席を確保した。

ふたつにカットされたサンドウィッチのひと切れめを食べ終えたとき、ボーディはかぶりつくのを途中でやめて、カフェテリアの中央あたりを目で示した。エヴェレット・ケイガンが小さなテーブルに着いている。ケイガンはポケットからプラスチックのフォークを取り出し、サラダを食べはじめた。水はストローで飲み、膝には紙ナプキンを置いていた。

「きみは彼がやったと思う?」ボーディはライラに訊ねた。

ライラは頭をめぐらせて、ボーディが見ている相手を確認した。「ケイガンですか?」彼女はしばらく間を取って、ボーディが必要だと思う以上にじっくりと答えを考えた。「ジェネヴィエヴと関係していたとは思います。そしてもしそうなら、彼は確かに最初の裁判で偽証したことになりますね」

「でも彼女を殺したのは? 彼だと思うかい?」

「わたしはいまでも、アンナ・アドラーーキングに賭けています。あの人にはどこか冷たいところがあるから」

「いや」ボーディは静かな確信を持って言った。「わたしもアンナだと思っていたが、いまはちがう。なぜケイガンが犯行に及んだのか、確かなところはわからない。たぶん、ジェネヴィエヴに関係を終わらせるとか、奥さんに話すとか言われたんじゃないかな。この目で何度も見てきたことだが、人間はカッとなると、信じがたいことをするものだよ。ジェネヴィエヴは、ケイガンとふたりで家で過ごせるように、エマを友人宅に泊まりに行かせたんだろう。彼らは性交渉を持ち、その後、口論になったんだろうね。ジェネヴィエヴがシャワーに行くと、ケイガンはナイフを取り出し、バスルームから出てきた彼女を刺したわけだ」

「じゃあ、どうやってそれを証明しましょうか?」ライラが訊ねた。

ボーディは肩をすくめた。「証明はできない。わたしはランサム判事に申立書を提出した。ケイガンのDNA採取の令状をもらえないかと思ってね。判事は申し立てを却下したよ。だめだろうとは思ったが、わたしもやるだけはやってみたんだ」

「なぜ判事は令状に署名しないんです? ケイガンのDNAはコンドームの精液と一致するかもしれない。それがすべてじゃないですか。それによって事件当夜、彼が現場にいたことが証明される。彼がジェネヴィエヴと寝ていたことも証明されるんです。少なくとも、プルイット有罪に対する合理的な疑いは確保されるでしょうに」

「かもしれない」ボーディはライラの言葉をそのまま彼女に返した。「ケイガンのDNAは問題の精液と一致するかもしれない。そこが問題なんだよ。ランサム判事は、見つかるかもしれないもののために令状に署名したりはしない。われわれには、ケイガンのDNAがそのコンドームから見つかる見込みがあるという証拠が必要なんだ。ところがわれわれは、情事の証拠をつかんでいない。ケイガンは否定しているし、夫人によれば、彼は、マリーナ・グウィンがジェネヴィエヴの家に赤いセダンが着いたのを見るより前に自宅にもどっていたことになる。どんな手を使ったのかはわからないが、わたしはジェネヴィエヴ・プルイットを殺したのはケイガンだと直感的に信じている。あいにくなことに、直感は相当の根拠にはほど遠い。そして相当の根拠がなければ——令状は下りないわけだ」

ケイガンはこちらに背を向けているが、ボーディには、あの男が口に触れた食べ物をひとかけらも残らず飲み込むよう気を配っているのがわかった。彼は唾液の泡ひとつ皿に残さないだろう。とそのとき、ケイガンが食事の手を止め、膝からナプキンをつかみ取って、紙のなかへとくしゃみをした。それから静止して、ふたたびくしゃみ。彼はナプキンを丸めて、小さなテーブルの端に置いた。

ライラがボーディに目を向けた。「待っていて」

彼女は立ちあがり、スーツの上を脱いで椅子に置いた。ケイガンのテーブルに向かうと、一度、そこを通り過ぎてから向きを変え、真正面から彼に歩み寄った。テーブルの両サイドに手をつき、彼女は身を乗り出した。そのブラウスの襟ぐりがブラジャーの上の縁がちらりとのぞく程度に下がった。

ボーディは、ライラがケイガンに話しかけるのを見守った。何を言っているのかはわからなかった。それから彼女がボーディを指さした。ケイガンは椅子のなかで向きを変えてこちらを眺め、ふたたびライラに顔をもどした。ライラは顔をしかめ、肩をすくめ、その後、ボーディのテーブルにもどってきた。

「何をしてきたんだ?」ボーディは訊ねた。

「ただ、わたしが先生のお手伝いをしていることを話しただけ。それから、証言台にあなたを呼ぶ前にひとつ質問をさせてほしい、と言ったんです」

「質問? どんな質問を?」

「結局、何も訊けませんでした。〝失せろ〟と言われたので。ほんとにいやなやつですね」

「それじゃどうして――」

ライラは拳を掲げ、ゆっくりと手を開いて、そこに隠していた鼻水まみれのナプキンを見せた。

「驚いたな。ここを出よう」

ライラは化粧室に手を洗いに行き、ボーディのほうは、混んだ店内を正面のカウンターへと急いだ。そこで彼は、厨房にあったビニール袋を一枚もらった。より望ましいＤＮＡの保存法に則り、紙袋をもらおうかとも思ったのだが、それではボーディの頭にある作戦は機能しない。時が来たら、彼は袋に何が入っているかをケイガンに見せる必要がある。局面が変わったことをケイガンに悟らせる必要があるのだ。

店をあとにしようというとき、ライラが彼に追いついた。廊下に出ると、ふたりは足を止めて振り返った。ケイガンはちょうどフォークとストローを上着のポケットにしまっているところだった。それから彼は、膝に手をやり――動きを止め、立ちあがり――かがみこんでテーブルの下をさがした。

混乱の色が顔に広がり、彼は凍りついた。ボーディには、ケイガンが頭のなかで食事の全プロセスをたどり、消えたナプキンを見つけようとしているのがわかった。ついにケイガンが振り返って、ボーディとライラのいた空いたテーブルを見たとき、ボーディは笑みを浮かべた。

第五十四章

昼食後、判事にこう告げながら、ボーディは懸命に笑いを抑えねばならなかった。「裁判官殿、弁護側はエヴェレット・ケイガンを証言台に呼びます」

廷吏が奥のドアから現れ、エヴェレット・ケイガンを従えて入廷した。消えたナプキンのことをどう考えたものか、まだ確信が持てないのだろう、ケイガンはもの問いたげにボーディに目を向けた。おぼつかない足取りで証言台まで歩いていくと、彼は顔を上げ、真実を述べると誓った。ランサム判事が記録のために証人の名前を復唱し、その後、ケイガンはボーディに視線を注いだ。

ボーディは上着のポケットにするりと手を入れ、カフェテリアのナプキンの入ったビニール袋をゆっくりと取り出した。彼は折りたたまれたビニールを広げた――あわてず騒がず、自分が手にしているものがケイガンに見えるように。それから、まず袋に、つづいてケイガンに目をやり――ウィンクをひとつ。彼は袋をテーブルに載せた。

ケイガンの目はナプキンに釘付《くぎづ》けだった。

「ケイガンさん、あなたはジェネヴィエヴ・プルイットと性的な関係を持っていましたか？」

ランサム判事とドーヴィは双方ともボーディに鋭い視線を投げた。だがケイガンはナプキンに目を据えたままだ。

ボーディは待った。一秒……二秒……三秒。「ケイガンさん？　あなたはジェネヴィエヴ・プルイットと関係を持っていましたか？」ボーディはやや強い口調で繰り返した。

四秒……五秒……六秒。

「ケイガンさん？」ランサム判事が呼びかけた。

「わたしは……」ケイガンはしゃべろうとして口を開いたが、言葉はひとつも出てこなかった。乾いた舌で唇を舐《な》めると、彼はふたたび挑戦した。「わたしは……黙秘権を行使したいと思います」

心のなかで、ボーディはぴょんぴょん飛び跳ね、天井を殴りつけていた。表向きその顔は退屈そうで、車のマニュアルを読んでいる男と同様、興奮の色はかけらもなかった。目の隅には、ケイガンの反応に呆然としているドーヴィの姿が見えた。ボーディは敵の混乱に乗じてたたみかけた。

「あなたは彼女と関係していただけじゃない。彼女が死んだ夜、あの家にいたんでしょう？」

「その質問への答えは差し控え――」

ここでようやくドーヴィが覚醒《かくせい》し、猛然と立ちあがった。「異議あり！」

「サンデン弁護士」ランサムが介入した。「質問はそこまでです」

「裁判官殿」ドーヴィが言った。「強く異議を申し立てます。黙秘権の行使に追い込むことを目的に証人を召喚するというのは、きわめて不適切です」

「ちょっと待ってください」ボーディは声を大きくして応じた。「いったいなんのことなのか、さっぱり――」

「きみたち！」ランサム判事の声が法廷内に大きく轟《とどろ》いた。「ふたりとも、すわりなさい」彼はケイガンに顔を向けた。「ケイガンさん、あなたは弁護士なのですから、自分が何をしているか当然わかっておいででしょう。ご自身の証言が自らの罪の証拠となる合理的な恐れがあるのならば、あなたは証言を拒否することができます」

「ありがとうございます」ケイガンはささやくように言った。

「裁判官殿」ボーディは言った。つぎの一手はひとつの賭けだが、もしも勝てば、儲けは大きい。「検察にはケイガン氏に免責特権を与える権限があります。それで彼は証言することができるはずですが」

ランサム判事は顎をさすりながら、どう応じるか考えていた。ランサムは頭のいい男だ。彼ならボーディの作戦を見抜けるだろう。殺人犯に免責特権を与えるというのは、職業上の自殺行為だ。もしドーヴィが免責特権を与えることを拒否すれば、それは彼自身、ケイガンがジェネヴィエヴ・プルイットを殺した可能性を認めていることを示唆する。自らの主張をもし信じているのなら、ドーヴィは、ケイガンの罪は偽証罪にすぎないと考え、免責特権を与えるはずなのだ。

ランサムがドーヴィに顔を向けた。「ドーヴィ検事？」

ドーヴィはケイガンをじっと見つめた。おそらくその表情からなんらかの保証を読み取ろうとしているのだろう。だがケイガンはぴくりともしない。彼はただ呆然と証言台の前の床を見つめるばかりだった。

「裁判官殿」ドーヴィが言った。「検察はケイガン氏に証言に対する免責特権を与えません」

ほらな。ボーディは胸の内で思った。検察官さえも、合理的な疑いを持っているわけだ。

「証人はさがって結構です」判事が言った。

ケイガンはうなずいた。立ちあがるとき、彼は手すりをつかんで身を支えた。

ベンが身を乗り出して、ボーディを抱き締め、ささやいた。「たったいま、あんたはわたしの命を救ったわけだな」

第五十五章

ベン・プルイットは、陪審裁判の初日に着ていたのと同じグレイのスーツを着て、証言台に立った。ただ、彼が痩せたせいでその服はあのときよりもゆるくなっていた。

ボーディはいきなり核心に入った。「あなたはジェネヴィエヴ・プルイットの夫でしたね?」

「はい」

「彼女が殺された夜、あなたはどこにいましたか?」

「イリノイ州シカゴ中心街のマリオット・ホテルの四一四号室で眠っていました」

「その夜、あなたは車を運転してミネアポリスにもどりましたか?」

「いいえ、もどっていません」

「あなたは奥さんを殺しましたか?」

「わたしは妻を愛していました。殺してなどいません」

「あなたはなんらかのかたちで彼女の死に関与しましたか?」

「わたしは家を空けていて、妻を護ってやれなかった。もしわたしがそこにいたら……もしシカゴに行っていなかったら、彼女はまだ生きていたと思います。しかしわたしは、彼女の死に一切関与していません」

「質問は以上です」

「ドーヴィ検事」ランサム判事が言った。「質問をどうぞ」

ドーヴィは咳払いした。「プルイットさん、あなたは奥さんが浮気をしていたと思いますか?」

「これがこの裁判の前だったら、そんなことはありえないと言ったでしょう。いまでも、信じられない気持ちです。わたしは、自分たちは幸せなのだと思っていたので……そうですね、〝幸せ〟というのは言い過ぎかもしれません。わたしは、自分たちはうまくいっているものと信じていたのです。娘のエマがいて、仕事にも恵まれ、何もかも順調でしたから——少なくとも、それがわたしの考えでした。わたしはジェネヴィエヴを愛していました。彼女はわたしにとって最高の女性だったのです」

「では、奥さんが他の男と寝ていたことはまったく知らなかったわけですね？　わたしにはどうも信じられないのですが」

「異議あり。論争的質問です」

「異議を認めます」

「プルイットさん」ドーヴィはつづけた。「あなたは奥さんの死によってちょっとした財産を相続する立場ですね」

「わたしはそれをはるかに超えるものを失っています」ベンは言った。「もしご自身の富をドルでしか量れないのなら、ドーヴィ検事、あなたは実に気の毒な人です。わたしはいちばんの親友を失った。そして、我が子の母親を失ったのです。ジェネヴィエヴに他の男がいたとしても、わたしたちは家族です。問題はいずれ解決したはずです」

「奥さんは離婚を考えていたのですよ。問題が解決するわけは――」

「異議あり」ボーディは立ちあがった。「裁判官殿、エヴェレット・ケイガンによる証言以外に、プルイット夫人が離婚を考えていたという証言は存在しません。ケイガン氏は合衆国憲法第五修正に基づく黙秘権を行使しました。これによって、弁護側は、ケイガン氏の証言を、本裁判のものも前回のものもすべて抹消するよう求めます」

ランサム判事は親指で顎をさすった。「ドーヴィ検事、弁護人の言うことはもっともです。ケイガン氏には、どの証言を記録に残すか取捨選択することは許されません。ケイガン氏が黙秘権を行使するなら、氏の証言はすべて抹消されなくてはなりません」

「しかし、裁判官殿、われわれは協定を結んでいます。両者とも――」

「ドーヴィ検事」ランサム判事がさえぎった。「この問題に議論の余地はありません。ケイガン氏の証言は、本法廷では考慮しないこととします。つづけてください」

「わかりました」ドーヴィは言った。

「プルイットさん、あなたは、裁判所に対する詐欺行為により、弁護士行動規範委員会から懲戒処分を受けています。これが真実であることを認めますか？」

「処分を受けたことは認めます。しかし、裁判所に対する詐欺行為を行ったことは認めません。ある事件のとき、わたしは仕事を手伝わせるために調査員を雇いました。その男が、事件の担当刑事マックス・ルパートが捜査手法の問題で懲戒処分を受けたかに見える文書を持ち込んだのです。確かにもっと慎重にチェックすべきでした。しかし、そのときのわたしはそれを本物だと信じていたのです」

「しかし委員会の見解はちがった」

「そう、ちがいました。わたしは委員会の決定を受け入れました。それがまちがいであることはわかっていたのですが。わたしは前に進み、仕事をつづけ、生活をつづけたのです。あの一事により判断されることを、わたしは拒否します。あの唯一の傷以外、わたしは一切汚点のない人生を送ってきました。その事実は、誰にも変えられません――あなたにさえもです、ドーヴィ検事。なぜなら――わたしは妻を殺していない――これが真実ですから。この真実は、ドーヴィ検事、最終的にすべてを凌駕《りょうが》するでしょう」

まさに場外ホームランだ。ボーディは笑みを抑えた。

ドーヴィは法律用箋をすばやく繰って、つぎにすべき質問をさがしていた。ときおり考え込みながら、彼は先のページに進んだり、前にもどったりしている。ボーディには、ドーヴィが迷う理由がわかる気がした。ベン・プルイットは並みの証人とはちがう。彼は何年も裁判に携わってきたのだ。ドーヴィのような達人たちから反対尋問のテクニックも学んでいるにちがいない。ベンは罠の見分けかたを知っている。それらは、彼自身がそのキャリアのなかで仕掛けてきた罠だからだ。ベンの答えは障害物をすべてクリアした。このままつづけても、ドーヴィは自らの主張にさらにダメージを与えるだけだろう。ついにドーヴィは法律用箋をテーブルに放り出し、首を振って言った。「質問は以上です」

第五十六章

検事と弁護士に最終弁論の準備をさせるため、審理はいったん中断された。ボーディはベンとライラとともに、法廷に隣接する管理された部屋、拘置室へと引きあげた。考えをまとめながら、彼はベンとライラの会話に耳を傾けた。最初それは雑談だったが、やがてライラが、ケイガンの黙秘権行使につながったカフェテリアでの出来事を話題にした。

「信じられないよ。ここまで完全に彼を見誤っていたとはな」ベンが言った。「わたしは彼を信用していた。お客としてうちに招いたこともあるんだ。彼はわたしたちと食事をした――うちの娘も一緒に。とにかく……とにかく信じられない。しかしどうしてジェネヴィエヴを殺さなきゃならないんだ？」

「奥さんは別れるつもりだったのかも」ライラが言った。「それでエヴェレットは、切れたのかもしれない」

「やつをつぶしてやる」ベンはささやいた。「浮気のことはどうでもいい。あいつには、エマから母親を奪う権利はないんだ」

「まあ、落ち着いて、ベン」ボーディは言った。「ここじゃ誰も誰かをつぶしたりはしない。この件は法に任せよう」

ベンの顎の筋肉が収縮した。どうやら彼は、新たに知った妻とエヴェレット・ケイガンに関する事実を反芻《はんすう》しているようだった。

「それに、ケイガンが本当に犯人かどうかはわからないわけだしな」ボーディは言った。

「〝わからない〟とはどういう意味だ？」ベンはボーディに向かって拝むようなしぐさをした。「誰か他にジェネヴィエヴを殺す人間がいるか？　やつに決まっているだろう」

「わたしはまだ、きみの義妹も除外していない。このことでいちばん大きな利益を得るのは彼女なんだ。あるいは、ジェネヴィエヴが訴えたり怒らせたりした誰かということも考えられる。いや、案外、あの〝怒れるトロール〟かもしれないぞ。もしかすると……」

暗がりから歩み出てきたこの斬新な考えに、ボーディはふと口をつぐんだ。ケイガン夫人が殺人者であるという切り口は、それまで一度も頭に浮かんだことがなかった。その発想は彼を、最初の裁判のあの日に立ちもどらせた。エヴェレットが、妻に目をやっては、感情をぬぐい去っていたあのときに。頭のなかでひとつの考えが形を成しはじめ、ボーディはそれに小さな声を与えた。「もしかすると、彼女は浮気のことを知ったのかもしれない」新たな可能性が宙に浮かび、室内はしんと静まり返った。

沈黙を破ったのは、ライラだった。「でもマリーナ・グウィンは、赤いセダンから男が降りてくるのを見たと言ってたじゃないですか」

「いや」ボーディは言った。彼はメモで一杯の法律用箋を手に取って、そのページを乱暴に前へ前へとめくりはじめた。やがて、めあてのものが見つかった。「ほら、これだ。グウィンの実際の言葉は、〝男の人が車から降りてきてあたりを見回しました〟だよ。それから、彼女はこう言っているんだ——〝少なくともわたしは男性だった気がしています〟」

「確かにそうだ」ベンが言った。「すっかり忘れていたよ」

「ありうるでしょうか?」ライラが訊ねた。

それ以上、議論を進める間もなく、ノックの音がして、廷吏がドアから顔を出した。「判事が十分後に全員、法廷にもどってほしいと言っています」彼は言った。

ボーディはノートをテーブルに放り出した。「頭をクリアにする必要があるな」彼は言った。「どこか静かな場所を見つけて、最終弁論に気持ちを集中させるよ。十分後に法廷で会おう」

廷吏に部屋から出してもらうと、ボーディは法廷を通り抜け、集中できる静かな場所をさがすために廊下に出た。もう遅い時間だったが、同じ階の他の事件はまだ審理中で、会議室もすべて使用されていた。そこでボーディは階段の吹き抜けに向かい、するりとなかに入った。一階上までのぼらねばならなかったが、腰を下ろせるきれいな段をひとつ見つけると、そこにすわった。

その場所で彼は、最終弁論で判事にたたきこむべき事柄の目録作りにかかった。正しい順序で証拠を並べるのに、メモは使わず、記憶術にたよるのが、彼の好みのやりかただ。ところが、前の裁判の半分まで見直したかどうかというとき、吹き抜けの下の階に近づいてくる話し声が耳を打った。ひとり静かに過ごす時間に邪魔が入るのかと思い、彼は小声で悪態をついた。話し声は次第に迫ってくる。これはドーヴィの声じゃないだろうか。

ドアが開き、ドーヴィが言うのが聞こえた。「ちょっとこちらへ」

「それはつまり、この裁判は負けということなの？」それは、アンナ・アドラー‐キングの声だった。「あなた、大丈夫だと言ったじゃない。絶対確実。それがあなたの言葉よ。なのにいまになって、ベン・プルイットは無罪放免になるって言うの？」

「どうしようもないんです」ドーヴィはかすれた声で言った。「ケイガンが黙秘権を行使したのは、わたしのせいじゃないしね。ああすることで、彼は自ら、自分に罪があるという印象を与えてしまったわけです。わたしの力が及ばないことというのもあるんですよ」

「あなたが裁判官にふさわしい人間なのかどうか、わからなくなってきた」アンナは冷ややかに言った。「こっちは力になってあげたのにね、フランク、これがそのお返しってわけ？」

「ランサム判事はまだ判決を下していません。もしかすると——」

「およしなさい、フランク」アンナはもはや声をひそめもせず、子供を叱るようにフランク・ドーヴィを叱りはじめた。「この裁判がどこに向かっているかは、あなたもわたしもわかっている。あなたはこれをひっくり返さなきゃならない。聞いている？　わたしの支援がほしいなら、自分が約束を守れることを示しなさい」

「無茶言わないでくださいよ。最終弁論が始まるまであと五分しかないんですから」

「好きにしたらいい」アンナは吐き捨てるように言った。「このままだと、わたしが州知事に出す報告書は、あなたに好意的なものにはなりませんよ」

アンナ・アドラー-キングが立ち去ろうとして踵《きびす》を返すと、彼女の靴が吹き抜けの砂をすりつぶす音が壁にこだました。ドーヴィが彼女のあとを追って出ていくのが聞こえた。ボーディは階段の縁から下を見おろし、ふたたびひとりになったことを確認すると、立ちあがって、ズボンの尻を払った。

ドーヴィは苦境に立たされている。だが最終弁論が始まろうしているいま、もはや彼に打つ手はない。少なくとも、ボーディの見るかぎりはひとつも。法廷へと引き返していきながら、ボーディは沈思黙考した。仮にドーヴィの立場だったら、自分はどうするだろう？　どの選択肢も同じ問題へともどっていく——裁判は終わったのだ。反証に使う証人はもう呼べない。追加の捜査を行うという手もない。ケイガンは証言を拒否しており、そこに踏み込むのは不可能だ。たとえケイガンを動かす手が見つかったとしても、ドーヴィには時間がない。

ドーヴィが判事職に就けるか否かは、誰の目にもあの男の負けが明らかな裁判の結果にかかっている——そう思うと、笑みがこぼれた。通常、ボーディは、他人の転落を喜んだりはしない。しかしドーヴィはポリティカル・アニマルであり、ボーディの考えでは、ポリティカル・アニマルは同情に値しない。そしていま、ドーヴィは追いつめられ、彼の世界は本人のまわりでがらがら崩壊しつつある。法廷に入っていきながら、ボーディは、油断するなと自らに言い聞かせた。追いつめられた動物《アニマル》は、もっとも危険な動物《アニマル》なのだ。

第五十七章

ボーディには、階段の吹き抜けで耳にしたことをベンに伝える時間がなかった。彼が席に着くやいなや、ランサム判事が入ってきて、審理再開を告げたのだ。

「検察側は最終弁論の準備ができていますか?」判事は訊ねた。

「裁判官殿、つづける前に、ひとつ発言させていただきたいのですが」

ほうら、来た、とボーディは思った。

「裁判官殿」ドーヴィは話しだした。「お気づきかと思いますが、本件は、この地域社会において大変な注目を浴びてきました。これは、故人の社会的立場もあってのことですが。被害者とその一族は、この州におけるきわめて重要な慈善事業のいくつかの礎《いしずえ》となっているわけですから」

ベンが身を乗り出して、ボーディの耳もとでささやいた。「彼は何をやっているんだ?」

ボーディはささやき返した。「パニックをきたしてるんだよ。アンナはやつのタマを万力ではさんでいて、いま、それを締め付けている。やつはこの裁判に負けるわけにいかないんだ」

ドーヴィはつづけた。「もうひとつ指摘させていただきたいのですが、本件の審理手続きのありかたは……そうですね、控えめに言っても、若干変わっていました。別個に二件の裁判が行われ、本法廷が適正な裁定を下すのに必要な証言の一部は、数週間前にもたらされたばかりです。なおかつ、ケイガン氏の前回の証言は一切、証拠として認めないという本法廷の裁定——これが問題をさらに複雑にしています。わたしは、本法廷が検察側と弁護側の双方に、最終弁論の書面による提出を認めることが妥当かと思います。これによりわれわれは、裁定が下される前に、事実関係を整理し、より明快なかたちに整える時間を得ることになります。今週末までの提出ということでいかがでしょうか?」

「なんだって?」ベン・プルイットの声は、弁護側の席のはるか向こうまで運ばれていった。

「彼は何をやってるんだ?」

ボーディは一方の手を上げてベンを黙らせた。それから、彼の耳もとに口を寄せて言った。

「引き延ばし作戦だよ」

「そうともさ」ベンはささやき返した。「だが、こっちはもう拘置所にもどるわけにはいかんぞ。われわれは勝ったんだ。こんなのは不当だ」

ランサム判事は混乱しているようだった。「サンデン弁護士、ドーヴィ検事の要望に関して、何かご意見はありますか？」

「少々お待ちを、裁判官殿」ボーディはベンに顔をもどした。「ドーヴィには自分の負けがわかっている。さっき聞いたんだ。休廷中、彼とアンナがそのことで言い合っていた。彼女は怒っている。もしドーヴィが帽子からウサギを引っ張り出さなかったら、判事職に彼を推すのをやめる気なんだ。そのウサギを見つけるのに、彼には時間が必要だ。だから書面の提出を要望している。何かひねり出す時間を稼ぐためにな。これはそういうことなんだよ」

「サンデン弁護士？」判事が促した。

ボーディは立ちあがった。「裁判官殿、最終弁論を書面にするという検察側の要望に根拠となる判例はありません。ドーヴィ検事は、猶予という雨を降らせようとして、雨乞いの踊りを踊っているのです。これは不適切であり、わたしはいまここで双方に最終弁論を行わせていただきたいと思います」

ランサム判事の顔に、純粋な興味の色が現れた。「サンデン弁護士」判事は言った。「それは、わたしには検察に書面提出を認めることが許されないということですか？　そう、確かにわたしは、これを認めなければならないという判例を知りません。しかし同時に、認めてはならないという判例も知らないのです。もしそのような判例を知っておられるのであれば、ぜひ教えていただきたいのだが」

「いえ、裁判官殿、そうしてはならないという判例は知りません。しかし、この要望のねらいが書面の提出にあるとはわたしには思えません。これは、本裁判の結果が出るのを先に延ばす策なのです。わたしは——」

ドーヴィが猛然と立ちあがった。「裁判官殿、これはとんでもない言いがかりです。謝罪を要求します。裁判所の一職員として、わたしは——」

「ドーヴィ検事！」ランサム判事が一喝した。「本法廷が発言を求めるまで、すわっていなさい」

着席する前に、ドーヴィは数秒間、立ったまま、ボーディをにらみつけていた。見つめ返したボーディは、ドーヴィの目に一瞬パニックの色がよぎるのを見たような気がした。心を見透かされていることをドーヴィは知っているのだ。

「裁判官殿」ボーディはつづけた。「わたしは、本法廷にはドーヴィ検事の要望を認めることが許されないと言っているのではありません。本法廷はそれを認めるべきではないと主張しているのです。これはこの要望が不誠実であるからというだけではなく、いまそこにひとりの人間の自由がかかっているからです。失礼ながら、ドーヴィ検事は、災厄が迫っているのを悟り、結審となる前になんとか救い主を見つけようとしてあがいているのだと思います。しかも、ドーヴィ検事がこの幻想にとらわれているあいだ、わたしの依頼人、無実の罪で有罪となった男は、自由が回復されるのを待たされることになるのです。これは、裁判官殿、お笑いですよ。プルイット氏はこれ以上ひと晩たりとも囚われの身でいるべきではありません」

ランサム判事は椅子に背中をもたせかけた。ドーヴィが立ちあがろうとしたが、判事は片手でそれを制した。どうしたものか考えながら、彼は顎をなでていた。それから再度、テーブルに身を乗り出した。

「サンデン弁護士、わたしは検察側の要望を認めたいと思います。ドーヴィ検事には検察側の主張の論拠を十二分に示す権利がありますから」

ボーディの視野の隅に、ドーヴィが安堵のため息をつくのが見えた。

「しかしながら」判事はつづけた。「最終弁論の書面は、今週末ではなく明日、提出してもらいます。ドーヴィ検事、あなたが書面をメールすることができるのは、正午までです。サンデン弁護士は午後二時までに答弁を提出してください。検察側からの反論は、三時必着とします。わたしは明日中に裁定を下します」

ボーディは壁の時計に目を向けた。午後四時過ぎ。ベンが自由になるまで、あと二十四時間だ。ランサム判事がどんな裁定を下すか、彼にはわかっていた。いや、ベンが無罪となることは、法廷内の誰もが知っている。なのに、フランク・ドーヴィの政治的野心のために、彼らは待たねばならないわけだ。

そのとき、ふとある考えが浮かび、ボーディは立ちあがった。「裁判官殿、弁護側は、裁定が下るまでのあいだ、プルイット氏の一時出所を認めるよう本法廷に求めます」

ドーヴィがテーブルに拳をたたきつけて、立ちあがった。「いけません、裁判官殿」彼は大音声で異議を唱えた。「この男は有罪判決を受けた殺人犯なのです。彼を釈放することなど、許され――」

「ドーヴィ検事！」ランサムの声が轟いた。「わたしの法廷では礼節を守ってもらいます。一度しか言いませんよ」

「しかし、裁判官殿」ドーヴィは哀願口調になって言った。「わたしとしては、この男を街にもどすことを認めるわけには――」

「ドーヴィ検事、それはあなたの決めることではありません」ランサム判事は言った。「それが適当であると思えば、わたしには一時釈放を認めることができるのです。書面提出のために本裁判の延期を求めたのは、あなたでしょう。わたしはその要望を受け入れました。しかし公正であろうとするなら、わたしは良心に従い、サンデン弁護士の要望にも同様の判断を下さねばなりません。わたしは弁護側の一時釈放の申し立てを認めます」

ドーヴィは頭をめぐらせ、傍聴席にすわるアンナ・アドラー＝キングのほうを見た。どうやら彼は、ベンの釈放が認められたことに関し、自分は責任を問われないという保証がほしいらしい。もしもそうだったなら、彼の求めているものは得られなかった。アンナ・アドラー＝キングは立ちあがって、法廷から出ていった。

＊

ランサムはその日の審理を終わりとした。人々が出ていくなか、ボーディとベンとライラはじっと動かずにすわっていた。三人だけになると、ベンはボーディに飛びついて、彼を激しく抱き締めた。その荒っぽさは、ボーディが気を失うかと思うほどだった。

「これってどういうことなんです？」ライラが訊ねた。

「われわれは勝ったんだよ」ボーディは言った。

「でもまだ裁定は下されていませんよね」ライラが言った。

ベンが口を開いた。「判事はわたしの釈放を認めた。もし有罪にするつもりなら、釈放などしないさ」

「おめでとう、ライラ」ボーディは言った。「たったいまきみは、初めての殺人事件の裁判で勝利したわけだよ」

膝の力が抜けてしまったらしく、ベンはふたたび椅子にすわりこんだ。「信じられないよ」彼は言った。「つまりね……こうなることを願い、祈ってきたものの、心の奥底では、やはり……」ベンの目が涙で一杯になった。「エマとの再会が待ちきれないよ」

「きっとダイアナも、あの子を連れてミズーリからもどる時を待ちきれずにいるだろう。当初の予定より滞在が長引いているからね。それはそうと、エマには、裁判の経過についてはまったく話していないんだよ。わたしたちは待ちたかったんだ……つまり、この日まで――きみが自由になる時まで、だね。では、そろそろきみを拘置所から出す手続きにかかろうか」ボーディはコートに手を伸ばし、ポケットを空にしはじめた。「きょうはきみが逮捕されたあの日より少し寒いんだ。きっとコートが必要だろう」ボーディは自分のコートをベンに渡した。

「受け取れないよ」ベンは言った。「それはあんたが着ないと」

「新しいのを買いに行けばいいさ。わたしの口座には二十万ドル入っていて、ただ使われるのを待っているだけなんだからな。メイシー百貨店までスカイウォークを通って行けるし――外には一歩も出なくてすむよ」

「そうだな、どうしてもと言うなら」ベンは言った。

「うん、どうしてもだ。車でうちまで送ろうか？」

「いや」ベンは、法廷の奥にいまも静かに立っている副保安官を目で示した。「タクシーを拾うよ。一日二十四時間、男どもに囲まれていたあとだからな。ひと晩はひとりでいたいね。エマに会う前に、身繕《みづくろ》いして、気持ちを落ち着かせないと」

ベンは最後にもう一度、両腕を差し伸べて、ボーディとライラの両方を抱擁した。「あんたたちがいなければ、こうはならなかったよ」

第五十八章

ボーディが行政センターを出るころには、雪はやんでおり、最終的に積雪は八インチになっていた。その朝、車を走らせてきたとき、彼は雪を呪ったが、いま町は息をのむほどの美しさだった。世界は公明正大だ。新しいコートを買うためにメイシー百貨店をめざし、彼はぶらぶらと歩いていった。口笛でクリスマス・キャロルを吹きたかったが、彼とダイアナには決めごとがある。感謝祭が終わるまで、キャロルはなし。そこで彼は、口笛で「雨に唄えば」を吹いた。

ダウンタウンのメイシー百貨店は、行政センターからたったの四ブロックだ。コートを買ったあと、彼は車まで外を歩いて、ミネアポリスの美しさを味わうことにした。

パーキング・ビルまであと一ブロックというところで、彼は七番ストリートと三番アベニューの交差点に立つひとりの男に気づいた。男は、ボーディとは反対の方向、車が流れてくるほうに向けられている。コートを着ていた。コートの襟は立っているが、それでもその男はベン・プルイットによく似ていた。

ボーディは少し足を速めた。さらに近づくと、それがベンだということがわかった。きっとタクシーが来るのを待っているのだ。ボーディが声をかけようとしたまさにそのとき、白いSUVが近づいてきて、ベンの真ん前で停まった。

ベンはSUVに飛び込み、即座にドライバーのほうに身を乗り出して、その女にキスしはじめた。ボーディは足を止め、目にしているものの意味を理解しようとした。ベンと抱き合い、その肩と首に手を回しているため、女の顔は見えない。ボーディは動くことができず、キスが次第に激しさを増すのをただ見つめていた。

キスが終わると、ベンはそのキャデラック・エスカレードの助手席に落ち着き、ボーディにも初めてドライバーの顔が見えた。それはマリーナ・グウィンだった。

SUVがふたたび車の流れに入り、ボーディのほうに向かってきた。車が通り過ぎるとき、ベンとボーディの目が合った。ベンの口の端が上がり、悪意に満ちた笑いを形作った。まるで、〝これで俺の秘密がわかったろう〟と言っているような。しかしその目の奥に、ボーディは恐れを認めた。

第五十九章

教授の家の私道はまだ雪かきがすんでいなかったので、ライラはサミット・アベニューに車を駐めた。ポーチを進みながら、ブーツに付いたどろどろの雪をドンドン足踏みして落とし、いつものように玄関のドアをノックしてから、家のなかに入った。廊下とサンデン教授の書斎には明かりが灯っていたが、家のそれ以外の部分は暗いままだった。彼女はブーツのひもをゆるめはじめた。

「サンデン先生？」そう声をかけた。「部屋をかたづけに来たんですが」

返事はない。

彼女は濡れたブーツを脱ぎ、靴下だけの足で奥にある教授の書斎に向かった。フレンチドアに近づくと、そのガラスの向こうに、椅子にすわってコンピューターのモニターを凝視する教授の姿が見えた。

「先生？　大丈夫ですか？」

サンデン教授は顔を上げた。ひどく悲しげな、打ちのめされたその表情に、ライラはとまどいを覚えた。教授はなかに入るよう、手振りで彼女に合図した。「すわって」彼は椅子を指さした。ライラがすわると、教授は彼女に見えるようにモニターの向きを変えた。画面には料金所のビデオの静止画像が映っていた。白いSUV。運転席に男がすわっている。「これが誰かわかるかい？」教授は訊ねた。

ライラは画像をじっと見つめた。確かにこの顔は知っている。それが徐々にわかってきた。

「この人は……プルイットさんに似ていますね」

「そう、これはプルイットさんだ」サンデン教授は言った。「車はマリーナ・グウィンのものだよ」

「どういうことです？」

「きょう、公判のあと、ベンがこの車に乗り込んで、マリーナ・グウィンにキスするところを見たんだよ。わたしたちがさがしていたのは、赤いセダンだ。マリーナ・グウィンのSUVじゃない。彼女の車をさがそうなんて、誰も思いつくわけないものな」

「サンデン先生、どういうことなんです？」

サンデンは少し間を取った。それはまるで、舌の上を進むまいとする言葉を押し出そうとしているようだった。「ベン・プルイットは本当に妻を殺していたんだ。マリーナ・グウィンは彼の共犯者だったわけだよ」

「そんなのすじが通らない」ライラは言った。「マリーナ・グウィンこそ、この裁判の大もとじゃありませんか。事件当夜、プルイットさんを見たと言ったのは、彼女なんですから。その証言がなければ、プルイットさんは起訴されなかったはずでしょう？」

「そして一度、無罪を勝ち取れば、彼は一事不再審《ダブル・ジョパディ》の法則に護られる。ジェネヴィエヴを殺した罪で起訴されることは二度とない。彼は起訴されたかったんだ。裁判を受ける必要があったんだよ。最初からそれが彼の計画だったわけだ」

「でも彼は有罪になった」

「確かに。それも計画のうちだったとは、わたしも思わない。きっと彼は、マリーナ・グウィンが証言を翻《ひるがえ》せば、無罪になると思っていたんだろう。とはいえ、彼には切り札があった。あのシーツが出てくるのが、わかっていたんだ。ダクトが詰まっているかぎり、暖房炉は作動しない。彼はそれを知っていた。だからシーツをそこに詰め込んで、いつか必ず見つかるようにしたわけだよ」

今回は前とちがう目で経緯を見ながら、ライラは頭のなかで事件を再生した。「だから彼は遺体を運び出したのね」

ライラの洞察力にボーディはほほえんだ。「そのとおり。なぜ犯人はわざわざあの駐車場に遺体を持っていったのか。その理由は結局、わからずじまいだった。われわれはみな、犯人は犯行を隠蔽《いんぺい》しようとし、ゴミ容器が満杯だったため挫折したものと考えた。だが実際はまさにその逆だったんだ。ベンがジェネヴィエヴの遺体を駐車場に捨てたのは、自分にシカゴというアリバイがあるあいだに遺体が確実に見つかるようにするためだったんだよ。わたしたちには彼のアリバイを証明することができなかった。なぜならマックス・ルパートが正しかったからだ。彼は本当に車でこっちにもどっていたんだ。マリーナ・グウィンは、マックスにちがう車をさがさせるために、その車を赤いセダンと言ったわけだ」

「ランサム判事に話さなきゃ」ライラは言った。「判事はきょう、プルイットさんに無罪を言い渡さなかった。明日、判事が無罪の裁定を下す前に、このことを伝えなきゃいけません」

「それはできない」

「サンデン先生。ベン・プルイットは殺人犯なんですよ。わたしたちは、彼が殺人犯であることを知っている。なおかつ、彼がまもなく自由になることも知っている。ただここにすわって、手をこまねいているわけにはいかないでしょう？」

「わたしたちは規則に縛られているんだよ、ライラ。わたしたちには、依頼人の最大の利益のために真摯《しんし》に行動する倫理上の義務がある。もしも依頼人の最大の利益に反する行動を取れば、わたしたちはその義務に背くことになるだけじゃない。証拠は法廷で認められないんだ。ランサムは、ベンを無罪にすると言ったも同然だからね。仮にわたしたちがランサムのもとに行き、新たに知ったことを話したとしても、彼としてはそれを無視せざるをえない。彼に他の選択肢はないんだよ。ベンについていまわたしたちが知っていることは、証拠にはならない。わたしたちがランサムのもとに飛んでいったところで、ベンは有罪にはならないんだ——少なくとも、この理論のもとではね」

「わたしたちにできることは何もないんですか？」

「さっきからずっとそれを考えて、脳みそを絞っていたんだよ、ライラ。ひとつアイデアがあるんだが……どうだろうな。判例がないんだよ。わたしの知るかぎりでは、ひとつも」

「何かお手伝いしましょうか？」

「うん。法律図書館にひとつ本があるんだ。わたしが授業で使う、職業倫理に関する学術書だよ。その本は貸出ししていない。だがわたしが先に電話して、リサーチに必要なんだと言っておくから、きみは持ち出せるはずだ」ボーディは、本のタイトルを紙に書いて、ライラに手渡した。「車で行って、その本を取ってきてくれないかな？」

「もちろんです、先生。すぐ取ってきます」ライラはドアに飛んでいき、大急ぎでブーツをはいた。外に出ると、雪に覆われたすべりやすい道で転倒しそうになりながら、全速力で車へと走った。

車内はまだ暖かく、フロントガラスに曇りはなかった。運転席に着いた彼女は、車のキーをバッグから取り出したが、ひどくあわてていたせいで、キーは震える手から飛び出し、ステアリング・コラムに当たって床に落ちた。彼女は下に手を伸ばし、濡れたフロアマットをあちこちさぐってキーをさがした。そのあいだもずっと、度を失った自分に向かって悪態をついていた。いったん外に出てキーをさがそう。そう思って、ドアを開けかけたとき、座席の下で手がキーに触れた。

体を起こした彼女は、車のヘッドライトに気づいた。黒いＢＭＷが近づいてくる。それは道の向こう側の歩道際に停まった。そしてまさに彼女が車を出そうとしたとき、ＢＭＷのドアが開き、その車内がパッと明かりに満たされた。運転席にすわっていたのは、ベン・プルイットだった。

ライラは腰を前にすべらせ、ベン・プルイットの動きがぎりぎり見える程度に、座席に身を沈めた。車から降りてきた彼は、まっすぐに立ち、あたりを見回し、その後、ふたたびかがみこんで、車のなかに手を伸ばした。再度、身を起こしたとき、その手には小さな黒いピストルが握られていた。

ライラはさらに低く身を沈め、息を止めた。

ベン・プルイットはズボンの腰に銃をはさんで、サンデン教授の家へと向かった。

第六十章

その夕方、マックス・ルパートの携帯には、フランク・ドーヴィから二本、電話が入った。マックスはその両方を放置し、ボイスメールへと送った。あとでメッセージを聞いたとき、彼はあの男の声から必死の思いを読み取ることができた。一本目の電話は、マックスが仕事から帰った直後に入った。そのメッセージは命令的で、いますぐ検察局に来るようマックスに求めていた——決定的証拠を見つけるのに二十四時間しかないのだとか。マックスは折り返しの電話もせず、そのメッセージを消去した。

第二のメッセージ、一件目の三十分後に残されたやつは、前のものより哀願調になっていた。ドーヴィは、帰宅後に電話して申し訳ないと詫びたうえで、ブリッグス警部補にマックスの番号を聞いたのだと説明し、自分にはどうしてもマックスの助けが必要なのだと言った。この第二のメッセージで、ドーヴィはケイガンが第五修正に基づき証言を拒否したこと、検察側の主張がくずれ去ったことを説明した。彼は、自分の主張の穴を埋めるためにどうにか一日の猶予を得た、だがそれにはマックスの助けが必要なのだと言った。いかにも哀れっぽい嘆願により、ドーヴィは通話を締めくくっていた。マックスはそのメッセージも消去した。

その晩、彼が私道の雪かきを終えたとき、携帯がふたたび鳴った。発信者が誰なのかわからず、どうせドーヴィが別の電話でかけてきたのだろうと決めつけ、マックスはその電話もボイスメールに送ろうかと思った。しかし彼は考えを変え、ドーヴィと対決することにした。雪かきの作業中、頭のなかで渦巻いていた忌憚《きたん》のない意見を吐き出してやろう。

「マックス・ルパートです」

「マックス、ライラ・ナッシュです」電話の向こうから、彼女の声、ささやきが、鋭くせわしく聞こえてきた。

「ライラ、元気――」

「マックス、説明はできないけど、すぐにサンデン教授の家に来てほしいの。大至急」

「ねえ、ライラ、そうやってわたしをひっかけ、ボーディと話させようってことなら、がっかりなんだが」

「やめて、マックス。わたしはそんな人間じゃない。あなたはライラを知ってるでしょう。お願いだからすぐに来て」

彼女の声の何かが彼に事態の深刻さを悟らせた。「どうした？　何が起きてるんだ？」

「わからない。あなたに電話していいのかどうかさえ。どうすればいいのか、わからないの。とにかく来てくれない？　できるだけ早く」

「回転灯を点けて、サイレンを鳴らしていけば、十分で着けるよ。いや、十二分だな」

「サイレンはだめ。鳴らすにしても、近くに来たら止めて。何かが起きてるの。これ以上、事態を悪化させたくない」

「きみは大丈夫なのか、ライラ？」

「ええ、でも、サンデン先生はどうかわからない。お願いだから急いで。説明は、あなたが着いてからする」

「すぐに行く」マックスは携帯電話をポケットに入れ、拳銃とバッジとコートをつかむと、ドアから外に走り出た。

第六十一章

ボーディはコンピューターの画面を見つめていた。ずっと読んでいたあの事件の情報にもう焦点は合っていない。いま彼に見えているのは、エマの顔だ。あの子は母親と同じ目をしている。悲しげな目。それは、十歳の子供が負うべきではない大きな苦しみをたたえている。そして、これから起こること、ボーディがやろうとしていることは、あの幼い少女の心をさらに――修復不可能なまでに、打ち砕くだろう。

あの子には彼がこれからすることを許せるわけはない。しかしどうしてもやらねばならない。ボーディには他の選択肢が見えなかった。

彼はベン・プルイットとともに過ごした年月を振り返り、記憶をさぐった。いま自分に見えているモンスターの本性が、どこかに現れてはいなかっただろうか。彼らの年齢には十歳の開きがあるが、ボーディはあの子分に対し、真実を知ったいまもなお心を揺さぶる、兄のような愛情を感じている。あのモンスターはずっとベンのなかに潜んでいたのだろうか？　ベンに抱いていた親近感が、自分の目を曇らせていたということなのか？　ボーディは拘置所での接見をひとつ残らず思い返した。ベンの顔に表れた真情、あの涙、ちょっとしたしぐさ。それらによって圧巻のものとなった彼のパフォーマンス。あれは実に説得力があった。

ベンにまつわる記憶を解体し、組み立て直すうちに、ボーディには、ベンのパフォーマンスが単なる天才的役者の技でないことがわかってきた。そう、確かに、その一部は演技だ。だがこれは単なる芝居ではない。これはソシオパスの所業なのだ。

玄関のドアが開く音がし、彼はライラが忘れ物をしてもどってきたのだと思った。その音は、彼を物思いから引きもどしはしなかった。数分後、彼は近くに人の気配を感じた。顔を上げると、書斎の入口にベン・プルイットが立っていた。内心ぎくりとしながらも、ボーディはそれを顔に出さなかった。

「こんばんは、ベン」彼は言った。

「入ってもいいかな」ベンは訊ねた。

「どうぞご遠慮なく」ボーディは手振りで椅子を示した。

「ここは〝驚いたよ、どうしたんだ〟と言うところじゃないのか？」

「いや。そんな芝居は意味ないだろう」ボーディはマウスをクリックして、料金所の映像のあの静止画像を呼び出した。彼は画面をベンの方に向けた。

「最高の映りとは言えないよなあ？」

「きみがジェネヴィエヴを殺したんだね？」どれほどがんばっても、傷心が声に出るのは隠せなかった。

「友達として訊いているのか。それとも、わたしの弁護士としてかな」

「わたしたちはもう友達じゃない――これだけのことがあれば、そう言ってもいいんじゃないか、ベン」

「それは残念だな。わたしはいまでもあんたが好きだからね、ボーディ。あんたはわたしのためにすばらしい仕事をしてくれた。実を言うとわたしは、しばらく前から真相をぶちまけたくて死にそうだったんだ。例のシーツとナイフが見つかってからは、特にな。それに、われわれには弁護士・依頼者間の秘《ひ》匿《とく》特権がある。だから、しゃべったところで問題はなかったんだよ。だがわたしは、ミゲル・クイントの一件を覚えていた。彼のときみたいに、あんたの仕事がおろそかになってはいけないと思ってね。きわどい状況だったし、こっちとしちゃこの勝負にあんたの頭が必要だったんだ」

「なぜここに来たんだ、ベン？」

「なんでかね、ボーディ。ダウンタウンであんたを見かけたとき、わたしはいささか不安になった。あのときのあんたの顔ときたら。見せてやりたかったよ。まるでわたしが子犬か何かを刺すところを見たような顔だったぞ。それでわたしはあれこれ考えはじめた。で、そうだな、ちょっとここに寄って、あんたに馬鹿なことをする気がないのを確かめようと思ったわけさ」

「何もしようがないだろう？」ボーディは訊ねた。「こっちは両手を縛られているんだ」

「昔からあんたのそういうところが好きだったんだよ、ボーディ。常に規則、規則だもんな」

「きみはエマのお母さんを殺したんだぞ」

「がみがみ女を殺したのさ」ベンは冷ややかにそう返した。その目を見ると、ベンが口に出す気のなかった本心を漏らしたことがわかった。ベンは小さく息を吸って、気持ちを鎮《しず》め、それから先をつづけた。「ところで、あれはおみごとだったね。ケイガンのDNAの付いたナプキンを手に入れるってやつ。あんたには無理なんじゃないかとちょっと心配になっていたんだ。だが結局、いつもの魔法を見せてくれたたな」

「つまりこういうことかね――マリーナ・グウィンは自分の車でシカゴに行き、その後、どうしたんだ……電車でもどってきたのか？」

「この会話、録音してないだろうな？」

「弁護士・依頼者間の秘匿特権があるじゃないか。別にどうでもいいだろう」

ベンは立ちあがって、デスクの上に身を乗り出し、その周辺に録音装置が隠されていないかどうか確かめた。それから彼は、ふたたび椅子にすわった。「念のためだ。昨今は、いくら用心してもしすぎるということはないからな」

ボーディは、自分がここまでに組み立てた筋書きの先をつづけた。「きみはマリーナの車のキーを受け取り、飛行機で会議に行き、何人かの仲間に〝やあ〟と言う。それから車で引き返し、ちょうどいいタイミングでこっちに着いて、ケイガンが立ち去るところを確認する」

ベンはなんとも答えなかった。

「きみはジェネヴィエヴの浮気のことを知っていた。マリーナがきみの代わりに家を見張っていたんだろう。ケイガンがシーツにDNAを残している確率はかなり高かったろうな」

「なあ、相棒、そういう細かな点をほじくり返すのは、健康的とは言えないんじゃないか？あんたにはひどく繊細なところもあるしな。それに、自分でさっき言ったとおり、この件に関しちゃあんたはもう何もしようがないんだ」

「ああ、あれはまったくの真実とは言えないんだよ」ボーディは言った。

ベンは用心深くボーディを見つめ、それから言った。「われわれにはまだ弁護士・依頼者間の秘匿特権がある。あんたはいま握っている情報を絶対にこの部屋の外に出せない。もし誰かにしゃべれば、あんたは弁護士資格を失い、証拠は証拠として使えなくなる。これは確かなことだよ、ボーディ、こっちはよくよく考えたんだ」

ボーディはデスクの電話をつかみあげ、ベンに差し出した。「わたしはランサム判事の執務室の番号を知っている。おそらく彼は部屋にいないだろう。だがメッセージを残すことはできるよ」

「で、どうしてわたしがランサム判事に電話しなきゃならないんだ?」

「きみは裁判所に対し詐欺を働いた」

ベンはわっと笑いを爆発させた。「あんた、すっかり正気をなくしちまったのか?」

「きみは法廷で妻を殺していないと言った。ボーディは注意深くベンの表情を観察した。話がどこに向かっているか、この男は気づいていないだろうか?

「なんとまあ、あんたは大まじめなんだな」ベンの哄笑《こうしょう》は静まったが、顔の笑みはそのまま残った。

「規則第三条三項、〝法廷に対する信義〟」ボーディはベンのためにその規定をわかりやすく言い換えた。「依頼人が審理の過程で欺瞞《ぎまん》的な行為に及んだことを弁護士が知った場合、当該弁護士は法廷に対し情報開示等の修復措置を取らねばならない」

「あれは民事裁判の規定だよ、ボーディ。これは民事じゃない、刑事裁判だからな。われわれの依頼人は始終嘘をつく。判事も陪審もそれは承知しているさ」

「これは倫理規定なんだ、ベン。刑事事件においても例外はない」

ベンの顔が曇《くも》り、真剣になった。彼は唇をすぼめ、ため息をついた。「あんたが何かイカレたことを思いつきゃしないかと心配していたんだよ。これでわかったろう。なんでわたしがここに来る必要を感じたか」

「あの規定は、わたしがまずきみ自身に自らの不正を正す機会を与えることを求めている」ボーディは電話を指さした。

「で、もしわたしがことわったら?」

「そのときは、規定によりわたしがランサム判事に電話をしなければならない」

「あんたの考えを支持する法廷は、この世にひとつもないぞ。これを押し通したところで、あんたは何も達成できない。資格を失うのが関の山だ」

今度はボーディが笑う番だった。

「何がおかしい?」

「フィーアト・ユスティティア・ルアト・カエルム」

「なんだって?」

「ここ十年このフレーズを使ってなかったのに、一件の裁判で二度も頭に浮かぶとはな。きみはこれがどういう意味か知ってるかね?」

「残念ながら、聞き覚えがないようだ」

「〝天墜つるとも、正義を為せ〟」ボーディは身を乗り出して、ベンをにらみつけた。長きにわたるふたりの友情の最後の影も、ボーディの目の奥の暗い怒りのなかにすでに消えていた。

「よく聴けよ——相棒。資格を失うことなんぞ、わたしは屁とも思わない。喜んで危険を冒すつもりだよ。わたしはこれからその電話をかける。ランサムは裁定を変えるかもしれない。あるいは、変えないかもしれない。それは彼次第だ。いずれにしろ、わたしは彼に電話をかける」

「まあ、待て、ボーディ。自分が何をしているか、あんたはわかっていないんだ」ベンは哀願口調になっていた。「あんたは本当のジェネヴィエヴを知らないんだよ。あの女は本性を隠すのが誰よりもうまいんだ」

「きみよりもか？」ボーディは訊ねた。

「あの女はわたしのタマを切り落とした。自分の金を鞭みたいに使い、家庭内のすべてをコントロールした。あいつがエマまでコントロールしようとしているのが、わたしにはわかった。こっちはそうさせるわけにはいかなかったんだ」

「離婚することもできただろう。人は始終そうしている」

「あんたは金ってものを知らないんだ、ボーディ——本物の金ってやつをな。向こうには弁護士がいるし、人脈もある。なあ、あんたも見ただろう——わたしが逮捕されたあと、連中はすごい速さで襲いかかってきたじゃないか。あの一族は凶暴なんだ。わたしはエマを永遠に失っていただろうよ」

「自分がエマに何をしたか、きみにはわからないのか？　自分のことで一杯のきみの脳には、そのことは認識されないのかね？」

「くそっ、わたしはエマを護っているんだぞ！　わたしがああいうことをしたのは、そのためなんだ」

「ちがうな、ベン。エマを護っているのは、わたしだよ」

ボーディは電話の向きをもとにもどし、受話器を取った。ランサム判事の番号を入れはじめたとき、ベンが身をかがめ、背後に手を回した。その手がふたたび現れたとき、そこには銃が握られていた。

第六十二章

マックスはボーディの家の前まで行って、車を路肩に駐めた。するとライラが彼女の車の運転席から飛び出してきた。

「ベン・プルイットがついさっき、うちに入っていった。ベルトに銃をはさんでいる」

「落ち着いて、ライラ。どうなっているんだ？」

「わたしたち、あることを知ったの。あの事件のことで。でもあなたに話してはいけないんだと思う」

「なんだかわからないよ、ライラ」

「ベンはサンデン先生に何かするためにここに来たんだと思うの」

「ちゃんと話してくれないと、ライラ」

「それはできない。規則に反するのよ」ライラは考えながら額をなでた。「マックス、わたしを信じてくれる？」

その質問にマックスは意表を突かれた。「もちろんだよ」

「じゃあ、こうしましょう。あなたはわたしと一緒に先生のうちに入る。静かに行くの。何事もなかったら、あなたはそのまま帰ればいい。でもとにかくお願い、一緒に来て」

マックスはポーチまで先に立って進んだ。ライラが音がしないようそろそろとドアを開けた。それからふたりは、なかに入った。マックスはポーカーをやるために何度もこの家に来たことがあり、間取りはわかっていた。書斎に明かりが見え、会話のくぐもった声が聞こえた。彼はライラにそこにいるよう合図すると、つま先立って奥へと向かった。

書斎まであと数フィートのところに至ると、フレンチドアのガラスの向こうにボーディの姿が見えた。マックスはさらに二歩進んだ。すると、ボーディの向かい側の椅子にベン・プルイットがいるのがわかった。話の内容はまだ聞き取れないが、どちらの男もはっきりと見える。彼らの様子、そのにらみあうさま、デスクをはさんだ短く激しい言葉のやりとりは、口論を示唆していた。

マックスは不法侵入者の気分で、書斎の前に立っていた。あと少しでも近づけば、秘匿特権に護られているであろう会話が聞こえてしまう。それを思うと、居心地が悪かった。彼は向きを変えて立ち去ろうとした。するとそのとき、ベン・プルイットが身をかがめて、背後に手をやり、ベルトから拳銃を抜いた。

マックスは銃を抜き、弾丸をそっと薬室に送り込んだ。それから、会話がよく聞こえるように、さらにドアに近づいた。ベン・プルイットはマックスに半ば背を向けてすわっていたが、マックスには銃が見えた。プルイットは銃をボーディに向けずに膝に置き、その銃身を親指でなでている。

「ベン！」ボーディがあえいだ。「どういうつもりだ？」

「電話を置いて、話を聞いてくれないか」プルイットは言った。

ボーディはゆっくりと受話器を架台にもどした。それから、〝まあ、あわてるな〟と言うようにてのひらを下にして両手をデスクの上に置いた。

「もう何時間か冷静でいてもらわんとな。必要なことはそれだけだよ」

「冷静でいろだと？ 銃を持ってるのはきみのほうだろう。取り返しのつかないことになる前に、そいつをしまうんだ」

「まずランサム判事に無罪判決を下してもらわなきゃならない。それさえすめば、あんたとわたしは永遠に別れられる」

「きみがわたしを銃で脅《おど》しているという事実がなければな」

「別に脅しているわけじゃないんだ、ボーディ。ただこいつを見てほしいだけさ。いい銃だろう？ 何年か前、ある依頼人から入手したんだがね」

「ベン、わたしは――」

「黙りな、ボーディ」ベンはデスクの向こうに言葉を吐きかけた。「刑務所には何があろうともどらない。あんたにもわかってるだろう。こっちはもう少しで殺されるとこだったんだ。もしもどったら、今度こそやられる」

マックスはガラスの向こうをのぞきこみ、ボーディの注意をとらえた。ボーディの目がさっと動いてマックスに止まり、その後、何事もなかったかのようにベンへともどった。

「わたしにどうしろと言うんだ、ベン?」ボーディは言った。「きみはジェネヴィエヴを殺した。わたしはそうでなかったふりをしなきゃならないのか?」

「あんたは何もしなくていい」ベンは言った。「あんたとわたしで何もせず、ただこの居心地のいい書斎にすわっていよう。いや、明日、判事にメールできるように、わたしがあんたの最終弁論をタイプしてやってもいいぞ。そのあと、わたしたちはランサム判事が正式に無罪判決を下すのを待つ。あんたへのたのみはそれだけだ。わたしは何もするなと言っているんだ。ただ一日、じっとしててくれ。それくらいは聞いてくれてもいいだろう」

「で、もしわたしが同意しなかったら?」

「やめておけ、ボーディ、たのむよ」

「いや、知りたいんだ、ベン。古い友達として。もしわたしが同意しなかったら、きみはどうするんだ? わたしまで殺すのか? ジェネヴィエヴのときみたいに、どこかの空き地にわたしの死体を捨てるのかね?」

「ボーディ」ベンの言葉は、ガラスの破片のなかを引きずられて出てくるようだった。「わたしを甘く見るなよ。もしわたしを刑務所に送り返そうとすれば、わたしはあんたを阻止する――どんな手を使ってもだ」

第六十三章

ベン・プルイットに殺すと脅されたとき、ボーディの血管の血は凝固したように思えた。そしてまさにその瞬間、フレンチドアがバーンと開き、ガラスの破片が宙に飛び散るなか、マックスが飛び込んできた。「銃を置け！」マックスは声を張りあげた。「置け――早く！」

半ば飛び出し、半ば転げ落ちるように、ベンは椅子を離れた。

「銃を捨てろと言ったんだぞ！　ぐずぐずするな！」

ベンの左右の足が交互に床を蹴っていく。やがてその背中が壁に当たった。姿勢が安定すると、彼は銃を下に向けて、立ちあがろうとした。「撃つな！」

「銃を捨てろ！」

「待て！　撃たないでくれ。話があるんだ」銃口がボーディにもマックスにも向かないよう注意しながら、ベンはゆっくりと銃を持ちあげた。

「銃を捨てろ。本当に撃つぞ！　さあ早く！」

ベンはマックスの命令を無視しつづけ、銃はそのコースを進みつづけた。最終的に、ベンはそれを自分の頭に向け、銃口をこめかみに押しつけた。「ルパート刑事、わたしを殺せば、自分の細君を殺したのが誰なのか、きみには永遠にわからんぞ」

部屋を満たしていた怒号と混沌が鎮まり、異様な静寂が残った。どうやらマックスは口がきけなくなったようだ。そこでボーディは言った。「ベン、たのむから銃を捨ててくれ」

「これはどうだ、ルパート刑事？　〝奥さんは事故で死んだのではない。殺されたのだ。証拠をどうぞ〟――覚えがあるんじゃないか？」

「いったい彼は何を言っているんだ？」ボーディは訊ねた。

「おまえがあれを書いたんだな」マックスが言った。「おまえが……」マックスはベンの頭に銃を向けた。その銃口からベンの鼻まではほんの八フィートだ。

　ボーディは緊張のわずかなゆるみを察知し、この対決を対話に変えられればと、デスクのうしろから立ちあがった。「いったいどういうことなんだ。誰か説明してくれないかな？」

「では僭越《せんえつ》ながら」ベンが言った。その声はかすかな震えを帯びていた。ただボーディには、彼が精一杯平静を装っていることがわかったが。「わたしは……ある内部情報をつかんだんだ。ジェニファー・ルパートという人物の死に関するものだよ。正直なところ、それが自分のプラスになる日が来ようとは思ってもみなかったがね」

「どこでその情報を手に入れた、プルイット？」マックスが叫んだ。「教えろ、さもないと――」

「さもないと、なんなんだ、ルパート刑事？」ベンは自分のこめかみを銃でぐいぐい押してみせた。「どっちが先にわたしを撃てるか、試してみるか？　こっちは刑務所にもどる気はないのでね」

「なんの話をしているんだ、ベン？」ボーディは訊ねた。

「正直なところ、わたしはその情報が自分の役に立つことはあるまいと思っていた。だが万一に備え、プランBとしてしまっておいたんだ。市当局はわたしの事件を殺人課随一の刑事に担当させるんじゃないかと思ってね。だってそれが当然だものな？　蓋《ふた》を開けてみると、やはりこれは最初からきみの事件だった」

話を進めるうちに、ベンの決意がますます固くなっていくのが、ボーディにはわかった。彼は壁を支えにするのをやめた。その声からは震えが消えていた。

「その後、わたしは警察が料金所に映像を提出させたことを知った」ベンはつづけた。「確かにわたしはこっちにもどってきたことをかなりうまく隠していた。しかし我らがマックス君が車の一群からわたしを見つけ出す可能性はある。そこでわたしは彼をちょっとした宝さがしに送り出した。つまり、彼の集中力をそぐために、だね」ベンは無理に笑いを絞り出した。「そのせいできみが懲戒処分を受けたと聞いたときは、仰天したよ。あれはおまけみたいなもんだな」

「おまえ、妻を殺した犯人を知ってるのか」マックスが訊ねた。ボーディはいまだかつて、これほど力ないマックスの声を聞いたことがなかった。墓地から彼を運び出したあの夜でさえ、マックスの命令口調は健在だった。ところがいま、彼の声は弱々しくさえあった。

「そうとも、マックス。そして刑務所に行くときは、その秘密もわたしと一緒だ。誓って言うが、きみは生涯、真相を知ることはない。単純な話だよ、ルパート刑事。もし逃がしてくれるなら、わたしはきみに奥さんを殺した犯人を教える。フェアな取引だと思うがね」

マックスの手の銃が、ほんのかすかに震えはじめた。論点は変わっていた。もはやベンが有罪になるかどうかではない。これは、もっと合理的に処理すべきこと——ひとりの殺人犯を自由にするのと引き換えに、別の殺人犯をつかまえるという問題になったのだ。

「マックス」ボーディは静かに言った。「きみが決めてくれ」

マックスの額の皺で汗が光っている。彼の目が細くなり、呼吸による胸の動きが止まった。マックスの銃がその重みに負けてゆっくりと沈んでいき、ベン・プルイットの胸を指した。マックスの心の葛藤をボーディは想像するしかなかった。

それからマックスが言った。「ことわる」

「〝ことわる〟?」ベンが鸚鵡《おうむ》返しに言った。「〝ことわる〟とはどういう意味だ? 残る一生、誰に細君を殺されたのか知らないまま生きていく気なのか?」

「おまえのほうは、残る一生、刑務所で生きていくんだ。その悲惨さがおまえにわかりさえすれば、俺たちも取引ができるだろうよ。たぶん、外をのぞくのにいい上等の格子一式と引き換えに、何か提供するってやつだな」

「これを逃せば、取引のチャンスはないぞ、ルパート。いまか、一切なしかだ」

「そのうちわかるさ。俺は年に一度くらいは面会に行くつもりだ。おまえがどうしているか、気が変わっていないかどうか、見てやるよ。気が変わってなけりゃ——それも結構。だが、この件でおまえを見逃しはしない。おまえは刑務所に行くんだ。さっさと……銃を……捨てやがれ」

ベンの目に静かな悲しみが浮かんだ。そして彼はゆっくりと首を振った。「一年後、きみがわたしに会うことはないよ、ルパート刑事。わたしはもどらないからね」

ベンがマックスに銃を向け、発砲とともに銃口炎が閃いた。距離はわずか八フィート。にもかかわらず、弾丸はその標的から大きくそれていった。まるでベンが意図的に的をはずしたかのように。

考える暇もなく、マックスはベンの胸に弾丸を撃ち込んだ。

ベンはうしろ向きに壁にぶつかり、ずるずる床にすべり落ちた。

「なぜだ!」マックスがそう叫んで、ベンのかたわらに膝をついた。「なぜこんなことをした?」

ベンは大きく息を吸った。その目は大きく、恐怖で一杯だった。

「妻を殺したのは誰だ?」マックスはベンのシャツをつかんで揺すぶった。「妻を殺したのは誰だ?」

ベンのまぶたが震えた。それから彼は弱々しくほほえんだ。

「名前を言え!」

ベンの目玉がひっくり返り、体が弛緩《しかん》した。

膝の力が抜けるのを感じ、ボーディは椅子にへたりこんだ。呼吸もほとんどできないまま、彼は室内を眺め渡した。床に倒れて死んでいるベン・プルイット。絶望の色をたたえ、その上にかがみこむマックス。フレンチドアのドア枠をつかんでいるライラ。その淡い色の目が、答えをさがし求めて室内を見回している。ボーディは何か言おうとした。だがいざ口を開くと、出てくるのは空虚な吐息ばかりだった。

第六十四章

大晦日《おおみそか》までに、町はとても寒くなった。気象学者たちは得意げに、ミネソタは最低気温の記録を更新したと言っており、今後も寒さがゆるむとは考えていない。ボーディはマックス・ルパートの家の前に車を駐めると、革の手袋をはめた。

なぜミネソタへの帰郷が葬儀のためとなったのか、エマに説明を試みながら、彼はミズーリで感謝祭を過ごした。父親の死の理由として、彼は刑務所の暴動という話をこしらえたが、ダイアナはそのアイデアを退けた。「あの子もいつかインターネットで事件のことを読むでしょう」ダイアナは言った。「つらいだろうけれど、ほんとのことを話しましょうよ。これを乗り越える見込みが少しでもあるなら、あの子は真実を知らなきゃならない。どこに怒りを向けるべきか知らなきゃならないの」

もちろん、ダイアナの言うとおりだった。

彼はあの撃ち合い以来、マックスと話していない。何度か電話はかけてみた。メッセージも残したが、折り返しの連絡はなかった。車内から足を踏み出し、自ら住みかに定めたミネソタ州という冷蔵庫に入っていくとき、彼は最後にもう一度、立ち止まった。考えをまとめるために——そしてたぶん、少し勇気をかき集めるために。ブリーフケースを手に提げ、彼はドアをノックして待った。足音が近づいてくる。ドアの小さな窓に影が広がり、足音は止まった。それから、差し錠が開くカチリという音がした。

マックスはドアを開けたが、挨拶はしなかった。彼はただそこに立っていた。

「入ってもいいかな？」

「なんの用だ、ボーディ？」

「五分、時間をくれないか。それだけでいい。そうしたら出ていって、二度ときみをわずらわせない。五分だけだ」

マックスはしばらく考えてから、うしろにさがって、ボーディを通した。

ボーディはマックスのあとからリビングに入っていった。そこでマックスはリクライニング・チェアに腰を下ろした。ボーディのほうはカウチにすわった。ボーディは何度もマックスの家に来たことがある。ジェニが亡くなる前もあともだ。彼女が亡くなった日以来、いじられたものは何ひとつないようだった。

「五分だぞ」マックスが言った。

ボーディはブリーフケースを開けて、厚さ二インチほどのファイルを取り出した。「それはなんだ？」

「わたしはベン・プルイットの法律事務所の清算人に指名されたんだよ」

マックスは無表情にボーディを見た。

「開業弁護士が死ぬと、法曹界は別の弁護士を指名して、事務所をたたむ作業をさせる。仕事を打ち切ったり、着手金を返還したり、ファイルの保存をチェックしたりといったことだね。ベンの事務所は以前はわたしの事務所だった。請求手続きやファイル保存のシステムを作ったのは、わたしなんだ。なんと、スタッフのなかにはまだわたしの昔の補助員もいたよ。そう、わたしを送り込んで事務所をたたませるというのは、確かに理にかなっているな」

彼はちょっと間を取って、相手の様子をうかがった。話がどこに向かっているか、マックスは気づいているだろうか？　どうもその様子はない。

「わたしはこの一カ月、ベンの依頼人たちのファイルをチェックしていた。すべてきちんと管理されているようだったよ。ところが途中で、このファイルが出てきたんだ」彼はファイルをマックスに渡した。「男の名前はレイ・クロール。そのファイルはひとつだけ別に引き出しに入っていた。クロールが弁護士報酬を支払った記録は一切ない。これはたぶん、その男がキャッシュで支払いをしていたということだろうね」

ボーディはマックスがファイルのページを繰るのを見守った。「逮捕理由はバーでの喧嘩か」

マックスが言った。

「第一級暴行容疑。もう少しである男を煉瓦で殴り殺すところだったんだ。保釈されるなり撃ち殺されたよ」

「ぶちのめされた男に仲間がいたんだろう。よくあることさ」

「たぶんな。だが見てくれ」ボーディは報告書のページをどけて、フォルダーの表紙の裏が見えるようにした。誰かがそこに青いインクで走り書きをしている。ジェニファー・ルパート――黄色のカローラ――#49――セントルイス・パーク。

マックスが凍りついた。

ボーディはファイルの反対側の書類をどけて、裏表紙の内側にテープで貼られたCD-ROMをマックスに見せた。「わたしはこのCDを聴いたんだ、マックス。これは、ふたりの男の電話の会話を録音したものだ。彼らはジェニのことを話していた。ベンはジェニの死に関する情報をここから入手したわけだ。わたしはきみにこれを渡すべきだと思ったんだよ」

マックスは手にしたファイルを見つめた。ボーディには、この男の頭のなかで千個もの歯車が回っているのがわかった。するとそのとき、マックスが顔を上げて言った。「俺はこれを持ってちゃいけないんじゃないか?」

このことが発覚した場合、自分に押し寄せてくるトラブルの深い川のことをボーディは考えた。彼は資格を失い、職を失うだろう――弁護士行動規範委員会がどこまでやるかは見当もつかない。だがその一方、ファイルをマックスに渡せば、自分が夜、眠れるようになること、鏡を見られるようになることが、ボーディにはわかっていた。結局それは簡単な決断だった。

「本来ならこれは処分すべきものだ」ボーディは言った。「だがわたしはこう考えたんだ。レイ・クロールはもう死んでいる。ベンももう死んでいる。そして、罪を免れた殺人者がひとり、野放しになっているわけだ。わたしにはこのファイルを処分することはできない。だが、もしきみがファイルの出所を誰かに話したら、わたしはそれを否定するよ」

「誰にも話さないよ」マックスは言った。「約束する」

ボーディは立ちあがった。「もう五分経ったんじゃないかな」彼はドアに向かった。

マックスは椅子にすわったまま、ファイルを見ていた。

「さがしているものが見つかるといいな、マックス。それと、もしビールを一杯、飲みたくなったりしたときは……わたしのうちは知ってるだろう?」

マックスはファイルを閉じたが、顔を上げはしなかった。「ありがとう」彼は静かに言った。

ボーディは無言でうなずき、ドアを開けて出ていった。

謝辞

長年にわたるお力添えに対し、ダン・メイヤー、ジル・マクシック、チェリル・クインバ、ジョン・カーツ、ジェイド・ゾーラ・シビリア、そして、セヴンス・ストリート・ブックスとペンギン・ランダムハウスのみなさんに、大きな感謝を捧げたいと思います。

また、わたしの第一編集者であり親友でもあるジョエリー（わたしの妻）に、常に盤石《ばんじゃく》の支えでいてくれることに、お礼を言います。

そして、わたしのスーパースター・エージェント、エイミー・クラフリー、どうもありがとう。

さまざまな質問に答え、最初の読み手となってくださった、ドナ・オリーヴァ、ナンシー・ロジン、ロバート・ドチャーティ、レオナルド・カストロ、アリソン・クレービール、スコット・カッチャー、レン・ビアナット教授、ロバート・デイル刑事、タミ・ピーターソン、ジェイムズ・M・クリスト、リリー・ショウにも感謝を申し上げます。

解説

若林　踏《ふみ》

果たすべき正義に対し、真摯《しんし》に向き合う人間たちを描く。それがアレン・エスケンスという作家だ。

その姿勢はデビュー作である『償《つぐな》いの雪が降る』（原題 *The Life We Bury*、二〇一四）の時点で、すでに感じ取る事が出来た。主人公はジョー・タルバートという二十一歳の大学生で、身近な人物の伝記を書くという授業の課題のため訪れた介護施設で、カールという末期がん患者に出会う。カールは三十年前に起きた少女暴行殺人で有罪判決を受けた人物であり、彼へのインタビューをきっかけにジョーが過去の事件を洗い直す、というのが同作の内容だ。

謎解きを通して自身の悩みや過去の傷と向きあう若者を描いた、教養小説としての側面がある作品である。印象深かったのは、ジョーが自分の信念を「善悪の帳尻は最終的に合わねばならない」と表現している点だ。人は善と悪、二つの顔を合わせ持つ生き物である事を踏まえた上で、その行いは公平に評価されなければいけない。そのような素朴で真っ当な正義の感覚が『償いの雪が降る』という小説の根底には流れていた。同作の訳者あとがきにある「作品にこめられた健全な人情と正義感」という評も、この感覚に基づくものだろう。

では人間同士、互いに掲げる正義が対立した場合はどうなるのか。アレン・エスケンスの長編第三作である『たとえ天が堕《お》ちようとも』（原題 *The Heavens May Fall*、二〇一六）はそうした正義の衝突を濃密に描いたミステリである。

本作の主人公は二人いる。一人はミネアポリス市警のマックス・ルパート刑事、もう一人はハムライン大学のロースクールに勤めるボーディ・サンデン教授だ。

第一部はマックス・ルパート刑事の視点から、ミネアポリスの高級住宅街で起こった死体遺棄事件の捜査が描かれる。住宅街の路地で発見されたのは、喉を掻き切られた女性の死体だった。死体は裸の状態で、子供用のブランケットを掛けられて遺棄されていたのである。どうやら女性は別の場所で殺害され、路地に運ばれたようだ。死体に残っていたわずかな手掛かりから、女性がベン・プルイットという弁護士の妻である事が判明する。プルイットの名を聞いたマックスは驚愕する。マックスとプルイットには、過去に浅からぬ因縁があったからだ。かつてマックスが捜査した殺人事件の裁判において、プルイットはマックスが証拠を捏造したと主張した。ところがプルイットが主張の根拠として提出した文書が、逆に偽造されたものである事が発覚したのである。

もう一人の主人公、ボーディ・サンデン教授が主に登場するのは第二部からだ。ボーディは以前、ミネアポリスで法律事務所を営む辣腕《らつわん》弁護士であり、先ほど紹介したベン・プルイットは、元々ボーディの事務所で働いていたのである。しかし、ある事情からボーディは弁護士業を辞め、現在ではロースクールで教授職を得て、セントポールの町で暮らしているのだ。

実はマックスもボーディも、『償いの雪が降る』において重要な役割を演じる人物として登場している。警官と弁護士、本来であれば敵同士だが、ある出来事をきっかけに二人の間には厚い友情が結ばれていた。しかし、本作ではその絆《きずな》に亀裂が入るような事態が生じてしまう。その時、物語は警察捜査小説風の展開から、異なる正義の対立を描く熾烈《しれつ》なリーガルスリラーへと一気に舵《かじ》を切るのだ。

アレン・エスケンスは二十五年間、刑事弁護士として活動していた実績があり、本作ではその知見が存分に活かされている。特に着目したいのは、本文一四六頁においてボーディが弁護の仕事をチェスのゲームに例えているくだりだ。ボーディによれば「裁判の勝敗は検察官や弁護人が冒頭陳述を行うずっと前に決まっている」のであり、それこそ「複数のチェスボードで同時に駒を動かす」ように、「検察側の多様な手を読むことに慣れ、不測の事態のそれぞれに答えを用意しておくこと」が弁護の極意であるという。このボーディの言葉に則《のっと》るように、本作では検察側と弁護側、双方の事実検証の場面にたっぷりと頁数《ページ》が割かれている。攻める側と守る側の模様が交互に描かれていく第二部は、それこそチェスの試合を見届けているような気分になるだろう。

本作における遊戯性は、証拠や証言の検証といった部分だけに留まらない。裁判に臨む上でのちょっとした事務手続きから弁護士としての倫理的な規定まで、作者は法廷内外のルールをこと細かく描いている。検察側も弁護側も、こうした子細《しさい》なルールに従ってそれぞれの主張を行うわけだが、その隙を突いて上手く相手を遣り込める戦術もまた法律家としての腕の見せ所だ。ルールを逆手に取って裏をかく、といった頭脳戦のような展開が、物語の終幕直前まで用意されているのである。デビュー作『償いの雪が降る』では、どちらかと言えば謎解きの筋書きよりも登場人物の魅力や情緒的な描写に目が行きがちだったが、本作では法律を題材にした知的ゲームの書き手としてのエスケンスの力量を堪能して欲しい。

もちろん、デビュー作で読者を魅了した、人生の陰影をくっきりと浮かび上がらせる人物描写は健在だ。取り分け心に残るのは、亡き妻の姿を追い求めるマックスの心象風景だろう。マックスの妻、ジェニは四年前に轢《ひ》き逃げ事件の犠牲者となり、還《かえ》らぬ人となっていた。ジェニを轢き殺した犯人は未だに捕まっていないのだが、被害者の配偶者であるマックスは自分で捜査を行うことが出来ない。作中に「月が年へと変わり、彼は悲しみとともに生きる道を見つけた。しかし罪の意識とともに生きるすべを学ぶことはできなかった」とあるように、歯痒《はがゆ》さを抱えたままマックスは日々を過ごしているのだ。冒頭近く、マックスがジェニを亡くしてから初めて迎えた朝の様子を回想する場面は、本作の中でも指折りの物悲しさを漂わせる。特筆すべきは、そうした登場人物の造型が、後半におけるリーガルスリラーとしての仕掛けに分かち難《がた》く結びついている点である。人物の描写とミステリの要素、両方の歯車が上手い具合に噛み合う感覚は、デビュー作の段階では見受けられなかった。三作目となりミステリ作家としての成長を感じさせる部分だ。

緊迫の法廷ドラマは、やがて一つのテーマを浮かび上がらせる。それは「人は果たされなかった正義に対してどのように向き合い、決着をつけるべきなのか」という事だ。『償いの雪が降る』の主人公ジョー・タルバートのように、登場人物たちは過去に起こった出来事を引きずりながら人生を送っており、目の前にある事件に取り組む事で正義を果たし、過去を克服しようとする。『償いの雪が降る』におけるジョーの言葉を借りれば、アレン・エスケンスの小説に登場する人間たちはみな、「善悪の帳尻」を合わせようと苦闘する者たちなのだ。

アレン・エスケンスのデビュー前までの経歴については、『償いの雪が降る』の訳者あとがきを参照して欲しい。エスケンスはデビュー作と本作のほかに、*The Guise of Another*（2015）、*The Deep Dark Descending*（2017）、*The Shadows We Hide*（2018）、*Nothing More Dangerous*（2019）の四作を刊行している。いずれもジョー・タルバート、マックス・ルパート、ボーディ・サンデンの三人と、その周辺人物たちを中心にした物語であり、*The Deep Dark Descending* は本作の直接的な続編となっているとのこと。もっともエスケンス自身は各作品をシリーズものとして捉えていないようだ。作者の公式ホームページによれば、自分の書くものはシリーズものというより、登場人物たちの心情の移ろいを辿《たど》ったものであると記されている。キャラクターをフックにした小説ではなく、登場人物同士が関わりを持つことによって生まれる化学反応を楽しむ小説を書きたい、という思いがアレン・エスケンスの中にはあるのだろう。

気になるのは、現時点での最新作である *Nothing More Dangerous* の内容である。同作の舞台は一九七〇年代のミズーリ州で、主人公は高校生時代のボーディが務める。町で起こった黒人女性の失踪事件にボーディは関わる事になり、そこで町に蔓延《はびこ》る人種差別や格差の問題に直面する、という物語のようだ。刊行は二〇一九年十一月だが、そのテーマは図らずもコロナ禍の中で“Black Lives Matter”運動が燃え上がる二〇二〇年の米国の姿に重なるものがある。アメリカ国民が向き合わなければいけない「果たすべき正義」が、そこには書かれているに違いない。

訳者紹介　英米文学翻訳家。訳書にオコンネル『クリスマスに少女は還る』『愛おしい骨』『氷の天使』、デュ・モーリア『鳥』、スワンソン『そしてミランダを殺す』『ケイトが恐れるすべて』、エスケンス『償いの雪が降る』などがある。

検印
廃止

たとえ天が墜《お》ちようとも

2020年9月25日　初版

著　者　アレン・エスケンス
訳　者　務《む》　台《たい》　夏《なつ》　子《こ》

発行所　(株)東京創元社
代表者　渋谷健太郎

162-0814/東京都新宿区新小川町1-5
電　話　03･3268･8231-営業部
　　　　03･3268･8204-編集部
URL　http://www.tsogen.co.jp
暁印刷・本間製本

乱丁・落丁本は、ご面倒ですが小社までご送付ください。送料小社負担にてお取替えいたします。

ISBN978-4-488-13609-3　C0197